Als die Archäologin Louise Cantor von ihrer Ausgrabung in Griechenland zu einem Vortrag nach Schweden reist, will sie auch ihren 25jährigen Sohn wiedersehen. Doch als sie die Wohnung in Stockholm betritt, liegt Henrik tot in seinem Bett. Die Polizei geht von Selbstmord aus, aber daran kann Louise nicht glauben. In dem Kleiderschrank ihres Sohnes findet sie eine Menge Material zu der Frage, warum das Hirn von John F. Kennedy nach der Obduktion spurlos verschwand. War Henrik einem kriminellen Geheimnis auf der Spur? Je mehr sie über sein Leben erfährt, um so klarer wird ihr, wie wenig sie ihren Sohn eigentlich gekannt hat. Auf der Suche nach Hinweisen, die seinen Tod erklären könnten, reist sie nach Australien zu ihrem verschwundenen Exmann und folgt Henriks Spuren über Barcelona nach Mosambik. Dort stößt sie auf ein Krankenhaus, in dem auch ihr Sohn gearbeitet hat und das von einem reichen weißen Mann aus scheinbar selbstlosen Gründen ins Leben gerufen wurde. Doch Louise ahnt bald, daß sich dahinter ein ungeheurer Skandal verbirgt…

Henning Mankell, geboren 1948 in Härjedalen, ist einer der angesehensten und meistgelesenen schwedischen Schriftsteller. Er lebt als Theaterregisseur und Autor abwechselnd in Schweden und in Maputo/Mosambik. Mit Kurt Wallander schuf er einen der weltweit beliebtesten Kommissare. Eine Übersicht aller auf deutsch erschienenen Bücher von Henning Mankell finden Sie im Internet unter www.mankell.de. Seine Taschenbücher erscheinen bei dtv.

Henning Mankell

Kennedys Hirn

Roman

Aus dem Schwedischen
von Wolfgang Butt

Deutscher Taschenbuch Verlag

Für Ellen und Ingmar

Ungekürzte Ausgabe
Februar 2008
Deutscher Taschenbuch Verlag GmbH & Co. KG,
München
www.dtv.de
Lizenzausgabe mit Genehmigung des Paul Zsolnay Verlags
© 2005 Henning Mankell
Titel der schwedischen Originalausgabe:
›Kennedys hjärna‹ (Leopard Förlag, Stockholm)
© 2006 der deutschsprachigen Ausgabe:
Paul Zsolnay Verlag, Wien
Umschlagkonzept: Balk & Brumshagen
Umschlaggestaltung: Stephanie Weischer
unter Verwendung eines Details aus dem Fresko
›Sala Capitolare‹ (1749) von Giovanni Battista Tiepolo
(Bridgeman Giraudon)
Satz: Filmsatz Schröter, München
Druck und Bindung: Druckerei C. H. Beck, Nördlingen
Gedruckt auf säurefreiem, chlorfrei gebleichtem Papier
Printed in Germany · ISBN 978-3-423-21025-6

Teil 1

»CHRISTUS-SACKGASSE«

»Die Niederlage soll ans Licht, nicht vergraben werden,
denn an der Niederlage wird man zum Menschen.
Wer seine Niederlagen nie versteht,
trägt nichts mit sich in die Zukunft.«
Aksel Sandemose

1

Die Katastrophe kam im Herbst und brach ohne Vorwarnung über sie herein. Sie warf keine Schatten, sie bewegte sich vollkommen lautlos. Zu keinem Zeitpunkt hatte sie eine Vorstellung davon, was geschah.

Es war, als wäre sie in einer dunklen Gasse in einen Hinterhalt geraten. Doch die Wahrheit war, daß sie gezwungen wurde, sich von den Ruinen abzuwenden, einer Wirklichkeit zu, um die sie sich eigentlich nie gekümmert hatte. Gewaltsam wurde sie in eine Welt hinausgeschleudert, in der sich niemand besonders für das Ausgraben bronzezeitlicher griechischer Grabanlagen interessierte.

Sie hatte tief in ihren staubigen Tongruben gelebt, hatte sich über zerbrochene Vasen gebeugt, die sie zusammenzusetzen versuchte. Sie hatte ihre Ruinen geliebt und nicht gesehen, daß die Welt um sie her im Begriff war einzustürzen. Sie war die Archäologin, die aus der Vergangenheit an ein Grab trat, von dem sie sich nie hatte vorstellen können, sie würde an ihm stehen.

Es gab keine Vorzeichen. Der Tragödie war die Zunge herausgeschnitten worden. Sie hatte ihr keine Warnung zurufen können.

Am Abend bevor Louise Cantor nach Schweden reiste, um an einem Seminar über die laufenden Ausgrabungen bronzezeitlicher Gräber teilzunehmen, trat sie im Badezimmer mit dem linken Fuß in eine Keramikscherbe. Der Schnitt war tief und blutete stark. Die Keramikscherbe war aus dem fünften Jahrhundert vor Christus, und das Blut auf dem Fußboden bereitete ihr Übelkeit.

Sie befand sich in der Argolis auf der Peloponnes, es war September, und die Grabungskampagne des Jahres ging ihrem

Ende zu. Sie ahnte schon schwache Windstöße, die Vorboten der kommenden Winterkälte mit sich trugen. Die trockene Wärme mit ihrem Duft von Rosmarin und Thymian verlor sich bereits.

Sie stillte den Blutfluß und schnitt ein Pflaster zurecht. Eine Erinnerung schoß ihr durch den Kopf.

Ein rostiger Nagel, der ihr direkt in den Fuß gedrungen war, nicht den, an dem sie sich eben geschnitten hatte, sondern den anderen, den rechten. Sie war fünf oder sechs Jahre alt gewesen, der braune Nagel war ihr direkt in die Ferse gedrungen, hatte die Haut und das Fleisch durchstoßen, als wäre sie aufgespießt von einem Pfahl. Sie hatte vor Entsetzen hemmungslos geschrien und gedacht, daß sie jetzt die gleichen Qualen erlebte wie der Mann am Kreuz da vorn in der Kirche, in der sie manchmal ihre einsamen Gruselspiele spielte.

Wir werden von diesen angespitzten Pfählen durchbohrt, dachte sie, während sie das Blut von den gesprungenen Fliesen aufwischte. Eine Frau lebt immer in der Nähe all dieser Spitzen, die dem, was sie zu schützen versucht, schaden wollen.

Sie humpelte in den Teil des Hauses, der ihr Arbeitsplatz und ihr Schlafzimmer war. In einer Ecke hatte sie einen knarrenden Schaukelstuhl und einen Plattenspieler. Den Schaukelstuhl hatte der alte Leandros ihr geschenkt, der Nachtwächter. Leandros war schon in den dreißiger Jahren als armes, aber neugieriges Kind dabeigewesen, als die schwedischen Ausgrabungen in der Argolis begannen. Jetzt schlief er sich als Nachtwache auf dem Mastoshügel schwer durch die Nächte. Aber alle, die an der Arbeit beteiligt waren, verteidigten ihn. Leandros war ein Maskottchen. Ohne ihn wären alle zukünftigen Mittel für weitere Ausgrabungen gefährdet. Mit dem Fortschreiten des Alters war Leandros in der letzten Zeit ein zahnloser und meistens auch ziemlich schmutziger Schutzengel geworden.

Louise Cantor setzte sich in den Schaukelstuhl und betrachtete ihren verletzten Fuß. Sie mußte lächeln beim Gedanken an Leandros. Die meisten schwedischen Archäologen, die sie kannte, waren auf eine aufrührerische Weise gottlos und weigerten sich, in den verschiedenen Behörden etwas anderes zu sehen als Hindernisse für die Weiterführung der Grabungen. Götter, die seit langem jede Bedeutung verloren hatten, konnten kaum irgendeinen Einfluß auf das Geschehen in den entfernten schwedischen Behörden haben, wo die unterschiedlichen archäologischen Grabungsetats abgelehnt oder bewilligt wurden. Die Bürokratie war ein Tunnelsystem mit Eingängen und Ausgängen, doch nichts dazwischen, und die Beschlüsse, die schließlich in den heißen griechischen Grabungsstätten eintrafen, waren häufig äußerst schwer verständlich.

Ein Archäologe gräbt immer aus einer zweifachen Gnade, dachte sie. Wir wissen nie, ob wir finden, was wir suchen, oder ob wir suchen, was wir finden wollen. Wenn wir das Richtige finden, ist die Gnade groß gewesen. Doch wir wissen nie, ob wir die Erlaubnis und das Geld bekommen, weiter in die wunderbaren Ruinenwelten einzudringen, oder ob das Euter plötzlich zu versiegen beschließt.

Es war ihr persönlicher Beitrag zum Archäologenjargon, die bewilligenden Behörden als Kühe mit launischem Euter zu betrachten.

Sie sah auf die Uhr. Es war in Griechenland kurz nach acht, eine Stunde früher als in Schweden. Sie streckte sich nach dem Telefon und wählte die Nummer ihres Sohns in Stockholm.

Es klingelte, doch niemand nahm ab. Als der Anrufbeantworter ansprang, lauschte sie seiner Stimme mit geschlossenen Augen.

Es war eine Stimme, die sie ruhig machte. »Dies ist ein Anrufbeantworter, und du weißt, was du tun mußt. Ich wiederhole auf englisch. This is an answering machine and you know what to do. Henrik.«

Sie sprach ihre Nachricht: »Vergiß nicht, daß ich nach Hause komme. Ich bin zwei Tage in Visby, Bronzezeit, du weißt schon. Danach komme ich nach Stockholm. Ich liebe dich. Wir sehen uns bald. Vielleicht rufe ich nachher noch einmal an. Wenn nicht, melde ich mich aus Visby.«

Sie holte die Keramikscherbe, an der sie sich den Fuß aufgeschnitten hatte. Eine ihrer engsten Mitarbeiterinnen, eine eifrige Studentin aus Lund, hatte sie gefunden. Es war eine Keramikscherbe wie Millionen anderer Scherben, ein Stück attischer Keramik, und sie vermutete, daß der Krug, zu dem sie gehörte, kurz vor dem Aufkommen der später dominierenden roten Farbe hergestellt worden war, sie dachte an das frühe fünfte Jahrhundert.

Sie liebte das Puzzlespiel mit Keramikscherben, liebte es, sich ganze Gefäße vorzustellen, die sie vielleicht niemals würde rekonstruieren können. Sie würde Henrik die Scherbe als Geschenk mitnehmen. Sie legte sie auf ihren fertig gepackten Koffer, dessen Schloß darauf wartete, geschlossen zu werden.

Wie immer vor einer Abreise fühlte sie sich rastlos. Es fiel ihr schwer, sich gegen die wachsende Ungeduld zu wehren, und sie beschloß, ihre Pläne für den Abend zu ändern. Bis sie sich an der Scherbe geschnitten hatte, war sie darauf eingestellt gewesen, ein paar Abendstunden dem Aufsatz über die attische Keramik zu widmen, an dem sie arbeitete. Doch jetzt löschte sie die Lampe auf ihrem Arbeitstisch, stellte den Plattenspieler an und ließ sich in den Schaukelstuhl fallen.

Wie meistens, wenn sie Musik hörte, begannen draußen in der Dunkelheit die Hunde zu bellen. Sie gehörten ihrem nächsten Nachbarn Mitsos, einem Junggesellen und Mitbesitzer an einem Bagger. Ihm gehörte auch das kleine Haus, das sie mietete. Die meisten ihrer Mitarbeiter wohnten in Argos, aber sie hatte es vorgezogen, in der Nähe der Ausgrabung zu bleiben.

Sie war beinah eingeschlafen, als sie zusammenschrak. Plötzlich fühlte sie, daß sie die Nacht nicht allein verbringen wollte. Sie stellte den Ton leiser und rief Vassilis an. Er hatte versprochen, sie am nächsten Tag nach Athen zu bringen. Da die Lufthansa-Maschine nach Frankfurt sehr früh abging, würden sie schon um halb vier Uhr losfahren müssen. Sie wollte in einer Nacht, in der sie sowieso nur unruhigen Schlaf finden würde, nicht allein sein.

Sie blickte zur Uhr und dachte, daß Vassilis noch in seinem Büro wäre. Eine ihrer seltenen Streitereien hatte seinem Beruf gegolten. Vermutlich war ihre Äußerung, Rechnungsprüfer müsse der brennbarste Beruf sein, den es gebe, nicht besonders feinfühlig gewesen.

Sie erinnerte sich noch an die genaue Formulierung, die sie benutzt hatte, eine unbeabsichtigte Bosheit.

»Der brennbarste Beruf, den es gibt. So knochentrocken und leblos, daß er sich jeden Augenblick von selbst entzünden kann.«

Er war erstaunt gewesen, vielleicht traurig, vor allem aber wütend. In dem Moment hatte sie begriffen, daß er sich tatsächlich nicht allein ihres Sexuallebens annahm. Er war ein Mann, mit dem sie ihre Freizeit teilen konnte, obwohl oder vielleicht weil er überhaupt nicht an Archäologie interessiert war. Sie hatte befürchtet, er könne so verletzt sein, daß er die Beziehung beendete. Aber sie hatte ihn überzeugen können, daß sie nur einen Scherz gemacht hatte.

»Die Welt wird von Rechnungsbüchern beherrscht«, hatte sie gesagt. »Rechnungsbücher sind die Liturgie unserer Zeit, Rechnungsprüfer sind unsere Hohenpriester.«

Sie wählte die Nummer. Besetzt. Sie schaukelte langsam im Stuhl. Vassilis war sie durch einen Zufall begegnet. Aber waren nicht alle wichtigen Begegnungen im Leben Zufälle? Ihre erste Liebe, der rothaarige Mann, der Bären jagte, Häuser baute und zwischendurch für lange Perioden in Melancholie versinken konnte, hatte sie eines Tages mitgenommen, als sie nach dem Besuch einer Freundin in Hede den Schienenbus verpaßt hatte und per Anhalter nach Sveg zurückgefahren war. Emil war in einem alten Laster gekommen, sie war sechzehn Jahre alt und hatte es noch nicht geschafft, den Schritt ins Leben zu tun. Er fuhr sie nach Hause. Es war im Spätherbst 1967, sie blieben ein halbes Jahr zusammen, bis sie sich aus seiner riesenhaften Umarmung zu befreien vermochte. Danach zog sie von Sveg nach Östersund, fing auf dem Gymnasium an und beschloß, Archäologin zu werden. In Uppsala gab es andere Männer, und über alle war sie zufällig gestolpert. Aron, den sie heiratete, der Henriks Vater wurde und sie dazu brachte, ihren Namen von Lindblom in Cantor zu ändern, hatte in einem Flugzeug zwischen London und Edinburgh auf dem Platz neben ihr gesessen. Sie hatte ein Stipendium der Universität bekommen, um an einem Seminar über klassische Archäologie teilzunehmen. Aron war unterwegs nach Schottland, um zu angeln, und dort oben am Himmel, hoch über den Wolken, hatten sie angefangen, sich zu unterhalten.

Sie schob die Gedanken an Aron von sich, um nicht wütend zu werden, und wählte die Nummer noch einmal. Immer noch besetzt.

Sie verglich stets die Männer, die sie nach der Scheidung getroffen hatte, mit Aron, es geschah unbewußt, doch sie benutzte eine innere Meßlatte, auf der Aron eingekerbt war, und alle, die sie betrachtete, waren zu kurz oder zu lang, zu langweilig, zu unbegabt; kurz gesagt, Aron trug immer den Sieg davon. Sie hatte noch keinen gefunden, der als Herausforderer gegen die Erinnerung an Aron antreten konnte. Es machte sie verzweifelt und wütend zugleich, es war, als bestimmte er noch immer ihr Leben, obwohl er längst nichts mehr zu sagen haben sollte. Er hatte sie betrogen, er hatte sie getäuscht, und als alles ans Licht zu kommen drohte, war er einfach ver-

schwunden, wie ein Spion, der sich zu seinem geheimen Auf-
traggeber absetzt, wenn die Gefahr besteht, daß er entlarvt
wird. Es war für sie ein furchtbarer Schock gewesen, sie hatte
nicht geahnt, daß er andere Frauen neben ihr hatte. Eine davon gehörte sogar zu ihren besten Freundinnen, auch sie
Archäologin, die ihr Leben der Ausgrabung eines Dionysos-
tempels auf Thasos gewidmet hatte. Henrik war noch sehr
klein, sie hatte eine Vertretung als Universitätsdozentin gehabt, während sie versuchte, über das Geschehene hinwegzu-
kommen und ihr zerbrechendes Leben zusammenzuflicken.

Aron hatte sie zerschmettert, wie ein plötzlicher Vulkanausbruch eine Ortschaft, einen Menschen oder eine Vase zer-
schmettern konnte. Oft dachte sie an sich selbst, wenn sie mit
ihren Keramikscherben dasaß und sich ein Ganzes vorzustellen versuchte, das sie nie würde rekonstruieren können. Aron
hatte sie nicht nur in Stücke geschlagen, er hatte auch einen
Teil der Scherben versteckt, um es ihr schwerer zu machen,
ihre Identität als Mensch, als Frau und als Archäologin wie-
derzufinden.

Aron hatte sie ohne Vorwarnung verlassen, er hatte nur einen Brief von wenigen, nachlässig geschriebenen Zeilen zurückgelassen, in denen er ihr mitteilte, daß ihre Ehe beendet
sei, er könne nicht mehr, er entschuldige sich und hoffe, sie
werde ihren gemeinsamen Sohn nicht gegen ihn aufbringen.

Danach hörte sie sieben Monate nichts von ihm. Schließlich kam ein Brief aus Venedig. Sie erkannte an der Handschrift, daß er betrunken gewesen war, als er ihn schrieb, einer dieser großartigen Aronräusche, in die er sich zuweilen
stürzte, ein konstanter Rausch, der mit Höhepunkten und Tiefen über eine Woche dauern konnte. Jetzt schrieb er ihr und
war weinerlich und voller Selbstmitleid und wollte wissen, ob
sie sich vorstellen könne, ihn zurückzunehmen. Erst da, als sie
mit dem weinfleckigen Brief in der Hand dasaß, erkannte sie,

daß es wirklich vorbei war. Sie wollte beides, ihn zurückhaben und ihn nicht zurückhaben, doch das erste wagte sie nicht, weil sie wußte, daß er ihr Leben von neuem zerstören konnte. Ein Mensch kann einmal im Leben zu Boden gehen und sich wieder aufrichten, hatte sie gedacht. Aber nicht zweimal, das war zuviel. Also antwortete sie ihm, daß ihre Ehe beendet sei. Henrik war da, es sei ihnen beiden selbst überlassen, herauszufinden, welche Art von Gemeinschaft sie im Leben haben wollten, sie werde sich nicht zwischen ihn und das Kind stellen.

Es verging nahezu ein Jahr, bis er wieder von sich hören ließ. Da kam er durch eine rauschende Telefonleitung aus Neufundland zu ihr, wohin er sich mit einigen gleichgesinnten Computerexperten zurückgezogen hatte, die ein sektenähnliches Netzwerk gebildet hatten. In dunklen Reden hatte er ihr zu erklären versucht, daß sie daran arbeiteten, zukünftige Archivierungsmethoden zu erforschen, wenn alle menschliche Erfahrung in Nullen und Einsen verwandelt war. Der Mikrofilm und die Felskammern waren für die gesammelte menschliche Erfahrung nicht mehr von Bedeutung. Jetzt war es der Computer, der garantieren sollte, daß der Mensch in einem bestimmten Zeitalter keine Leere zurückließ. Aber konnte man garantieren, daß die Computer in der magischen Halbwelt, in der er lebte, nicht anfingen, eigene Erfahrungen zu erschaffen und zu speichern? Die Telefonleitung rauschte, sie verstand nicht viel von dem, was er sagte, aber er war auf jeden Fall nicht betrunken und voller Selbstmitleid.

Er bat sie um die Lithographie eines Habichts, der eine Taube schlug, ein Bild, das sie am Anfang ihrer Ehe zufällig in einer Galerie gekauft hatten. Ein paar Wochen später schickte sie das Bild. Ungefähr gleichzeitig hatte sie bemerkt, daß er wieder Kontakt zu seinem Sohn aufgenommen hatte, auch wenn dies im geheimen geschah.

Aron stand weiterhin im Weg. Sie zweifelte manchmal daran, daß es ihr je gelingen würde, sein Gesicht auszuwischen und die Meßlatte loszuwerden, mit der sie andere Männer maß und die der Grund dafür war, daß alle früher oder später für zu klein befunden und fallengelassen wurden.

Sie wählte Henriks Nummer. Jedesmal, wenn die alten Wunden aus der Beziehung mit Aron wieder aufbrachen, mußte sie Henriks Stimme hören, um nicht in Bitterkeit zu verfallen. Aber wieder meldete sich nur der Anrufbeantworter, und sie sagte, sie werde jetzt nicht mehr anrufen, bis sie in Visby angekommen sei.

Es gab immer einen Moment kindlicher Angst, wenn er sich nicht meldete. Einige Sekunden lang stellte sie sich Unglücke vor, Brände, Krankheiten. Dann wurde sie wieder ruhig. Henrik war vorsichtig, ging nie unnötige Risiken ein, auch wenn er viel reiste, oft das Unbekannte aufsuchte.

Sie trat hinaus auf den Hof und rauchte eine Zigarette. Von Mitsos' Haus hörte sie einen Mann lachen. Es war Panayiotis, sein älterer Bruder. Panayiotis, der zum Verdruß der Familie Geld beim Pferderennen gewonnen und damit eine unverschämte finanzielle Voraussetzung für sein leichtfertiges Leben geschaffen hatte. Sie mußte lachen, als sie daran dachte, zog den Rauch tief in die Lungen und sagte sich abwesend, daß sie am Tag ihres sechzigsten Geburtstags aufhören würde zu rauchen.

Sie war allein in der Dunkelheit, der Sternenhimmel war klar, der Abend mild, ohne die kühlen Windstöße. Hierhin bin ich gekommen, dachte sie. Von Sveg und dem melancholischen Härjedalen nach Griechenland und zu den bronzezeitlichen Gräbern. Aus dem Schnee und der Kälte in die warmen und trockenen Olivenhaine.

Sie drückte die Zigarette aus und ging zurück ins Haus. Ihr Fuß schmerzte. Sie hielt inne, unschlüssig, was sie tun sollte. Dann rief sie noch einmal bei Vassilis an. Es war nicht mehr besetzt, aber es nahm auch niemand ab.

Vassilis' Gesicht verschwamm in ihrer Vorstellung sogleich mit dem von Aron. *Vassilis täuschte sie, er betrachtete sie* als einen Bestandteil seines Lebens, auf den er verzichten konnte.

Eifersüchtig wählte sie die Nummer des Handys, das er in der Tasche hatte. Keine Antwort. Nur eine griechische Frauenstimme, die sie bat, eine Nachricht zu hinterlassen. Sie biß die Zähne zusammen und sagte nichts.

Dann klappte sie ihre Tasche zu und beschloß im selben Moment, ihre Beziehung mit Vassilis zu beenden. Sie würde das Rechnungsbuch abschließen, es beenden, genauso wie sie ihre Tasche zugeklappt hatte.

Sie streckte sich auf dem Bett aus und betrachtete den stummen Deckenventilator. Wie hatte sie überhaupt ein Verhältnis mit Vassilis haben können? Auf einmal war es ihr unbegreiflich, sie war angewidert, aber nicht von ihm, sondern von sich selbst.

Der Ventilator an der Decke war stumm, die Eifersucht war verflogen, und die Hunde draußen im Dunkeln schwiegen. Wie sie es immer tat, wenn sie vor einer wichtigen Entscheidung stand, redete sie sich in Gedanken mit ihrem Namen an.

Dies ist Louise Cantor im Herbst 2004, hier hat sie ihr Leben, schwarz auf weiß, oder eher rot auf schwarz, was die übliche Farbkombination auf den Urnenfragmenten ist, die wir aus der griechischen Erde graben. Louise Cantor ist vierundfünfzig Jahre alt, sie erschrickt nicht, wenn sie ihr Gesicht oder ihren Körper im Spiegel sieht. Sie ist immer noch ansprechend, noch nicht alt, Männer sehen sie, auch wenn sie sich nicht nach ihr umschauen. Und sie? Nach wem schaut sie sich um? Oder richtet sie ihren Blick nur auf die Erde, da es sie weiterhin reizt, nach Absichten und Abdrücken der Vergangenheit zu suchen? Louise Cantor hat ein Buch geschlossen, das Vassilis heißt, es wird nie mehr geöffnet. Es wird ihm nicht einmal mehr erlaubt sein, Louise Cantor morgen zum Flugplatz von Athen zu fahren.

Sie stand auf und suchte die Nummer eines örtlichen Taxi-unternehmens. Sie bekam eine schwerhörige Frau an den Apparat und mußte ihre Bestellung schreien. Nun konnte sie nur hoffen, daß der Wagen auch wirklich kam. Weil Vassilis zugesagt hatte, um halb vier bei ihr zu sein, bestellte sie das Taxi für drei Uhr.

Sie setzte sich an ihren Arbeitstisch und schrieb einen Brief an Vassilis. »*Es ist Schluß, es ist vorbei. Alles hat ein Ende. Ich spüre, daß ich mich auf etwas Neues zubewege. Es tut mir leid, daß du umsonst gekommen bist, um mich abzuholen. Ich habe versucht, dich anzurufen. Louise.*«

Sie las den Brief noch einmal durch. Bereute sie es? Es kam vor, daß sie das tat, sie hatte in ihrem Leben viele Abschieds-briefe geschrieben, die nie abgesandt wurden. Doch diesmal nicht. Sie steckte den Brief in einen Umschlag, klebte ihn zu und ging in der Dunkelheit hinaus zum Briefkasten, wo sie ihn mit einer Wäscheklammer befestigte.

Sie schlummerte ein paar Stunden auf dem Bett, trank ein Glas Wein und starrte auf eine Dose mit Schlaftabletten, ohne sich entscheiden zu können.

Das Taxi kam drei Minuten vor drei, es war noch dunkel. Sie wartete draußen am Tor. Mitsos' Hunde bellten nicht. Sie sank auf den Rücksitz und schloß die Augen. Erst jetzt, da die Reise begonnen hatte, konnte sie einschlafen.

Im Morgengrauen erreichte sie den Flughafen. Ohne daß sie es ahnte, näherte sie sich der großen Katastrophe.

2

Als sie ihren Koffer bei einer der morgenmüden Lufthansa-
angestellten eingecheckt hatte und auf dem Weg zur Sicherheitskontrolle war, geschah etwas, was einen tiefen Eindruck
bei ihr hinterließ.

Später sollte sie denken, daß sie es als Omen hätte auffas-
sen müssen, als Warnung. Doch sie tat es nicht, sie entdeckte
nur eine einsame Frau, die mit ihren Bündeln und altmodi-
schen, mit Schnüren zugebundenen Kleidertaschen auf dem
Steinfußboden saß. Die Frau weinte. Sie war vollkommen reglos, ihr Gesicht nach innen gekehrt, sie war alt, ihre einge-
sunkenen Wangen erzählten von vielen fehlenden Zähnen.
Vielleicht war sie aus Albanien, dachte Louise Cantor. Viele
albanische Frauen suchen Arbeit hier in Griechenland, sie nehmen jede Arbeit an, weil wenig besser ist als nichts und weil
Albanien ein erbarmungslos armes Land ist. Sie trug einen
Schal um den Kopf, den Schal der ehrbaren älteren Frau, sie
war keine Moslime, und sie saß auf dem Boden und weinte.
Die Frau war allein, es war, als wäre sie hier auf dem Flughafen
an Land getrieben, umgeben von ihren Bündeln, ihr Leben war
zerschlagen, ein Haufen wertloses Strandgut war alles, was
übrig war.

Louise Cantor blieb stehen, eilige Menschen stießen sie
an, doch sie blieb stehen, als stemmte sie sich gegen einen
starken Wind. Das Gesicht der Frau zwischen den Bündeln
auf dem Boden war braun und zerfurcht, ihre Haut war wie
eine erstarrte Lavalandschaft. Es gab eine besondere Art von
Schönheit in den Gesichtern alter Frauen, wo alles bis auf
eine dünne Haut über den Knochen abgeschliffen ist, wo alle
Geschehnisse des Lebens eingeschrieben sind. Zwei einge-
kerbte, ausgetrocknete Furchen zogen sich von den Augen

die Wangen hinab, jetzt füllten sie sich mit den Tränen der Frau.

Sie begießt einen mir unbekannten Schmerz, dachte Louise Cantor. Aber etwas von ihr habe ich auch in mir.

Die Frau hob plötzlich den Kopf, ihre Blicke begegneten sich für einen kurzen Augenblick, und sie schüttelte langsam den Kopf. Louise Cantor nahm dies als ein Zeichen, daß ihre Hilfe, worin sie auch hätte bestehen können, nicht benötigt wurde. Sie hastete weiter zur Sicherheitskontrolle, drängte sich durch die schubsenden Menschen, jagte durch Duftwolken von Knoblauch und Oliven. Als sie sich umwandte, war es, als wäre ein Vorhang von Menschen zwischen sie gezogen worden, die Frau war nicht mehr zu sehen.

Louise Cantor hatte ein Tagebuch, in dem sie seit ihrer frühen Jugend Ereignisse aufschrieb, von denen sie meinte, sie würde sie nie vergessen. Dies war ein solcher Moment. In Gedanken formulierte sie schon, was sie schreiben würde, während sie ihre Handtasche auf das Rollband der Sicherheitskontrolle und ihr Telefon in eine kleine blaue Plastikbox legte und anschließend durch die magische Sperre schritt, die böse Menschen von guten trennte.

Sie kaufte eine Flasche Tullamore Dew für sich und zwei Flaschen Retsina für Henrik. Dann setzte sie sich in die Nähe des Ausgangs und entdeckte zu ihrem Ärger, daß sie ihr Tagebuch in der Argolis vergessen hatte. Sie sah es vor sich, es lag am Tischende neben der grünen Lampe. Sie holte das Seminarprogramm und notierte auf der Rückseite:

»Weinende alte Frau auf dem Flugplatz von Athen. Ein Gesicht, als wäre sie eigentlich eine menschliche Ruine, nach Jahrtausenden von einem neugierigen und aufdringlichen Archäologen ausgegraben. Warum weinte sie? Diese universelle Frage. Warum weint ein Mensch?«

Sie schloß die Augen und versuchte sich vorzustellen, was sich in den Bündeln und kaputten Taschen befunden haben konnte.

Leere, dachte sie. Taschen, gefüllt mit Leere oder mit der Asche vergangener niedergebrannter Feuer.

Als ihr Flug aufgerufen wurde, wachte sie mit einem Ruck auf. Sie saß auf einem Gangplatz, der Mann neben ihr schien Flugangst zu haben. Sie beschloß, bis Frankfurt zu schlafen, erst auf der Strecke nach Stockholm würde sie frühstücken.

Als sie in Arlanda gelandet war und ihren Koffer gefunden hatte, war sie immer noch müde. Sie liebte es, eine Reise vor sich zu haben, nicht aber, sie zu unternehmen. Sie ahnte, daß sie eines Tages auf einer Reise von Panik befallen werden würde. Deshalb hatte sie seit vielen Jahren immer eine Schachtel mit Beruhigungstabletten bei sich, für den Fall, daß der Angstanfall kam.

Sie suchte den Weg zum Terminal für Inlandflüge, gab ihren Koffer bei einer etwas weniger müden Frau ab als der, bei der sie in Athen eingecheckt hatte, setzte sich und wartete. Durch eine Tür, die aufgestoßen wurde, traf sie ein Windstoß aus dem schwedischen Herbst. Sie fröstelte und dachte, daß sie die Gelegenheit wahrnehmen mußte, einen Pullover aus Gotlandwolle zu kaufen, wenn sie schon in Visby war. Gotland und Griechenland hatten die Schafe gemeinsam, dachte sie. Wenn Gotland Olivenhaine hätte, wäre der Unterschied gering.

Sie überlegte, ob sie Henrik anrufen sollte. Aber er schlief vielleicht, er machte die Nacht oft zum Tag, er arbeitete lieber bei Sternenlicht als bei Sonnenschein. Statt dessen wählte sie die Nummer ihres Vaters in Ulvkälla in der Nähe von Sveg, auf der Südseite des Ljusnan. Er schlief nie, ihn konnte sie zu jeder Tages- und Nachtzeit anrufen. Noch nie war es ihr gelungen, ihn dabei zu erwischen, daß er schlief, wenn sie anrief. Daran erinnerte sie sich auch aus ihrer Kindheit. Sie hatte einen Vater, der den Schlaftroll überlistet hatte, einen riesigen Mann mit stets geöffneten Augen, stets wachend, bereit, sie zu verteidigen.

Sie wählte die Nummer, brach aber nach dem ersten Klingeln ab. Gerade im Augenblick hatte sie ihm nichts zu sagen. Sie steckte das Telefon ein und dachte an Vassilis. Er hatte sie nicht auf ihrem Handy angerufen und eine Nachricht auf ihrer Mailbox hinterlassen. Aber warum sollte er? Sie spürte einen Anflug von Enttäuschung, verwarf die Empfindung aber sogleich, es gab keinen Grund, zu bereuen. Louise Cantor stammte aus einer Familie, in der man einmal gefaßte Entschlüsse nicht bereute, selbst wenn sie völlig verfehlt waren. Man machte gute Miene auch zum bösesten Spiel.

Es wehte stark vom Meer her, als die Maschine hart auf dem Flugplatz bei Visby aufsetzte. Der Wind erfaßte ihren Mantel, als sie geduckt ins Flughafengebäude eilte. Ein Mann mit einem Schild nahm sie in Empfang. Auf der Fahrt in die Stadt sah sie an den Bäumen, wie stark der Wind war, er würde die meisten Blätter abreißen. Es findet eine Feldschlacht zwischen den Jahreszeiten statt, dachte sie, eine Feldschlacht, deren Ausgang von vornherein feststeht.

Das Hotel hieß Strand und lag am Hang, der vom Hafen anstieg. Sie hatte ein Zimmer ohne Fenster zum Marktplatz bekommen und bat die Frau an der Rezeption enttäuscht, das Zimmer zu tauschen. Sie bekam ein anderes Zimmer, das zwar kleiner war, aber zur richtigen Seite wies, und sie stand vollkommen still, als sie ins Zimmer trat und durchs Fenster hinaussah. Was sehe ich? dachte sie. Was hoffe ich? Was soll da draußen geschehen?

Sie hatte eine wiederkehrende Beschwörungsformel. *Ich bin vierundfünfzig Jahre alt. Bis hierher bin ich gekommen, wohin führt mein Weg jetzt, wenn der Weg endet?*

Sie sah eine alte Dame, die sich auf der windigen Steigung mit ihrem Hund abmühte. Sie fühlte sich mehr wie der Hund als wie die Frau in dem grellroten Mantel.

Kurz vor vier am Nachmittag ging sie zur Hochschule, die

am Wasser lag. Es war ein kurzer Weg, und sie hatte noch Zeit, um eine Runde durch den verlassenen Hafen zu gehen. Das Wasser peitschte gegen die steinerne Pier. Es hatte eine andere Farbe als das Meer um das griechische Festland und die Inseln herum. Es ist wilder hier, dachte sie. Rauher, ein junges Meer, das hitzig das Messer gegen das erstbeste Schiff oder die erstbeste Hafenmauer zieht.

Der Wind war noch immer stark, vielleicht böiger jetzt. Eine Fähre war auf dem Weg hinaus durch die Hafeneinfahrt. Sie war ein pünktlicher Mensch. Es war ebenso wichtig, nicht zu früh zu kommen, wie nicht zu spät zu kommen. Ein freundlicher Mann mit einer operierten Hasenscharte empfing sie am Eingang. Er gehörte zu den Veranstaltern, stellte sich vor und sagte, sie seien sich schon einmal begegnet, vor vielen Jahren, aber sie konnte sich nicht an ihn erinnern. Sie wußte, daß es zu den am schwersten zu erlernenden menschlichen Fähigkeiten zählte, jemanden wiederzuerkennen. Gesichter verändern sich, oft bis zur Unkenntlichkeit. Aber sie lächelte ihn an und sagte, sie erinnere sich, sehr gut sogar.

Sie versammelten sich in einem unpersönlichen Seminarraum, sie waren zweiundzwanzig Personen, steckten sich ihre Namensschildchen an, tranken Kaffee und Tee und lauschten anschließend den Ausführungen eines lettischen Dr. Stefanis, der das Seminar in holprigem Englisch mit einem Bericht über kürzlich gemachte Funde minoischer Keramik eröffnete, die bemerkenswert schwer zu bestimmen war. Sie begriff nicht, was daran so schwer zu bestimmen war, minoisch war minoisch, und damit basta.

Sie merkte bald, daß sie nicht zuhörte. Sie war noch immer unten in der Argolis, umgeben vom Duft von Thymian und Rosmarin. Sie betrachtete die Menschen, die an dem großen ovalen Tisch saßen. Wer von ihnen hörte zu, wer war wie sie, teilweise sich selbst entrückt, in eine andere Wirklichkeit? Sie kannte niemanden am Tisch, abgesehen von dem Mann, der behauptet hatte, ihr in der Vergangenheit schon einmal begegnet zu sein. Es waren Teilnehmer aus den skandinavischen und baltischen Ländern, dazu ein paar Feldarchäologen wie sie selbst.

Dr. Stefanis schloß abrupt, als könnte er sein eigenes schlechtes Englisch nicht mehr ertragen. Nach dem Applaus kam es zu einer kürzeren und äußerst friedlichen Diskussion. Nach einigen praktischen Erklärungen für den kommenden Tag war der Einleitungsabend des Seminars beendet. Als sie das Gebäude verlassen wollte, wurde sie von einem Unbekannten gebeten, noch zu bleiben, weil der Fotograf einer Lokalzeitung einige zufällig zusammengetriebene Archäologen fotografieren wollte. Er notierte ihren Namen, dann konnte sie fliehen, hinaus in den starken Wind.

In ihrem Zimmer schlief sie auf dem Bett ein und wußte zunächst nicht, wo sie war, als sie die Augen wieder aufschlug. Sie müßte Henrik anrufen, beschloß aber, damit bis nach dem Essen zu warten. Draußen auf dem Marktplatz ging sie in eine willkürlich gewählte Richtung und landete in einem Kellerrestaurant, in dem wenige Gäste saßen. Aber das Essen war gut. Sie trank einige Gläser Wein, spürte erneut Unbehagen bei dem Gedanken daran, daß sie ihr Verhältnis mit Vassilis beendet hatte, und versuchte, sich auf den Vortrag zu konzentrieren, den sie am nächsten Tag halten sollte. Sie trank noch ein Glas Wein und ging in Gedanken noch einmal durch, was sie sagen wollte. Sie hatte ein Manuskript, aber da es ein alter Vortrag war, konnte sie ihn fast auswendig.

Ich werde über die schwarze Farbe im Ton sprechen. Das rote Eisenoxyd wird während des Brennens durch den Sauerstoffmangel schwarz. Aber das ist die letzte Phase des Brennvorgangs, in der ersten Phase bildet sich das rote Eisenoxyd, die Urne wird rot. Das Rote und das Schwarze haben ihren Ursprung ineinander.

Der Wein begann zu wirken, ihr Körper wurde warm, ihr Kopf füllte sich mit Wellen, die vor und zurück rollten. Sie zahlte, ging hinaus in den böigen Wind und dachte, daß sie sich schon nach dem kommenden Tag sehnte.

Sie wählte die Nummer der Wohnung in Stockholm. Immer noch war dort nur der Anrufbeantworter. Wenn es wichtig war, kam es vor, daß Henrik eine bestimmte Nachricht aufs Band sprach, eine Nachricht, die sie mit der ganzen Welt teilte. Sie sagte, daß sie in Visby sei, daß sie auf dem Weg sei. Dann wählte sie die Nummer seines Mobiltelefons. Auch dort keine Antwort.

Eine vage Besorgnis durchfuhr sie, ein Hauch, so flüchtig, daß sie ihn fast nicht wahrnahm.

In der Nacht schlief sie bei angelehntem Fenster. Gegen Mitternacht wurde sie davon wach, daß ein paar betrunkene Jungen etwas von einem lockeren Mädchen schrien, das ihnen unerreichbar vorkam.

Um zehn Uhr am nächsten Tag hielt sie ihren Vortrag über den attischen Ton und seine Konsistenz. Sie sprach von dem reichen Eisenvorkommen und verglich die rote Farbe des Eisenoxyds mit dem kalkreichen Ton von Korinth und der weißen oder sogar grünen Keramik. Nach einer zögernden Einleitung – mehrere Teilnehmer hatten offenbar noch spät zu Abend gegessen und reichlich Wein dazu getrunken – gelang es ihr, das Interesse der Zuhörer zu wecken. Sie sprach genau fünfundvierzig Minuten, wie geplant, und erntete kräftigen Applaus. Während der anschließenden Diskussion wurden ihr keine heiklen Fragen gestellt, und als die Kaffeepause kam, hatte sie das Gefühl, mit ihrem Beitrag den Zweck der Reise erfüllt zu haben.

Der Wind war schwächer geworden. Sie nahm ihre Kaffeetasse mit in den Hof und balancierte sie auf ihrem Knie, als sie sich auf eine Bank gesetzt hatte. Ihr Telefon summte. Sie war sicher, daß es Henrik sein mußte, aber sie sah, daß der Anruf aus Griechenland kam, es war Vassilis. Sie zögerte, antwortete dann aber nicht. Sie wollte nicht riskieren, in einen nervenaufreibenden Streit zu geraten, dazu war es zu früh am Tag. Vassilis konnte unerträglich sein, wenn er es darauf anlegte. Sie würde schon bald in die Argolis zurückkehren und ihn dann aufsuchen.

Sie steckte das Telefon in die Tasche, trank ihren Kaffee und beschloß plötzlich, daß es jetzt reichte. Die weiteren Referenten des Tages hatten sicher viel Interessantes zu sagen. Aber sie wollte nicht mehr bleiben. Als ihr Beschluß gefaßt war, nahm sie ihre Tasse und suchte den Mann mit der Narbe auf der Oberlippe. Sie erklärte ihm, ein Freund sei plötzlich erkrankt, es sei nicht lebensbedrohlich, aber doch so ernst, daß sie ihre weitere Teilnahme absagen müsse.

Später sollte sie diese Worte verfluchen. Sie sollten sie verfolgen, sie hatte nach dem Wolf gerufen, und der Wolf war gekommen.

Doch gerade jetzt schien die Herbstsonne über Visby. Sie kehrte zum Hotel zurück, die Rezeptionistin half ihr, den Flug umzubuchen, und sie bekam einen Platz in einer Maschine um drei Uhr. Die Zeit reichte noch für einen Spaziergang entlang der Stadtmauer und für den Besuch in zwei Läden, in denen sie handgestrickte Pullover anprobierte, ohne jedoch einen passenden zu finden. Sie aß in einem chinesischen Restaurant zu Mittag und beschloß, Henrik nicht mehr anzurufen, sondern ihn zu überraschen. Sie besaß einen eigenen Schlüssel, und Henrik hatte ihr gesagt, daß sie jederzeit in seine Wohnung gehen könne, er habe keine Geheimnisse, die er vor ihr verbergen müsse.

Sie war sehr früh am Flugplatz, in einer Lokalzeitung betrachtete sie das Bild, das der Fotograf am Tag zuvor gemacht hatte. Sie riß die Seite heraus und steckte sie ein. Dann kam eine Durchsage, daß die Maschine, mit der sie fliegen sollte, einen technischen Defekt habe. Sie mußte auf eine Ersatzmaschine warten, die bereits auf dem Weg von Stockholm war.

Sie ärgerte sich nicht, spürte aber, wie ihre Ungeduld wuchs. Weil es keine andere Maschine gab, auf die sie umbuchen konnte, ging sie nach draußen, setzte sich vor dem Flughafengebäude auf eine Bank und rauchte eine Zigarette. Jetzt bereute sie es, daß sie nicht mit Vassilis gesprochen hatte, sie hätte ebensogut den Zornausbruch eines Mannes über sich ergehen lassen können, der in seiner Eitelkeit gekränkt war und ein Nein nicht akzeptieren konnte als das, was es war.

Doch sie rief nicht an. Mit fast zweistündiger Verspätung hob die Maschine ab, und es war schon nach fünf Uhr, als sie wieder in Stockholm landete. Sie nahm ein Taxi direkt zu Henriks Wohnung auf Söder. Sie gerieten in den Stau nach einem Verkehrsunfall, es waren viele unsichtbare Kräfte am Werk, die sie zurückhalten, sie verschonen wollten. Doch natürlich wußte sie davon nichts, sie fühlte nur, wie ihre Ungeduld wuchs, und dachte, daß Schweden in vielerlei Hinsicht Griechenland zu gleichen begann, verkeilte Autoschlangen und ständige Verspätungen.

Henrik wohnte in der Tavastgata, einer ruhigen Straße ein wenig abseits der Hauptverkehrswege auf Söder. Sie probierte aus, ob der Türkode der gleiche war wie beim letzten Mal, 1066, die Schlacht bei Hastings. Die Tür ging auf. Henrik wohnte ganz oben mit Aussicht auf Blechdächer und Kirchtürme. Er hatte auch erzählt, zu ihrem großen Entsetzen, daß er das Wasser des Strömmen erkennen konnte, wenn er auf dem schmalen Gitter vor einem seiner Fenster balancierte.

Sie drückte zweimal auf die Klingel. Dann schloß sie auf. Sie bemerkte den dumpfen Geruch einer ungelüfteten Wohnung.

Im selben Augenblick bekam sie Angst. Etwas stimmte nicht. Sie hielt den Atem an und lauschte. Vom Flur konnte sie in die Küche sehen. Es ist niemand hier, dachte sie. Sie rief, daß sie es sei. Aber keiner antwortete. Ihre Angst verging.

Sie hängte ihren Mantel auf und trat die Schuhe von den Füßen. Auf dem Boden unter dem Briefeinwurfschlitz lag keine Post und keine Reklame. Henrik war also nicht verreist. Sie ging in die Küche. Kein schmutziges Geschirr im Spülbecken. Das Wohnzimmer war ungewöhnlich gut aufgeräumt, der Schreibtisch leer. Sie schob die Tür zum Schlafzimmer auf.

Henrik lag unter der Decke. Sein Kopf ruhte schwer auf dem Kissen. Er lag auf dem Rücken, eine Hand hing hinab auf den Fußboden, die andere lag offen auf seiner Brust.

Sie wußte sofort, daß er tot war. In einem aberwitzigen Versuch, sich von dieser Einsicht zu befreien, schrie sie los. Aber er bewegte sich nicht, er lag in seinem Bett und war nicht mehr da.

Es war Freitag, der 17. September. Louise Cantor stürzte in einen Abgrund, der in ihr selbst war und zugleich außerhalb ihres Körpers.

Dann lief sie aus der Wohnung, immer noch schreiend. Die sie gehört hatten, sagten später, es habe geklungen wie der Notschrei eines Tiers.

3

Aus dem Chaos löste sich ein einzelner greifbarer Gedanke. Aron. Wo war er? Gab es ihn überhaupt? Warum stand er nicht neben ihr? Henrik war ihr gemeinsames Geschöpf, und dem konnte er sich nicht entziehen. Aber Aron kam natürlich nicht, er war fort, wie er immer fort gewesen war, er war wie ein dünner Dunstschleier, den sie nicht greifen, an den sie sich nicht anlehnen konnte.

Sie hatte hinterher keine direkte Erinnerung an die nächsten Stunden, wußte nur, was andere ihr erzählt hatten. Ein Nachbar hatte die Tür aufgemacht und sie entdeckt, sie war auf der Treppe gestolpert und liegengeblieben. Danach war ein Gewimmel von Menschen um sie gewesen, Polizisten und die Männer vom Krankenwagen. Man hatte sie in die Wohnung gebracht, obwohl sie sich dagegen gesträubt hatte. Sie wollte nicht dahin zurück, sie hatte nicht gesehen, was sie gesehen hatte, Henrik war nur ausgegangen, er würde bald nach Hause kommen. Eine Polizistin mit kindlichem Gesicht hatte ihr den Arm gestreichelt, sie war wie eine freundliche alte Tante gewesen, die ein kleines Mädchen tröstete, das hingefallen war und sich das Knie aufgeschrammt hatte.

Aber sie hatte sich nicht das Knie aufgeschrammt, sie war zusammengebrochen, weil ihr Sohn tot war. Die Polizistin wiederholte ihren Namen, sie hieß Emma. Emma war ein altmodischer Name, der wieder in Mode gekommen war, dachte sie verwirrt. Alles kehrte wieder, auch ihr eigener Name, der früher hauptsächlich von den Reichen und Vornehmen benutzt worden war, und allmählich durch die Zwischenböden der Klassengesellschaft nach unten gesickert und für alle erlaubt war. Ihr Vater Artur hatte den Namen bestimmt, und in der Schule war sie deswegen gehänselt worden. Es gab damals eine Königin Louise in Schweden, sie war uralt und glich einem verdorrten Baum. Louise hatte ihren Namen während der ganzen Zeit ihres Heranwachsens gehaßt, bis zu dem Punkt, da die Geschichte mit Emil vorbei war, sie hatte sich aus der Umarmung des Bären befreit und hatte aufbrechen können. Da wurde der Name Louise plötzlich zu einem eigentümlichen Aktivposten.

Die Gedanken wirbelten durch ihren Kopf, und die Polizistin Emma saß neben ihr und tätschelte ihren Arm, als schlüge sie den Takt zu der Katastrophe oder als wäre sie selbst die verstreichende Zeit.

Sie hatte ein Erlebnis gehabt, es war eins der wenigen Dinge, an die sie sich selbst erinnerte, ohne daß jemand sie darauf ansprach oder ihr die Einzelheiten nannte. *Die Zeit war ein Schiff, das sich entfernte.* Sie war zurückgeblieben am Kai, und die Uhren des Lebens tickten immer langsamer. Sie war zurückgelassen worden, abseits der großen Ereignisse. Nicht Henrik war tot, sie selbst war es.

Ein paarmal versuchte sie zu fliehen, sich von der freundlich streichelnden Polizistin loszureißen. Man erzählte ihr nachher, ihre Schreie seien herzzerreißend gewesen, schließlich hatte jemand sie gezwungen, eine Tablette zu schlucken, die sie betäubte und schläfrig machte. Sie erinnerte sich daran, daß alle Menschen, die sich in der kleinen Wohnung drängten, sich immer langsamer bewegten, wie in einem Film, der mit zu geringer Geschwindigkeit abgespielt wird.

Während sie so dem Abgrund entgegenstürzte, hatte sie auch wirre Gedanken über Gott. Sie hatte nie wirkliche Gespräche mit ihm geführt, zumindest nicht, seit sie als Teenager eine Phase schwerer religiöser Grübelei durchlitten hatte. Eine Klassenkameradin war eines Wintermorgens kurz vor Lucia auf dem Weg zur Schule im Schneetreiben von einem Schneepflug überfahren und getötet worden. Es war das erste Mal, daß der Tod in ihrer allernächsten Nähe zuschlug. Es war ein Tod, der nach nasser Wolle roch, ein in winterliche Kälte und

schweren Schnee eingebetteter Tod. Ihre Lehrerin hatte geweint – schon dies allein war ein furchtbarer Angriff auf das
Idyll, die strenge Lehrerin wie ein verlassenes und veräng-
stigtes Kind in Tränen ausbrechen zu sehen. Auf dem Platz des
toten Mädchens hatte eine brennende Kerze gestanden. Es
war die Bank neben ihrer, jetzt war ihre Klassenkameradin
fort, der Tod bedeutete, *fort zu sein*, nichts anderes. Das Er-
schreckende, geradezu Entsetzliche war, daß *der Tod so willkürlich zuschlug.* Sie begann sich zu fragen, wie es so sein
konnte, und plötzlich verstand sie, daß der, an den sie diese
Frage in Gedanken richtete, vielleicht der war, den man Gott
nannte.

Doch er antwortete nicht, sie versuchte mit allen möglichen
Tricks, seine Aufmerksamkeit auf sich zu lenken, sie errichtete
in einer Ecke des Holzschuppens einen kleinen Altar, aber
keine innere Stimme antwortete auf ihre Fragen. Gott war ein
abwesender Erwachsener, der nur dann zu einem Kind sprach,
wenn es ihm gefiel. Sie entdeckte schließlich, daß sie im Grun-
de auch nicht an einen Gott glaubte, höchstens hatte sie sich
vielleicht in Gott verliebt, eine heimliche Verliebtheit, wie in
einen unerreichbaren Jungen, der ein paar Jahre älter war als
sie.

Danach hatte es in ihrem Leben nie mehr einen Gott gegeben, nicht bis jetzt, aber auch diesmal sprach er nicht zu ihr.
Sie war allein. Es gab nur sie und die streichelnde Polizistin
und all die Menschen, die mit gedämpften Stimmen redeten,
sich langsam bewegten und nach etwas zu suchen schienen,
das verlorengegangen war.

Es trat eine plötzliche Ruhe ein, als wäre ein Tonband
durchgeschnitten worden. Die Stimmen um sie her waren verschwunden. Statt dessen hörte sie ein Flüstern im Kopf, das
unablässig wiederholte, daß es nicht wahr sei. Henrik schlief
nur. Er konnte ganz einfach nicht tot sein. Sie war doch gekommen, um ihn zu besuchen.

Ein Polizist in Zivil und mit müden Augen bat sie behutsam, mit ihm in die Küche zu kommen. Später wurde ihr klar, daß er es getan hatte, damit sie nicht sah, wie Henrik hinausgetragen wurde. Sie setzten sich an den Küchentisch, sie fühlte mit der Handfläche die Brotkrümel, die dort lagen.

Henrik konnte ganz einfach nicht tot sein, die Brotkrümel waren doch noch da!

Der Polizist nannte seinen Namen, zweimal, bevor sie verstand, was er sagte. Göran Vrede.

Er stellte Fragen, die sie mit eigenen Fragen beantwortete, auf die er wiederum antwortete. Als bewegten sie sich in Kreisen umeinander.

Aber nur eins war sicher: Henrik war gestorben. Göran Vrede sagte, es gebe keinerlei Anzeichen, die auf Fremdeinwirkung schließen ließen. Ob Henrik krank gewesen sei? Sie antwortete, Henrik sei nie krank gewesen, die Kinderkrankheiten seien gekommen und gegangen, ohne Spuren zu hinterlassen, selten oder nie habe er Entzündungen gehabt. Göran Vrede machte Notizen auf einem kleinen Block. Sie blickte auf seine dicken Finger und fragte sich, ob sie sensibel genug waren, die Wahrheit zu finden.

»Jemand muß ihn getötet haben«, sagte sie.

»Es gibt keine Zeichen äußerer Gewaltanwendung«, sagte er.

Sie wollte protestieren, doch ihr fehlte die Kraft. Sie saßen immer noch in der Küche. Göran Vrede fragte, ob sie jemanden habe, den sie anrufen könne. Er reichte ihr ein Telefon, und sie rief ihren Vater an. Wenn Aron nicht da war und Verantwortung übernahm, mußte ihr Vater einspringen. Es klingelte am anderen Ende, aber er nahm nicht ab. Vielleicht war er draußen im Wald und meißelte seine Skulpturen. Das Telefon erreichte ihn nicht. Aber wenn sie laut genug schrie, könnte er sie dann hören? Im gleichen Augenblick meldete er sich.

Sie begann sofort zu weinen, als sie seine Stimme hörte. Es

war, als machte sie einen gewaltigen Zeitsprung und verwandelte sich wieder in das hilflose Wesen, das sie einmal gewesen war.

»Henrik ist tot.«

Sie konnte hören, wie er atmete. Er hatte Bärenlungen, die zu füllen es riesiger Sauerstoffmengen bedurfte.

»Henrik ist tot«, wiederholte sie.

Sie hörte, wie er etwas zischte, vielleicht sagte er »Mein Gott«, aber es konnte auch ein Fluch sein.

»Was ist passiert?«

»Ich sitze in seiner Küche. Ich bin hergekommen. Er lag im Bett. Aber er war tot.«

Sie wußte nicht, was sie noch sagen sollte, und gab das Telefon Göran Vrede zurück, der aufstand, wie um sein Beileid zu bekunden. Als sie seine Schilderung hörte, sah sie ein, daß Henrik wirklich tot war. Es waren nicht nur Worte und Einbildungen, ein makabres Spiel mit Sinneswahrnehmungen und ihrem eigenen Entsetzen. Er war wirklich tot.

Göran Vrede beendete das Gespräch.

»Er hat gesagt, er habe getrunken und wolle nicht fahren. Aber er würde ein Taxi nehmen. Wo wohnt er?«

»In Härjedalen.«

»Und er nimmt ein Taxi? Das sind doch fünfhundert Kilometer!«

»Er nimmt ein Taxi. Er hat Henrik geliebt.«

Sie wurde in ein Hotel gebracht, wo man ihr ein Zimmer bestellt hatte. Solange sie auf Artur wartete, waren ständig Menschen bei ihr, meistens in Uniform. Sie bekam weitere Beruhigungsmittel, vielleicht schlief sie ein, das wußte sie nachher nicht genau. Henriks Tod war während dieser ersten Stunden wie in Nebel gehüllt.

Der einzige Gedanke, den sie von diesem Abend behalten konnte, während sie auf das Taxi mit Artur wartete, war, daß

Henrik einmal eine mechanische Hölle konstruiert hatte. Warum sie sich gerade daran erinnerte, wußte sie nicht, es war, als wären all ihre inneren Regale mit den Erinnerungen eingestürzt und der gesamte Inhalt wäre durcheinandergeraten. Nach welchem Gedanken oder welchem Erinnerungsbild sie auch zu greifen versuchte, sie bekam etwas Unerwartetes in die Hand.

Henrik war damals fünfzehn oder sechzehn Jahre alt gewesen. Sie stand kurz vor dem Abschluß ihrer Doktorarbeit über den Unterschied zwischen attischen Bronzezeitgräbern und den Grabbefunden im nördlichen Griechenland. Es war eine Zeit voller Zweifel an der Qualität ihrer Doktorarbeit, voller Schlaflosigkeit und Unruhe. Henrik war rastlos und aggressiv aufgetreten, er hatte seinen abgebrochenen Aufruhr gegen den Vater gegen sie gerichtet, und sie hatte befürchtet, er könne in einen Kreis von Klassenkameraden abgleiten, in dem Drogen und Verachtung der Gesellschaft die Triebkräfte waren. Aber alles war vorübergezogen, und eines Tages hatte er ihr das Bild einer mechanischen Hölle gezeigt, die es in einem Museum in Kopenhagen gab. Er hatte gesagt, er wolle die Hölle sehen, und ihr war sogleich klar gewesen, daß er nicht davon abzubringen sein würde. Sie hatte vorgeschlagen, mit ihm hinzufahren. Es war zu Beginn des Frühjahrs, sie sollte im Mai ihre Doktorarbeit verteidigen und brauchte ein paar freie Tage.

Die Reise hatte sie einander nähergebracht. Zum ersten Mal hatten sie den Schritt über das Mutter-Kind-Verhältnis hinaus getan. Er stand im Begriff, erwachsen zu werden, und verlangte von ihr, daß sie sich im Verhältnis zu ihm ebenfalls als Erwachsene zeigte. Er hatte Fragen nach Aron gestellt, und sie hatte ihm endlich ganz ernst von der leidenschaftlichen Geschichte erzählt, die immerhin das eine Gute hatte, daß er daraus entstanden war. Sie versuchte, nicht schlecht über Aron zu reden, sie wollte seine Lügen und seine ständigen Ausflüchte, Verantwortung für das Kind zu übernehmen, nicht aufdecken. Henrik hatte aufmerksam zugehört, seine Fragen ließen erkennen, daß er sie lange vorbereitet hatte.

Sie verbrachten zwei winderfüllte Tage in Kopenhagen und schlitterten im Schneematsch durch die Straßen, fanden aber die mechanische Hölle, und es war wie ein triumphaler Erfolg, sie hatten den Zweck ihrer Expedition erreicht. Die Hölle war im frühen achtzehnten Jahrhundert von einem unbekannten Meister hergestellt worden, oder vielleicht eher einem Verrückten, und sie war nicht größer als ein Puppentheater. Man konnte Federn aufziehen und anschließend betrachten, wie aus Blech ausgeschnittene Teufel verzweifelte Menschen fraßen, die von einer Stange im oberen Teil des Höllenkastens herabfielen. Es gab ausgeschnittene Flammen in goldfarbenem Metall und einen Oberteufel mit einem langen Schwanz, der sich rhythmisch bewegte, bis die Antriebsfedern nicht mehr genug Kraft entwickelten und alles stehenblieb. Sie redeten so lange auf einen Museumsangestellten ein, bis er die Federn aufzog, obwohl es eigentlich nicht erlaubt war, die mechanische Hölle war brüchig und sehr wertvoll. Es gab nichts Vergleichbares auf der Welt.

Auf dieser Reise hatte Henrik beschlossen, eine eigene mechanische Hölle zu bauen. Sie hatte nicht geglaubt, daß es ihm damit ernst war. Außerdem bezweifelte sie, daß er die technischen Fähigkeiten hatte, die erforderliche Konstruktion zu bauen. Doch drei Monate später rief er sie in sein Zimmer und führte ihr eine fast exakte Kopie dessen vor, was sie in Kopenhagen gesehen hatten. Sie war sehr erstaunt gewesen und von Bitterkeit gegen Aron erfüllt, der sich nicht darum kümmerte, was sein Sohn leisten konnte.

Warum dachte sie jetzt daran, während sie mit den Polizisten dasaß und auf Artur wartete? Vielleicht weil sie damals eine tiefe Dankbarkeit dafür empfunden hatte, daß Henrik da war und ihrem Leben einen Sinn gab, den keine Doktorarbeit und keine archäologische Ausgrabung auch nur annähernd geben konnte. Wenn das Leben einen Sinn hatte, dann war es ein Mensch, hatte sie gedacht, nichts anderes als ein Mensch.

Jetzt war er tot. Und sie war auch tot. Sie weinte in Schüben, sie kamen wie Regenschauer, die ihren Inhalt ausschütteten und schnell wieder verschwanden. Die Zeit hatte jede Bedeutung verloren. Wie lange sie wartete, wußte sie nicht. Kurz bevor Artur kam, dachte sie, daß Henrik ihr den äußersten Schmerz nie antun würde, wie schwer sein eigenes Leben auch sein mochte. Sie war der Garant dafür, daß er nie freiwillig aus dem Leben gehen würde.

Was blieb dann noch? Jemand mußte ihn getötet haben. Sie versuchte, es der Polizistin, die bei ihr wachte, zu sagen. Eine Weile später betrat Göran Vrede das Hotelzimmer. Er setzte sich schwer auf einen Stuhl ihr gegenüber und fragte, warum. Warum was?

»Warum glauben Sie, er sei umgebracht worden?«

»Es gibt keine andere Erklärung.«

»Hatte er Feinde? War etwas passiert?«

»Ich weiß nicht. Aber warum sollte er sonst sterben? Er ist fünfundzwanzig.«

»Wir wissen es nicht. Es gibt keine Anzeichen für Fremdeinwirkung.«

»Er muß ermordet worden sein.«

»Es gibt nichts, was darauf hindeutet.«

Sie blieb hartnäckig. Irgend jemand mußte ihren Sohn getötet haben. Es war ein roher und brutaler Mord. Göran Vrede hörte zu, den Notizblock in der Hand. Aber er schrieb nichts, und das empörte sie.

»Warum schreiben Sie nicht?« schrie sie plötzlich in ihrer Ohnmacht. »Ich sage Ihnen, was passiert sein muß!«

Er öffnete den Block, aber er schrieb noch immer nichts.

In diesem Augenblick betrat Artur das Zimmer. Er sah aus, als käme er gerade von einer verregneten Jagd und wäre lange über tiefe und endlose Moore gestapft. Er trug Gummistiefel und die alte Lederjacke, an die sie sich aus ihrer Kindheit erinnerte: sie roch beißend nach Tabak und Öl und anderen Dingen, die sie nie hatte bestimmen können. Sein Gesicht war bleich, das Haar zerzaust. Sie stürzte auf ihn zu und klammerte sich an ihn. Er würde ihr helfen, sich von dem Alptraum zu befreien, so wie früher, als sie klein war, wenn sie nachts wach geworden war und zu ihm ins Bett kriechen konnte. Sie überließ alles ihm. Einen kurzen Moment dachte sie, daß alles, was geschehen war, nur Einbildung sei. Dann merkte sie, daß er anfing zu weinen, und da starb Henrik zum zweiten Mal. Jetzt wußte sie, daß er nie wieder aufwachen würde.

Niemand konnte sie jetzt noch trösten, die Katastrophe war eine Tatsache. Aber Artur zwang sie mit sich, in seiner Verzweiflung zeigte er Entschlossenheit. Er wollte Klarheit. Noch einmal tauchte Göran Vrede auf. Seine Augen waren gerötet, und diesmal nahm er den Notizblock gar nicht erst in die Hand. Artur wollte wissen, was geschehen war, und es schien, als wagte Louise erst jetzt, da er in der Nähe war, zuzuhören.

Göran Vrede wiederholte, was er schon vorher gesagt hatte. Henrik hatte in einem blauen Schlafanzug unter der Decke gelegen, und wahrscheinlich war er schon seit mindestens zehn Stunden tot gewesen, als Louise ihn fand.

Ganz offensichtlich war, daß nichts eigenartig wirkte. Es fanden sich keine Anzeichen für ein Verbrechen, keine Spuren eines Kampfes, eines Einbruchs oder dafür, daß sich überhaupt jemand anders in der Wohnung aufgehalten hatte, als Henrik sich ins Bett gelegt hatte und gestorben war. Es gab keinen Abschiedsbrief, der auf Selbstmord deuten konnte. Es waren die Ärzte, die am Ende die Wahrheit herausfinden müßten, wenn die Polizei den Fall aus der Hand gab.

Louise registrierte die Worte, doch sogleich begann etwas in ihr zu nagen. Etwas stimmte nicht. Henrik sprach zu ihr, obwohl er tot war, er bat sie, vorsichtig und aufmerksam zu sein.

Es war früher Morgen, als Göran Vrede aufstand und ging. Artur hatte darum gebeten, daß man sie allein ließe. Er hob Louise aufs Bett, legte sich dann neben sie und nahm ihre Hand.

Plötzlich setzte sie sich auf. Jetzt hatte sie verstanden, was Henrik hatte erzählen wollen.

»Er hat nie im Schlafanzug geschlafen.«

Artur stand auf.

»Ich verstehe nicht, was du meinst.«

»Die Polizei hat gesagt, Henrik habe einen Schlafanzug angehabt. Ich weiß, daß er nie einen Schlafanzug trug. Er hatte zwar ein paar, aber er benutzte sie nie.«

Er betrachtete sie verständnislos.

»Er schlief immer nackt«, fuhr sie fort. »Ich bin sicher. Er hat mir erzählt, daß er immer ohne etwas schlief. Es fing damit an, daß er nackt bei offenem Fenster schlief, um sich abzuhärten.«

»Ich verstehe trotzdem nicht, was du meinst.«

»Jemand muß ihn getötet haben.«

Sie sah, daß er ihr nicht glaubte. Da gab sie es auf. Sie hatte keine Kraft mehr. Sie mußte warten.

Artur setzte sich auf die Bettkante. »Wir müssen Aron benachrichtigen«, sagte er.

»Warum sollten wir mit ihm reden?«

»Er ist Henriks Vater.«

»Aron hat sich nie um Henrik gekümmert. Er ist weg. Er hat hiermit nichts zu tun.«

»Und trotzdem muß er es erfahren.«

»Warum?«

»Das ist einfach so.«

Sie wollte protestieren, aber er nahm sie in den Arm. »Laß es uns nicht noch schwerer machen, als es schon ist. Weißt du, wo Aron ist?«

»Nein.«

»Hattet ihr wirklich keinen Kontakt mehr?«

»Keinen.«

»Gar keinen?«

»Er rief manchmal an. Schickte hin und wieder Briefe.«

»Du mußt doch ungefähr wissen, wo er lebt.«

»Australien.«

»Ist das alles, was du weißt? Wo in Australien?«

»Ich weiß nicht einmal, ob es noch stimmt. Er war ein Fuchs, der keine Nachsendeadresse hinterließ. Er grub sich die ganze Zeit neue Höhlen, die er wieder verließ, wenn er ruhelos wurde.«

»Es muß doch möglich sein, ihn zu finden. Weißt du nicht, wo in Australien?«

»Nein. Er schrieb einmal, er wolle am Meer leben.«

»Australien ist von Meer umgeben.«

Er erwähnte Aron nicht wieder. Aber sie wußte, daß Artur nicht klein beigeben würde, bis er alles Erdenkliche getan hatte, um ihn zu finden.

Dann und wann schlief sie, und wenn sie wach wurde, war er immer an ihrer Seite. Manchmal sprach er am Telefon oder gedämpft mit einem Polizisten. Sie hörte nicht mehr zu, die Erschöpfung hatte ihr Bewußtsein so weit zusammengepreßt, daß sie keine Einzelheiten mehr unterscheiden konnte. Nur der Schmerz war da und der gnadenlose Alptraum, der sie nicht loslassen wollte.

Sie wußte nicht, wieviel Zeit vergangen war, als Artur sagte, daß sie nach Härjedalen fahren würden. Sie leistete keinen Widerstand, sondern folgte ihm hinunter zu einem Wagen, den er gemietet hatte. Sie fuhren schweigend nach Norden, er hatte die Küstenroute gewählt, nicht, wie er es sonst tat, die gewundene Straße durchs Binnenland. Sie kamen durch Ljusdal, Järvsö und Ljusnan. Bei Kolsätt erzählte er unvermittelt, daß es dort einmal eine Fähre gegeben habe. Bevor die Brücken gebaut wurden, mußte man die Wagenfähre über den Fluß nehmen, wenn man nach Härjedalen wollte.

Die Herbstfarben brannten. Sie saß auf der Rückbank und starrte hinaus auf das Farbenspiel. Als sie ankamen, schlief sie, und er trug sie ins Haus und legte sie aufs Sofa.

Er setzte sich neben sie auf das rote Sofa, das geflickt und ausgebessert war und immer dort gestanden hatte.

»Ich weiß es«, sagte sie. »Ich habe es die ganze Zeit gewußt. Ich bin sicher. Jemand hat ihn getötet. Jemand hat ihn und mich getötet.«

»Du lebst«, sagte Artur. »Wenn eins sicher ist, dann das. Du lebst.«

Sie schüttelte den Kopf. »Nein«, sagte sie. »Ich lebe nicht. Ich bin auch tot. Die, die du siehst, ist eine andere. Wer es ist, weiß ich noch nicht. Aber alles ist anders geworden. Und Henrik ist keines natürlichen Todes gestorben.«

Sie stand auf und trat ans Fenster. Es war dunkel. Die Straßenlaterne draußen vor dem Gartentor leuchtete schwach und schwang sacht im Wind. Ihr Gesicht spiegelte sich in der Scheibe. So hatte sie immer ausgesehen. Dunkles, halblanges Haar, Mittelscheitel. Blaue Augen, schmaler Mund. Auch wenn alles in ihr sich verändert hatte, war ihr Gesicht noch das gleiche.

Sie blickte direkt in ihre Augen.

In ihr war die Zeit wieder in Bewegung gekommen.

4

In der Morgendämmerung nahm Artur sie mit in den Wald, zum Duft von Moos und feuchter Baumrinde, unter einem diesigen Himmel. Es hatte den ersten Frost gegeben. Der Boden knackte unter ihren Füßen.

In der Nacht war Louise aufgewacht und zur Toilette gegangen. Durch eine halboffene Tür hatte sie ihn in seinem alten Lesesessel sitzen sehen, dessen Spiralfedern auf den Boden hingen. Er hielt eine kalte Pfeife in der Hand – er hatte vor einigen Jahren aufgehört zu rauchen, plötzlich, als wäre ihm klargeworden, daß die Tabakquote, die er sich im Leben zugeteilt hatte, aufgebraucht war. Sie betrachtete ihn und dachte, daß sie ihn immer so erlebt hatte. In allen Phasen ihres Lebens hatte sie hinter einer halboffenen Tür gestanden und ihn betrachtet, sich vergewissert, daß er da war und über sie wachte.

Er hatte sie früh geweckt, wollte ihr keine Möglichkeit geben zu protestieren, als er sie aufforderte, sich für den Wald anzuziehen. Sie fuhren schweigend über den Fluß und bogen nach Norden ab, folgten der Straße, die in die Berge führte. Es knirschte unter den Reifen, der Wald war reglos. Auf einem Forstweg hielt er an und legte den Arm um sie. Kaum erkennbare Pfade schlängelten sich zwischen den Bäumen in verschiedene Richtungen. Er wählte einen von ihnen, und sie traten in das große Schweigen ein. Sie kamen zu einem Terrain, wo der Boden uneben war, mit Fichten bewachsen. Das war seine Galerie. Seine Skulpturen umgaben sie. Aus den Baumstämmen waren Gesichter herausgehauen, Körper, die versuchten, sich aus dem harten Holz zu befreien. Einige Bäume hatten viele Körper und Gesichter, die ineinander verflochten waren, an anderen war nur ein kleines Gesicht, vielleicht ein paar Meter über dem Boden. Er meißelte seine Kunstwerke kniend oder auf primitiven Leitern stehend, die er mit der Axt zusammenzimmerte. Ein Teil der Skulpturen war sehr alt. Er hatte sie vor über vierzig Jahren eingemeißelt, als er jung war. Die wachsenden Bäume hatten die Bilder gesprengt, Körper und Gesichter verändert, auf die gleiche Weise, wie Menschen sich verändern. Es gab Bäume, die gespalten waren, Köpfe waren auseinandergerissen, als wären die Figuren zerschmettert oder enthauptet worden. Er erzählte ihr, daß nachts manchmal Menschen kamen und seine Figuren heraussägten und mitnahmen. Es waren schon ganze Bäume verschwunden. Aber das machte ihm nichts aus. Er besaß zwanzig Hektar Fichtenwald, ein Vielfaches dessen, was für sein Leben ausreichen würde. Niemand konnte alles stehlen, was er für sich und die, die es sehen wollten, skulptierte.

Es war der Morgen nach der ersten Frostnacht. Er betrachtete sie verstohlen, suchte nach Anzeichen dafür, daß sie zusammenbrechen würde. Aber sie war noch gedämpft von den starken Medikamenten, er war sich nicht einmal sicher, ob sie die Gesichter, die sie aus den Bäumen heraus betrachteten, überhaupt wahrnahm.

Er führte sie zum Allerheiligsten, drei groben Kiefern, die dicht beieinanderstanden. Brüder, hatte er gedacht, Brüder oder Schwestern, die nicht zu trennen waren. Er hatte die Bäume immer wieder betrachtet, viele Jahre hatte er gezögert. Jede Skulptur befand sich bereits in den Stämmen, er mußte den Augenblick abwarten, in dem er anfing, das Unsichtbare zu sehen. Dann konnte er die Messer und die Meißel schärfen und arbeiten, das schon Existierende freilegen. Doch die drei groben Kiefern waren stumm gewesen. Manchmal glaubte er zu ahnen, was sich unter der Rinde verbarg. Aber er hatte gezögert, es war trotz allem nicht richtig, er mußte tiefer suchen. Dann hatte er eines Nachts von einsamen Hunden geträumt, und als er in den Wald zurückkam, hatte er eingesehen, daß es

Tiere waren, die in den Kiefern steckten, nicht richtig Hunde, sondern ein Zwischending zwischen Wolf und Hund, vielleicht auch ein Luchs. Er hatte angefangen zu skulptieren, es bestand kein Zweifel mehr, und jetzt waren da drei Tiere, Hunde und zugleich Katzen, die im Begriff zu sein schienen, die dicken Stämme hinaufzuklettern, als kletterten sie aus sich selbst heraus.

Sie hatte die Tiere noch nie gesehen. Er beobachtete sie, wie sie nach der Erzählung suchte. Seine Skulpturen waren keine Bilder, sondern Erzählungen, Stimmen, die flüsterten und riefen und forderten, daß sie zuhören sollte. Seine Galerie und ihre archäologischen Ausgrabungen hatten gemeinsame Wurzeln. Es waren verschwundene Stimmen, und sie war diejenige, die das Schweigen, das sie aussandten, deuten mußte.

»Das Schweigen hat die schönste Stimme«, hatte er einmal gesagt. Die Worte hatte sie nie vergessen.

»Haben sie Namen, deine Katzenhunde oder Hundekatzen?«

»Der einzige Name, mit dem ich zufrieden bin, ist deiner.«

Sie gingen weiter durch den Wald, die Pfade kreuzten sich, Vögel flogen auf und flatterten davon. Plötzlich, ohne daß es seine Absicht gewesen wäre, befanden sie sich in der Mulde, in der er Heidis Gesicht in einen Stamm gehauen hatte. Die Trauer, die er noch immer empfand, lag schwer auf ihm. Jedes Jahr meißelte er ihr Gesicht und seine Trauer aufs neue. Ihr Gesicht wurde immer spröder, immer flüchtiger. Die Trauer drang tief in den Stamm, wenn er den Meißel mit voller Kraft ebenso in sich selbst schlug wie in den Baum.

Louise strich mit den Fingerspitzen über das Gesicht ihrer Mutter. Heidi, Arturs Frau und Louises Mutter. Sie fuhr weiter mit der Hand über das feuchte Holz, an den Augenbrauen war ein Streifen Harz erstarrt, als hätte Heidi dort eine Narbe.

Louise wollte, daß er redete, das war ihm klar. So vieles über

Heidi und ihren Tod war ungesagt geblieben. Sie waren in all den Jahren umeinander herumgeschlichen, und er hatte es nie über sich gebracht, zu sagen, was er wußte, oder zumindest etwas von dem anzusprechen, was er nicht wußte, aber glaubte.

Sie war vor siebenundvierzig Jahren gestorben. Louise war sechs Jahre alt, es war im Winter, und er war weit oben in den Wäldern an der Grenze zum Hochfjell beim Holzfällen gewesen. Was Heidi getrieben hatte, konnte man nicht wissen. Aber sie hatte sich nicht vorgestellt, auf dem Weg in den Tod zu sein, als sie die Nachbarin Rut bat, das Mädchen an diesem Abend bei sich schlafen zu lassen, während sie sich aufmachte, um das zu tun, was sie am allermeisten liebte: Schlittschuh zu laufen. Daß es neunzehn Grad unter Null war, machte ihr nichts aus, sie nahm den Tretschlitten und sagte Rut nicht einmal, daß sie zum Undertjärn wollte.

Was danach geschah, konnte man nur vermuten. Sie kam mit ihrem Tretschlitten zum See, schnürte sich die Schlittschuhe unter und begab sich auf das schwarze Eis. Es war fast Vollmond, sonst hätte sie in der Dunkelheit gar nicht fahren können. Aber irgendwo auf dem Eis stürzte sie und brach sich das Bein. Die sie fanden, konnten sehen, daß sie versucht hatte, sich an Land zurückzuschleppen, aber sie hatte es nicht geschafft. Als man sie zwei Tage später fand, lag sie in Embryonalhaltung zusammengekauert. Die scharfen Schlittschuhkufen sahen wie eigentümliche Klauen an ihren Füßen aus, und man hatte große Mühe, ihre Wange, die am Eis festgefroren war, zu lösen.

Es gab so viele Fragen. Hatte sie geschrien? Was hatte sie gerufen? Und wen? Hatte sie dort draußen zu Gott gerufen, als ihr klar wurde, daß sie erfrieren würde?

Niemanden traf eine Schuld, höchstens sie selbst, weil sie nicht gesagt hatte, daß sie zum Undertjärn wollte. So hatte man auf dem Vändsjön gesucht, und erst als Artur benachrichtigt worden und nach Hause gekommen war, sagte er, sie sei vielleicht zum Undertjärn gegangen, wo sie im Sommer immer badete.

Er hatte getan, was er konnte, um zu verhindern, daß das Furchtbare sich zu tief in Louise festsetzte, solange sie Kind war. Alle im Ort hatten mitgeholfen, aber niemand konnte die Trauer daran hindern einzudringen. Sie war wie dünner Rauch oder wie die Mäuse im Herbst, die überall hereinkamen, wie dicht es auch sein mochte.

Die Trauer war wie die Mäuse, sie kam immer herein.

Ein Jahr lang hatte Louise jede Nacht bei ihm im Bett geschlafen, das war die einzige Möglichkeit, die Dunkelheit zu bekämpfen. Sie hatten Heidis Foto aufgestellt und ihren Platz am Tisch gedeckt und gesagt, daß sie immer drei sein würden, auch wenn nur zwei am Tisch saßen. Artur hatte versucht zu kochen, wie Heidi gekocht hatte, es war ihm nie gelungen, aber so klein sie auch war, Louise schien trotzdem verstanden zu haben, was er ihr geben wollte.

In jenen Jahren wuchsen sie zusammen. Er arbeitete weiter als Holzfäller, und in der knappen Freizeit, die ihm blieb, schuf er seine Skulpturen. Es gab Leute, die meinten, er sei verrückt und nicht geeignet, sich des Mädchens anzunehmen. Aber weil sie ein artiges Kind war und sich nie prügelte oder fluchte, durfte er sie behalten.

Jetzt stand Heidi, ihre Mutter, die Deutsche, plötzlich wieder an ihrer Seite. Und jetzt war Henrik fort, ihr Enkel, den sie nie gesehen hatte. Der eine Tod hing mit dem anderen zusammen. Konnte etwas gelindert, konnte etwas begreiflicher werden, wenn man sich in dem einen schwarzen Glas spiegelte, um etwas in dem anderen zu sehen?

Der Tod war Dunkelheit, man suchte vergeblich nach Licht. Der Tod war Dachboden und Keller, es roch roh, nach Erde und Einsamkeit.

»Ich weiß eigentlich nichts von ihr«, sagte Louise und fröstelte in der frühen Morgenstunde.

»Es war wie ein Märchen«, antwortete er. »Ihr eigenartiges Schicksal, das sie mir über den Weg führte.«

»War es nicht etwas mit Amerika? Etwas, was ich nie ganz verstanden habe? Was du nie erzählt hast?«

Sie folgten dem Pfad. Die Gesichter in den Baumstämmen wachten über ihre Schritte. Er fing an zu erzählen und dachte an sich als Artur, nicht als ihr Vater. Jetzt war er der Erzähler, und er würde es gründlich sein. Wenn er ihre Gedanken auch nur für eine kurze Weile von der Katastrophe mit Henrik fernhalten konnte, hatte er etwas Gutes getan.

Was wußte er eigentlich? Heidi war nach dem Krieg nach Härjedalen gekommen, 1946 oder 1947. Sie war erst siebzehn Jahre alt, aber alle hielten sie für älter. Sie hatte für die Wintersaison Arbeit bei der Bergstation Vemdalsskalet bekommen und dort geputzt und die Betten der Gäste gemacht. Er war ihr begegnet, als er Baumstämme gefahren hatte, sie hatte ein so lustiges Schwedisch mit Akzent gesprochen, und 1948 hatten sie geheiratet, obwohl sie erst achtzehn war. Es mußten viele Papiere beschafft werden, weil sie Deutsche war und niemand mehr richtig wußte, was Deutschland war, ob es das Land überhaupt noch gab oder ob es nur ein militärisch überwachtes Niemandsland von verbrannter und zerbombter Erde war. Aber sie war nie in all das Schreckliche, das während der Zeit des Nationalsozialismus geschah, verwickelt gewesen, sie war selbst ein Opfer. 1950 wurde sie schwanger, und im Herbst wurde Louise geboren. Heidi hatte nie viel über ihre Herkunft erzählt, nur daß ihre Großmutter Sara Fredrika geheißen hatte und zur Zeit des Ersten Weltkriegs nach Amerika gekommen war. Sie hatte ihre Tochter Laura bei sich gehabt, und die beiden hatten ein schweres, entbehrungsreiches Leben geführt. Anfang der dreißiger Jahre hatten sie am Stadtrand von Chicago gewohnt, und Laura begegnete einem deutschen Viehhändler, dem sie nach Europa folgte. Die beiden hatten geheiratet, obwohl Laura noch so jung war, und 1931 war die Tochter Heidi geboren worden. Beide Eltern waren während des Krieges bei nächtlichen Bombenangriffen ums Leben gekommen, Heidi war wie ein fliehendes Tier gewesen, bis der Krieg endete und sie eher zufällig auf den Gedanken kam, nach Schweden zu gehen, das vom Krieg verschont geblieben war.

»Ein schwedisches Mädchen, das nach Amerika kommt? Dann reist die Tochter nach Deutschland, und schließlich wird der Kreis von der Enkelin wieder geschlossen? Die nach Schweden zurückkehrte?«

»Sie selbst fand ihre Geschichte nicht ungewöhnlich.«

»Woher kam ihre Großmutter? Hat sie sie noch kennengelernt?«

»Ich weiß es nicht. Aber sie sprach von einem Meer und einer Insel, ein Küstenstrich irgendwo. Sie ahnte eine dunkle Ursache dafür, daß ihre Großmutter Schweden verlassen hatte.«

»Gibt es keine Verwandten mehr in Amerika?«

»Heidi hatte keine Papiere, keine Adressen. Sie sagte, sie sei lebend dem Krieg entronnen. Aber das war auch alles. Sie besaß nichts. Alle Erinnerungen waren ausgelöscht. Ihre Vergangenheit war zerbombt und in den Feuerstürmen verschwunden.«

Sie waren zum Forstweg zurückgekommen.

»Wirst du Henriks Gesicht skulptieren?«

Beide brachen in Tränen aus. Die Galerie schloß abrupt ihre Pforten. Sie setzten sich in den Wagen.

Als er den Zündschlüssel umdrehen wollte, legte sie die Hand auf seinen Arm. »Was ist nur passiert? Er kann sich nicht umgebracht haben.«

»Er kann krank gewesen sein. Er ist viel in gefährlichen Gegenden unterwegs gewesen.«

»Auch das glaube ich nicht. Ich weiß, daß irgend etwas nicht stimmt.«

»Was sollte das gewesen sein?«

»Ich weiß es nicht.«

Sie fuhren durch den Wald zurück, der Dunst hatte sich aufgelöst, der Herbsttag war klar, die Luft leicht. Sie protestierte nicht, als er sich mit einem nahezu verbitterten Ehrgeiz, nicht aufzugeben, bis er Aron ausfindig gemacht hatte, ans Telefon setzte.

Er gleicht seinen alten Jagdhunden, dachte sie. Den Elchhunden, die kamen und gingen, in den Wäldern jagten, alt wurden und starben. Jetzt war er selbst ein Hund geworden. Sein Kinn und seine Wangen waren von zottigem Fell bedeckt.

Es dauerte vierundzwanzig Stunden mit verwirrten Berechnungen von Zeitunterschieden und Öffnungszeiten bei der schwedischen Botschaft in Canberra und unzähligen Versuchen, einen Verantwortlichen bei der Schwedisch-Australischen Vereinigung zu finden, die eine unbegreiflich große Mitgliederzahl aufwies. Aber nirgendwo war ein Aron Cantor bekannt. Er hatte sich nicht bei der Botschaft gemeldet und hatte keinen Kontakt zur Schwedischen Vereinigung. Nicht einmal ein alter Gärtner namens Karl-Håkan Wester in Perth, der angeblich alle Schweden in Australien kannte, konnte Auskunft geben.

Sie sprachen darüber, ihn suchen zu lassen, eine Annonce aufzugeben. Aber Louise sagte, Aron sei so scheu, daß er die Farbe wechseln könne. Er konnte Verfolger dadurch verwirren, daß er zu seinem eigenen Schatten wurde.

Sie würden Aron nicht finden. War es das, was sie im Innersten wünschte? Wollte sie ihn des Rechts berauben, seinen eigenen Sohn ans Grab zu begleiten? Als Rache für alle Verletzungen, die er ihr zugefügt hatte?

Artur fragte sie unumwunden, und sie sagte wahrheitsgemäß, daß sie es nicht wisse.

Die meiste Zeit während dieser Tage im September weinte sie. Artur saß stumm am Küchentisch. Er konnte sie nicht trösten, Schweigen war alles, was er ihr bieten konnte. Aber es

war ein kaltes Schweigen, das ihre Verzweiflung noch ver-
tiefte.

Eines Nachts kam sie in sein Zimmer und kroch zu ihm ins
Bett, wie sie es in den Jahren nach Heidis einsamem Tod auf
dem See getan hatte. Sie lag vollkommen still, mit dem Kopf
an seinem Arm. Keiner von beiden schlief, keiner sprach. Der
Mangel an Schlaf war wie ein Warten darauf, daß das Warten
ein Ende nahm.

Doch in der Morgendämmerung hielt Louise die Untätig-
keit nicht länger aus. Auch wenn sie noch nicht begreifen
konnte, so mußte sie versuchen zu verstehen, welche dunklen
Kräfte ihr das einzige Kind genommen hatten.

Sie waren früh aufgestanden und saßen am Küchentisch. Vor
dem Fenster fiel ein sanfter Herbstregen. Die Vogelbeeren
leuchteten. Sie bat darum, sein Auto nehmen zu dürfen, weil
sie schon an diesem Morgen nach Stockholm zurückkehren
wollte. Er war besorgt, aber sie beruhigte ihn. Sie würde nicht
schnell fahren, sie würde auch nicht über den Rand einer
Schlucht fahren. Jetzt sollte keiner mehr sterben. Aber sie
mußte in Henriks Wohnung. Sie war davon überzeugt, daß er
eine Spur hinterlassen hatte. Es war kein Brief dagewesen.
Aber Henrik schrieb keine Briefe, er hinterließ andere Zeichen, die nur sie deuten konnte.

»Ich habe keine andere Möglichkeit«, sagte sie. »Ich muß es
tun. Danach komme ich zurück.«

Er zögerte, bevor er aussprach, was ausgesprochen werden
mußte. Die Beerdigung?

»Es muß hier sein. Wo sonst sollte er beerdigt werden?
Aber es muß warten.«

Eine Stunde später reiste sie ab. Der Wagen roch nach jah-
relanger Plackerei, Jagd und öligem Werkzeug. Eine löchrige
Hundedecke lag noch im Kofferraum. Langsam fuhr Louise
durch die Finnenwälder; in der Nähe der Grenze zu Dalarna
meinte sie, auf einem Kahlschlag einen Elch zu sehen. Sie er-

reichte Stockholm am späten Nachmittag. Sie war einige Male in der Kälte auf den glatten Straßen ins Rutschen gekommen, hatte versucht, sich aufs Fahren zu konzentrieren, und gedacht, daß sie Henrik dies schuldig war: Sie mußte am Leben bleiben. Niemand sonst würde herausfinden können, was wirklich geschehen war. Sein Tod verlangte, daß sie sich am Leben erhielt.

Sie nahm in einem Hotel am Slussen ein viel zu teures Zimmer. Den Wagen stellte sie in einer Tiefgarage ab. In der Dämmerung kehrte sie in die Tavastgata zurück. Um sich zu stärken, hatte sie den Whisky angebrochen, den sie auf dem Flugplatz von Athen gekauft hatte.

Wie Aron, dachte sie. Es war mir immer zuwider, wenn er direkt aus der Flasche trank. Jetzt tue ich das gleiche.

Sie öffnete die Tür. Die Polizei hatte sie nicht versiegelt.

Unter dem Briefschlitz lagen einige Reklamebroschüren, aber keine Briefe. Nur eine Ansichtskarte von einem Menschen namens Vilgot, der begeistert die Steinmauern in Irland beschrieb. Die Karte war grün und zeigte einen Hang, der zu einem grauen Meer hin abfiel, aber merkwürdigerweise ohne Steinmauern. Sie stand reglos im Flur und hielt den Atem an, bis sie die Panik und den Impuls wegzulaufen unter Kontrolle hatte. Dann hängte sie den Mantel auf und zog die Schuhe aus. Langsam ging sie durch die Wohnung. Die Bettlaken waren fort. Als sie in den Flur zurückkam, setzte sie sich auf den Schemel beim Telefon. Der Anrufbeantworter blinkte. Sie drückte auf die Wiedergabetaste. Zuerst wollte jemand, der Hans hieß, wissen, ob Henrik Zeit hätte, mit ihm ins Ethnographische Museum zu gehen und eine Ausstellung mit peruanischen Mumien anzusehen. Dann kam ein Klicken, ein Anrufer, der keine Nachricht hinterließ. Das Band lief weiter. Jetzt war sie es, die von Mitsos' Haus aus anrief. Sie hörte ihre eigene Freude auf das Wiedersehen, aus dem nichts wurde. Dann war sie es noch einmal, diesmal aus Visby. Sie drückte auf die Rücklauftaste und hörte das Band noch einmal ab. Zuerst Hans, dann ein Unbekannter, danach sie selbst. Sie blieb am Telefon sitzen. Die Anzeige hatte aufgehört zu blinken. Statt dessen hatte in ihr etwas zu blinken begonnen, ein Warnsignal ähnlich dem am Anrufbeantworter, das dann blinkte, wenn Nachrichten eingegangen waren. Bei ihr war eine Nachricht eingegangen. Sie hielt den Atem an und versuchte, den Gedanken festzuhalten. Daß ein Mensch anruft, sein Atemgeräusch hinterläßt und dann auflegt, ohne eine Nachricht aufs Band zu sprechen, geschieht ständig, sie tat es zuweilen selbst, sicher auch Henrik. Was ihre Aufmerksamkeit weckte, waren ihre eigenen Anrufe. Hatte Henrik sie überhaupt gehört?

Auf einmal wußte sie es. Er hatte sie nicht abgehört. Die Signale waren ungehört verhallt.

Sie bekam Angst. Aber sie brauchte jetzt alle ihre Kräfte, um nach einer Spur zu suchen. Henrik mußte ihr etwas hinterlassen haben. Sie ging in das Zimmer, das ihm als Arbeitsraum gedient hatte und in dem auch eine Musikanlage und sein Fernseher standen. Sie stellte sich in die Mitte des Zimmers und sah sich langsam um.

Nichts schien zu fehlen. Es ist zu ordentlich, dachte sie. Henrik hat nicht aufgeräumt. Wir haben uns manchmal darüber gestritten, was pedantisch war und was nicht. Sie ging noch einmal durch die Wohnung. Hatte die Polizei aufgeräumt? Sie mußte das wissen. Sie suchte die Telefonnummer, die Göran Vrede ihr gegeben hatte, und hatte Glück, er nahm ab. Sie konnte hören, daß er beschäftigt war, und stellte nur die Frage nach dem Aufräumen.

»Wir räumen nicht auf«, sagte Göran Vrede. »Aber natürlich versuchen wir, das, was wir eventuell durcheinandergebracht haben, wieder in Ordnung zu bringen.«

»Die Laken aus seinem Bett sind verschwunden.«

»Dafür sind wir nicht verantwortlich. Es gab keinen Grund, etwas mitzunehmen, weil kein Verdacht auf ein Verbrechen vorliegt.«

Er entschuldigte sich, daß er es eilig habe, und nannte ihr eine Zeit, zu der sie ihn am folgenden Tag anrufen könne. Sie betrachtete erneut das Zimmer. Dann untersuchte sie den Wäschekorb im Badezimmer. Es waren keine Laken darin, nur eine Jeans. Sie durchsuchte methodisch die Wohnung. Aber sie fand keine benutzten Laken. Sie setzte sich auf seine Couch und betrachtete den Raum aus einer anderen Perspektive. Etwas an der guten Ordnung stimmte nicht. Sie konnte nicht sagen, was von dem Bild, das sie erwartete, abwich. Henrik würde nie aufräumen, um mir etwas zu erzählen, dachte sie. Es gelang ihr nicht, das, was sie beunruhigte, klar zu greifen. Sie ging in die Küche und öffnete den Kühlschrank. Er war fast leer, doch auch das hatte sie erwartet.

Dann wandte sie sich dem Schreibtisch zu. Sie zog die Schubladen heraus. Papiere, Fotos, alte abgerissene Bordkarten. Sie wählte eine beliebige aus. Am 12. August 1999 war Henrik mit Quantas nach Singapur geflogen. Er hatte auf Platz 37 G gesessen. Auf der Rückseite hatte er etwas notiert. »Der Anruf!!« Mehr nicht.

Sie fuhr fort, sich vorsichtig seinem Leben zu nähern, den Teilen, die sie nicht kannte. Sie drehte die Schreibunterlage um, die Kakteen in einer Wüste zeigte. Darunter lag ein einzelner Brief. Sie sah sofort, daß er von Aron war. Seine sperrige Schrift, immer in größter Eile hingekrakelt. Sie zögerte, ob sie ihn lesen sollte. Wollte sie eigentlich wissen, was für ein Verhältnis sie gehabt hatten? Sie nahm den Umschlag und drehte ihn um. Da stand etwas, das eine unleserliche Adresse sein konnte.

Sie trat ans Küchenfenster und versuchte sich vorzustellen, wie er reagieren würde. Aron, der stets mit Gefühlen geizte, der immer bemüht war, dem Leben und allen Verdrießlichkeiten gegenüber eine unberührte Haltung beizubehalten.

Du brauchst mich, dachte sie. *Genauso wie Henrik und ich dich gebraucht haben. Aber du bist nicht gekommen, als wir riefen. Zumindest nicht, als ich es tat.*

Sie kehrte an den Schreibtisch zurück und betrachtete den Brief. Statt ihn zu lesen, steckte sie ihn ein.

In einer Kiste unter dem Schreibtisch lagen Henriks Kalender und Tagebücher. Sie wußte, daß er regelmäßig Eintragungen machte. Aber sie wollte nicht das Risiko eingehen, in seinen Tagebüchern zu finden, daß sie ihren Sohn nie gekannt hatte. Das mußte später kommen. Sie fand auch eine Anzahl von CDs, auf denen er notiert hatte, daß es sich um Kopien von seinem Computer handelte. Sie blickte sich um, konnte aber keinen finden. Die CDs steckte sie in ihre Handtasche.

Sie schlug den Kalender für 2004 auf und blätterte ihn durch bis zur jüngsten Eintragung. Sie war zwei Tage vor ihrer Abreise aus Griechenland gemacht worden. *Montag, der 13. September. Versuchen zu verstehen.* Das war alles. Was wollte er verstehen? Sie blätterte zurück, aber es gab nur wenige Eintragungen aus den letzten Monaten. Sie blätterte vorwärts, zu den Tagen, die Henrik nicht mehr erleben sollte. Sie fand nur einen einzigen Eintrag: *Am 10. Oktober. Nach B.*

Ich finde dich nicht, dachte sie. Immer noch kann ich deine Spuren nicht deuten. Was ist hier in der Wohnung geschehen? In deinem Innern?

Auf einmal wußte sie es. Jemand war in der Wohnung gewesen, nachdem Henrik fortgebracht und die Tür geschlossen worden war. Jemand war hier gewesen, genauso wie sie jetzt.

Es waren nicht Henriks Spuren, die zu finden sie Schwierigkeiten hatte. Sie wurde gestört durch Spuren, die andere hinterlassen hatten. Die Kompaßnadel drehte sich.

Sie durchsuchte methodisch den Schreibtisch und alle Regale. Aber vergeblich, es blieb bei diesem einen Brief von Aron.

Plötzlich fühlte sie sich müde. *Er muß eine Spur hinterlassen haben.* Wieder beschlich sie dieses Gefühl. Jemand war in der Wohnung gewesen. Doch wer drang hier ein, um Ordnung zu machen und die Bettlaken mitzunehmen? Es mußte noch mehr fehlen, etwas, wonach sie nicht suchte. Doch warum die Laken? Wer hatte sie mitgenommen?

Sie ging die Kleiderschränke durch. In einem stieß sie auf eine Anzahl dicker Mappen, die mit einem verschlissenen Schal zusammengebunden waren. Auf einen Umschlag hatte Henrik mit schwarzer Tusche *K. H.* geschrieben. Sie nahm die Mappen heraus und legte sie vor sich auf den Tisch. Die erste war voller Computerausdrucke und Fotokopien. Englische Texte. Sie blätterte darin und fing dann an zu lesen. Was sie las, verwunderte sie. Es ging um das Hirn des amerikanischen Präsidenten Kennedy. Sie las mit gefurchter Stirn, fing noch einmal von vorn an, weil sie flüchtig gelesen hatte, und machte es jetzt gründlicher.

Als sie einige Stunden später die letzte Mappe zuklappte, war sie überzeugt. Es war kein natürlicher Tod. Die Katastrophe war von außen gekommen.

Sie stellte sich ans Fenster und sah hinunter auf die dunkle Straße.

Es gibt Schatten da unten, dachte sie. Einige von diesen Schatten haben meinen Sohn getötet.

Einen kurzen Augenblick meinte sie, jemanden zu sehen, der sich dicht an der dunklen Hauswand bewegte. Dann nichts mehr.

Es war nach Mitternacht, als sie die Wohnung verließ und in ihr Hotel ging. Dann und wann schaute sie sich um. Doch niemand folgte ihr.

5

Das Hotelzimmer umgab sie mit Schweigen. Räume, wo Menschen ständig ein- und auszogen, sammelten keine Erinnerungen. Sie trat ans Fenster und sah hinüber nach Gamla Stan, betrachtete den Verkehr und dachte, daß kein Geräusch durch das dicke Glas drang. Das Tonband der Wirklichkeit war abgeschnitten.

Sie hatte einige der dicksten Mappen mitgebracht. Der Tisch war klein, sie breitete die Papiere auf dem Bett aus und las weiter. Sie las fast die ganze Nacht. Zwischen halb vier und Viertel nach vier schlief sie zwischen den Mappen, deren Inhalt wie ein Papiermeer um sie ausgegossen war. Sie erwachte mit einem Ruck und las weiter. Sie dachte, daß sie die Information über Henrik, die sie vor sich hatte, sortierte wie eine Archäologin. Warum studierte er mit solchem Eifer etwas, was vor mehr als vierzig Jahren mit einem amerikanischen Präsidenten namens Kennedy geschehen war? Was suchte er? Welches Wissen verbarg sich dort? Wie sucht man nach etwas, nach dem ein anderer gesucht hat? Dies glich einer der vielen zerbrochenen Vasen aus der griechischen Antike, vor denen sie in ihrem Leben gestanden hatte. Ein Haufen unsortierter Scherben, die sie wieder zu einem Gefäß zusammenfügen und, einem Vogel Phönix gleich, aus tausendjähriger Asche neu erstehen lassen sollte. Wissen und Geduld waren notwendig, damit ihr das gelang und sie nicht von Bitterkeit erfaßt würde über die widerspenstigen Scherben, die nie zusammenzupassen schienen. Doch wie sollte sie jetzt vorgehen, wie konnte sie die Scherben zusammensetzen, die Henrik hinterlassen hatte?

Immer wieder brach sie in dieser Nacht in Tränen aus. Oder weinte sie die ganze Zeit, ohne sich bewußt zu werden, daß die Tränen dann und wann aufhörten? Sie las all die erstaunlichen Dokumente, die Henrik gesammelt hatte, die meisten davon in englisch, zuweilen kopierte Auszüge aus Büchern oder Dokumentationen, manchmal E-Mails von Universitätsbibliotheken oder privaten Stiftungen.

Sie handelten von einem verschwundenen Gehirn. Dem Gehirn des toten Präsidenten.

In der Morgendämmerung, als sie nicht mehr weiterlesen konnte, streckte sie sich auf dem Bett aus und versuchte, in Gedanken das Wichtigste von dem, was sie gelesen hatte, zusammenzufassen.

Im November 1963, gegen zwölf Uhr am Mittag, ›Central Time‹, wurde auf Präsident John Fitzgerald Kennedy geschossen, als er mit seiner Frau in einem offenen Autokorso durch die Innenstadt von Dallas fuhr. Drei Gewehrschüsse wurden abgefeuert. Kugeln, die mit wahnsinniger Geschwindigkeit vorwärts jagten und alles, was ihnen in den Weg kam, in eine blutige Masse aus Fleisch und Sehnen und Knochen verwandelten. Der erste Schuß traf den Präsidenten in den Hals, der zweite verfehlte ihn, doch der dritte Schuß traf den Kopf und riß ein großes Loch, durch das mit gewaltiger Kraft Teile des Gehirns herausgepreßt wurden. Der Körper des Präsidenten wurde am selben Tag in der Airforce Number One aus Dallas fortgebracht. An Bord der Maschine leistete Lyndon B. Johnson den Präsidenteneid, neben ihm stand Jackie Kennedy in ihren blutigen Kleidern. Später wurde die Leiche des toten Präsidenten auf einer Flugbasis obduziert. Alles, was geschah, wurde verschleiert, eigentlich weiß niemand, was geschah. Viele Jahre später sollte festgestellt werden, daß Präsident Kennedys Gehirn, die Teile, die nach den Schüssen und der Obduktion noch vorhanden waren, verschwunden war. Obwohl mehrere Untersuchungen angestellt wurden, die den

Verbleib des verschwundenen Gehirns klären sollten, wurde es nie gefunden. Wahrscheinlich hatte Robert Kennedy, der Bruder des toten Präsidenten, die Gehirnsubstanz an sich genommen und begraben. Aber niemand wußte Genaueres. Und einige Jahre später wurde auch Robert Kennedy ermordet. Präsident Kennedys Hirn war und blieb verschwunden.

Sie lag mit geschlossenen Augen auf dem Bett und versuchte zu verstehen. Wonach hatte Henrik gesucht? In Gedanken ging sie die Anmerkungen durch, die er an den Rändern der verschiedenen Dokumente gemacht hatte.

»Das Hirn des toten Präsidenten ist wie eine Festplatte. Hatte jemand Angst, es könnte möglich sein, das Hirn zu entschlüsseln, wie man sich in den Keller einer Festplatte begeben und die Abdrücke von Texten hervorholen konnte, die eigentlich hätten gelöscht sein sollen?«

Henrik beantwortete die Frage nicht.

Sie drehte sich auf die Seite und betrachtete ein Bild an der Wand neben der Badezimmertür. Drei Tulpen in einer beigefarbenen Vase. Der Tisch dunkelbraun, das Tuch weiß. Ein schlechtes Bild, dachte sie. Es atmet nicht, die Blumen geben keinen Duft von sich.

In eine der Mappen hatte Henrik eine aus einem Schreibheft herausgerissene, vollgeschriebene Seite gelegt, auf der er versuchte, Antworten auf die Frage zu geben, warum ein Hirn verschwinden konnte.

»Angst vor einem Inhalt, daß es möglich sein könnte, die innersten Gedanken eines Toten freizulegen. Wie einen Geldschrank aufzubohren oder Tagebücher aus den allerintimsten Archiven eines Menschen zu stehlen. Kann man tiefer in die private Welt eines Menschen eindringen, als wenn man seine Gedanken stiehlt?«

Louise begriff nicht, wer Angst wovor hatte. Was glaubt Henrik, was der tote Präsident ihm erzählen kann? Eine seit langem abgeschlossene Geschichte? Wie sieht die Geschichte aus, nach der Henrik sucht?

Es muß die falsche Spur sein, dachte sie. Sie setzte sich auf, suchte das Blatt, auf dem er seine Notizen gemacht hatte. Sie konnte sehen, daß er schnell geschrieben hatte. Der Text war unordentlich, mit vielen Streichungen und rudimentärer Zeichensetzung. Er schien außerdem ohne ordentliche Unterlage geschrieben zu haben, vielleicht auf einem Knie. Er hatte das Wort *Trophäe* notiert.

»Ein Skalp kann die höchste Jagdtrophäe sein, wie ein Elchgeweih oder ein Löwenfell. Warum sollte dann ein Hirn keine Trophäe sein können? Wer ist also der Jäger?«

Dann stand, mit einem Fragezeichen versehen, der Name Robert Kennedy da.

Das dritte Motiv war *die unbekannte Alternative*.

»Etwas, was man sich nicht einmal vorstellen kann. Solange das Hirn nicht aufgetaucht ist, muß diese unbekannte Alternative jedoch mitgedacht werden. Den unbekannten Faktor kann ich nicht ignorieren.«

Der Morgen war noch dunkel, als sie aufstand und sich erneut ans Fenster stellte. Es regnete, die Lichter der Autos glitzerten. Sie mußte sich an die Wand lehnen, um nicht zu fallen. Wonach hatte er gesucht? Ihr wurde übel, sie hielt es nicht mehr aus im Zimmer.

Kurz nach sieben hatte sie seine Papiere zusammengepackt und die Hotelrechnung bezahlt und saß mit einer Tasse Kaffee im Frühstücksraum.

An einem Tisch neben ihr saßen ein Mann und eine Frau und lasen einen Dialog aus einem Stück. Der Mann war sehr alt. Er las mit kurzsichtigen Augen aus dem Rollenheft, und seine Hände zitterten. Die Frau trug einen roten Mantel und las mit eintöniger Stimme. Das Stück handelte von einem Aufbruch, die Szene spielte in einem Flur oder vielleicht in einem Treppenhaus. Aber ob er sie oder sie ihn verließ, konnte Louise nicht herausfinden. Sie trank ihren Kaffee und verließ das Hotel. Der Regen hatte aufgehört. Sie stieg den Hügel zu Henriks Wohnung hinauf. Die Müdigkeit machte sie leer, die Gefühle schmerzten. *Ich werde nicht weiterdenken als bis zum nächsten Schritt. Ein Schritt zur Zeit, mehr nicht.*

Sie setzte sich an den Küchentisch und vermied es, die Brotkrümel zu sehen, die immer noch dort lagen. Erneut blätterte sie seinen Kalender durch. Der Buchstabe B kehrte häufig wieder. Sie stellte sich einen Namen vor, Birgitta, Barbara, Berit. Nirgendwo die Andeutung einer Erklärung. Warum dieses Interesse für Präsident Kennedy und sein Hirn? Er war von etwas besessen gewesen. Aber war das, was er suchte, wirklich – oder nur ein Symbol? Existierte das zerbrochene Gefäß im Reich der Sinne – oder war es nur eine Fata Morgana?

Sie zwang sich, die Tür zu seinem Kleiderschrank zu öffnen und seine Taschen zu durchsuchen. Sie fand nur Kleingeld, hauptsächlich schwedisches, den einen oder anderen Euro. In einer Jackentasche lag ein schmutziger Bus- oder U-Bahnfahrschein. Sie nahm ihn mit in die Küche und hielt ihn unter die Tischlampe. *Madrid.* Henrik war also in Spanien gewesen. Davon hatte er nichts erzählt, daran könnte sie sich erinnern. Oft war alles, was er von seinen Reisen erzählt hatte, wo er gewesen war, doch nie, warum. Er nannte das Ziel der Reise, doch nicht den Grund.

Sie kehrte zum Kleiderschrank zurück. In einer Hosentasche fand sie Reste einer vertrockneten Blume, die wie Pulver zwischen ihren Fingern zerbröselte. Sonst nichts.

Sie machte sich an die Hemden. Da klingelte es an der Tür. Sie schrak zusammen. Der Klingelton tat ihr weh. Ihr Herz hämmerte, als sie in den Flur hinausging und öffnete. Aber nicht Henrik stand da, sondern eine zierliche junge Frau mit dunklem Haar und ebenso dunklen Augen, den Mantel hochgeschlossen bis zum Kinn.

Die junge Frau sah Louise abwartend an. »Ist Henrik zu Hause?«

Louise begann zu weinen. Die junge Frau zog sich unwillkürlich ein paar Schritte zurück.

»Was tun Sie hier?« fragte sie erschrocken.

Louise vermochte nicht zu antworten. Sie wandte sich um und ging zurück in die Küche.

Sie hörte, wie die junge Frau vorsichtig die Wohnungstür schloß. »Was tun Sie hier?« wiederholte sie.

»Henrik ist tot.«

Das Mädchen zuckte zusammen und atmete schwer. Sie verharrte reglos und starrte Louise an.

»Wer sind Sie?« fragte Louise.

»Ich heiße Nazrin, und ich war mit Henrik zusammen. Vielleicht sind wir es immer noch. Auf jeden Fall sind wir befreundet. Er ist der beste Freund, den man sich denken kann.«

»Er ist tot.«

Louise stand auf und zog dem Mädchen, dessen Mantel noch immer bis oben hin zugeknöpft war, einen Stuhl heran.

Als Louise erzählt hatte, was geschehen war, schüttelte Nazrin langsam den Kopf. »Henrik kann nicht tot sein«, sagte sie.

»Nein. Ich bin Ihrer Meinung. Er kann nicht tot sein.«

Louise wartete auf Nazrins Reaktion. Doch sie wartete vergebens, es kam keine. Vorsichtig begann Nazrin, Fragen zu stellen. Sie schien immer noch nicht begriffen zu haben.

»War er krank?«

»Er war nie krank. Er hatte verschiedene Kinderkrankheiten, wie Masern, ohne daß wir es richtig merkten. Als Teenager hatte er eine Zeitlang oft Nasenbluten. Doch das ging vorüber. Er selbst glaubte, es läge daran, daß das Leben zu langsam ging.«

»Was meinte er damit?«

»Das weiß ich nicht.«

»Aber er kann nicht einfach so gestorben sein? So etwas gibt es doch nicht.«

»So etwas gibt es nicht. Und doch geschieht es. Das, was es nicht gibt, ist das Schlimmste, was passieren kann.«

Louise spürte plötzlich eine wachsende Wut darüber, daß Nazrin nicht weinte. Es war, als beleidigte sie Henrik damit.

»Ich möchte, daß Sie gehen«, sagte sie.

»Warum soll ich gehen?«

»Sie sind hergekommen, um Henrik zu treffen. Er lebt nicht mehr. Also sollten Sie gehen.«

»Ich will nicht gehen.«

»Ich weiß nicht einmal, wer Sie sind. Er hat nie von Ihnen gesprochen.«

»Er hat mir gesagt, daß er Ihnen nie etwas über mich erzählt hat. ›Ohne Geheimnisse kann man nicht leben.‹«

»Hat er das gesagt?«

»Er hat gesagt, Sie hätten es ihm beigebracht.«

Louises Wut verflog. Sie fühlte sich beschämt. »Ich habe Angst«, sagte sie. »Ich bebe. Ich habe mein einziges Kind verloren. Ich habe mein eigenes Leben verloren. Ich sitze hier und warte darauf, daß ich verwittere.«

Nazrin stand auf und ging in das andere Zimmer. Louise hörte, wie sie schluchzte. Sie blieb lange fort.

Als sie zurückkehrte, hatte sie den Mantel aufgeknöpft, und ihre dunklen Augen waren gerötet. »Wir hatten uns verabredet, den ›großen Spaziergang‹ zu machen. So nannten wir es. Wir gingen am Wasser entlang aus der Stadt hinaus, soweit wir konnten. Auf dem Hinweg sollten wir still sein, auf dem Heimweg konnten wir reden.«

»Wieso haben Sie keinen Akzent, wenn Sie Nazrin heißen?«

»Ich bin auf dem Flugplatz Arlanda geboren. Wir hatten zwei volle Tage dort gesessen und darauf gewartet, in eine Flüchtlingsunterkunft eingewiesen zu werden. Meine Mutter brachte mich auf dem Fußboden neben der Paßkontrolle zur Welt. Es ging wahnsinnig schnell. Ich wurde genau da geboren, wo Schweden anfängt. Weder meine Mutter noch mein Vater hatten einen Paß. Aber ich, die dort auf dem Fußboden geboren wurde, bekam sofort die schwedische Staatsbürgerschaft. Es gibt einen alten Paßbeamten, der immer noch dann und wann von sich hören läßt.«

»Wie sind Sie sich begegnet, Henrik und Sie?«

»In einem Bus. Wir saßen nebeneinander. Er fing auf einmal an zu lachen und zeigte auf etwas, was jemand mit Tusche an die Wand des Busses geschrieben hatte. Ich fand es überhaupt nicht lustig.«

»Was stand denn da?«

»Ich weiß es nicht mehr. Dann kam er bei meiner Arbeit vorbei. Ich bin Zahnarzthelferin. Er hatte sich Watte in den Mund gestopft und behauptete, er hätte Zahnschmerzen.«

Nazrin hängte ihren Mantel auf. Louise betrachtete ihren Körper und stellte sie sich nackt zusammen mit Henrik vor.

Sie streckte die Hand über den Tisch und griff nach Nazrins Arm.

»Du mußt etwas wissen. Ich war in Griechenland. Du warst hier. Ist etwas passiert? Hat er sich verändert?«

»Er war froh, in der letzten Zeit viel froher als sonst. Ich habe ihn nie so gut gelaunt gesehen.«

»Was war passiert?«

»Ich weiß nicht.«

Louise glaubte, daß Nazrin die Wahrheit sagte. Es war, wie in wechselnden Sedimenten zu graben, dachte sie. Auch einem erfahrenen Ausgräber kann es passieren, daß es einige Zeit dauert, bis er erkennt, daß er eine neue Erdschicht erreicht hat. Man kann sich durch die von einem Erdbeben zurückgelassenen Trümmer und Erdverwerfungen hindurchgraben und es erst hinterher merken.

»Wann hast du seine Freude bemerkt?«

Die Antwort überraschte sie.

»Als er von einer Reise zurückkehrte.«

»Einer Reise wohin?«

»Ich weiß nicht.«

»Sagte er nicht, wohin er fuhr?«

»Nicht immer. Bei dieser Gelegenheit hat er nichts gesagt. Ich habe ihn am Flughafen abgeholt. Er kam aus Frankfurt. Aber er war von weither gekommen. Woher, weiß ich nicht.«

Ein Schmerz durchfuhr sie, wie ein kräftiges Ziehen in einem Zahn. Henrik war wie sie in Frankfurt zwischengelandet. Sie war aus Athen gekommen. Von wo war sein Flugzeug aus den Wolken herabgetaucht?

»Etwas muß er doch gesagt haben. Du mußt etwas gemerkt haben. War er braungebrannt? Hat er Geschenke mitgebracht?«

»Er hat nichts gesagt. Braungebrannt war er fast immer. Er war viel froher als bei der Abreise. Geschenke hat er mir nie mitgebracht.«

»Wie lange war er fort?«

»Drei Wochen.«

»Und er hat nicht gesagt, wo er war?«

»Nein.«

»Und wann war diese Reise?«

»Vor ungefähr zwei Monaten.«

»Hat er erklärt, warum er nichts erzählte?«

»Er hat von seinem kleinen Geheimnis gesprochen.«

»Hat er es so gesagt?«

»Genau so.«

»Und er hat dir nichts mitgebracht?«

»Wie ich schon gesagt habe. Ich bekam nie Geschenke, die er gekauft hatte. Aber er hat Gedichte geschrieben.«

»Wovon handelten sie?«

»Von Dunkelheit.«

Louise sah sie fragend an. »Hat er dir Gedichte gegeben, die er auf der Reise geschrieben hatte und die von Dunkelheit handelten?«

»Es waren sieben Gedichte, eins von jedem dritten Tag der Reise. Sie handelten von seltsamen Menschen, die in einem konstanten Dunkel lebten. Menschen, die es aufgegeben hatten, nach Ausgängen zu suchen.«

»Das hört sich sehr düster an.«

»Sie waren schrecklich.«

»Hast du sie noch?«

»Er wollte, daß ich sie verbrenne, nachdem ich sie gelesen hatte.«

»Warum?«

»Das habe ich mich auch gefragt. Er sagte, sie würden nicht mehr gebraucht.«

»War das üblich, daß er dich bat, Dinge zu verbrennen, die er geschrieben hatte?«

»Nein. Nur dies eine Mal.«

»Hat er jemals mit dir über ein verschwundenes Hirn gesprochen?«

Nazrin betrachtete sie verständnislos.

»John F. Kennedy wurde 1963 in Dallas ermordet. Nach der pathologischen Untersuchung verschwand sein Gehirn.«

Nazrin schüttelte den Kopf.

»Ich weiß nicht mal, wovon Sie reden. Ich war 1963 noch gar nicht geboren.«

»Aber du hast doch wohl einmal von Präsident Kennedy gehört?«

»Vielleicht.«

»Hat Henrik nie von ihm gesprochen?«

»Warum hätte er das tun sollen?«

»Ich frage mich. Ich habe eine Menge Papiere gefunden, die von ihm handeln. Und von seinem verschwundenen Hirn.«

»Warum hätte er sich dafür interessieren sollen?«

»Ich weiß es nicht. Aber ich glaube, daß es wichtig ist.«

Die Briefeinwurfklappe schepperte. Beide fuhren zusammen. Nazrin ging in den Flur und kam mit Sonderangeboten von Kassler und Computern zurück.

Sie legte sie auf den Tisch, setzte sich aber nicht mehr. »Ich kann nicht mehr bleiben. Mir ist, als müßte ich ersticken.«

Sie brach in heftiges Weinen aus.

Louise stand auf und nahm sie in den Arm. »Was war es, das aufhörte?« fragte sie, als Nazrin sich wieder beruhigt hatte. »Als die Liebe in Freundschaft überging?«

»Es war nur für ihn so. Ich liebte ihn immer noch. Ich hoffte, daß alles wieder werden würde wie früher.«

»Woher kam seine Freude? Von einer anderen Frau?«

Nazrin antwortete schnell. Louise verstand, daß sie sich die Frage selbst gestellt hatte. »Es war keine andere Frau.«

»Hilf mir zu verstehen. Du hast ihn anders gesehen als ich. Für mich war er ein Sohn. Seine Kinder sieht man nie ganz deutlich. Es ist immer eine Erwartung oder eine Besorgnis mit im Spiel, die das Bild verzerrt.«

Nazrin setzte sich wieder. Louise sah, wie ihr Blick an der Wand hin und her irrte, als suchte sie einen festen Punkt. »Vielleicht benutze ich die falschen Wörter«, sagte sie. »Vielleicht sollte ich lieber von einer Trauer sprechen, die weg war, als von einer Freude, die unerwartet auftauchte.«

»Henrik war doch nie niedergeschlagen.«

»Vielleicht hat er es dir nicht gezeigt. Du hast es selbst gesagt. Wem gegenüber tritt ein Kind ganz und gar deutlich auf? Seinen Eltern gegenüber nicht. Als ich Henrik in diesem Bus traf, lachte er. Aber der Henrik, den ich dann kennenlernte, war ein tiefernster Mensch. Er war wie ich. Er betrachtete die Welt als ein wachsendes Elend, das sich auf die endgültige Katastrophe zubewegte. Er redete voller Empörung über die Armut. Er versuchte, seinen Zorn zu zeigen, aber es fiel ihm immer leichter, seiner Trauer Ausdruck zu geben. Er war zu weich, glaube ich. Oder ich konnte nie ganz in ihn hinein-schauen. Für mich war er ein gescheiterter Idealist. Aber die Wahrheit war vielleicht eine andere. Er plante etwas, er wollte Widerstand leisten. Ich erinnere mich an ein Gespräch, hier an diesem Tisch, er saß da, wo du jetzt sitzt, und er sagte, jeder Mensch müsse ›seine eigene Widerstandsbewegung sein. Wir können nie auf die anderen warten. Diese furchtbare Welt ver-langt von jedem von uns einen Einsatz. Wenn es brennt, fragt niemand danach, woher das Wasser kommt. Das Feuer muß gelöscht werden.‹ Ich weiß noch, daß ich dachte, daß er sich salbungsvoll anhören konnte, wie ein Pastor. Vielleicht sind alle Pastoren romantisch? Manchmal hatte ich genug von sei-nem Ernst, diese Trauer war wie eine Oberfläche, auf die ich einhämmerte. Er war ein Weltverbesserer, der sich selbst am meisten leid tat. Aber es gab noch einen anderen Ernst unter dieser Oberfläche, das kann ich nicht abstreiten. Ein Ernst, eine Trauer, mißlungene Ausdrücke für Zorn. Wenn er versuchte, böse zu werden, glich er vor allem einem ängstlichen kleinen Jungen. Aber all das hatte sich verändert, als er von jener Reise zurückkehrte.«

Nazrin verstummte. Louise sah, daß sie sich anstrengte, sich zu erinnern.

»Ich merkte sogleich, daß etwas geschehen war. Als er aus der Maschine stieg, bewegte er sich langsam, fast zögernd. Er lächelte, als er mich sah. Aber es kam mir so vor, als hätte er gehofft, daß niemand da wäre, um ihn abzuholen. Er war wie immer, er versuchte zu sein wie immer. Aber er war ab-wesend, er war sogar abwesend, als wir miteinander schliefen.

Ich wußte nicht, ob ich eifersüchtig sein sollte oder nicht. Aber er hätte es erzählt, wenn es eine andere Frau gewesen wäre. Ich fragte ihn, wo er gewesen sei, doch er schüttelte nur den Kopf. Als er seinen Koffer auspackte, sah ich, daß an seinen Schuhsohlen rote Erde klebte. Ich fragte ihn danach, aber er sagte nichts, er wurde ärgerlich. Dann plötzlich war er wieder wie verändert. Nicht mehr so abwesend, er wurde froher, leichter, als hätte er ein paar unsichtbare Gewichte abgeworfen. Ich merkte, daß er manchmal müde war, wenn ich nachmittags kam, er war nachts wach gewesen, aber ich bekam nie eine Antwort darauf, womit er sich beschäftigte. Er schrieb etwas, es kamen immer neue Mappen in die Wohnung. Die ganze Zeit redete er vom Zorn, der rausgelassen werden mußte, von allem, was vertuscht wurde, allem, was enthüllt werden müßte. Manchmal hörte es sich an, als zitierte er die Bibel, als wäre er im Begriff, sich in eine Art Prophet zu verwandeln. Ich machte einmal einen Scherz darüber. Da wurde er richtig wütend. Es war das einzige Mal, daß ich ihn wirklich böse gesehen habe. Ich glaubte, er würde mich schlagen. Er hob die Hand, sie war zur Faust geballt, er hätte mich geschlagen, wenn ich nicht geschrien hätte. Ich bekam Angst. Er entschuldigte sich, aber ich glaubte ihm nicht.«

Nazrin verstummte wieder. Durch die Küchenwand drangen Geräusche aus der Nachbarwohnung herüber. Louise kannte die Musik, es war das Leitmotiv eines Films, an dessen Titel sie sich nicht erinnerte.

Nazrin hatte die Hände vors Gesicht geschlagen. Louise saß reglos da und wartete. Worauf wartete sie? Sie wußte es nicht.

Nazrin stand auf.

»Ich muß gehen. Ich kann nicht mehr.«

»Wo kann ich dich erreichen?«

Nazrin schrieb ihre Telefonnummer auf eins der Reklameblätter. Dann drehte sie sich mit dem Mantel in der Hand um und ging. Louise hörte ihre Schritte im Treppenhaus hallen, die Haustür, die zuschlug.

Einige Minuten später verließ sie selbst die Wohnung. Sie ging hinunter zum Slussen, aufs Geratewohl, und hielt sich dicht an den Hauswänden, aus Furcht, plötzlich von Panik ergriffen zu werden. Am Slussen hielt sie ein Taxi an und fuhr nach Djurgården hinaus. Der Wind war eingeschlafen, die Luft fühlte sich milder an. Sie streifte zwischen den herbstlichen Bäumen umher und kehrte in Gedanken zurück zu dem, was Nazrin erzählt hatte.

Eher eine Trauer, die aufhörte, als eine Freude, die plötzlich eintrat. Eine Reise, von der er nichts erzählen wollte.

Die Besessenheit? All die Mappen? Sie war überzeugt, daß es die waren, die sie selbst gelesen hatte, über den toten Präsidenten und sein Hirn. Das war es, was Nazrin gesehen hatte. Henriks Interesse für das Hirn des toten Präsidenten war also neu, nichts, was ihn schon lange beschäftigt hatte.

Sie ging zwischen den Bäumen umher und durchstreifte ihre Gedanken. Manchmal wußte sie nicht richtig, ob das Herbstlaub in ihrem Hirn raschelte oder unter ihren Füßen.

Plötzlich fiel ihr der Brief von Aron ein, den sie gefunden hatte. Sie zog ihn aus der Tasche und öffnete ihn.

Es war ein kurzer Brief.

»Noch keine Eisberge. Aber ich gebe nicht auf. Aron.«

Sie versuchte zu verstehen. Eisberge? War es ein Kode? Ein Spiel? Sie steckte den Brief wieder ein und ging weiter.

Am späten Nachmittag kehrte sie in Henriks Wohnung zurück. Jemand hatte eine Nachricht auf den Anrufbeantworter gesprochen. »Hej, hier ist Ivan. Ich melde mich wieder.« Wer war Ivan? Vielleicht wußte Nazrin es. Sie wollte bei ihr anrufen, überlegte es sich aber anders. Sie ging in Henriks Schlafzimmer und setzte sich auf die Matratze. Ihr war schwindelig, doch sie zwang sich, sitzen zu bleiben.

In einem Regal stand ein Foto von ihnen beiden.

Als er siebzehn war, hatten sie zusammen eine Reise nach Madeira unternommen. In der Woche, die sie auf der Insel verbrachten, hatten sie einen Ausflug zum Tal der Nonnen gemacht und sich vorgenommen, nach zehn Jahren wieder dorthin zurückzukehren. Es sollte das lebenslange Ziel ihrer ganz persönlichen Pilgerreise werden. Plötzlich spürte sie Wut darüber, daß jemand sie um diese Reise gebracht hatte. Der Tod ist so schrecklich lang, dachte sie. So unendlich lang. Wir werden nie mehr nach Correia des fuentes zurückkehren. Niemals.

Sie ließ ihren Blick durchs Zimmer wandern. Etwas hatte ihre Aufmerksamkeit erregt. Sie suchte mit dem Blick. Ein Wandregal mit zwei Reihen Büchern ließ sie innehalten. Zuerst wußte sie nicht, was es war. Dann sah sie, daß einige Buchrücken auf dem unteren Brett herausragten. Henrik war vielleicht nicht ordentlich. Aber er verabscheute Unregelmäßigkeit. Konnte etwas dahinter sein? Sie stand auf und tastete mit einer Hand hinter den Büchern. Da lagen zwei dünne Schreibhefte. Sie zog sie heraus und nahm sie mit in die Küche. Es waren einfache Schreibhefte, Bleistift, Tinte, Tusche, fleckig, vollgeschrieben mit sperrigen Buchstaben. Der Text war in englisch abgefaßt. Auf dem einen Heft stand »*Memory Book for my mother Paula*«.

Louise blätterte das dünne Heft durch. Es waren ein paar Texte darin, gepreßte Blumen, die getrocknete Haut einer kleinen Eidechse, einige verblichene Fotos, eine farbige Kreidezeichnung eines Kindergesichts. Sie las den Text und verstand, daß er von einer Frau handelte, die bald sterben würde, die Aids hatte und dieses Heft für ihre Kinder schrieb, damit sie eine Erinnerung an sie hatten, wenn sie nicht mehr da war.

»*Weint nicht zuviel, weint nur so viel, daß es ausreicht, um die Blumen zu gießen, die ihr auf mein Grab pflanzt. Studiert und nutzt euer Leben. Nutzt eure Zeit.*«

Louise sah das Gesicht der schwarzen Frau, das auf einem Foto mit fast ganz verblaßten Farben zu erkennen war. Sie lächelte direkt in die Kamera, direkt in Louises Trauer und Ohnmacht.

Louise las das andere Heft. *Miriams Erinnerungsbuch für ihre Tochter Ricki.* Hier waren keine Fotos, die Texte waren kurz, die Buchstaben wie krampfhaft ins Papier eingedrückt. Keine gepreßten Blumen, ein paar Seiten leer. Das Buch war nicht fertig geschrieben, es endete mitten in einem Satz: »*There are so many things I would …*«

Louise versuchte, den Satz zu vollenden. Was Miriam hatte sagen wollen. Oder tun wollen.

Die ich dir sagen möchte, Henrik. Oder tun möchte. Doch du bist verschwunden, du hast dich vor mir versteckt. Vor allem läßt du mich mit einer furchtbaren Qual zurück; ich weiß nicht, warum du verschwunden bist. Ich weiß nicht, wonach du gesucht hast und was dich getrieben hat zu dem, was geschehen ist. Du warst lebendig, du wolltest nicht sterben. Jetzt bist du doch tot. Ich verstehe es nicht.

Louise betrachtete die Schreibhefte auf dem Küchentisch.

Ich verstehe nicht, warum du diese beiden Erinnerungsbücher an zwei Frauen hast, die an Aids gestorben sind. Und warum du sie hinter den anderen Büchern in deinem Regal versteckt hast.

Langsam breitete sie in ihrem Kopf die Scherben aus. Sie wählte die größten Stücke. Sie hoffte, daß sie als Magneten wirken und andere Scherben anziehen würden, bis die Kontur eines Ganzen sich abzeichnete.

Die rote Erde unter seinen Schuhen. Was waren seine Reise-
ziele?

Sie hielt den Atem an und versuchte, ein Muster zu erkennen.

Ich muß Geduld haben. So wie die Archäologie mich gelehrt
hat, daß man alle Erdschichten der Geschichte nur mit Ener-
gie und Behutsamkeit durchdringen kann. Aber nie mit Hast.

Spät am Abend verließ Louise die Wohnung. Sie nahm sich in
der Stadt ein anderes Hotel. Sie rief Artur an und sagte ihm,
daß sie bald zurückkommen werde. Dann suchte sie die Visi-
tenkarte von Göran Vrede heraus und rief ihn zu Hause an.
Er hörte sich verschlafen an, als er sich meldete. Sie verabredeten sich für den nächsten Morgen um neun Uhr in seinem
Büro.

Sie leerte einige der kleinen Flaschen mit Alkohol aus der
Minibar. Dann schlief sie unruhig bis eine Stunde nach Mitternacht.

Den Rest der Nacht lag sie wach.

Die Scherben waren immer noch stumm.

6

Göran Vrede holte sie am Eingang des Polizeipräsidiums ab. Er roch nach Tabakqualm, und auf dem Weg zu seinem Büro erzählte er, daß er in seiner Jugend davon geträumt habe, nach Knochen zu suchen. Sie verstand nicht gleich, was er meinte, erst als sie sich an seinen überladenen Schreibtisch gesetzt hatten, erhielt sie die Erklärung. Er war während seines Studiums von der Familie Leakey fasziniert gewesen, die nach fossilen Überresten von Menschen grub, und wenn es auch keine Menschen waren, die sie fanden, so waren es zumindest Hominiden, im Rift Valley, jener tiefen Spalte im östlichen Afrika.

Göran Vrede hob einen Papierstapel vom Schreibtisch und gab einen Sperrkode auf seinem Telefon ein.

»Ich träumte davon. Im Innersten wußte ich, daß ich Polizist werden wollte. Aber ich träumte davon, das ›fehlende Glied‹ zu finden. Wann wurde der Affe zum Menschen? Oder vielleicht sollte man lieber sagen: Wann hörte der Mensch auf, Affe zu sein? Ab und zu, wenn ich Zeit habe, versuche ich, mich in all die neuen Forschungsansätze einzulesen, die in den letzten Jahren aufgekommen sind. Aber mir wird immer klarer, daß die einzigen fehlenden Glieder, die ich finden werde, mit meiner Arbeit hier zu tun haben.«

Er verstummte abrupt, als habe er aus Versehen ein Geheimnis preisgegeben. Louise betrachtete ihn mit einem vagen Gefühl von Wehmut. Sie hatte einen Mann mit einem unerfüllten Traum vor sich. Die Welt war voll von Menschen mittleren Alters wie Göran Vrede. Der Traum war zum Schluß nur noch eine schwache Spiegelung dessen, was einmal eine glühende Leidenschaft gewesen war.

Wovon hatte sie selbst geträumt? Eigentlich von nichts. Die Archäologie war ihre erste Leidenschaft gewesen, nachdem der riesenhafte Emil sie losgelassen hatte und sie die hundertneunzig Kilometer nach Östersund gefahren war, um Mensch zu werden. Sie hatte oft gedacht, daß ihr Leben seine Richtung bekommen hatte, als der Schienenbus in Rätansbyn auf halber Strecke zwischen Östersund und Sveg hielt, wo sie auf den nach Süden fahrenden Schienenbus warteten. Neben dem Bahnhof war eine Würstchenbude. Alle schienen sogleich von einem gewaltigen Hunger befallen zu werden, als ihr Schienenbus hielt. Wer als letzter in der Schlange landete, konnte Pech haben und kein Würstchen mehr bekommen, entweder weil sie alle waren oder weil die Fahrt weiterging.

Einmal war sie nicht losgestürzt, um sich in die Würstchenschlange einzureihen. Sie war im Schienenbus sitzen geblieben, und das war der Augenblick, in dem sie beschloß, Archäologin zu werden. Sie hatte gezweifelt, ob sie sich auf die lange Medizinerausbildung einlassen sollte, es war auch verlockend, Kinderärztin zu werden. Aber dort im abendlichen Dunkel hatte sie sich plötzlich entschieden. Der Entschluß war vollkommen klar gewesen, es gab keinen Zweifel mehr. Sie würde ihr Leben der Jagd nach dem Vergangenen widmen. Sie stellte sich vor, daß sie im Feld arbeiten würde, aber vage ahnte sie auch, daß ihre Zukunft ebensogut in der Suche nach Geheimnissen in alten Manuskripten liegen konnte, darin, die von früheren Generationen von Archäologen formulierten Wahrheiten aus heutiger Sicht zu interpretieren.

Um sie her kauten Menschen Würstchen mit Senf und Ketchup, ein eigentümlicher Frieden senkte sich auf sie herab. Sie wußte.

Göran Vrede hatte das Zimmer verlassen und kam mit einer Tasse Kaffee zurück. Sie selbst hatte abgelehnt. Sie setzte sich aufrecht hin und hatte das Gefühl, bereit sein zu müssen, ihm Widerstand zu bieten.

Er sprach mit freundlicher Stimme zu ihr, als stünde sie ihm nahe. »Wir finden nichts, was darauf hindeutet, daß Ihr Sohn umgebracht wurde.«

»Ich will alles ganz genau wissen.«

»So weit sind wir selbst noch nicht. Es dauert lange, alles zu klären, was geschehen ist, wenn ein Mensch plötzlich stirbt. Der Tod ist ein komplizierter Prozeß. Wahrscheinlich der komplexeste und am schwersten überschaubare Prozeß, den das Leben uns bietet. Wir wissen bedeutend mehr darüber, wie ein Mensch entsteht, als darüber, wie ein Leben endet.«

»Ich rede von meinem Sohn! Nicht von einem Embryo oder einem alten Menschen in einem Pflegeheim!«

Später sollte sie sich fragen, ob ihr Ausbruch für Göran Vrede unerwartet kam. Er mußte sich viele Male in der gleichen Situation befunden, verzweifelten Eltern gegenübergesessen haben, die ihr Kind nicht zurückbekommen konnten, die aber dennoch eine Form von Genugtuung suchten, so sinnlos sie auch sein mochte. Keine schlechten Eltern gewesen zu sein, nicht dem Vorwurf ausgesetzt zu sein, etwas versäumt zu haben.

Göran Vrede öffnete eine Plastikmappe. »Wir haben keine Antwort«, sagte er. »Wir müßten eine haben. Ich kann nur sagen, daß ich es bedaure. Aufgrund einer Verkettung unglücklicher Umstände sind die Probenergebnisse vernichtet worden, und die Untersuchungen müssen wiederholt werden. Die Ärzte und die Labors arbeiten. Sie sind sorgfältig, sie brauchen ihre Zeit. Aber zuerst suchen wir natürlich danach, ob es eine äußere Einwirkung gegeben hat. Und das ist nicht der Fall.«

»Henrik war kein Selbstmörder.«

Göran Vrede sah sie lange an, bevor er antwortete. »Mein Vater hieß Hugo Vrede. Alle hielten ihn für den glücklichsten Menschen auf der Welt. Er lachte ständig, er liebte seine Familie, er stürzte jeden Morgen mit fast wilder Freude zu seiner Arbeit als Typograph bei *Dagens Nyheter*. Dennoch beging er im Alter von neunundvierzig Jahren plötzlich Selbstmord. Sein erstes Enkelkind war zur Welt gekommen, er wurde für seine Arbeit besser bezahlt. Er hatte gerade einen langen

Streit mit seinen Schwestern beendet und war jetzt alleiniger Besitzer eines Sommerhäuschens auf Utö. Ich war damals elf Jahre alt, immer noch klein. Er kam jeden Abend zu mir und nahm mich in den Arm, bevor ich einschlafen sollte. Eines Dienstagmorgens stand er wie gewöhnlich auf, frühstückte, las die Zeitung, war in seiner gewohnt guten Laune, summte vor sich hin, als er sich die Schnürsenkel band, und küßte meine Mutter auf die Stirn, bevor er ging. Dann fuhr er mit dem Fahrrad davon. Den gleichen Weg wie immer. Aber als er in die Torsgata einbiegen sollte, wich er vom gewohnten Weg ab. Er fuhr nicht zur Arbeit. Er fuhr aus der Stadt hinaus. Irgendwo bei Sollentuna bog er in kleine Straßen ein, die direkt in den Wald führten. Es gab dort einen Schrottplatz, den man angeblich vom Flugzeug aus sehen kann, wenn man sich Arlanda auf einer bestimmten Anflugbahn nähert. Er stellte das Fahrrad ab und verschwand zwischen dem Schrott. Später fand man ihn auf der Rückbank eines alten Dodge. Er hatte sich dort hingelegt, eine große Dosis Schlaftabletten genommen und war gestorben. Ich war elf Jahre alt. Ich erinnere mich noch an die Beerdigung. Natürlich war der Schock darüber, daß er tot war, groß. Aber das Schlimmste war dennoch der Schmerz, nicht zu verstehen. Die Beerdigung war von diesem großen, rätselhaften, quälenden ›Warum‹ geprägt. Das Kaffeetrinken anschließend war ein einziges Schweigen.«

Louise fühlte sich herausgefordert. Ihr Sohn hatte nichts mit Göran Vredes Vater zu tun.

Göran Vrede verstand ihre Reaktion. Er blätterte in der Mappe, die er vor sich hatte, obgleich er wußte, was dort stand.

»Es gibt keine Erklärung für Henriks Tod. Das einzige, dessen wir sicher sind, ist, daß es keine äußere Gewalt gegeben hat.«

»Das konnte ich selbst sehen.«

»Nichts läßt darauf schließen, daß ein anderer Mensch seinen Tod verursacht hat.«

»Was sagen die Ärzte?«

»Daß es keine einfache oder unmittelbare Erklärung gibt. Was nicht verwunderlich ist. Wenn ein junger, gesunder Mensch plötzlich stirbt, muß etwas Unerwartetes dahinterstecken. Wir werden es zu gegebener Zeit erfahren.«

»Was?«

Göran Vrede schüttelte den Kopf. »Ein kleines Detail hört auf zu funktionieren. Ein kleines Glied, das ausfällt, kann ebenso großen Schaden bewirken wie ein Dammbruch oder ein Vulkanausbruch. Die Ärzte suchen.«

»Es muß etwas Unnatürliches geschehen sein.«

»Warum glauben Sie das? Erklären Sie es mir.«

Göran Vredes Stimme bekam einen anderen Ton.

Louise nahm eine Spur von Ungeduld in seiner Frage wahr.

»Ich kannte meinen Sohn. Er war ein glücklicher Mensch.«

»Was ist ein glücklicher Mensch?«

»Ich will nicht von Ihrem Vater reden. Ich rede von Henrik. Er ist nicht freiwillig gestorben.«

»Aber niemand hat ihn getötet. Entweder ist er eines natürlichen Todes gestorben, oder er hat Selbstmord begangen. Unsere Pathologen sind gründliche Leute. In Kürze wissen wir mehr.«

»Und dann?«

»Was meinen Sie?«

»Wenn sie keine Erklärung gefunden haben?«

Schweigen.

»Es tut mir leid, daß ich Ihnen im Augenblick nicht mehr helfen kann.«

»Niemand kann mir helfen.«

Louise erhob sich mit einer heftigen Bewegung. »Es gibt keine Erklärung. Es gibt kein fehlendes Glied. Henrik starb, weil jemand anders es wollte, nicht er selbst.«

Göran Vrede brachte sie zum Ausgang. Sie trennten sich schweigend.

Louise holte den Wagen und verließ Stockholm. Kurz vor Sala hielt sie auf einem Rastplatz, ließ die Rückenlehne herunter und schlief ein.

Im Traum erschien ihr Vassilis. Er beteuerte, nichts mit Henriks Tod zu tun zu haben.

Louise wachte auf und fuhr weiter nach Norden. Der Traum wollte ihr etwas mitteilen, dachte sie. Ich habe von Vassilis geträumt, aber eigentlich habe ich von mir selbst geträumt. Ich habe versucht, mich davon zu überzeugen, daß ich Henrik nicht im Stich gelassen habe. Aber ich habe ihm nicht so viel zugehört, wie ich es hätte tun sollen.

In Orsa hielt sie an und aß. Mehrere junge Männer in Fußballtrikots – oder vielleicht waren es Eishockeytrikots – lärmten an einem Tisch. Sie verspürte plötzlich Lust, ihnen von Henrik zu erzählen und sie zu bitten, leise zu sein. Dann fing sie an zu weinen. Ein Lastwagenfahrer mit vorstehendem Bauch betrachtete sie. Sie schüttelte den Kopf, und er senkte den Blick. Sie sah, daß er nachdenklich irgendeine Art Lottoschein ausfüllte, und sie hoffte, daß er gewänne.

Als sie durch die Finnenwälder fuhr, war es Abend. Bei einem Kahlschlag meinte sie einen Elch zu sehen. Sie hielt an und stieg aus. Sie suchte nach etwas, was sie übersehen hatte.

Henriks Tod war nicht natürlich. Jemand hat ihn getötet. Etwas hat ihn getötet. Die rote Erde unter seinen Schuhen, die Erinnerungsbücher, seine plötzliche Freude. Was ist es, was zu sehen mir nicht gelingt? Die Scherben passen vielleicht zusammen, ohne daß ich es entdecke.

In Noppikoski hielt sie noch einmal an, als sie vor Müdigkeit nicht mehr weiterfahren konnte.

Wieder träumte sie von Griechenland, diesmal trat Vassilis jedoch nur am Rand in Erscheinung. Sie befand sich auf einer Ausgrabung, als es plötzlich zu einem Erdrutsch kam. Sie wurde unter der Erde begraben, augenblicklich war die Angst da, und gerade als sie nicht mehr länger atmen konnte, wurde sie wach.

Sie fuhr weiter nach Norden. Der letzte Traum brauchte keine Erklärung.

Spät in der Nacht erreichte sie Sveg. In der Küche war Licht, als sie auf den Hofplatz einschwenkte. Ihr Vater war wie immer wach. Wie schon so oft fragte sie sich, wie er all diese Jahre mit so wenig Schlaf hatte überleben können.

Er saß am Küchentisch und ölte seine Schnitzwerkzeuge. Er schien nicht erstaunt zu sein, daß sie mitten in der Nacht zurückkam. »Bist du hungrig?«

»Ich habe in Orsa gegessen.«

»Das ist ein langer Weg.«

»Ich bin nicht hungrig.«

»Dann reden wir nicht weiter davon.«

Sie setzte sich auf ihren gewohnten Platz, glättete das Wachstuch und erzählte, was geschehen war. Nachher saßen sie lange schweigend da.

»Vielleicht hat Vrede recht«, sagte er schließlich. »Geben wir ihnen die Möglichkeit, mit einer Erklärung zu kommen.«

»Ich glaube nicht, daß sie alles tun, was sie tun können. Eigentlich ist Henrik ihnen egal. Einer unter tausend anderen jungen Männern, die eines Tages tot in ihrem Bett liegen.«

»Jetzt bist du ungerecht.«

»Ich weiß, daß ich ungerecht bin. Aber so fühle ich.«

»Wir müssen wohl trotzdem abwarten.«

Louise wußte, daß er recht hatte. Die Wahrheit über das, was geschehen war, was Henriks Tod verursacht hatte, würde nie ans Licht kommen, wenn sie der gerichtsmedizinischen Untersuchung nicht vertrauten.

Louise war müde. Als sie aufstehen wollte, um ins Bett zu gehen, hielt Artur sie zurück. »Ich habe noch einmal versucht, Aron ausfindig zu machen.«

»Hast du ihn gefunden?«

»Nein. Aber auf jeden Fall habe ich es versucht. Ich habe noch einmal Kontakt zur Botschaft in Canberra aufgenommen und mit weiteren Personen im Freundesverein gesprochen. Aber von einem Aron Cantor hat nie jemand etwas gehört. Bist du sicher, daß er in Australien lebt?«

»Bei Aron kann man nie sicher sein.«

»Es wäre ungut, wenn er nicht erführe, was geschehen ist, und nicht an der Beerdigung teilnehmen könnte.«

»Vielleicht will er gar nicht dabeisein? Vielleicht will er überhaupt nicht, daß wir ihn finden?«

»Niemand wird wohl der Beerdigung seines eigenen Kinds fernbleiben wollen.«

»Du kennst Aron nicht.«

»Damit kannst du recht haben. Du hast mich ihn ja kaum treffen lassen.«

»Was willst du damit sagen?«

»Du mußt gar nicht aufbrausen. Du weißt, daß es stimmt.«

»Es stimmt ganz und gar nicht. Ich habe mich nie zwischen dich und Aron gestellt.«

»Es ist jetzt zu spät für diese Diskussion.«

»Es ist keine Diskussion. Es ist ein sinnloses Gespräch. Ich danke dir, daß du dir die Mühe gemacht hast. Aber Aron wird nicht an der Beerdigung teilnehmen.«

»Ich finde trotzdem, wir sollten noch etwas weitersuchen.«

Louise antwortete nicht. Und Artur erwähnte Aron nicht mehr.

Aron war nicht dabei, als sein Sohn Henrik Cantor zwei Wochen später auf dem Friedhof von Sveg beigesetzt wurde. Als die Todesanzeige erschienen war, hatten viele sich bei Nazrin gemeldet, die Louise über die schweren Wochen hinweghalf. Viele von Henriks Freunden – von den meisten hatte Louise nie etwas gehört – wären gern zur Beerdigung gekommen. Aber Härjedalen war zu weit weg. Nazrin hatte vorgeschlagen, nach der Beerdigung eine Gedenkfeier in Stockholm abzuhalten. Louise sah ein, daß sie um ihrer Suche nach einer Erklärung willen Henriks Freunde treffen sollte. Doch sie hatte nicht die Kraft, mehr zu organisieren als die Beerdigung. Sie bat Nazrin, die Namen all derer festzuhalten, die von sich hören ließen.

Die Beerdigung fand am Mittwoch, dem 20. Oktober, um ein Uhr statt. Nazrin war am Tag zuvor zusammen mit einem anderen Mädchen gekommen; sie hieß Vera und hatte offenbar, wenn Louise es nun richtig durchschaute, ebenfalls ein Verhältnis mit Henrik gehabt. Sie würden nur wenige Menschen bei der Beerdigung sein. Es war wie ein riesiger Verrat an Henrik und all den Menschen, die er in seinem Leben getroffen hatte. Aber es ging nun einmal nicht anders.

Louise und Artur hatten einen heftigen Streit darüber gehabt, wer die Beerdigungsfeier halten sollte. Louise war der festen Meinung, Henrik hätte keinen Pastor haben wollen. Doch Artur fand im Gegenteil, daß Henrik sich sehr für geistliche Fragen interessiert habe. Wer in Sveg konnte eine würdige Zeremonie anbieten? Pastor Nyblom predigte Gottes Wort nicht mit übertriebenem Eifer, er begnügte sich häufig mit seiner eigenen alltäglichen Ausdrucksweise. Ihm konnte man nahelegen, Gott und das Heilige aus der Begräbnisfeier herauszuhalten.

Louise gab nach. Sie war zu schwach für eine Auseinandersetzung. Sie wurde von Tag zu Tag kraftloser.

Am Dienstag, dem 19. Oktober, rief Göran Vrede an. Er teilte mit, die pathologische Untersuchung habe ergeben, daß die Todesursache in einer starken Überdosis von Schlaftabletten zu sehen sei. Er entschuldigte sich erneut dafür, daß es so unverhältnismäßig lange gedauert habe. Louise lauschte seinen Worten wie in einem dichten Nebel. Sie wußte, daß er ihr diese Mitteilung nie machen würde, wenn sie nicht absolut sicher wäre, eine unumstößliche Wahrheit. Er versprach, Louise sämtliche Unterlagen zuzusenden, versicherte sie noch einmal seiner Anteilnahme und erklärte dann, daß die Ermittlung damit abgeschlossen sei. Die Polizei habe nichts mehr hinzuzufügen, der Staatsanwalt werde mit dem Fall nicht befaßt, weil es sich um Selbstmord handelte.

Als Louise Artur davon erzählte, sagte er: »Dann wissen wir immerhin so viel, daß wir nicht weiter zu grübeln brauchen.«

Louise wußte, daß Artur nicht die Wahrheit sagte. Solange er lebte, würde er darüber nachgrübeln, was wirklich geschehen war. Warum hatte Henrik beschlossen, sich das Leben zu nehmen? Wenn es denn das war, was geschehen war.

Auch Nazrin und Vera mochten nicht glauben, daß Göran Vredes Aussage tatsächlich der Wahrheit entsprach.

Nazrin sagte: »Wenn er sich hätte umbringen wollen, hätte er etwas ganz anderes gemacht. Nicht mit Schlaftabletten in seinem Bett. Das wäre für Henrik zu dürftig gewesen.«

Louise erwachte am Morgen des 20. Oktober und sah, daß es in der Nacht Frost gegeben hatte. Sie ging hinunter zur Eisenbahnbrücke und stand lange am Geländer und starrte hinunter ins schwarze Wasser, das so schwarz war wie die Erde, in die sie Henriks Sarg hinabsenken würden. In dem Punkt war Louise ganz entschieden gewesen: Henrik sollte nicht verbrannt werden, sein Körper sollte in die Erde, so wie er war, nicht als Asche. Sie sah hinunter ins Wasser und erinnerte sich daran, an der gleichen Stelle gestanden zu haben, als sie jung und unglücklich gewesen war und vielleicht das einzige

Mal daran gedacht hatte, sich das Leben zu nehmen. Es war, als stünde Henrik neben ihr. Auch er wäre nicht gesprungen. Er hätte sich festgehalten und nicht losgelassen.

Lange stand sie an diesem frühen Morgen auf der Brücke.

Heute begrabe ich mein einziges Kind. Ein anderes Kind werde ich nicht bekommen. In Henriks Sarg ruht ein entscheidender Teil auch meines Lebens. Ein Teil, der nie mehr zurückkommt.

Der Sarg war braun, es gab Rosen, keine Kränze. Der Organist spielte Bach und etwas von Scarlatti, was er selbst vorgeschlagen hatte. Der Pastor sprach gedämpft und ohne Gebärden, und Gott war nicht anwesend in der Kirche. Louise saß neben Artur, auf der anderen Seite des Sargs saßen Nazrin und Vera. Louise erlebte den Begräbnisakt wie aus weiter Ferne. Dennoch handelte er von ihr. Den Toten konnte man nicht bedauern, wer tot ist, ist tot und weint nicht. Aber sie selbst? Sie war bereits eine Ruine. Doch einige Gewölbebogen in ihr waren noch unversehrt. Und die wollte sie verteidigen.

Nazrin und Vera machten sich schon früh auf den Weg, um die lange Busfahrt nach Stockholm anzutreten. Doch Nazrin versprach, Kontakt zu halten, und wenn Louise in der Lage wäre, Henriks Wohnung aufzulösen, würde sie ihr helfen.

Am Abend saß Louise mit Artur zusammen in der Küche bei einer Flasche Schnaps. Er trank ihn mit Kaffee, sie mit Limonade verdünnt. Wie in stillschweigender Übereinkunft betranken sie sich. Gegen zehn Uhr hingen sie hohläugig über dem Küchentisch.

»Ich fahre morgen.«

»Zurück?«

»Fährt man nicht immer irgendwohin zurück? Ich fahre nach Griechenland. Ich muß meine Arbeit abschließen, und was danach kommt, weiß ich nicht.«

Früh am Morgen des nächsten Tages fuhr er sie zum Flugplatz nach Östersund. Ein schwacher Schneefall hatte den Boden weiß gepudert. Artur drückte ihre Hand und bat sie, vorsichtig zu sein. Sie sah, daß er nach mehr suchte, was er ihr sagen konnte, aber es kam nichts. Im Flugzeug nach Arlanda dachte sie, daß er sicher am selben Tag anfangen würde, Henriks Gesicht in einen seiner Bäume zu meißeln.

Um 11 Uhr 55 bestieg sie eine Maschine nach Frankfurt, um von dort nach Athen weiterzufliegen. Doch als sie in Frankfurt ankam, war es, als fielen alle Beschlüsse, die sie gefaßt hatte, in sich zusammen. Sie stornierte den Flug nach Athen und saß lange da und blickte auf das diesige Flugfeld hinaus.

Sie wußte, was sie tun mußte. Artur hatte weder recht noch unrecht, sie gab nicht nach ihm gegenüber. Es war ihr eigener Entschluß, ihre eigene Einsicht.

Aron. Er war da. Er mußte dasein.

Spät am gleichen Abend stieg sie in eine Maschine der Quantas nach Sydney. Das letzte, was sie vor ihrem Abflug noch tat, war, einen Kollegen in Griechenland anzurufen und ihm zu sagen, daß sie noch nicht kommen könne.

Eine andere Reise, eine andere Begegnung war zuvor noch notwendig.

Neben ihr im Flugzeug saß ein Kind, das ohne Begleitung reiste, ein Mädchen, das sich alles dessen, was um sie her war, nicht bewußt zu sein schien. Das einzige, wofür sie Augen hatte, war eine Puppe, ein eigentümliches Zwischending zwischen einem Elefanten und einer alten Dame.

Louise Cantor sah in die Dunkelheit hinaus.

Aron. Er war da. Er mußte dasein.

7

Bei der Zwischenlandung in Singapur verließ Louise das Flugzeug und streifte in der feuchten Wärme durch die langen Gänge mit braungelben Teppichen, die nur zu neuen entfernten Terminals zu führen schienen.

Bei einem Laden, in dem es Notizbücher gab, blieb sie stehen und kaufte einen Kalender mit gestickten Vögeln auf dem violetten Umschlag. Das Mädchen, bei dem sie bezahlte, lächelte sie mit freundlichen Augen an. Sofort füllten sich ihre Augen mit Tränen. Sie drehte sich rasch um und ging davon.

Auf dem Weg zurück fürchtete sie, von Panik befallen zu werden. Sie ging dicht an den Wänden entlang, erhöhte ihr Tempo und versuchte, sich auf ihr Atmen zu konzentrieren. Sie war überzeugt davon, daß ihr jeden Augenblick schwarz vor Augen werden und sie umfallen würde. Aber sie wollte nicht auf diesem braungelben Teppich aufwachen. Sie wollte nicht fallen. Nicht jetzt, wo sie den wichtigen Entschluß gefaßt hatte, Aron zu suchen.

Kurz nach zwei Uhr in der Nacht hob die Maschine nach Sydney ab. Louise hatte schon in Frankfurt jeglichen Überblick über die Zeitzonen verloren, durch die sie fliegen würde. Sie reiste im Zustand der Gewichtslosigkeit wie der Zeitlosigkeit. Vielleicht war das genau die richtige Art und Weise, sich Aron zu nähern? In den Jahren, in denen sie zusammengelebt hatten, besaß er die eigentümliche Fähigkeit, zu merken, wenn sie auf dem Weg nach Hause war, wenn sie sich ihm näherte. War sie gelegentlich verbittert gewesen über etwas, was er gesagt oder getan hatte, dachte sie stets, daß es ihr nie gelingen würde, ihn zu überraschen, wenn er ihr untreu wäre.

Sie saß auf einem Gangplatz, 26 D. Neben ihr schlief ein freundlicher Mann, der sich als pensionierter Oberst der australischen Luftwaffe vorgestellt hatte. Er hatte nicht versucht, Konversation zu treiben, und sie war ihm dafür dankbar. Sie saß in der verdunkelten Kabine und nahm die Wassergläser entgegen, die die schweigenden Stewardessen in regelmäßigen Abständen auf Tabletts herbeitrugen. Auf der anderen Seite des Gangs saß eine Frau in ihrem Alter und hörte eins der Radioprogramme.

Sie nahm den kurz zuvor gekauften Kalender hervor, knipste ihre Leselampe an, suchte einen Stift und begann zu schreiben.

Rote Erde. Das waren die ersten Worte. Warum tauchten gerade sie in ihrem Bewußtsein auf? Waren sie ihr wichtigster Leitfaden? Die entscheidende Scherbe, um die herum sich die anderen Fragmente zu gegebener Zeit gruppieren konnten?

In Gedanken blätterte sie die Erinnerungsbücher der toten oder sterbenden Frauen durch.

Wie kam es, daß Henrik diese Hefte hatte? Er war kein Kind, das eine Erinnerung an seine Eltern nötig hatte. Er wußte zwar nicht alles, aber doch viel über seine Mutter. Und mit Aron hatte er auf jeden Fall regelmäßig Kontakt, auch wenn Aron meistens abwesend war. Woher hatte er diese Hefte? Wer hatte sie ihm gegeben?

Sie notierte eine Frage. »*Woher kommt die rote Erde?*« Weiter kam sie nicht. Sie steckte den Kalender weg, löschte die Leselampe und schloß die Augen. Ich brauche Aron, um zu denken. In seinen besten Stunden war er nicht nur ein guter Liebhaber, sondern er beherrschte auch die Kunst des Zuhörens. Er war eines dieser seltenen Wesen, die Rat erteilen konnten, ohne darauf zu schielen, welche Vorteile ihnen daraus erwuchsen.

Sie schlug im Dunkeln die Augen auf. Vielleicht war das die Seite von Aron und ihrem gemeinsamen Leben, die sie am stärksten vermißte? Der zuhörende und manchmal unermeßlich kluge Mann, in den sie sich verliebt und mit dem sie einen Sohn hatte?

Das ist der Aron, den ich suche, dachte sie. Ohne seine Hilfe werde ich nie verstehen, was geschehen ist. Ohne seine Unterstützung werde ich nie zu meinem eigenen Leben zurückfinden.

Den Rest der Nacht schlummerte sie in ihrem Sitz, suchte zuweilen zwischen den Radioprogrammen, war aber unzufrieden damit, weil die Musik überhaupt nicht zum nächtlichen Dunkel zu passen schien. Ich befinde mich in einem Käfig, dachte sie. Einem Käfig mit dünnen Wänden, die dennoch der starken Kälte und der hohen Geschwindigkeit standhalten. In diesem Käfig werde ich auf einen Kontinent geschleudert, den zu besuchen ich mir nie vorgestellt hätte. Einen Kontinent, nach dem ich mich nie gesehnt habe.

Einige Stunden vor der Landung in Sydney beschlich sie das Gefühl, daß ihr auf dem Flughafen Frankfurt gefaßter Beschluß sinnlos sei. Sie würde Aron niemals finden. Einsam am Rand der Welt würde sie nur von Anfällen von Trauer und von zunehmender Verzweiflung befallen werden.

Aber sie konnte den Käfig nicht umdrehen und ihn nach Frankfurt zurückschleudern. Am frühen Morgen setzten die Gummiräder auf der Rollbahn des Flugplatzes von Sydney auf. Schlaftrunken trat sie wieder in die Welt hinaus. Ein freundlicher Zollbeamter nahm einen Apfel aus ihrer Tasche und warf ihn in eine Mülltüte. Sie suchte einen Informationsstand auf und bekam ein Zimmer im Hilton. Sie erschrak, als ihr klar wurde, was es kosten würde, war aber nicht in der Lage, die Buchung rückgängig zu machen. Nachdem sie Geld gewechselt hatte, nahm sie ein Taxi zum Hotel. Sie blickte auf die im heller werdenden Morgen daliegende Stadt und dachte, daß Aron diesen Weg auch einmal gefahren sein mußte, auf den gleichen Autobahnen, über die gleichen Brücken.

In dem Zimmer, das sie bekam, ließ sich das Fenster nicht öffnen. Wäre sie nicht so erschöpft gewesen, hätte sie das Hotel verlassen und sich ein anderes gesucht. Das Zimmer verursachte ihr unmittelbar Erstickungsgefühle. Doch sie zwang sich, unter die Dusche zu gehen, und kroch danach nackt unter die Laken. Ich schlafe wie Henrik, dachte sie. Ich schlafe nackt. Warum trug er in der letzten Nacht, in der er lebte, einen Schlafanzug?

Ohne die Frage zu beantworten, schlief sie ein und wachte erst um zwölf Uhr auf. Sie ging in die Stadt, suchte den Hafen, spazierte zum Opernhaus und setzte sich in ein italienisches Restaurant, um zu essen. Die Luft war kühl, aber die Sonne wärmte. Sie trank Wein und versuchte sich zu entscheiden, wie sie vorgehen wollte. Artur hatte mit der Botschaft gesprochen. Er hatte auch Kontakt mit einem Vereinigungsmenschen gehabt, von dem es hieß, er habe den Überblick über eingewanderte Schweden. Aber Aron ist kein Einwanderer, dachte sie. Er läßt sich nicht registrieren. Er ist ein Mann, der immer mindestens zwei Gänge hat, einen in sein Versteck hinein und einen aus ihm heraus.

Sie bezwang jedoch ihre Verzagtheit. Es mußte möglich sein, Aron zu finden, wenn er tatsächlich in Australien war. Er war ein Mensch, der niemanden gleichgültig ließ. Hatte man Aron einmal getroffen, so vergaß man ihn nicht.

Als sie gerade das Restaurant verlassen wollte, hörte sie an einem Nebentisch einen Mann schwedisch in sein Mobiltelefon sprechen. Er sprach, soweit sie hören konnte, mit einer Frau über ein Auto, das repariert werden sollte.

Er beendete das Gespräch und lächelte sie an. »It is always problems with the cars. Always.«

»Ich spreche Schwedisch. Aber Sie haben recht, Autos machen immer Ärger.«

Der Mann stand auf, kam an ihren Tisch und stellte sich vor. Er hieß Oskar Lundin und hatte einen kräftigen Händedruck.

»Louise Cantor. Ein schöner Name. Sind Sie vorübergehend hier, oder sind Sie eingewandert?«

»Mein Aufenthalt ist höchst vorübergehend, und ich bin
noch nicht einmal einen Tag hier.«

Er machte eine Geste zu einem Stuhl, ob er sich setzen
dürfe. Ein Kellner brachte ihm seinen Kaffee nach.

»Ein schöner Frühlingstag«, sagte er. »Die Luft ist noch
kalt. Aber der Frühling ist auf dem Weg. Ich kann mich nie genug über diese Welt wundern, in der Frühling und Herbst
gleichzeitig auftreten, wenn auch durch Meere und Konti-
nente getrennt.«

»Leben Sie schon lange hier?«

»Ich bin 1949 gekommen. Damals war ich neunzehn. Ich
hatte die Vorstellung, hier könne man mit dem berühmten
Schnitzmesser Gold zurechtschnitzen. Ich hatte einen miserablen Schulabschluß hinter mir. Aber ich hatte eine gute
Hand mit Gärten und Gewächsen. Ich wußte, daß ich mich immer durchschlagen konnte, wenn ich Hecken oder Obstbäume
beschnitt.«

»Warum sind Sie hierhergekommen?«

»Ich hatte so schreckliche Eltern. Wenn Sie erlauben, daß
ich ganz ehrlich bin. Mein Vater war Pastor und haßte alle, die
nicht an den gleichen Gott glaubten wie er. Weil ich überhaupt
nicht glaubte, war ich für ihn ein Lästerer, den er schlug, soviel er konnte, bis ich alt genug war, mich zu wehren. Da hörte
er auf, mit mir zu sprechen. Meine Mutter war ständig die
Vermittlerin. Sie war eine barmherzige Samariterin, die leider
ein unsichtbares Rechnungsbuch führte und nie etwas tat, um
mir das Leben zu erleichtern, ohne eine Gegenleistung zu verlangen. Sie preßte all meine Gefühle, mein schlechtes Gewissen, meine Schuld angesichts all der Opfer, die sie brachte, aus
mir heraus, wie man eine Zitrone auspreßt. Ich tat das einzig
Mögliche. Ich ging weg. Das ist mehr als fünfzig Jahre her. Ich
bin nie zurückgekehrt, nicht einmal zu ihren Begräbnissen.
Ich habe drüben noch eine Schwester, mit der ich jedes Jahr zu

Weihnachten telefoniere. Aber sonst lebe ich hier. Und ich bin Gärtner geworden. Mit eigener Firma, die nicht nur Hecken und Obstbäume beschneidet, sondern den Leuten, die es bezahlen können und wollen, ganze Gärten anlegt.«

Er trank seinen Kaffee und rückte den Stuhl so hin, daß die Sonne auf sein Gesicht fiel.

Louise dachte, daß sie nichts zu verlieren hatte. »Ich suche einen Mann«, sagte sie. »Er heißt Aron Cantor. Wir waren einmal verheiratet. Ich glaube, er ist hier in Australien.«

»Sie glauben?«

»Ich bin nicht sicher. Ich habe bei der Botschaft und bei der Freundschaftsvereinigung nachgefragt.«

Oskar Lundin zog eine abschätzige Miene. »Die haben keinen Überblick über die Schweden, die hier im Land leben. Die Vereinigung ist wie ein Heuhaufen, in dem sich alle möglichen Nadeln verstecken können.«

»Ist das so? Daß Menschen herkommen, um sich zu verstecken?«

»Genauso wie Menschen von hier in ein Land wie Schweden gehen, um ihre Sünden zu verbergen. Ich glaube nicht, daß sich besonders viele schwedische Schurken hier versteckt halten. Aber den einen oder anderen gibt es bestimmt. Vor zehn Jahren hatten wir hier einen Mann aus Ånge, der einen Mord begangen hatte. Den haben die schwedischen Behörden nie gefunden. Und jetzt ist er tot und liegt unter einem ganz und gar eigenen Grabstein in Adelaide. Aber ich nehme an, der Mann, den Sie suchen, wird nicht wegen eines Verbrechens gesucht.«

»Nein. Aber ich muß ihn finden.«

»Das müssen wir alle. Die Menschen finden, die wir suchen.«

»Was würden Sie an meiner Stelle machen?«

Oskar Lundin rührte eine Weile nachdenklich in seiner fast leeren Kaffeetasse. »Ich würde wohl mich bitten, Ihnen zu helfen«, sagte er schließlich. »Ich habe so unendlich viele Kontakte in diesem Land. Australien ist ein Kontinent, in dem das meiste noch immer durch Kontakte von Mensch zu Mensch geschieht. Wir rufen und wir flüstern einander zu, und meist erfahren wir auch, was wir wissen wollen. Wo kann ich Sie erreichen?«

»Ich wohne im Hilton. Aber eigentlich ist es zu teuer für mich.«

»Bleiben Sie noch zwei Tage da, wenn Sie es sich leisten können. Länger wird nicht nötig sein. Wenn ich ihn nicht finde, müssen Sie woanders suchen. Neuseeland kann ein guter zweiter Schritt sein.«

»Es fällt mir schwer zu glauben, daß ich ein solches Glück habe, Sie getroffen zu haben. Und daß Sie einem vollkommen unbekannten Menschen helfen wollen.«

»Ich versuche vielleicht, das Gute zu tun, das mein Vater immer nur zu tun vorgab.«

Oskar Lundin winkte den Kellner heran und bezahlte. Er zog den Hut, als er ging. »Innerhalb von achtundvierzig Stunden lasse ich von mir hören. Hoffentlich mit guten Neuigkeiten. Aber ich mache mir bereits Sorgen, ich könnte zuviel versprochen haben. Manchmal habe ich zu viele Früchte an den von mir gepflanzten Apfelbäumen versprochen. Das verfolgt mich immer noch.«

Sie sah ihn in die Sonne hinaustreten und den Kai entlang zur Fährstation gehen, die vor einem Hintergrund von Wolkenkratzern lag. Ihre Menschenkenntnis erwies sich häufig als mangelhaft. Aber daß Oskar Lundin versuchen würde, ihr zu helfen, daran zweifelte sie nicht.

Dreiundzwanzig Stunden später klingelte in ihrem Zimmer das Telefon. Sie war gerade von einem langen Spaziergang zurückgekehrt. Unterwegs hatte sie sich überlegt, was sie unternehmen würde, falls Oskar Lundin ihr keine Hinweise geben konnte oder sie genarrt hatte und überhaupt nicht von sich hören ließ. Am selben Tag hatte sie auch mit ihrem Vater gesprochen und nach Griechenland telefoniert und erklärt, sie müsse noch eine, wenn nicht zwei Wochen mit ihrer Trauer allein sein. Die Kollegen brachten ihr das gleiche Verständnis entgegen wie bisher, doch sie wußte, daß sie sich bald auf der Ausgrabung zeigen müßte, damit die Ungeduld über ihre Abwesenheit nicht überhandnahm.

Sie erkannte Oskar Lundins Stimme, er sprach ein freundliches Schwedisch, ohne all die Wörter, die in den langen Jahren seiner Abwesenheit von Schweden in Mode gekommen waren. Ein solches Schwedisch wurde in meiner Kindheit gesprochen, hatte sie nach ihrer ersten Begegnung gedacht.

Oskar Lundin kam sofort zur Sache. »Ich glaube, ich habe Ihren flüchtigen Mann gefunden«, sagte er. »Es sei denn, es gibt noch mehr Schweden mit dem Namen Aron Cantor.«

»Es kann nur einen geben.«

»Haben Sie eine Australienkarte vor sich?«

Louise hatte eine Karte gekauft. Sie entfaltete sie auf dem Bett.

»Setzen Sie den Finger auf Sydney. Folgen Sie dann den Straßen nach Westen in Richtung Melbourne. Dort bleiben Sie an der Küste, fahren in südlicher Richtung und halten an einem Ort namens Apollo Bay an. Haben Sie es?«

Sie sah den Namen.

»Nach meinen Informationen wohnt dort seit einigen Jahren ein Mann namens Aron Cantor. Wo sich sein Haus oder seine Wohnung befindet, konnte mein Gewährsmann nicht sagen. Aber er war sich ziemlich sicher, daß der Mann, den Sie suchen, in Apollo Bay wohnt.«

»Wer wußte, daß er dort lebt?«

»Ein alter Trawler-Kapitän, der die Nordsee so satt hatte, daß er auf die entgegengesetzte Seite der Erdkugel zog. Er verbringt einen Teil seiner Zeit an der Südküste. Er ist ein hemmungslos neugieriger Mensch, und er vergißt nie einen Namen. Ich glaube, Sie werden Aron Cantor in Apollo Bay finden. Es ist ein kleiner Ort, der nur im Sommer richtig zum

Leben erwacht. Zu dieser Jahreszeit gibt es dort nicht allzu viele Menschen.«

»Ich weiß nicht, wie ich Ihnen danken soll.«

»Warum müssen Schweden immer so verdammt dankbar sein? Warum kann man sich nicht helfen, ohne mit dem unsichtbaren Rechnungsbuch anzukommen? Aber ich gebe Ihnen meine Telefonnummer, weil ich gern wissen möchte, ob Sie Ihren Mann gefunden haben.«

Sie schrieb Oskar Lundins Telefonnummer auf die Karte. Als er sich verabschiedete und auflegte, war es, als zöge er den Hut. Sie stand da, ohne sich zu rühren, und spürte, wie ihr Herz in der Brust pochte.

Aron lebte. Sie hatte doch keinen Fehler gemacht, als sie den Flug nach Griechenland abgebrochen hatte. Aus reinem Zufall war sie neben einer guten Fee mit Sommerhut an einem Restauranttisch gelandet.

Oskar Lundin könnte ein Bruder meines Vaters sein, dachte sie. Zwei ältere Männer, die nie zögern würden, mir zu helfen, wenn es nötig wäre.

In ihr barst ein Damm, und alle aufgestauten Kräfte brachen sich Bahn. In kürzester Zeit hatte sie einen Mietwagen bestellt, der zum Hotel gebracht wurde, und ihre Rechnung bezahlt. Sie verließ die Stadt, kam auf die Autobahn hinaus und fuhr in Richtung Melbourne. Jetzt hatte sie es eilig. Aron war vielleicht in diesem Ort namens Apollo Bay. Doch es bestand die Gefahr, daß es ihm plötzlich in den Sinn kam zu verschwinden. Wenn er jemanden witterte, der nach ihm suchte, machte er sich davon. Sie hatte vor, in Melbourne zu übernachten und dann auf der Küstenstraße nach Apollo Bay zu fahren.

Sie fand einen Kanal mit klassischer Musik. Es war das erste Mal nach Henriks Tod, daß sie wieder konzentriert Musik hörte. Kurz vor Mitternacht erreichte sie die inneren Stadtteile von Melbourne. Vage erinnerte sie sich an Olympische

Spiele, die hier stattgefunden hatten, als sie noch sehr klein war. Ein Name tauchte auf, der Hochspringer Nilsson, den ihr Vater sehr bewundert hatte. An der Außenwand seines Hauses hatte Artur angezeichnet, wie hoch die Latte gelegen hatte, als Nilsson die Goldmedaille gewann. Aber wie war noch sein Vorname? Rickard, meinte sie. Aber sie war sich nicht sicher. Vielleicht verwechselte sie zwei Personen oder sogar zwei Wettkämpfe. Sie würde ihren Vater fragen.

Sie stieg in einem Hotel in der Nähe des Parlamentsgebäudes ab, wieder viel zu teuer. Aber sie war müde, sie wollte keine Zeit mit Suchen vergeuden. Einige Straßenecken weiter fand sie ein Chinatown in Miniatur. In einem halbleeren Restaurant, in dem der größte Teil der Bedienungen wie gebannt auf einen Fernseher starrte, aß sie Bambussprossen mit Reis. Sie trank mehrere Gläser Wein, die ihr zu Kopf stiegen. Die ganze Zeit dachte sie an Aron. Würde sie ihn am nächsten Tag finden? Oder hatte er es geschafft, sich aus dem Staub zu machen?

Nach dem Essen machte sie einen Spaziergang, um sich den Kopf durchpusten zu lassen. Sie kam in einen Park mit beleuchteten Wegen. Hätte sie keinen Wein getrunken, hätte sie jetzt ohne weiteres ihren noch nicht geöffneten Koffer wieder zum Auto tragen und die Reise fortsetzen können. Doch sie brauchte Schlaf. Der Wein würde ihr helfen.

Sie legte sich aufs Bett und schlug den Bettüberwurf um sich. Durch einen unruhigen Schlummer, in dem verschiedene Gesichter vorüberglitten, manövrierte sie auf die Morgendämmerung zu.

Um halb sieben hatte sie gefrühstückt und verließ Melbourne. Es regnete, und der Wind, der vom Meer wehte, war böig und kalt. Sie fröstelte, als sie sich ins Auto setzte.

Irgendwo dort draußen im Regen war Aron.

Er erwartet mich nicht, er erwartet auch nicht, von der Tragö-
die zu hören, die über ihn hereingebrochen ist. Bald hat die
Wirklichkeit ihn eingeholt.

Gegen elf Uhr war sie am Ziel. Es hatte während der Fahrt ununterbrochen geregnet. Apollo Bay bestand aus einer schmalen Reihe von Häusern an einer Meeresbucht. Eine Pier hielt
die Wellen von einer kleinen Flotte von Fischerbooten ab. Sie
parkte neben einem Café, blieb im Wagen sitzen und sah zwischen den hin- und herschlagenden Scheibenwischern in den
Regen hinaus.

Hier im Regen ist Aron. Aber wo finde ich ihn?

Die Aufgabe erschien ihr einen Moment lang unlösbar. Doch
sie wollte nicht aufgeben, nicht jetzt, wo sie auf die andere
Seite des Erdballs geflogen war. Sie stieg aus und lief über die
Straße in einen Laden, in dem Sportbekleidung verkauft wurde. Dort fand sie eine Regenjacke und eine Schirmmütze. Die
Verkäuferin war eine junge Frau, schwanger und übergewich-
tig. Louise fand, daß sie nichts zu verlieren hatte, wenn sie sie
fragte.

»Kennen Sie Aron Cantor? Ein Mann aus Schweden. Er
spricht gut Englisch, aber mit Akzent. Er soll hier in Apollo
Bay wohnen. Wissen Sie, wen ich meine? Wissen Sie, wo er
wohnt? Und wenn Sie es nicht wissen, wen kann ich sonst fragen?«

Louise war sich nicht sicher, ob die Verkäuferin sich wirklich angestrengt hatte, als sie antwortete:

»Ich kenne keinen Schweden.«

»Aron Cantor. Ein ungewöhnlicher Name.«

Die Verkäuferin gab ihr das Wechselgeld und schüttelte un-
interessiert den Kopf. »Hier gehen so viele Menschen ein und
aus.«

Louise zog die Jacke an und verließ den Laden. Der Regen

hatte nachgelassen. Sie ging an der Reihe von Häusern entlang und sagte sich, daß dies das ganze Apollo Bay war. Eine
Straße an der Bucht, eine Häuserreihe, das war alles. Das Meer
war grau. Sie betrat ein Café, bestellte einen Tee und versuchte nachzudenken. Wo konnte Aron sein, wenn er wirklich hier
wohnte? *Er war gern draußen in Regen und Wind. Er angelte
gern.*

Der Mann, der ihr den Tee gebracht hatte, ging im Lokal
herum und wischte die Tische ab.

»Wo angelt man hier in Apollo Bay, wenn man kein Boot
hat?«

»Sie stehen meistens ganz draußen auf der Pier. Oder sie
angeln im Hafenbecken.«

Sie fragte auch ihn nach einem Fremden mit Namen Aron
Cantor. Der Mann schüttelte den Kopf und fuhr fort, seine
Tische abzuwischen. »Vielleicht wohnt er im Hotel? Es liegt
auf dem Weg zum Hafen. Fragen Sie dort.«

Louise wußte, daß Aron es nie ertragen würde, längere Zeit
in einem Hotel zu wohnen.

Der Regen hatte aufgehört, die Wolkendecke begann sich auf-
zulockern. Sie kehrte zum Wagen zurück und fuhr zum Hafen, ohne am Hotel Eagle's Inn anzuhalten.

Sie parkte an der Einfahrt zum Hafengelände und ging den
Kai entlang. Das Wasser war ölig und schmutzig. Ein mit nas-
sem Sand beladener Prahm scheuerte gegen die kaputten Trak-
torreifen an der Kaimauer. Ein Fischerboot mit Hummerreu-
sen hieß *Pietá*, und sie fragte sich zerstreut, ob der Name gute
Fänge segnen solle. Sie nahm die innere Pier. Ein paar Jungen
angelten konzentriert und beobachteten ihre Schnüre, ohne
auch nur einen Blick in ihre Richtung zu werfen. Sie sah zu
dem äußeren Pierarm hinüber, der sich vom inneren Hafenbecken weit hinaus ins Wasser erstreckte. Dort draußen stand
jemand und angelte, vielleicht waren es auch mehrere Personen. Sie drehte um und wandte sich dem längeren Pierarm zu.

Der Wind hatte aufgefrischt und wehte böig zwischen den großen Steinblöcken, die die äußere Mauer der Pier bildeten. Sie war so hoch, daß Louise das Meer dahinter nicht sehen konnte, sie hörte nur das Rauschen.

Jetzt erkannte sie, daß dort draußen ein Mann stand und angelte. Er bewegte sich fahrig, wie von einer plötzlichen Ungeduld erfaßt.

Sie empfand eine Mischung aus Freude und Schrecken. Es war Aron, niemand sonst hatte solch fahrige Bewegungen. Aber es war zu leicht, zu schnell gegangen, ihn zu finden.

Ihr kam in den Sinn, daß sie keine Ahnung davon hatte, was für ein Leben er jetzt führte. Er konnte sehr wohl wieder verheiratet sein, er hatte vielleicht andere Kinder. Der Aron, den sie gekannt und geliebt hatte, existierte vielleicht nicht mehr. Der Mann, der hundert Meter von ihr entfernt mit einer Angelrute im schneidenden Wind stand, konnte sich als jemand erweisen, den sie überhaupt nicht mehr kannte. Vielleicht sollte sie zum Wagen zurückkehren und ihm folgen, wenn er aufgehört hatte zu angeln?

Sie spürte Zorn über ihre Unsicherheit. Sobald sie in Arons Nähe kam, verlor sie ihre Entschlußkraft. Er war immer noch der Überlegene.

Sie beschloß, ihn auf der Pier zu treffen.

Er kann nirgendwohin, außer er springt ins kalte Wasser. Diese Pier ist eine Sackgasse. Er kann nicht entkommen. Diesmal hat er vergessen, seinem Bau einen geheimen Notausgang zu geben.

Als sie auf die Pier hinauskam, hatte er ihr den Rücken zugewandt. Sie sah seinen Nacken, die kahle Stelle am Hinterkopf war größer geworden. Es kam ihr vor, als wäre er geschrumpft, seine Gestalt machte einen Eindruck von Weichheit, wie sie sie früher nie mit ihm verknüpft hatte.

Neben ihm lag ein Stück Plastikfolie, deren vier Ecken mit

Steinen beschwert waren. Drei Fische hatte er gefangen. Sie glichen einer Kreuzung aus Dorsch und Hecht, dachte sie, wenn eine solche Mischung überhaupt denkbar war.

Sie wollte gerade seinen Namen sagen, als er sich umdrehte. Es war eine schnelle Bewegung, als hätte er Unheil geahnt. Er sah sie an, doch sie hatte die Kapuze ihrer Regenjacke hochgeschlagen und zugezogen, so daß er sie nicht gleich erkannte. Dann sah er, daß sie es war, und sie beobachtete, daß er Angst bekam. In ihrem gemeinsamen Leben war es so gut wie nie vorgekommen, daß Aron einen Ausdruck von Unsicherheit, ja sogar von Angst erkennen ließ.

Es dauerte nur ein paar kurze Sekunden, bis er seine Fassung wiedergewonnen hatte.

Er steckte die Angelrute zwischen ein paar Steinen fest.

»Damit habe ich nicht gerechnet. Daß du mich hier finden würdest.«

»Am wenigsten hast du damit gerechnet, daß ich dich suchen würde.«

Er war ernst, wartete, fürchtete das, was kommen würde.

Schon während der langen Stunden an Bord des Flugzeugs und auf der Autofahrt hatte sie sich vorgenommen, behutsam zu sein, den am wenigsten schmerzhaften Augenblick abzuwarten, um von Henrik zu erzählen. Jetzt sah sie ein, daß das unmöglich war.

Es hatte wieder angefangen zu regnen, der Wind wurde immer böiger. Er drehte den Rücken gegen den Wind und kam auf sie zu. Sein Gesicht war bleich. Die Augen gerötet, als hätte er viel getrunken, die Lippen rissig. *Lippen, die nicht küssen, werden rissig, hatte er immer gesagt.*

»Henrik ist tot. Ich habe alles versucht, um dich zu erreichen. Am Ende blieb nur das hier, ich bin hergekommen und habe dich gesucht.«

Er sah sie ausdruckslos an, als hätte er nicht verstanden. Aber sie wußte, daß sie ein Messer in ihn gestoßen hatte und daß er den Schmerz spürte.

»Ich habe Henrik tot in seiner Wohnung gefunden. Er lag im Bett, als schliefe er. Wir haben ihn auf dem Friedhof von Sveg begraben.«

Aron schwankte plötzlich, als wäre er im Begriff zu fallen. Er lehnte sich gegen die nasse Steinwand und streckte die Hände aus. Sie ergriff sie.

»Das kann nicht wahr sein.«

»Ich glaube auch nicht, daß es wahr sein kann. Aber es ist so.«

»Warum ist er gestorben?«

»Wir wissen es nicht. Die Polizei und der Gerichtsmediziner sagen, er habe sich das Leben genommen.«

Aron starrte sie wild an. »Sollte der Junge sich das Leben genommen haben? Das kann ich nie und nimmer glauben.«

»Ich auch nicht. Aber in seinem Körper wurde eine große Menge Schlafmittel gefunden.«

Mit einem Brüllen schleuderte Aron die Fische ins Wasser und warf den Eimer und die Angel über die Pier. Er packte Louise hart am Arm und zog sie mit sich. Er sagte ihr, sie solle hinter seinem Wagen herfahren, einem alten rostigen VW-Bus. Sie verließen Apollo Bay und fuhren in die Richtung, aus der sie gekommen war. Dann bog Aron auf eine kurvige Seitenstraße ein, die sich zwischen hohen Hügeln dahinwand, die steil zum Meer hin abfielen. Er fuhr schnell und schlingernd, als wäre er betrunken. Louise fuhr dicht hinter ihm. Tief zwischen den Hügeln bogen sie ab auf einen Weg, kaum mehr als ein Pfad, der steil aufwärts führte, bis sie zu einem Holzhaus am äußersten Rand einer Felskante gelangten. Louise stieg aus dem Wagen und dachte, daß sie sich Arons Verstecke genau so vorgestellt hatte. Die Aussicht war grenzenlos, das Meer erstreckte sich bis zum Horizont.

Aron riß die Tür auf, griff sich von einem Tisch neben dem offenen Kamin eine Flasche Whisky und füllte ein Glas. Er sah sie fragend an, doch sie schüttelte den Kopf. Jetzt mußte sie nüchtern bleiben. Es reichte, daß Aron jedes Maß verlieren und an einen Punkt kommen konnte, wo er gewalttätig wurde, wenn er trank. Sie hatte zu viele zerschlagene Fenster und zertrümmerte Stühle erlebt, um sich so etwas erneut zu wünschen.

Vor dem großen Glasfenster, das aufs Meer hinausging, stand ein schwerer Holztisch. Sie sah farbenprächtige Papageien dort landen und Brotkrümel aufpicken. *Aron ist ins Land der Papageien gezogen. Ich hätte nie gedacht, daß er das tun würde.*

Sie setzte sich ihm gegenüber auf einen Stuhl.

Er war auf einem grauen Sofa zusammengesunken, das Glas in der Hand. »Ich weigere mich, das zu glauben.«

»Es ist vor sechs Wochen passiert.«

Er brauste auf. »Warum habe ich nichts davon erfahren?«

Sie antwortete nicht, sondern blickte hinaus zu den roten und leuchtendblauen Papageien.

»Verzeih, ich meine das nicht so. Ich verstehe ja, daß du nach mir gesucht hast. Du würdest mich nie im ungewissen gelassen haben, wenn du gewußt hättest, wie du mich erreichst.«

»Es ist nicht einfach, jemanden zu finden, der sich versteckt hält.«

Sie blieb dort, ihm gegenüber, die ganze Nacht. Das Gespräch kam und ging, mit langen Pausen. Sie beide beherrschten die Kunst, das Schweigen wandern zu lassen. Auch das war eine Art Gespräch, das hatte sie in der ersten Zeit ihres Zusammenseins gelernt. Auch Artur war ein Mensch, der nicht unnötig sprach. Aber Arons Schweigen hatte einen anderen Klang.

Sehr viel später sollte sie denken, daß diese Nacht mit Aron wie eine Rückkehr zu der Zeit war, als es Henrik noch nicht gegeben hatte. Natürlich redeten sie von ihm. Die Trauer war überwältigend. Dennoch kamen sie sich nicht so nah, daß sie sich zu Aron aufs Sofa setzte. Es war, als vertraute sie nicht darauf, daß sein Schmerz so stark war, wie er hätte sein müssen bei einem Mann, der sein einziges Kind verloren hat. Das machte sie bitter.

Sie fragte irgendwann vor der Morgendämmerung, ob er weitere Kinder habe. Er antwortete nicht, sah sie nur verwundert an, und sie glaubte, daß sie seine Antwort deuten konnte.

In der Morgendämmerung kehrten die roten Papageien zurück. Aron streute Vogelfutter auf den Tisch. Louise ging mit nach draußen. Sie fröstelte. Das Meer weit unter ihnen war grau, die Wellen waren aufgepeitscht.

»Ich träume davon, irgendwann dort draußen einen Eisberg zu sehen«, sagte er plötzlich. »Einen Eisberg, der den ganzen Weg vom Südpol heraufgetrieben ist.«

Louise fiel der Brief ein, den sie gefunden hatte.

»Es muß ein gewaltiger Anblick sein.«

»Am sonderbarsten ist, daß ein solcher riesiger Berg wegschmilzt, ohne daß wir es sehen können. Ich habe immer von mir selbst gedacht, daß ich auch schmelze, daß ich von selbst zerrinne. Mein Tod wird das Ergebnis einer langsamen Erwärmung sein.«

Sie sah ihn von der Seite an.

Er ist verändert, aber dennoch der gleiche, dachte sie.

Es war in der Morgendämmerung. Sie hatten die ganze Nacht geredet.

Sie nahm seine Hand. Zusammen blickten sie aufs Meer, hielten nach einem Eisberg Ausschau, der nie kommen würde.

8

Drei Tage nach der Begegnung auf der Pier in Wind und Regen und Schmerz schickte Louise ihrem Vater eine Ansichtskarte. Sie hatte ihn vorher bereits angerufen und ihm erzählt, daß sie Aron gefunden habe. Die Verbindung nach Sveg war verblüffend klar gewesen, ihr Vater war ihr sehr nahe gekommen und hatte sie gebeten, Aron zu grüßen und ihm sein Beileid zu bezeugen. Sie hatte die farbenprächtigen Papageien beschrieben, die sich auf Arons Tisch sammelten, und versprochen, ihm ein Bild zu schicken. Sie hatte es in einem Laden am Hafen gefunden, in dem von Eiern bis zu handgestrickten Pullovern und Ansichtskarten alles verkauft wurde. Auf der Karte war ein Schwarm roter Papageien zu sehen. Aron wartete in dem Café auf sie, in dem er regelmäßig seine Angeltouren begann und beendete. Sie schrieb die Karte im Laden und warf sie in einen Briefkasten neben dem Hotel, wo sie übernachtet hätte, wenn sie Aron nicht gleich auf der Hafenpier gefunden hätte.

Was schrieb sie ihrem Vater? Daß Aron als Einsiedler nicht unbequem in einer Holzhütte im Wald lebte, daß er mager geworden war, und vor allem, daß er trauerte.

Du hattest recht. Es wäre unverantwortlich gewesen, ihn nicht zu suchen. Du hattest recht, und ich hatte unrecht. Die Papageien sind nicht nur rot, sondern auch blau, vielleicht türkis. Wie lange ich bleibe, weiß ich nicht.

Sie warf die Karte ein und ging dann hinunter zum Strand. Es war ein Tag mit kaltem und klarem Himmel, fast windstill. Kinder spielten mit einem kaputten Fußball, ein altes Paar führte seine schwarzen Hunde aus. Louise ging dicht am Wasser den Strand entlang.

Seit drei Tagen war sie jetzt mit Aron zusammen. Im Morgengrauen nach der ersten langen Nacht, als sie seine Hand ergriffen hatte, fragte er sie, ob sie eine Bleibe habe. Sein Haus hatte zwei Schlafzimmer, sie könne das eine davon benutzen, wenn sie wolle. Was waren ihre Pläne? Hatte die Trauer sie gebrochen? Sie antwortete nicht, nahm nur das Zimmer in Besitz, holte ihren Koffer und schlief bis weit in den Nachmittag hinein. Als sie aufwachte, war Aron fort. Er hatte eine Nachricht auf den Tisch gelegt, in seiner ungeduldigen und sperrigen Handschrift. Er war zu seiner Arbeit gegangen. »Ich pflege eine Anzahl von Bäumen in einem kleinen Regenwald. Es ist Essen da. Fühl dich wie zu Hause. Meine Trauer ist unerträglich.«

Sie bereitete sich eine einfache Mahlzeit, zog ihre wärmsten Sachen an und nahm den Teller mit hinaus an den Tisch. Bald saßen die Papageien um sie herum und warteten darauf, das Essen mit ihr zu teilen. Sie zählte die Vögel. Es waren zwölf. Ein Abendmahl, dachte sie. Das letzte vor der Kreuzigung. Ein Augenblick von Ruhe kam über sie, zum ersten Mal, seit sie über die Schwelle von Henriks Wohnung getreten war. Sie hatte außer Artur noch jemanden, mit dem sie ihre Trauer teilen konnte. Aron konnte sie von all den Fragen und Ängsten erzählen, die sie bedrückten. Henriks Tod war kein natürlicher Tod. Niemand konnte das Schlafmittel wegerklären. Aber Henriks Tod mußte eine Ursache haben. Er hatte Selbstmord begangen, ohne es selbst zu tun.

Es gibt eine andere Wahrheit. In irgendeiner Weise hat sie mit Präsident Kennedy und seinem verschwundenen Hirn zu tun. Wenn einer mir helfen kann, diese Wahrheit zu finden, dann ist es Aron.

Als Aron zurückkehrte, war es schon dunkel. Er zog sich die Gummistiefel aus, betrachtete sie scheu und verschwand im Badezimmer.

Als er wieder herauskam, setzte er sich neben sie aufs Sofa. »Hast du meine Nachricht gefunden? Hast du gegessen?«

»Zusammen mit den Papageien. Wie sind sie so zutraulich geworden?«

»Sie haben keine Angst vor Menschen. Sie sind nie gejagt oder eingefangen worden. Ich habe mich daran gewöhnt, mein Brot mit ihnen zu teilen.«

»Du hast geschrieben, daß du Bäume pflegst? Ist das deine Arbeit? Lebst du davon?«

»Ich wollte es dir morgen zeigen. Ich pflege Bäume, ich angle, und ich halte mich fern. Das letzte ist meine aufwendigste Arbeit. Du hast mir eine der schlimmsten Niederlagen meines Lebens bereitet, indem du mich so einfach gefunden hast. Natürlich bin ich dankbar dafür, daß du mit der schrecklichen Nachricht gekommen bist. Vielleicht hätte ich mich gefragt, warum Henrik nicht mehr schreibt. Früher oder später hätte ich es erfahren. Vielleicht durch einen Zufall. Den Schock hätte ich nie ertragen. Jetzt warst du die Überbringerin der Nachricht.«

»Was ist mit deinen Computern? Du wolltest doch die Welt davor bewahren, alle Erinnerungen zu verlieren, die in unserer Zeit geschaffen werden. Du hast einmal gesagt, die Einsen und Nullen in den Computern der Welt seien Dämonen, die den Menschen seiner ganzen Geschichte berauben könnten.«

»Lange habe ich das geglaubt. Wir kamen uns vor, als retteten wir die Welt vor einer verheerenden Epidemie, die vom Virus der Leere verursacht wurde, dem großen Tod, den die leeren Papiere bedeuteten. Die leeren Archive, ausgehöhlt von einem unheilbaren Krebs, der unsere Zeit für die zukünftigen Generationen zu einem unlösbaren Rätsel machen würde. Wir glaubten tatsächlich, ein alternatives Archivierungssystem zu entwickeln, das unsere Zeit für die Nachwelt bewahren würde. Wir suchten nach einer Alternative zu den Einsen und Nullen. Genauer gesagt, wir versuchten, ein Elixier zu verabreichen, das garantiert dafür sorgte, daß die Computer sich eines Tages weigerten, ihren Inhalt preiszugeben. Wir schufen eine Formel, einen ungeschützten Quellenkode, den wir später an ein Konsortium in den USA verkauften. Wir bekamen eine unfaßbare Menge Geld dafür. Außerdem hatten wir einen Vertrag geschlossen, der garantiert, daß das Patent binnen fünfundzwanzig Jahren allen Ländern in der Welt lizenzfrei zugänglich gemacht wird. Eines Tages stand ich mit einem Scheck über fünf Millionen Dollar auf einer Straße in New York. Eine Million habe ich behalten und den Rest weggegeben. Verstehst du, was ich sage?«

»Nicht alles. Aber das Wichtigste.«

»Ich kann dir die Details erklären.«

»Nicht jetzt. Hast du Henrik etwas gegeben?«

Aron fuhr herum und sah sie fragend an. »Warum hätte ich ihm Geld geben sollen?«

»Es wäre doch nicht völlig abwegig gewesen, seinem eigenen Sohn einen Zuschuß zu seinem Unterhalt zu geben.«

»Ich habe von meinen Eltern niemals Geld bekommen. Dafür bin ich ihnen noch heute dankbar. Nichts kann Kinder mehr verderben, als wenn man ihnen das gibt, was sie selbst verdienen sollten.«

»Wem hast du das Geld gegeben?«

»Es gibt so vieles, was man wählen kann. Ich habe alles einer Stiftung hier in Australien überlassen, die sich dafür einsetzt, die Würde der Ureinwohner zu bewahren. Ihr Leben und ihre Kultur, ein bißchen vereinfacht ausgedrückt. Ich hätte das Geld für die Krebsforschung spenden können, für die Verteidigung des Regenwalds, für den Kampf gegen die zunehmenden Heuschreckenschwärme im östlichen Afrika. Ich zog blind einen von all den tausend Zetteln, die ich in den Hut gelegt hatte. Heraus kam Australien. Ich gab das Geld weg und kam hierher. Niemand weiß, daß ich derjenige bin, von dem das Geld kommt. Das ist die größte Freude.«

Aron stand auf. »Ich muß ein paar Stunden schlafen. Die Müdigkeit macht mich unruhig.«

Sie blieb auf dem Sofa sitzen und hörte ihn kurz darauf schnarchen. Sein Schnarchen rollte wie Wellen durch ihr Bewußtsein. Daran erinnerte sie sich von früher.

Am Abend nahm er sie mit in ein Restaurant, das wie ein Adlerhorst oben auf einem Felsvorsprung lag. Sie waren fast allein im Restaurant, Aron schien die Bedienung zu kennen und verschwand mit ihr in der Küche.

Die Mahlzeit wurde für sie zu einer weiteren Erinnerung an die Zeit, als sie mit Aron zusammengelebt hatte. Gedünsteter Fisch und Wein. Es war immer ihre Festmahlzeit gewesen. Sie erinnerte sich an einen eigenartigen Zelturlaub, als sie Hechte gegessen hatten, die er aus dunklen Waldseen gezogen hatte. Aber sie hatten auch Dorsch und Merlan in Nordnorwegen und Seezunge in Frankreich gegessen.

Durch die Wahl des Gerichts sprach er zu ihr. Es war seine Art, sich ihr zu nähern, vorsichtig herauszufinden, ob sie das, was einmal war, vergessen hatte oder ob es für sie noch immer lebendig war.

Ein Hauch von Wehmut durchzog sie. Die Liebe konnte nicht wiederbelebt werden, ebensowenig wie sie ihren toten Sohn zurückbekommen konnten.

In dieser Nacht schliefen sie beide schwer. Einmal erwachte sie mit dem Gefühl, daß er ins Zimmer gekommen sei. Aber es war niemand da.

Am nächsten Tag stand sie früh auf, um ihn zu dem kleinen Regenwald zu begleiten, für den er die Verantwortung trug. Als sie das Haus verließen, war es noch nicht hell geworden. Die roten Papageien waren verschwunden.

»Du hast gelernt, morgens aufzustehen«, sagte sie.

»Heute ist es mir unbegreiflich, wie ich so viele Jahre leben und frühe Morgen verabscheuen konnte.«

Sie fuhren durch Apollo Bay. Der Wald lag in einem Tal, das

zum Meer hin abfiel. Aron erzählte ihr, daß es die Reste eines uralten Regenwalds waren, der früher die gesamten südlichen Teile Australiens bedeckt hatte. Jetzt befand er sich im Besitz einer privaten Stiftung, die von einer der Personen finanziert wurde, die gleichzeitig mit Aron für den Verkauf der Rechte an dem ungeschützten Quellenkode Millionen von Dollars kassiert hatten.

Sie parkten auf einem mit Schotter bedeckten Platz. Die hohen Eukalyptusbäume standen wie eine Mauer vor ihnen. Ein Pfad schlängelte sich einen Abhang hinunter und verschwand.

Er ging voran.

»Ich pflege diesen Wald, achte darauf, daß kein Feuer ausbricht und daß er nicht verschmutzt wird. Es dauert eine halbe Stunde, durch den Wald zum Ausgangspunkt zurückzugehen. Ich beobachte die Menschen, die diese Wanderung machen. Viele sehen nachher genauso aus wie vorher, andere haben sich verändert. Im Regenwald findet sich vieles, was direkt unsere Seele anspricht.«

Der Pfad führte steil abwärts. Aron blieb hier und da stehen, zeigte und erklärte. Die Bäume, ihre Namen, ihr Alter, die kleinen Bäche tief unter ihnen, in denen das gleiche Wasser floß wie schon vor Millionen von Jahren. Louise hatte den Eindruck, daß er eigentlich sein eigenes Leben zeigte und wie er sich verändert hatte.

Auf dem Talboden, in der Tiefe des Regenwaldes, stand eine Bank. Aron wischte sie mit seinem Jackenärmel ab. Überall troff es vor Nässe. Sie setzten sich. Der Wald war still, feucht, kalt. Louise fühlte, daß sie den Wald liebte, auf die gleiche Weise, wie sie die endlosen Wälder im weit entfernten Härjedalen liebte.

»Ich bin hergekommen, um fortzukommen«, sagte Aron.

»Du, der nie ohne Menschen um dich herum leben konnte. Du konntest plötzlich nicht mehr allein sein?«

»Etwas war passiert.«

»Was?«

»Du würdest mir nicht glauben.«

Flügelschlagen zwischen den Bäumen und den verschlungenen Kletterpflanzen und Lianen. Ein Vogel schwang sich aufwärts, dem fernen Sonnenlicht entgegen.

»Ich habe etwas verloren, als ich erkannte, daß ich nicht mehr mit euch leben konnte. Ich habe dich und Henrik verraten. Aber genauso habe ich mich selbst verraten.«

»Das erklärt nichts.«

»Es gibt nichts zu erklären. Ich bin mir selbst unbegreiflich. Das ist die einzige absolute Wahrheit.«

»Das sind doch Ausflüchte. Kannst du nicht einmal genau sagen, was los ist? Was los war?«

»Ich kann es nicht erklären. Etwas zerbrach. Ich mußte weg. Ich habe ein Jahr lang gesoffen, bin ziellos umhergetrieben, habe Brücken hinter mir abgebrochen und mein Geld verbraucht. Dann landete ich in der Gesellschaft dieser Verrückten, die sich vorgenommen hatten, die Erinnerung der Welt zu retten. So nannten wir uns, ›Die Beschützer der Erinnerung‹. Ich habe versucht, mich zu Tode zu saufen, mich zu Tode zu arbeiten, mich zu Tode zu faulenzen, mich zu Tode zu angeln und rote Papageien zu füttern, bis ich endlich krepierte. Aber ich lebe weiter.«

»Ich brauche deine Hilfe, um zu verstehen, was eigentlich passiert ist. Henriks Tod ist auch mein Tod. Ich kann nicht wieder zum Leben zurückfinden, ohne verstanden zu haben, was geschehen ist. Was hat er in der Zeit vor seinem Tod getan? Wohin ist er gereist? Welche Menschen hat er getroffen? Was ist passiert? Hat er mit dir gesprochen?«

»Vor drei Monaten hat er plötzlich aufgehört zu schreiben. Vorher bekam ich meist einen Brief pro Woche.«

»Hast du die Briefe noch?«

»Ich habe alle seine Briefe aufbewahrt.«

Louise stand auf. »Ich brauche deine Hilfe. Ich möchte, daß du eine Anzahl von CDs durchsiehst, die ich mitgebracht habe. Es sind Kopien der Dateien von Henriks Computer, den ich nicht gefunden habe. Ich möchte, daß du das tust, was du wirklich kannst, dich eingraben zwischen die Einsen und Nullen und zutage fördern, was sich darin verbirgt.«

Sie gingen weiter auf dem Pfad, der steil wieder anstieg, bis sie zum Ausgangspunkt zurückkamen. Ein Bus mit Schulkindern war gerade angekommen, Kinder in farbenfrohen Regenjacken quollen heraus.

»Die Kinder machen mir Freude«, sagte Aron. »Kinder lieben hohe Bäume, geheimnisvolle Schluchten, Bäche, die man nur hören, aber nicht sehen kann.«

Sie setzten sich in den Wagen. Arons Hand lag am Zündschlüssel.

»Was ich von den Kindern gesagt habe, gilt auch für erwachsene Männer. Auch ich kann einen Bach lieben, den man nur hört, aber nicht sieht.«

Auf dem Weg zurück zum Haus mit den Papageien hielt Aron an einem Laden und kaufte Lebensmittel ein. Louise ging mit hinein. Er schien alle zu kennen, was sie erstaunte. Wie vertrug sich das mit seinem Vorsatz, unsichtbar und unbekannt zu sein? Als sie die steile Straße zwischen den Hügeln hinauffuhren, fragte sie ihn danach.

»Sie wissen nicht, wie ich heiße oder wo ich wohne. Es ist ein Unterschied, ob jemand einem bekannt ist oder ob man ihn wirklich kennt. Es beruhigt sie, daß mein Gesicht ihnen nicht fremd ist. Ich bin hier zu Hause. Mehr wollen sie eigentlich nicht wissen. Es genügt, daß ich regelmäßig erscheine, keinen Ärger mache und ordnungsgemäß bezahle.«

Am gleichen Tag kochte er für sie beide, wieder Fisch. Während sie aßen, dachte sie, daß er irgendwie erleichtert wirkte.

Als wäre eine Schwere fort, nicht die Trauer, sondern etwas, was mit mir zu tun hat.

Nach dem Essen bat er sie, noch einmal von der Beerdigung und von dem Mädchen namens Nazrin zu erzählen.

»Hat er nie etwas von ihr geschrieben?«

»Nie. Wenn er von Mädchen sprach, waren sie immer namenlos. Er konnte ihnen Gesichter und Körper geben, aber keine Namen. Er war in vielerlei Hinsicht merkwürdig.«

»Er glich dir. Als er klein war und in seinen Teenagerjahren dachte ich immer, daß er wie ich wäre. Jetzt weiß ich, daß er dir glich. Ich glaubte, wenn er lange genug lebte, würde er den Kreis schließen und zu mir zurückkehren.«

Sie brach in Tränen aus. Er stand auf, ging nach draußen und streute Vogelfutter auf den Tisch.

Später am Nachmittag legte er zwei Bündel mit Briefen vor sie auf den Tisch. »Ich bleibe einige Stunden weg«, sagte er. »Aber ich komme wieder.«

»Ja«, sagte sie. »Diesmal verschwindest du nicht.«

Ohne zu fragen, wußte sie, daß er zum Hafen fuhr, um zu fischen. Sie begann, die Briefe zu lesen, und dachte, daß er gegangen war, um sie allein zu lassen. Für das Alleinsein hat er immer Verständnis gehabt, dachte sie. In erster Linie sein eigenes. Aber vielleicht hat er inzwischen gelernt, auch die Bedürfnisse anderer zu respektieren.

Sie brauchte zwei Stunden, um die Briefe durchzulesen. Es wurde zu einer schmerzlichen Reise in eine unbekannte Landschaft. Henriks Landschaft, von der sie nie besonders viel gewußt hatte, wie sie jetzt immer klarer erkannte, je tiefer sie darin eindrang. Aus Aron war sie nie klug geworden. Jetzt wurde ihr klar, daß ihr Sohn ihr ebenso verborgen geblieben war. Sie hatte eine Oberfläche gekannt. Seine Gefühle für sie waren echt gewesen, er hatte sie geliebt. Aber seine Gedankenwelt hatte er ihr zum größten Teil vorenthalten. Diese Einsicht quälte sie, während sie las, es war wie eine dumpfe Eifersucht, die sie nicht beiseite zu schieben vermochte. Warum hatte er mit ihr nicht in der gleichen Weise geredet wie mit Aron? Trotz allem war sie es gewesen, die ihn aufgezogen und die Verantwortung übernommen hatte, während Aron in den Rauschwelten des Alkohols oder der Computerbesessenheit gelebt hatte.

Sie mußte sich das eingestehen. Die Briefe quälten sie und machten sie wütend auf den Toten.

Was war es, das sie entdeckte, das sie vorher nicht gewußt hatte? Das sie zu der Einsicht brachte, einen ganz anderen Henrik gekannt zu haben als Aron. Henrik sprach mit Aron in einer fremden Sprache. Er versuchte, Argumentationen zu führen, nicht Gefühle und Einfälle zu beschreiben wie in den Briefen an sie.

Sie schob die Briefe zur Seite und trat hinaus ins Freie. Tief unter ihr tanzte grau das Meer, die Papageien saßen abwartend in den Eukalyptusbäumen.

Ich bin auch geteilt. Gegenüber einem Mann wie Vassilis war ich die eine, gegenüber Henrik eine andere, meinem Vater gegenüber eine dritte, Gott weiß, wer ich Aron gegenüber war. Dünne Wollfäden halten mich mit mir selbst zusammen. Aber alles ist hinfällig, wie eine Tür, die an verrosteten Angeln hängt.

Sie kehrte zu den Briefen zurück. Sie erstreckten sich über einen Zeitraum von neun Jahren. Anfangs vereinzelte Briefe, dann in Perioden immer mehr. Henrik beschrieb seine Reisen. In Shanghai war er über die Strandpromenade gewandert und hatte sich von der Geschicklichkeit der Scherenschnittkünstler faszinieren lassen. *Sie schaffen es, mit ihren Scherenschnitten das Innere der Personen sichtbar zu machen. Ich frage mich, wie das möglich ist.* Im November 1999 war er in Phnom Penh, unterwegs nach Angkor Vat. Louise suchte in ihrer Erinnerung. Er hatte ihr nie von dieser Reise erzählt, sondern nur gesagt, er sei mit einer Freundin an verschiedenen Orten in Asien gewesen. In zwei Briefen an Aron beschrieb er die Freundin als »*schön, schweigsam und sehr dünn*«. Sie reisten durch das Land, erschrocken über »*das große Schweigen nach all dem Entsetzlichen, das sich hier abgespielt hat. Ich habe erkannt, welcher Aufgabe ich mein Leben widmen will. Das Leiden zu mindern, das wenige tun, was ich tun kann, das Große im Kleinen sehen.*« Manchmal wurde er gefühlvoll, beinah pathetisch in seinem großen Schmerz über den Zustand der Welt.

Doch nirgendwo in den Briefen an Aron sprach Henrik von Kennedys verschwundenem Hirn. Und keine seiner Beschreibungen von Mädchen oder Frauen paßte zu Nazrin.

Am auffallendsten war, und das schmerzte sie am meisten, daß er sie in seinen Briefen nie erwähnte. Nicht ein Wort über seine Mutter auf den Ausgrabungen unter der heißen Sonne Griechenlands. Keine Andeutung über ihr Verhältnis, ihre Vertrautheit. Durch das Schweigen verleugnete er sie. Sie verstand zwar, daß sein Schweigen auf Rücksicht beruhte, aber dennoch kam es ihr vor wie ein Verrat. Das Schweigen schmerzte sie.

Sie zwang sich weiterzulesen, alle ihre Sinne waren hellwach, als sie zu den letzten Briefen kam. Da tauchte etwas auf, worauf sie vielleicht unbewußt gewartet hatte, ein Umschlag mit einem lesbaren Stempel auf der Briefmarke. »*Lilongwe in Malawi, Mai 2004*«. Er erzählte von einem aufwühlenden Erlebnis in Mozambique, von dem Besuch an einem Ort, wo Kranke und Sterbende versorgt wurden. »*Die Katastrophe ist so unerträglich, daß man verstummt. Aber vor allem erschreckend; in der westlichen Welt begreifen die Menschen nicht, was hier vor sich geht. Man hat die letzten Bastionen des Humanismus aufgegeben, ohne auch nur die Bereitschaft erkennen zu lassen, diesen Menschen zu helfen, sie vor der Infizierung zu schützen oder den Sterbenden bis zu ihrem Tod ein würdiges Leben zu ermöglichen, so kurz oder lang es auch sein mag.«*

Es waren noch zwei Briefe ohne Umschlag da. Louise nahm an, daß Henrik wieder in Europa gewesen war. Sie waren im Abstand von zwei Tagen abgeschickt worden, am 12. und 14. Juni. Henrik machte einen äußerst labilen Eindruck, der eine Brief zeugte von Niedergeschlagenheit, der andere von Freude. In dem einen Brief hatte er resigniert, in dem anderen stand: »*Ich habe eine furchtbare Entdeckung gemacht, die mich trotzdem mit Tätigkeitsdrang erfüllt. Aber auch mit Furcht.*«

Sie las die Sätze mehrmals. Was meinte er? Eine Entdeckung, Tätigkeitsdrang, Furcht? Wie hatte Aron auf diesen Brief reagiert?

Sie las die Briefe aufs neue, versuchte, Bedeutungen zwischen den Zeilen zu finden, aber ohne Ergebnis. Im letzten Brief, dem vom 14. Juni, kehrte er noch einmal zur Angst zurück. »*Ich habe Angst, aber ich tue, was ich tun muß.*«

Sie streckte sich auf dem Sofa aus. Das Gelesene trommelte ihr wie aufgewühltes Blut gegen die Schläfen.

Ich kannte nur einen kleinen Teil von ihm. Aron kannte ihn vielleicht besser. Aber vor allem kannte er ihn auf eine ganz andere Art und Weise.

Aron kehrte in der Dunkelheit zurück und brachte Fisch mit. Als sie sich in der Küche neben ihn stellte, um die Kartoffeln zu schruppen, umfaßte er sie plötzlich und versuchte, sie zu küssen. Sie entzog sich. Es kam ganz unerwartet, sie hatte sich nicht vorstellen können, daß er versuchen würde, sich ihr zu nähern.

»Ich dachte, du wolltest.«

»Wollte was?«

Er zuckte die Schultern. »Ich weiß nicht. Es war nicht so gemeint. Bitte entschuldige.«

»Natürlich war es so gemeint. Aber so etwas existiert nicht mehr zwischen uns. Zumindest nicht für mich.«

»Es wird nicht wieder vorkommen.«

»Nein. Es soll nicht wieder vorkommen. Ich bin nicht hier, um einen Mann zu finden.«

»Hast du einen anderen?«

»Das Beste, was wir jetzt tun können, ist, unser Privatleben aus dem Spiel zu lassen. Warst du es nicht, der das immer gesagt hat? Daß man es vermeiden sollte, zu tief in der Seele des anderen zu graben?«

»Ich habe es gesagt, und ich meine es noch immer. Erzähl mir nur, ob es jemand in deinem Leben gibt, der dort ist, um zu bleiben.«

»Nein. Es gibt niemand.«

»Auch in meinem Leben gibt es niemand.«

»Du brauchst nicht auf Fragen zu antworten, die ich gar nicht gestellt habe.«

Er sah sie fragend an. Ihre Stimme hatte einen schrillen, anklagenden Ton angenommen.

Sie aßen schweigend. Im Radio liefen australische Nachrichten. Ein Zugunglück in Darwin, ein Mord in Sydney.

Dann tranken sie Kaffee. Louise holte die CDs und die Papiere, die sie mitgebracht hatte, und legte sie vor ihm auf den Tisch. Er blickte darauf, ohne etwas anzurühren.

Er ging wieder nach draußen, sie hörte seinen Wagen anspringen, und erst nach Mitternacht kam er zurück. Da war sie schon eingeschlafen, wachte aber auf, als die Wagentür zugeschlagen wurde. Sie hörte, wie er sich leise durchs Haus bewegte. Sie glaubte, er sei eingeschlafen, als sie plötzlich an den Geräuschen erkannte, daß er seinen Computer eingeschaltet hatte und auf der Tastatur tippte. Vorsichtig stand sie auf und betrachtete ihn durch den Türspalt. Er hatte eine Lampe herangezogen und studierte den Bildschirm. Sie erinnerte sich plötzlich daran, wie er in der Zeit ihres Zusammenlebens gewesen war. Die große Konzentration, die sein Gesicht vollkommen reglos werden ließ. Zum ersten Mal, seit sie ihn auf der Hafenpier entdeckt hatte, spürte sie ein Gefühl von Dankbarkeit in sich aufwallen.

Jetzt hilft er mir. Jetzt bin ich nicht mehr allein.

In der Nacht schlief sie unruhig. Mehrmals stand sie auf und betrachtete ihn durch den Türspalt. Er arbeitete am Computer oder las in Henriks Dokumenten, die sie mitgebracht hatte. Gegen vier Uhr am Morgen lag er mit geöffneten Augen auf dem Sofa.

Kurz vor sechs hörte sie schwache Geräusche aus der Küche. Er stand am Herd und machte Kaffee. »Habe ich dich geweckt?«

»Nein. Hast du geschlafen?«

»Ein bißchen. Aber genug. Du weißt, daß ich nie viel schlafe.«

»Soweit ich mich erinnere, konntest du bis zehn oder elf Uhr schlafen.«

»Nur wenn ich längere Zeit hart gearbeitet hatte.«

Sie bemerkte einen Anflug von Unmut in seiner Stimme und trat sofort den Rückzug an. »Wie ist es gegangen?«

»Es war ein eigentümliches Erlebnis, in seine Welt einzudringen. Ich fühlte mich wie ein Dieb. Er hat gute Sperren gegen Unbefugte eingebaut, die ich nicht überwinden konnte. Es war, als trüge ich ein Duell mit meinem eigenen Sohn aus.«

»Was hast du gefunden?«

»Ich brauche zuerst einen Kaffee. Du auch. Als wir zusammenlebten, hatten wir eine ungeschriebene Regel, daß wir nie ein ernstes Gespräch miteinander führten, bevor wir nicht unter Wahrung höflichen Schweigens Kaffee getrunken hatten. Hast du das vergessen?«

Louise hatte nicht vergessen. In ihrer Erinnerung reihte sich ein wortlos verbrachtes gemeinsames Frühstück an das nächste.

Sie tranken ihren Kaffee. Die Papageien schwärmten in einem rotschimmernden Wirbel über dem Holztisch.

Sie stellten die Tassen ab und setzten sich aufs Sofa. Die ganze Zeit war sie darauf gefaßt, daß er sie berühren würde. Aber er schaltete den Computer ein und wartete, daß der Bildschirm aufleuchtete. Begleitet vom Klang hitziger Trommeln wurde er heller.

»Er hat diese Musik selbst gemacht. Es ist nicht besonders schwierig, wenn man beruflich mit Computern zu tun hat. Aber für einen gewöhnlichen Benutzer ist es schwer. Hatte Henrik eine Ausbildung in Informatik?«

Du weißt es nicht, weil du nie da warst. In den Briefen an dich schrieb er nie etwas darüber, woran er arbeitete oder was er studierte. Er wußte, daß es dich eigentlich nicht interessierte.

»Davon weiß ich jedenfalls nichts.«

»Was hat er gemacht? Er schrieb mir, daß er studierte, aber nie, was.«

»Er hat in Lund ein Semester Religionsgeschichte studiert. Dann verlor er die Lust. Danach hat er seinen Taxiführerschein gemacht und hat seinen Lebensunterhalt damit verdient, Rollos zu montieren.«

»Konnte er davon leben?«

»Er war sparsam, auch wenn er reiste. Er sagte, er wolle sich nicht entscheiden, was er arbeiten würde, bevor er nicht ganz sicher sei. Auf jeden Fall hat er sich nicht mit Computern beschäftigt, außer daß er sie ganz normal benutzt hat. Was hast du gefunden?«

»Eigentlich nichts.«

»Aber du bist doch die ganze Nacht aufgeblieben.«

Er warf ihr einen Blick zu. »Ich meine zuweilen gehört zu haben, daß du wach warst.«

»Natürlich war ich wach. Aber ich wollte nicht stören. Was hast du gefunden?«

»Ein Gefühl dafür, wie er seinen Computer benutzt hat. Das, was ich nicht öffnen konnte, all diese verschlossenen Türen, all die hohen Mauern und Sackgassen, die er eingebaut hat, verraten etwas darüber, was dahinter liegt.«

»Und was ist das?«

Aron wirkte auf einmal besorgt. »Angst. Es war, als hätte er alle erdenklichen Sicherheitsvorkehrungen getroffen, damit niemand an das herankäme, was er in seinem Computer versteckt hat. Diese CDs sind wie ein Tresorraum in der Tiefe von Henriks eigener Unterwelt. Ich weiß, wie ich selbst den Inhalt in meinen Computern versteckt gehalten habe. Aber ich habe es nie auf diese Art und Weise getan. Es ist sehr geschickt gemacht. Ich bin ein gerissener Dieb, in der Regel finde ich die Schlupflöcher, wenn ich es mir vornehme. Aber hier nicht.«

Die Angst. Jetzt kommt sie zurück. Nazrin hat von der Freude gesprochen. Aber Henrik selbst hat in der letzten Zeit seines Lebens von der Angst gesprochen. Und Aron entdeckt sie auf Anhieb.

»Dateien, die ich öffnen kann, enthalten nichts Besonderes. Er führt Buch über seine miserablen Finanzen, er hat Kontakt mit ein paar Auktionshäusern im Internet, hauptsächlich für Bücher und Filme. Und die ganze Nacht bin ich gegen seine Panzertüren angerannt.«

»Und du hast nichts Unerwartetes entdeckt?«

»Eine Sache habe ich tatsächlich gefunden. Etwas, was an einer falschen Stelle zwischen den Systemdateien gespeichert war. Ich bin zufällig darauf gestoßen. Sieh mal!«

Louise beugte sich vor.

Aron zeigte auf den Schirm. »Eine kleine Datei, die bei den Systemdateien nichts zu suchen hat. Merkwürdig ist, daß er überhaupt nicht versucht hat, sie zu verbergen. Hier gibt es keinerlei Sperren.«

»Warum hat er das gemacht, was glaubst du?«

»Es kann eigentlich nur einen Grund geben. Warum läßt man eine Datei zugänglich, wenn man alle anderen versteckt?«

»Weil er wollte, daß sie gefunden würde?«

Aron nickte. »Auf jeden Fall ist es eine Möglichkeit. Und da steht, daß Henrik eine Wohnung in Barcelona hatte. Wußtest du davon?«

»Nein.«

Louise dachte an das B in Henriks Tagebüchern. Konnte es der Name einer Stadt sein, und nicht der einer Person?

»Er hat eine kleine Wohnung in einer Straße, die sonderbarerweise ›Christus-Sackgasse‹ heißt. Sie liegt in der Innenstadt. Er hat den Namen der Hausmeisterin notiert, Señora Roig, und wieviel Miete er zahlt. Wenn ich seine Aufzeichnungen richtig verstehe, hat er die Wohnung seit gut vier Jahren, seit Dezember 1999. Er scheint den Vertrag am letzten Tag des alten Jahrtausends unterschrieben zu haben. Hatte Henrik Sinn für Rituale? Neujahrsnächte? Hat er Flaschenpost verschickt? War es wichtig für ihn, einen Vertrag an einem bestimmten Tag zu unterzeichnen?«

»Darüber habe ich nie nachgedacht. Aber er kehrte gern an Orte zurück, an denen er schon einmal war.«

»Da teilt sich die Menschheit in zwei Gruppen. Die einen hassen es zurückzukehren, die anderen lieben es. Du weißt, zu welcher Gruppe ich gehöre. Und du?«

Louise antwortete nicht. Sie zog den Bildschirm näher heran und las, was da stand. Aron stand auf und ging hinaus zu seinen Vögeln. Louise spürte eine instinktive Furcht, er könne plötzlich verschwinden.

Sie zog den Mantel an und folgte ihm. Die Vögel flatterten

auf und flogen zu ihren Bäumen. Aron und Louise standen nebeneinander und blickten aufs Meer hinaus.

»Eines Tages werde ich einen Eisberg sehen. Ganz bestimmt.«

»Mir sind deine Eisberge scheißegal. Ich möchte, daß du mitkommst nach Barcelona und mir hilfst zu verstehen, was mit Henrik geschehen ist.«

Er antwortete nicht. Aber sie wußte, daß er diesmal tun würde, was sie wollte.

»Ich fahre zum Hafen hinunter zum Angeln«, sagte er nach einer Weile.

»Tu das. Aber denk daran, dir jemand zu suchen, der auf deine Bäume aufpaßt, solange du weg bist.«

Zwei Tage später verließen sie die roten Papageien und fuhren nach Melbourne. Aron trug einen verknitterten braunen Anzug. Louise hatte die Flugtickets gekauft, aber nicht protestiert, als Aron ihr Geld gab. Um Viertel nach zehn bestiegen sie die Lufthansa-Maschine, die sie über Bangkok nach Frankfurt bringen würde, von wo sie weiterfliegen würden nach Barcelona.

Sie sprachen darüber, was sie tun würden, wenn sie ankamen. Sie hatten keinen Schlüssel zu der Wohnung, und sie wußten nicht, wie die Hausmeisterin reagieren würde. Was wäre, wenn sie sich weigerte, sie hineinzulassen? Gab es in Barcelona ein schwedisches Konsulat? Sie konnten nicht vorhersehen, was passieren würde. Aber Louise bestand darauf, daß sie Fragen stellen mußten. Mit Schweigen würden sie nichts erreichen und Henrik nicht näherkommen. Dann müßten sie weiterhin zwischen den Schatten nach ihm suchen.

Als Aron mit dem Kopf an ihrer Schulter einschlief, spannte sie sich an, ließ aber seinen Kopf liegen.

Siebenundzwanzig Stunden später landeten sie in Barcelona. Am Abend des dritten Tages nach ihrer Abreise von den Papageien standen sie vor dem Haus in der engen Gasse, die Christi Namen trug.

Aron ergriff ihre Hand, und sie traten ein.

Teil 2

DER TRÄGER DES LICHTS

»Besser ein Licht anzünden
als das Dunkel verfluchen.«
Konfuzius

9

Die Hausmeisterin Señora Roig wohnte im Erdgeschoß links. Das Licht ging mit einem knarrenden Geräusch an.

Sie hatten beschlossen, die Wahrheit zu sagen. Henrik war tot, sie waren seine Eltern. Aron klingelte. Louise stellte sich die Hausmeisterin wie die *concierge* in Paris vor, wo sie Mitte der 1970er Jahre sechs Monate gewohnt hatte. Kräftig, mit straff hochgekämmtem Haar und einigen angefaulten Zähnen im Mund. Im Hintergrund lief der Fernseher, und vielleicht waren die nackten Füße ihres Mannes zu sehen, die er auf den Tisch gelegt hatte.

Die Tür wurde von einer etwa fünfundzwanzigjährigen Frau geöffnet. Louise sah, daß Aron beim Anblick ihrer Schönheit zusammenfuhr. Aron sprach ein halbwegs verständliches Spanisch. In seiner Jugend hatte er ein halbes Jahr in Las Palmas gelebt und in verschiedenen Lokalen gekellnert.

Señora Roig hieß mit Vornamen Blanca, und sie nickte freundlich, als Aron erklärte, daß er Henriks Vater und die Frau neben ihm Henriks Mutter sei.

Blanca Roig lächelte und ahnte nicht, was kommen würde. Louise dachte verzweifelt, daß er alles in der falschen Reihenfolge sagte. Aron erkannte seinen Fehler und sah sie wie um Nachsicht bittend an. Aber Louise wandte den Blick ab.

»Henrik ist tot«, sagte er. »Deshalb sind wir hier. Um seine Wohnung zu besuchen und seine Sachen zu holen.«

Blanca schien zunächst nicht zu verstehen, als wäre Arons Spanisch ganz plötzlich unbegreiflich geworden.

»Henrik ist tot«, wiederholte er.

Blanca erbleichte und verschränkte die Arme fest vor der Brust.

»Ist Henrik tot? Was ist passiert?«

Wieder warf Aron Louise einen Blick zu. »Ein Autounfall.«

Louise wollte Henrik nicht bei einem Autounfall sterben lassen. »Er ist krank geworden«, sagte sie auf englisch. »Sprechen Sie englisch?«

Blanca nickte.

»Er ist krank geworden und zusammengebrochen.«

Blanca trat einen Schritt zurück und bat sie einzutreten. Die Wohnung war klein. Zwei kleine Zimmer, eine noch kleinere Küche, ein Plastikvorhang vor einem Badezimmer. Zu ihrer Verwunderung bemerkte Louise an einer Wand zwei große Farbposter mit klassischen hellenischen Motiven. Blanca schien allein in der Wohnung zu leben. Louise sah keine Spuren eines Mannes oder von Kindern. Blanca bat sie, sich zu setzen. Louise konnte sehen, daß sie erschüttert war. War Henrik ein gewöhnlicher Mieter gewesen oder mehr? Sie waren im gleichen Alter.

Blanca hatte Tränen in den Augen. Louise dachte, daß sie Nazrin glich, sie hätten Schwestern sein können.

»Wann war er zuletzt in seiner Wohnung?«

»Im August. Er kam spät in der Nacht. Ich schlief schon, und er bewegte sich immer sehr leise. Am Tag darauf klopfte er bei mir an. Er gab mir Blumensamen. Das tat er immer, wenn er auf Reisen gewesen war.«

»Wie lange war er hier?«

»Eine Woche. Vielleicht zehn Tage. Ich habe ihn nicht oft gesehen. Ich weiß nicht, womit er sich beschäftigt hat. Aber was er auch tat, er tat es nachts. Tagsüber schlief er.«

»Wissen Sie gar nicht, womit er sich beschäftigt hat?«

»Er sagte, er schreibe Zeitungsartikel. Er hatte immer wenig Zeit.«

Louise und Aron tauschten einen schnellen Blick. Vorsichtig jetzt, dachte Louise. Nicht wie ein Wildpferd drauflosgaloppieren.

»Man hat immer wenig Zeit, wenn man für eine Zeitung arbeitet. Wissen Sie, worüber er schrieb?«

»Er sagte immer, er gehöre einer Widerstandsbewegung an.«

»Hat er das Wort benutzt?«

»Ich habe nicht richtig verstanden, was er meinte. Aber er sagte, es sei wie in Spanien während des Bürgerkriegs, und er stehe auf der Seite, die gegen Franco gekämpft haben würde. Aber wir haben nicht besonders häufig darüber geredet, womit er sich beschäftigte. Es ging meistens um praktische Dinge. Ich habe für ihn gewaschen und bei ihm saubergemacht. Er hat gut bezahlt.«

»Hatte er viel Geld?«

Blanca zog die Stirn kraus. »Wenn Sie seine Eltern sind, müßten Sie das doch wissen.«

Louise spürte, daß sie eingreifen mußte. »Er war in dem Alter, in dem man seinen Eltern nicht alles erzählt.«

»Er hat tatsächlich nie von Ihnen gesprochen. Aber das sollte ich vielleicht nicht sagen?«

»Wir standen uns nahe«, sagte Aron. »Er war unser einziges Kind.«

Louise fragte sich entsetzt, wie er so überzeugend lügen konnte. Hatte Henrik sein Talent geerbt? War auch Henrik so überzeugend gewesen, wenn er nicht die Wahrheit sagte?

Blanca stand auf und verließ das Zimmer. Louise wollte etwas sagen, doch Aron schüttelte den Kopf und formte mit den Lippen das Wort »Warte«. Blanca kam mit einem Schlüsselbund zurück. »Er hat ganz oben gewohnt.«

»Von wem hat er die Wohnung gemietet?«

»Von einem pensionierten Oberst, der in Madrid lebt. Eigentlich gehört das Haus seiner Frau. Aber Oberst Mendez kümmert sich um alle Angelegenheiten, die das Haus betreffen.«

»Wissen Sie, wie er die Wohnung gefunden hat?«

»Nein. Er kam nur eines Tages und hatte einen Mietvertrag. Vor ihm haben zwei amerikanische Studenten in der Wohnung gewohnt, die viel Ärger machten, sie spielten die meiste Zeit laute Musik und hatten Mädchen zu Besuch. Ich mochte sie nie. Als Henrik kam, wurde alles anders.«

Blanca begleitete sie ins Treppenhaus und öffnete die Fahrstuhltür. Louise blieb stehen. »Ist in den letzten Wochen jemand hiergewesen und hat nach ihm gefragt?«
»Nein.«

Louise wurde hellhörig. Ihre geschärfte Aufmerksamkeit kam aus dem Nichts. Die Antwort war zu schnell gekommen, war allzu gut vorbereitet. Blanca Roig hatte die Frage erwartet. Es war jemand dagewesen, doch sie wollte es nicht verraten. Louise blickte Aron an, als er den engen Aufzug betrat. Doch er schien nichts gemerkt zu haben.
Auf dem Weg nach oben knarrte der Aufzug.
»Hat Henrik viel Besuch bekommen?«
»Nie. Zumindest sehr selten.«
»Das hört sich sonderbar an. Henrik liebte es, Menschen um sich zu haben.«
»Dann muß er sie an einem anderen Ort getroffen haben.«
»Hat er Briefe bekommen?« fragte Aron.

Der Aufzug hielt. Als Blanca aufschloß, sah Louise, daß die Tür drei Schlösser hatte. Mindestens eins von ihnen schien erst kürzlich eingesetzt worden zu sein.
Blanca öffnete die Tür und trat zur Seite. »Seine Post liegt auf dem Küchentisch«, sagte sie. »Ich bin unten, falls Sie mich brauchen. Ich kann immer noch nicht begreifen, daß er tot ist. Ihre Trauer muß furchtbar sein. Ich werde es nie wagen, Kinder in die Welt zu setzen, weil ich solche Angst hätte, sie könnten sterben.«
Sie reichte Aron die Schlüssel. Louise verspürte einen An-

flug von Irritation. Immer war Aron in den Augen anderer der wichtigere von ihnen beiden.

Blanca verschwand die Treppe hinunter. Sie warteten, bis ihre Tür im Erdgeschoß geschlossen wurde, bevor sie eintraten. Von irgendwoher erklang Musik. Das Licht im Treppenhaus erlosch. Louise zuckte zusammen.

Zum zweiten Mal betrete ich eine Wohnung, in der Henrik als Toter anwesend ist. Er ist nicht wirklich hier, er liegt in seinem Grab. Trotzdem ist er anwesend.

Sie betraten den Flur und schlossen die Tür hinter sich. Die Wohnung war klein und eng, sie war ursprünglich ein Teil des Dachbodens gewesen. Es gab ein Dachfenster, freigelegte Balken, schräge Wände. Ein Zimmer, eine kleine Küche, Badezimmer mit Toilette. Vom Flur aus konnten sie die ganze Wohnung überschauen.

Die Post lag auf dem Tisch in der Küche. Louise blätterte sie durch, mehrere Reklamezettel, eine Stromrechnung und ein Angebot für ein neues Telefonabonnement. Aron war ins einzige Zimmer der Wohnung gegangen. Er stand mitten im Zimmer, als sie hereinkam. Sie sah, was er sah. Ein Zimmer mit kahlen Wänden, einen Raum ohne jeden Schmuck. Ein Bett mit rotem Überwurf, einen Arbeitstisch, einen Computer, ein Regal mit Büchern und Ordnern. Sonst nichts.

Hier hat Henrik heimlich gelebt. Keinem von uns hat er von dieser Wohnung erzählt. Durch Aron hatte er gelernt, sich seine Verstecke einzurichten.

Sie sagten nichts. Gingen nur durch die Wohnung. Louise zog den Vorhang vor einer Garderobennische zur Seite. Hemden, Hosen, eine Jacke, ein Korb mit Unterwäsche, Schuhe. Sie hob ein Paar derbe Stiefel hoch und hielt sie ans Licht. Unter den

Gummisohlen war rote Erde. Aron hatte sich an den Schreibtisch gesetzt und zog die einzige Schublade heraus. Louise stellte die Schuhe wieder zurück und beugte sich über seine Schulter. Für einen kurzen Moment verspürte sie Lust, ihm mit der Hand über das dünne Haar zu streichen. Die Schublade war leer.

Louise setzte sich auf einen Schemel neben dem Schreibtisch. »Blanca hat nicht die Wahrheit gesagt.«

Aron sah sie fragend an.

»Als ich sie gefragt habe, ob jemand hiergewesen sei, hat sie zu schnell geantwortet. Es kam mir unecht vor.«

»Warum sollte sie lügen?«

»Früher hast du oft gesagt, daß du meine Intuition respektiertest.«

»Früher habe ich vieles gesagt, was ich heute nicht mehr sagen würde. Jetzt schalte ich den Computer ein.«

»Noch nicht! Warte! Kannst du dir Henrik in dieser Wohnung vorstellen?«

Aron drehte sich mit dem Stuhl und ließ den Blick wandern.

»Eigentlich nicht. Aber ich kannte ihn ja kaum. Du mußt die Frage beantworten, nicht ich.«

»Er hat nachweislich hier gewohnt. Er hat die Wohnung fünf Jahre lang insgeheim gemietet. Aber ich kann ihn mir hier nicht vorstellen.«

»Du meinst also, hier habe ein anderer Henrik gewohnt?«

Louise nickte.

Es war Aron immer leichtgefallen, ihren Gedanken zu folgen. Einmal, als sie einander noch nahestanden, war es ein Spiel zwischen ihnen gewesen, die Reaktionen des anderen zu erraten. Wenn die Liebe auch gestorben war, so war das Spiel vielleicht noch lebendig.

»Ein anderer Henrik, den er verbergen wollte.«

»Aber warum?«

»Bist du nicht derjenige, der diese Frage am ehesten beantworten kann?«

Aron schnitt eine unwirsche Grimasse. »Ich war ein versoffener Kerl, der von allem und allen davongelaufen ist, von der Verantwortung für andere und besonders vor mir selbst. Ich kann mir nicht denken, daß Henrik so war.«

»Kannst du da sicher sein? Er war dein Sohn.«

»Du hättest nie zugelassen, daß er mir so ähnlich würde.«

»Wie kannst du so sicher sein, daß du recht hast?«

»Ich bin in meinem ganzen Leben nie einer Sache sicher gewesen. Sicher weiß ich nur, daß die Unsicherheit und der Zweifel meine ständigen Begleiter waren.«

Aron kontrollierte den Stromanschluß des Computers und klappte den Deckel auf. Er bewegte die Fingerspitzen gegeneinander, als trüge er Gummihandschuhe und würde gleich beginnen zu operieren.

Er sah sie an. »Es gibt einen Brief von Henrik, den ich dir nicht gezeigt habe. Es war, als hätte er mir ein Vertrauen entgegengebracht, das ich nicht mit anderen teilen sollte. Vielleicht war es gar nicht so. Aber was er erzählte, war so groß, daß ich es mit niemand teilen wollte, nicht einmal mit dir.«

»Du hast nie etwas mit mir teilen wollen.«

Er wurde ärgerlich. »Ich erzähle es dir.«

Es war einer der letzten Briefe, die gekommen waren, bevor Aron von den Einsen und Nullen aufgebrochen war, fest entschlossen, die Archive hinter sich zu lassen. Er war gerade in New York gewesen und hatte den großen Scheck entgegengenommen, den Freibrief für den Rest seines Lebens, und war nach Neufundland zurückgekehrt, um seine Sachen zusammenzupacken. Das meiste verbrannte er – für ihn war es ebenso entscheidend, ein altes Sofa oder ein Bett zu verbrennen, wie eine Brücke hinter sich abzubrechen –, da hatte er den Brief von Henrik bekommen. Er war in Paris abgestempelt. Einer von Henriks Freunden, ein junger Cellist aus Bosnien – es ging nicht aus dem Brief hervor, wie sie Freunde geworden waren –, hatte einen Wettbewerb für junge Solisten gewonnen und sollte mit einem der größten Orchester von Paris zusammen spielen. Henrik hatte die Gelegenheit gehabt, bei einer der ersten Proben mitten im Orchester zu sitzen, hinter den Streichern und vor den Bläsern. Es war ein aufwühlendes Erlebnis gewesen, der starke Klang durchbohrte ihn wie ein großer Schmerz. Aber Henrik hatte den Augenblick beschrieben als eine Erfahrung, zu der er jederzeit zurückkehren konnte, um *die unvergleichliche Kraft zu schöpfen, die vom Schmerz ausgeht*. Er hatte das Erlebnis nachher nie mehr erwähnt.

»Wir hatten einen Sohn, der einmal mitten in einem Orchester saß und etwas über Schmerz gelernt hat. Er war ein außergewöhnlicher Mensch.«

»Mach den Computer an«, sagte sie. »Such weiter.«

Sie nahm einige der Aktenordner aus dem Regal und ging damit in die Küche. Es pochte hinter ihren Schläfen, als hätte sie den Schmerz übernommen, von dem Henrik in seinem Brief erzählt hatte. Warum hatte er ihr nichts davon gesagt? Warum hatte er sich dafür entschieden, Aron von dem Orchester zu erzählen, seinem Vater, der sich nie um ihn gekümmert hatte?

Sie blickte auf die dunklen Hausdächer hinaus. Der Gedanke empörte sie. Mitten in der Trauer verursachte Henrik ihr einen anderen Schmerz, für den sie sich schämte.

Sie schob den Gedanken von sich.

Etwas anderes war wichtiger. Alles andere war wichtiger. Blanca sagte nicht die Wahrheit. Ich habe eine weitere Scherbe gefunden, die ich jetzt mit anderen Scherben zusammenfügen muß, damit ein Zusammenhang entsteht. Ich weiß

nicht, ob ihre Lüge der Anfang einer Geschichte ist oder das
Ende. Hat sie gelogen, weil Henrik sie darum gebeten hat?
Oder gibt es jemand anderen, der es von ihr verlangt?

Sie blätterte in den Aktenordnern. Jede Seite ein neues Fragment, fortgerissen von einem unbekannten Ganzen.

Henrik hat ein Doppelleben geführt. Er hatte eine Wohnung
in Barcelona, die niemand kannte. Woher hatte er das Geld?
Eine Wohnung in der Innenstadt von Barcelona konnte nicht
billig sein. Ich werde seinen Wegen folgen, jede Seite ist wie
eine neue Wegkreuzung.

Sie sah bald, daß sie nichts über Kennedy und sein Hirn finden würde, weder Fotokopien von Archivmaterial noch Artikel oder eigene Notizen. Dagegen hatte Henrik Material über die größten Pharmaunternehmen der Welt gesammelt. Es waren vor allem kritische Artikel und Äußerungen von Organisationen wie »Ärzte ohne Grenzen« und »Forscher für die arme Welt«. Er hatte Stellen markiert und unterstrichen. Um eine Überschrift, daß kein Mensch auf der Welt heutzutage an Malaria sterben müsse, hatte er ein rotes Viereck gezogen und Ausrufezeichen an den Rand gesetzt. In einem anderen Ordner hatte er Artikel und Buchausschnitte über die Geschichte der Pest gesammelt.

Scherbe auf Scherbe. Immer noch kein Ganzes. Wie hing dies
mit Kennedy und seinem Hirn zusammen? Hing es über-
haupt zusammen?

Sie hörte, wie Aron sich im Nebenzimmer räusperte. Dann und wann tippte er etwas auf der Tastatur.

So haben wir häufig dagesessen, als wir zusammenlebten. Er
im einen Zimmer, ich im anderen, aber immer war die Tür

zwischen uns offen. Eines Tages schloß er sie. Als ich sie wieder aufmachte, war er fort.

Aron kam in die Küche und trank Wasser. Er sah müde aus. Sie fragte ihn, ob er etwas gefunden habe, aber er schüttelte den Kopf. »Noch nicht.«

»Was hat er wohl für diese Wohnung bezahlt? Sie kann nicht billig gewesen sein.«

»Wir müssen Blanca fragen. Was ist in seinen Ordnern?«

»Er hat umfassendes Material über Krankheiten gesammelt. Malaria, Pest, Aids. Aber nichts über dich, nichts über mich. Er markiert gewisse Passagen oder Sätze, ja sogar einzelne Wörter, rot oder mit Ausrufezeichen.«

»Dann mußt du in den markierten Stellen suchen, oder nein, besser noch in dem, was er nicht markiert hat.«

Aron wandte sich wieder dem Computer zu. Louise öffnete den kleinen Kühlschrank. Er war fast leer.

Es war bereits nach Mitternacht. Louise saß am Küchentisch und blätterte langsam eine der letzten Mappen durch. Wieder Zeitungsausschnitte, vor allem aus englischen und amerikanischen Zeitungen, aber auch eine Artikelserie aus Le Monde.

Kennedys Hirn. Irgendwo gibt es einen Zusammenhang zwischen deiner Besessenheit für das Hirn des toten Präsidenten und dem, was ich jetzt vor mir habe. Ich versuche, es mit deinen Augen zu sehen, die Mappen mit deinen Händen zu berühren. Was hast du gesucht? Was hat dich getötet?

Sie zuckte zusammen. Ohne daß sie es wahrgenommen hatte, war Aron in die Küche gekommen. Sie wußte sofort, daß er etwas gefunden hatte.

»Was ist es?«

Er setzte sich ihr gegenüber. Sie sah, daß er verwirrt war, vielleicht war es Furcht. Das machte ihr mehr angst als etwas anderes. Einer der Gründe, warum sie ihm einst vertraut hatte, war die Überzeugung gewesen, daß er sie jederzeit gegen alle drohenden Gefahren beschützen würde.

»Ich habe eine geheime Datei gefunden, die in einer anderen versteckt war. Wie russische Puppen, die ineinanderstecken.«

Er verstummte. Louise wartete auf die Fortsetzung. Aber Aron blieb stumm. Schließlich ging sie ins Zimmer, setzte sich selbst an den Computer und las. Es waren nur wenige Worte. Später wußte sie nicht zu sagen, was sie eigentlich erwartet hatte. Alles, aber nicht das.

»*Also trage auch ich den Tod in mir. Das macht alles unerträglich. Vielleicht sterbe ich, noch bevor ich dreißig werde. Jetzt muß ich stark sein und dies ins Gegenteil verkehren. Das Unerträgliche, was passiert ist, muß zu einer Waffe werden. Nichts darf mich mehr schrecken. Nicht einmal, daß ich HIV-positiv bin.*«

Louise fühlte ihr Herz hämmern. In ihrer Verwirrung dachte sie, sie müsse Artur anrufen und es ihm erzählen. Gleichzeitig fragte sie sich, was Nazrin wußte. *War sie auch angesteckt? Hatte er sie angesteckt? Hatte er deshalb nicht weiterleben können?*

Die Fragen schwirrten ihr durch den Kopf. Sie mußte sich mit den Armen an der Tischplatte abstützen, um nicht zu fallen. Wie von fern hörte sie, daß Aron in der Küche aufstand und ins Zimmer trat.

Als sie fiel, fingen seine Arme sie auf.

10

Viele Stunden später schlossen sie die Wohnungstür und gingen hinaus, um frische Luft zu schöpfen und zu frühstücken. Blanca schlief, oder zumindest gab sie kein Lebenszeichen von sich, als sie das Haus verließen.

Der frühe Morgen überraschte sie mit seiner milden Luft.

»Wenn du schlafen möchtest, geh ruhig ins Hotel. Ich brauche Luft. Aber ich kann allein gehen.«

»Um diese Zeit in Barcelona? Da wirst du ein leuchtender Magnet. Eine Frau allein auf einer Straße in Barcelona, wer ist das?«

»Ich bin es gewohnt, mir allein zu helfen. Ich habe gelernt, wie man aufdringliche Männer mit dem Schwanz in der einen Hand und der Brieftasche in der anderen abschüttelt. Auch wenn sie die Brieftasche nicht zeigen.«

Aron konnte sein Erstaunen nicht verbergen. »So habe ich dich noch nie reden hören.«

»Es gibt vieles, was du von mir nicht weißt. Auch nicht, wie ich meine Worte wähle.«

»Wenn du allein sein willst, stell dir vor, ich sei ein zweiter Schatten. Wie eine Jacke, die man über den Arm hängt, wenn man nicht sicher ist, ob es regnen wird oder nicht.«

Sie gingen eine der Hauptstraßen hinunter, die zu einem Platz hin abfiel. Es war wenig Verkehr, die Restaurants waren leer. Ein Polizeiwagen glitt langsam vorbei.

Louise war sehr müde. Aron ging stumm an ihrer Seite und verbarg wie immer, was er dachte oder fühlte. Ihre Gedanken drehten sich um die Entdeckung, daß Henrik HIV-positiv gewesen war. Jetzt war er tot, für die Infektion, die in ihn eingedrungen war, nicht mehr erreichbar. Aber hatte sie trotzdem seinen Tod verursacht? War er nicht in der Lage gewesen, das Schicksal zu ertragen, dessen er sich plötzlich bewußt geworden war?

»Wie kann es sein, daß die pathologische Untersuchung keinen Aufschluß über Henriks Blut gegeben hat?« fragte Aron plötzlich. »War es zu früh, hatte er sich erst vor so kurzer Zeit infiziert, daß sich noch keine Antikörper gebildet hatten? Aber wie konnte er dann so sicher sein, daß er HIV-positiv war?«

Aron brach in Tränen aus. Es kam plötzlich, ohne Vorwarnung. Er weinte heftig. Louise konnte sich nicht erinnern, ihn überhaupt einmal weinend gesehen zu haben, es sei denn, daß er betrunken und sentimental geworden war und ihr seine grenzenlose Liebe beteuert hatte. Arons Tränen waren für sie immer mit dem Gestank von Alkohol oder einem Kater verbunden. Aber hier war es nichts von beidem. Hier war nur seine Trauer.

Sie standen auf einer Straße in Barcelona. Es war im Morgengrauen, und Aron weinte. Als er sich wieder gefaßt hatte, suchten sie ein Café, das geöffnet hatte. Sie frühstückten und kehrten danach wieder in die Wohnung zurück.

Nachdem sie aufgeschlossen hatten, verschwand Aron im Badezimmer. Er kam mit naß gekämmten Haaren und gewaschenen Augen zurück.

»Ich entschuldige mich für meinen Mangel an Würde.«

»Daß du immer solchen Unsinn reden mußt.«

Aron antwortete nicht. Er hob nur abwehrend die Hände. Sie begaben sich erneut auf die Suche in Henriks Computer, Aron ging als der entschlossene Pfadfinder voran.

»Uncas«, sagte sie. »Erinnerst du dich an ihn?«

»Der letzte Mohikaner. James Fenimore Cooper. Als Kind habe ich ihn mit Begeisterung gelesen. Ich träumte davon, der letzte meines Stamms zu werden, des Aronstamms. Aber haben Mädchen das Buch auch gelesen?«

»Artur hat es laut vorgelesen. Ich glaube nicht, daß er je darüber nachgedacht hat, ob es für Mädchen unpassend sein könnte. Er hat mir nur das vorgelesen, was er selbst hören wollte. Das eine oder andere Buch über Wilddiebe bekam ich wohl auch mit, als ich sieben, acht Jahre alt war. Aber an das Buch über Uncas erinnere ich mich.«

»Woran erinnerst du dich am besten?«

»Als eine der Töchter von Oberst Munroe vom Felsen ins Wasser springt und lieber den Tod wählt, als dem blutdürstigen Indianer in die Hände zu fallen. Das war ich, mutig bis zum Letzten. Ich wollte in meinem Leben auf Felsabhänge setzen.«

An diesem Tag in Barcelona erzwang sich Aron in Gegenwart von Louise den Weg in Henriks Leben. Fieberhaft arbeitete er, um die verschiedenen Räume aufzubrechen, die Henrik zu schließen versucht hatte. Türen wurden aus ihren Verankerungen gerissen, andere wurden mit einem Dietrich geöffnet, aber was sie in den Räumen fanden, waren immer nur neue Fragen, selten irgendwelche Antworten. Wie lange war Henrik schon krank? Seit wann war er infiziert? Wer hatte ihn infiziert? Wußte er, wer es war? Im Juli 2004 schrieb er, daß er krank sei: »*Ich habe das Virus in mir, lange habe ich es befürchtet, jetzt habe ich die Gewißheit. Mit den heutigen Blokkern kann ich zehn Jahre leben, mit den Blockern von morgen sicher länger. Dennoch ist dies ein Todesurteil. Es wird am schwersten sein, sich von dieser Vorstellung zu befreien.*« Nicht ein Wort darüber, wie es passiert war, wo, bei wem, in welchem Zusammenhang. Sie versuchten zurückzugehen, blätterten seine fragmentarischen und chaotischen Tagebücher durch, fanden Hinweise auf verschiedene Reisen, doch nichts, was völlig klar war, die ganze Zeit hatten sie das Gefühl von etwas Flüchtigem, das sich ihnen entzog. Louise suchte nach alten Flugtickets, aber vergebens.

Aron drang in ein Finanzprogramm ein, in dem Henrik

mit einer gewissen Regelmäßigkeit über seine Einkünfte Buch geführt hatte. Beide reagierten gleichzeitig. Im August 1998 hatte Henrik einen hohen Betrag als Einnahme verbucht. 100 000 Dollar.

»Über 800 000 schwedische Kronen«, sagte Aron. »Woher in Gottes Namen hatte er das Geld?«

»Steht es nicht da?«

»Hier steht nur seine Kontonummer bei der spanischen Bank.«

Aron suchte weiter und kam aus dem Staunen nicht heraus. Im Dezember des gleichen Jahres tauchen aus dem Nichts 25 000 Dollar auf. Eines Tages ist das Geld auf dem Konto, Henrik führt die Summe auf, ohne den Absender zu nennen. Bezahlung wofür? Aron sah Louise fragend an, doch sie hatte keine Antwort. Es gab weitere Posten. Im Frühjahr 2000 waren große Summen auf Henriks Konto eingegangen. Aron rechnete aus, daß Henrik insgesamt 250 000 Dollar bekommen hatte.

»Er hat über große Geldsummen verfügt. Das meiste hat er verbraucht. Wofür, wissen wir nicht. Aber diese Wohnung hat er sich allemal leisten können. Und er konnte reisen, soviel er wollte.«

Louise merkte, daß Aron immer tiefer in Henriks Welt verschwand. Sie erkannte, daß Aron sich Sorgen machte.

Er sieht es vielleicht deutlicher als ich. Es ist viel zuviel Geld, das von nirgendwoher gekommen ist.

Aron suchte und murmelte etwas von Sackgassen.

»Genau wie diese Adresse hier. ›Christus-Sackgasse‹.«

»Henrik hat oft davon gesprochen, daß er nicht an Zufälle glaubt.«

»Mit dem vielen Geld, das er zur Verfügung hatte, konnte er natürlich jede Adresse wählen, die er wollte.«

Aron gab über die Tastatur neue Befehle ein. Plötzlich hielt er inne.

Louise hockte vor einem Bücherregal. »Was ist?«

»Etwas öffnet sich. Ich weiß nicht, was es ist.«

Auf dem Schirm leuchtete etwas auf, das wie dichtes Schneetreiben aussah. Dann klärte sich das Bild. Beide beugten sich vor, Louise dicht an Arons Wange. Ein Text trat hervor:

»*Die Lampe in Diogenes' Hand. Ich erkenne jetzt, daß ich in einer Zeit lebe, in der das Verbergen von Wahrheiten in den Rang der Kunst und der Wissenschaft erhoben worden ist. Wahrheiten, die früher wie selbstverständlich ans Licht kommen durften, werden heute verborgen gehalten. Ohne eine Lampe in der Hand ist es nahezu unmöglich, nach einem Menschen zu suchen. Kalte Windstöße lassen das Licht der Lampe erlöschen. Man kann wählen, ob man es gelöscht läßt oder neu anzündet. Und weiter nach Menschen sucht.*«

»Was meint er?« fragte Aron.

»Diogenes bat Alexander, beiseite zu treten, weil er ihm die Sonne verdeckte«, antwortete Louise. »Diogenes ging mit einer Lampe herum und suchte nach einem Menschen. Einem richtigen Menschen aus einem Guß, einem moralischen Wesen. Er verhöhnte die Gier und die Einfalt. Ich habe gehört, daß Sicherheits- und Detektivbüros seinen Namen als Symbol verwendet haben. *Die Lichtträger*, die dem Dunkel Widerstand leisten.«

Sie fuhren fort in der Lektüre des Aktionsprogramms, das Henrik sich selbst gegeben hatte: »*Drei von all den Trollen, die die drei Böcke Bruse im Märchen bekämpfen, machen mir mehr angst als andere. ›Winkelman and Harrison‹ mit ihrer geheimen Genforschung in dem großen Komplex in Virginia, der merkwürdigerweise nicht weit vom CIA-Hauptquartier in Langley entfernt liegt. Niemand weiß, was eigentlich hinter den grauen Mauern geschieht, aber englische Kopfjäger, die illegales Geld aus Drogen- und Waffengeschäften, ja sogar Überschüsse aus dem Geschäft mit Sexsklaven in Europa und Südamerika aufspüren, haben Kanäle bis ins Innere von ›Winkelman and Harrison‹ gefunden. Der Haupteigner ist ein unscheinbarer Mann mit Namen Riverton, der auf den Cayman Islands leben soll, aber niemand weiß etwas Genaues. Der zweite Troll ist der Schweizer Konzern Balco, der nach außen hin vorgibt, Forschungsprojekte für neue Antibiotika zu betreiben, die gegen resistente Bakterienstämme wirken sollen. Doch dahinter geschieht etwas anderes. Es gehen Gerüchte über geheime Versuchsstationen in Malawi und Tansania um, wo Aidsmedikamente getestet werden, aber niemand hat einen Einblick in das, was tatsächlich geschieht. Der dritte Troll schließlich hat nicht einmal einen Namen. Aber in Südafrika gibt es eine Anzahl Forscher, die in aller Heimlichkeit mit Aids arbeiten. Es gibt Gerüchte über seltsame Todesfälle, über Menschen, die einfach verschwinden. Niemand weiß etwas, aber wenn die Lampen erlöschen, müssen sie wieder angezündet werden.«*

Aron lehnte sich zurück. »Zuerst spricht er von einer einzigen Lampe. Dann sind es plötzlich mehrere. Was bedeutet das? Eine Gruppe von Menschen, die versuchen, hinter die Kulissen der großen Pharmakonzerne zu leuchten?«

»Das könnte Henrik sein. Auch wenn ich glaubte, ich hätte ihn gegen jeden Gedanken daran immun gemacht, in der Erde nach Geheimnissen zu graben.«

»Wollte er nie werden wie du?«

»Archäologe? Nie. Er hat es schon als Kind verabscheut, in Sandkästen zu spielen.«

Aron zeigte auf den leuchtenden Bildschirm. »Er muß gute Computerkenntnisse gehabt haben. Seine Software ist im übrigen nicht die allerneueste. Auch darüber kann man sich wundern. Mit so viel Geld, warum hat er sich da nicht die neuesten Programme gegönnt? Ich kann mir nur eine Erklärung denken.«

»Daß er das Geld für etwas anderes nutzen wollte?«

»Jede Öre war wichtig. Für etwas anderes. Fragt sich nur, wofür?«

Aron öffnete einen neuen Schacht in der unterirdischen Welt von Henriks Computer und förderte ein weiteres Geheimnis ans Tageslicht. Es war eine Serie von Zeitungsartikeln, die eingescannt worden waren.

»Das ist nicht hier geschehen«, sagte Aron. »Hier gibt es keinen Scanner. Gab es einen in seiner Wohnung in Stockholm?«

»Ich habe keinen gesehen.«

»Weißt du, was ein Scanner ist?«

»Wir graben sie zwar nicht als antike Relikte aus der Erde. Aber es kommt vor, daß wir sie benutzen.«

Sie lasen die Artikel, zwei aus der englischen Zeitung *The Guardian* und je einen aus der *New York Times* und der *Washington Post*. Die Artikel handelten von Krankenhauspersonal, das bestochen worden war, um Krankenakten von zwei Personen herauszugeben, einem Mann, der anonym bleiben wollte, und einem anderen, Steve Nichols, der mit Foto in Erscheinung trat. Beide Männer waren um große Geldsummen erpreßt worden, weil sie HIV-infiziert waren.

Nirgendwo hatte Henrik Kommentare hinzugefügt. Die Artikel standen als stumme Säulen in einem Raum, in dem Henrik nicht anwesend war. Konnten Henriks große Summen aus Erpressungen stammen? Konnte er ein Erpresser gewesen sein? Louise war sicher, daß Aron über das gleiche nachdachte. Der Gedanke war ihr so zuwider und abwegig, daß sie ihn von sich wies. Aber Aron saß stumm da und strich mit einem Finger über die Tastatur. Konnte sich die Wahrheit darüber, was

Henrik getrieben hatte, als ein dunkler Tunnel erweisen, der in einen noch dunkleren Raum einmündete?

Sie wußten es nicht. Und da hörten sie auf. Sie schlossen ab und verließen das Haus, ohne daß Blanca sich zeigte. Sie machten einen Spaziergang durch die Stadt, und als sie schließlich ins Hotel zurückkehrten, fragte Aron, ob er in ihrem Zimmer schlafen dürfe. »Ich ertrage es nicht, allein zu sein.«

»Bring deine Kissen mit«, antwortete sie. »Und wenn ich schon schlafe, weck mich nicht, wenn du kommst.«

Nach einigen Stunden wurde Louise davon wach, daß Aron aufgestanden war. Er hatte seine Hose angezogen, aber sein Oberkörper war nackt. Sie betrachtete ihn mit halbgeschlossenen Augen und entdeckte eine Narbe, die quer über sein linkes Schulterblatt verlief. Es sah wie eine Schnittwunde aus, die jemand ihm mit einem Messer beigebracht hatte. Damals, vor langer Zeit, als sie häufig den Kopf an seinen Rücken gelegt hatte, gab es diese Narbe noch nicht. Woher stammte sie? Von einer der vielen Schlägereien im Suff, in die er sich konsequent und mit Todesverachtung stürzte und die meistens von ihm selbst provoziert wurden?

Er zog das Hemd an und setzte sich auf ihre Bettkante. »Ich sehe, du bist wach.«

»Wohin willst du?«

»Nirgendwohin. Raus. Kaffee. Ich kann nicht schlafen. Vielleicht gehe ich in eine Kirche.«

»Du hast dir doch noch nie etwas aus Kirchen gemacht.«

»Ich habe immer noch keine Kerze für Henrik angezündet. Das tut man am besten allein.«

Aron nahm seine Jacke, nickte ihr zu und verließ das Zimmer.

Sie stand auf und hängte das Schild, daß sie nicht gestört werden wolle, vor die Tür. Auf dem Weg zurück ins Bett blieb sie vor dem Wandspiegel stehen und betrachtete ihr Gesicht. Welches Gesicht sieht Aron? Ich habe oft gehört, daß mein Gesicht wechselt. Die Kollegen, die mir nahestehen und zu sagen wagen, was sie denken, behaupten, ich wechsle jeden Morgen das Gesicht. Ich habe nicht wie Janus zwei Gesichter, ich habe zehn, fünfzehn Masken, die ständig wechseln. Unsichtbare Hände setzen mir am frühen Morgen eine Maske auf, und dann weiß ich nicht, welchen Ausdruck ich an ebendiesem Tag trage.

Das Bild besuchte sie oft in ihren Träumen.

Louise Cantor, Archäologin, mit einer klassischen hellenischen Theatermaske vor dem Gesicht, über eine Ausgrabung gebeugt.

Sie legte sich wieder hin, konnte aber nicht mehr einschlafen. Das nagende Gefühl von Verzweiflung wollte nicht weichen. Sie rief Artur an. Er antwortete nicht, die Leitung blieb leer. Einer Eingebung folgend, suchte sie Nazrins Telefonnummer heraus. Auch dort erhielt sie keine Antwort. Sie sprach eine Nachricht aufs Band und sagte, sie werde sich wieder melden, sei jedoch schwer zu erreichen, da sie auf Reisen sei.

Als sie das Zimmer verlassen wollte, um Kaffee zu trinken, sah sie, daß Aron seinen Zimmerschlüssel auf dem Tisch liegengelassen hatte.

In der Zeit, als ich mißtrauisch war und glaubte, er sei mir untreu, in den Jahren, bevor unsere Ehe scheiterte, durchsuchte ich heimlich seine Taschen. Ich blätterte seinen Kalender durch, versuchte stets die erste zu sein, wenn die Post kam. Damals hätte ich den Schlüssel genommen und seine Tür aufgeschlossen.

Sie schämte sich bei dem Gedanken. In Australien, im Haus mit den roten Papageien, hatte sie nie das Gefühl gehabt, es gebe eine Frau in Arons Leben, eine, die er verbarg, weil sie gekommen war. Auch wenn es eine andere Frau gegeben hätte, wäre es nicht ihre Angelegenheit gewesen. Die Liebe, die sie einst für ihn empfunden hatte, konnte nicht mehr ausgegraben und restauriert werden.

Sie trank Kaffee und machte einen Spaziergang. Sie dachte, daß sie in Griechenland anrufen und mit ihren Kollegen reden müßte. Aber was sollte sie sagen?

Sie blieb auf dem Bürgersteig stehen und dachte plötzlich, daß sie vielleicht nie wieder nach Griechenland zurückkehren würde, um dort zu arbeiten, nur für ein paar Tage, um ihre Siebensachen zu holen und das Haus hinter sich zuzumachen. Die Zukunft war vollkommen offen. Sie drehte um und ging zum Hotel zurück. Ein Zimmermädchen war gerade dabei, ihr Zimmer zu machen. Louise wartete in der Empfangshalle. Eine schöne Frau streichelte einen Hund, ein Mann las mit einem Vergrößerungsglas Zeitung. Sie ging wieder in ihr Zimmer. Der Schlüssel lag noch auf dem Tisch. Aron war noch nicht zurückgekommen. Sie sah ihn vor sich, in einer Kirche, eine Kerze in der Hand.

Ich weiß nichts von seiner Trauer, nichts von seinem Schmerz. Eines Tages wird er sich in einen Vulkanausbruch verwandeln. Die heiße Lava, die sich aufgestaut hat, wird durch Risse in seinem Körper nach außen drängen. Er wird als feuerspeiender Drache sterben.

Wieder wählte sie Arturs Nummer. Diesmal meldete er sich. Es war Schnee gefallen in der Nacht. Artur liebte Schnee, er gab ihm Geborgenheit, das wußte sie. Sie erzählte, daß sie mit Aron in Barcelona sei und daß sie eine Wohnung gefunden hätten, die Henrik gehörte, von der sie vorher nichts gewußt hatten. Doch sie sagte nichts davon, daß er HIV-infiziert gewesen war. Sie wußte nicht, wie Artur darauf reagieren würde. Das Gespräch war kurz, Artur telefonierte nicht gern. Er hielt den Hörer stets ein Stück vom Ohr weg, und das zwang sie zu rufen.

Sie beendete das Gespräch und rief in Griechenland an. Sie hatte Glück und bekam den Kollegen aus Uppsala an den Apparat, der für sie eingesprungen war und die Grabungsleitung übernommen hatte. Louise fragte nach der Arbeit und erfuhr, daß die Grabungen dieses Herbstes in der letzten Phase waren. Alles verlief plangemäß. Sie hatte sich vorgenommen, sehr deutlich zu sein, was ihre eigene Rolle betraf. Sie wußte nicht, wann sie die Leitung wieder übernehmen konnte. Zur Zeit spielte das keine so große Rolle, es war die Wintersaison, und die Feldarbeit würde ruhen. Was danach käme, im nächsten Jahr, und ob die neuen Mittel bewilligt würden, wußte niemand.

Das Gespräch wurde unterbrochen. Als sie versuchte, erneut anzurufen, hörte sie eine Frauenstimme, die griechisch sprach. Louise wußte, daß es eine Aufforderung war, es zu einem späteren Zeitpunkt noch einmal zu versuchen.

Sie legte sich aufs Bett und schlief ein. Als sie wach wurde, war es halb eins. Aron war immer noch nicht zurückgekommen.

Zum ersten Mal verspürte sie eine vage Unruhe. Vier Stunden, um Kaffee zu trinken und eine Kerze anzuzünden? Hatte er sich abgesetzt? Konnte er nicht mehr? Würde sie wieder ein halbes Jahr warten müssen, bevor er sie betrunken und weinerlich von irgendeinem Punkt der Erde aus anrief? Sie nahm den Schlüssel und ging in sein Zimmer. Der Koffer lag geöffnet auf der Kofferablage. Nachlässig eingepackte Kleidungsstücke, ein Rasierapparat in einem löchrigen Futteral. Sie fühlte mit der Hand zwischen die Kleidungsstücke. In einem Innenfach aus Plastik fand sie eine sehr große Geldsumme. Sie steckte das Geld in ihre eigene Brieftasche, damit es nicht verschwand. Auf dem Boden des Koffers lag ein Buch, in dem Bill Gates über Computer und die Zukunft philosophierte. Sie blätterte darin und sah, daß Aron gewisse Abschnitte angestrichen und Notizen an den Rand geschrieben hatte. Wie Henrik, dachte sie. Darin glichen sie sich. Selbst habe ich nie ein einziges Wort an den Rand eines Buchs geschrieben. Sie legte das Buch zurück und griff nach einem anderen. Es war eine Studie über ungelöste mathematische Probleme. Aron hatte ein Eselsohr gemacht, wo er aufgehört hatte zu lesen. Das nächste Kapitel handelte von der Fermatschen Vermutung.

Louise legte das Buch zurück und blickte sich im Zimmer um. Sie warf einen Blick in den Papierkorb. Dort lag eine leere Wodkaflasche. In all den Tagen, die vergangen waren, seit sie auf der Hafenpier zusammengetroffen waren, hatte er morgens nicht nach Alkohol gerochen. Aber seit ihrer Ankunft in Barcelona hatte er also eine Flasche Wodka geleert. Es stand kein Glas da. Er hatte aus der Flasche getrunken. Aber wann? Sie waren doch fast ständig zusammengewesen.

Louise kehrte in ihr Zimmer zurück und sagte sich, daß sie jetzt nur noch auf Aron wartete. Ich stehe still, wenn der Pfadfinder innehält, dachte sie und empfand ein Unbehagen. Warum bewege ich mich nicht?

Sie hinterließ eine Nachricht auf dem Tisch und verließ das Zimmer. In einem kleinen Restaurant in der Nähe des Hotels aß sie zu Mittag. Als sie bezahlte, war es bereits nach drei Uhr, und sie meinte, daß Aron jetzt zurückgekommen sein mußte. Sie schaute auf ihr Handy, doch er hatte weder angerufen noch eine SMS geschickt.

Es begann zu regnen. Sie zog sich die Jacke über den Kopf und hastete zurück. Der Mann am Empfang schüttelte den Kopf. *Herr Cantor war nicht zurückgekommen. Ob er angerufen habe? Hier ist keine Mitteilung für Frau Cantor.*

Jetzt machte sie sich ernsthaft Sorgen. Aber es war eine andere Sorge, nicht die, daß Aron wieder geflohen sein könnte. Es war etwas passiert. Sie rief sein Handy an, bekam aber keine Antwort.

Bis zum Abend blieb sie in ihrem Zimmer. Immer noch kein Aron. Sie hatte mehrfach sein Handy angerufen, aber es war ausgeschaltet. Gegen sieben Uhr ging sie zum Empfang hinunter. Sie setzte sich in einen Sessel und betrachtete die Menschen, die sich zwischen dem Hoteleingang, der Rezeption, der Bar und dem Zeitungsstand bewegten. In einer Ecke neben der Tür zur Bar saß ein Mann und studierte eine Karte. Sie beobachtete ihn heimlich. Etwas hatte ihre Aufmerksamkeit geweckt. Kannte sie ihn? Hatte sie ihn schon einmal gesehen? Sie ging in die Bar und trank ein Glas Wein, danach ein zweites. Als sie ins Foyer zurückkehrte, war der Mann mit der Karte verschwunden. Jetzt saß eine Frau dort. Sie telefonierte. Der Abstand war so groß, daß Louise nicht hören konnte, welche Sprache die Frau sprach, geschweige denn, was sie sagte.

Gegen halb neun trank Louise noch ein Glas Wein. Dann verließ sie das Hotel. Die Schlüssel für Henriks Wohnung hatte Aron bei sich gehabt. Natürlich hatte er sich den ganzen Tag dort aufgehalten, vor Henriks Computer. Sie ging schnell und bog in die »Christus-Sackgasse« ein. Vor der Haustür drehte sie sich um. Ahnte sie einen Schatten, der sich im Dunkeln verbarg, dort, wohin das Licht der Straßenlaternen nicht reichte? Aus dem Nichts überfiel sie wieder die Angst.

War das die Angst, die Henrik in seinen Gesprächen mit Nazrin und in den Selbstgesprächen, in seinen Aufzeichnungen, gemeint hatte?

Louise schob die Haustür auf und klingelte an Blancas Tür. Es dauerte eine Weile, bis sie öffnete.

»Ich war am Telefon.«

»Haben Sie heute hier meinen Mann gesehen?«

Blanca schüttelte entschieden den Kopf.

»Ganz sicher?«

»Er ist nicht gekommen und nicht gegangen.«

»Er hat die Schlüssel. Wir müssen uns mißverstanden haben.«

»Ich kann Ihnen aufschließen. Dann ziehen Sie nur die Tür zu.«

Louise überlegte, ob sie Blanca fragen sollte, warum sie nicht die Wahrheit gesagt hatte. Aber etwas hielt sie zurück. Im Moment mußte sie vor allem herausfinden, wo Aron war.

Blanca schloß die Tür auf und verschwand die Treppe hinunter. Louise stand still im Halbdunkel und horchte. Sie machte alle Lampen an und ging durch die Wohnung.

Plötzlich hatte sie das Gefühl, daß eine Anzahl loser Teile ihren Platz fänden und ein unerwartetes Muster sich abzeichnete.

Jemand wollte Aron aus dem Weg haben. Es hatte mit Henrik zu tun, es hatte mit dem verfluchten Präsidentenhirn zu tun, mit Henriks Reisen, seiner Empörung, seiner Krankheit und seinem Tod. Aron war der Pfadfinder. Er war der gefährlichere, der zuerst verschwinden mußte, damit der Pfad nicht betreten werden konnte.

Louise wurde kalt vor Angst. Vorsichtig trat sie ans Fenster und sah hinunter auf die Straße.

Es war niemand da. Aber sie hatte das Gefühl, daß gerade jemand von dort fortgegangen war.

11

Die Schlaflosigkeit jagte Louise Cantor, als sie ins Hotel zurückgekehrt war. Sie erinnerte sich daran, wie es in der schlimmsten Zeit gewesen war. Als Aron gegangen war. Als er anfing, ihr von seinen verschiedenen Saufstationen in aller Welt seine tränentriefenden Trinkerbriefe zu schicken. Jetzt war er wieder verschwunden. Und sie wachte.

Wie um die Kräfte zu beschwören, die ihn fernhielten, ging sie in sein Zimmer und kroch in das Bett, das er nicht benutzt hatte. Aber sie konnte immer noch nicht schlafen. Ihre Gedanken befanden sich im freien Fall. Sie mußte versuchen, sie festzuhalten, damit sie nicht am Boden zerschmettert wurden. Was war geschehen? Konnte sie sich trotz allem geirrt haben? Hatte er sich aus dem Staub gemacht, sie und Henrik wieder verlassen? Sich zum zweiten Mal einfach davongeschlichen? Konnte er wirklich so brutal sein, daß er vorgab, zu trauern und in eine Kirche gehen zu wollen, um ein Licht für seinen toten Sohn anzuzünden, wenn er in Wahrheit schon beschlossen hatte zu verschwinden?

Sie stand auf und holte sich die kleinen Flaschen aus der Minibar. Was sie trank, war ihr gleichgültig. Sie goß eine Mischung aus Wodka, Kakaolikör und Kognak in sich hinein. Der Alkohol beruhigte sie, doch natürlich war das trügerisch. Sie lag im Bett und konnte Arons Stimme hören.

Kein Mensch kann eine Welle malen. Die Bewegung eines Menschen, ein Lächeln, ein Zwinkern kann von einem geschickten Maler auf die Leinwand gebannt werden. Ebenso der Schmerz, die Angst, wie bei Goya, der Mann, der in Verzweiflung dem Erschießungskommando die Arme entgegen-

streckt. All dies kann man einfangen, als dies habe ich auf Bildern gesehen, glaubwürdig wiedergegeben. Aber eine Welle nie. Das Meer entzieht sich immer, die Wellen befreien sich ständig von denen, die sie einzufangen versuchen.

Sie erinnerte sich an die Reise in die Normandie. Es war ihre erste gemeinsame Reise. Aron sollte einen Vortrag darüber halten, wie er sich die zukünftige Annäherung des Telefonverkehrs an die elektronische Datenverarbeitung vorstellte. Sie hatte sich von ihrer Arbeit an der Universität Uppsala freigenommen und ihn begleitet. In Paris hatten sie eine Nacht in einem Hotel verbracht, in dem orientalische Musik durch die Wände drang.

Früh am nächsten Morgen waren sie nach Caen weitergereist. Ihre Leidenschaft war stark gewesen. Aron hatte sie mitgelockt auf die Zugtoilette, und sie hatten sich in dem engen Kabuff geliebt. In ihrer wildesten Phantasie hatte sie sich so etwas nicht vorstellen können.

In Caen hatten sie mehrere Stunden in der schönen Kathedrale verbracht. Sie hatte Aron aus der Distanz angesehen und gedacht: Da steht der Mann, mit dem ich den Rest meines Lebens verbringen werde.

Am Abend, nachdem er seinen Vortrag gehalten und einen anhaltenden Applaus bekommen hatte, erzählte sie von ihrem Erlebnis in der Kathedrale. Er hatte sie angesehen, sie umarmt und gesagt, er denke genauso. Sie waren sich begegnet, um bis an ihr Lebensende zusammenzubleiben.

Sehr früh am nächsten Tag waren sie bei strömendem Regen mit einem Mietwagen aus Caen hinaus ans Meer gefahren, wo im Juni 1944 die Invasion stattgefunden hatte. In einem Zweig seines Stammbaums, der nach Amerika führte, hatte Aron einen Verwandten gehabt, *Private Lucas Cantor*, der am Omaha Beach gefallen war, noch bevor er den Fuß auf den Strand gesetzt hatte. Sie fanden einen Parkplatz und streiften anschließend in Regen und Wind über den verlassenen Strand. Aron war in sich gekehrt und stumm, Louise wollte ihn nicht stören. Sie meinte, er sei bewegt, doch später hatte er gesagt, er sei nur still gewesen, weil er in der verfluchten Kälte und Nässe gefroren habe. Was kümmerte ihn Lucas Cantor? Die Toten waren tot, besonders nach fünfunddreißig Jahren.

Aber dort draußen am Strand der Normandie war er schließlich stehengeblieben, hatte das Schweigen gebrochen, aufs Meer gezeigt und gesagt, daß es nicht einen Künstler gebe, der eine Welle glaubwürdig malen könne. Nicht einmal Michelangelo habe eine Welle malen können, nicht einmal Phidias habe eine skulptieren können. Die Wellen zeigen den Menschen ihre Grenzen auf, hatte er gesagt.

Sie wollte dagegen protestieren, nannte Beispiele. Der Marinemaler Hägg habe doch wohl Wellen abbilden können? All die biblischen Motive mit herrenlosen Flößen im Sturm oder das Meer auf japanischen Holzschnitten? Aber Aron bestand auf seiner Meinung, er wurde sogar laut, was sie wunderte, denn das kannte sie von ihm noch nicht.

Es sei einem Menschen nicht vergönnt, eine Welle so zu malen, daß die Welle es gutheißen würde. Sagte Aron, und so hatte es also zu sein.

Sie hatten nie wieder über die Welle gesprochen, nur dieses eine Mal an dem kalten Strand, an dem Lucas Cantor gefallen war, bevor er überhaupt an Land gekommen war. Warum fiel ihr das jetzt ein? Enthielt diese Erinnerung eine Mitteilung, eine Botschaft, das Verschwinden Arons betreffend, die sie an sich selbst sandte?

Sie stieg aus seinem Bett und trat ans offene Fenster. Es war Nacht. Ein milder Wind wehte herein. Der Verkehr war weit entfernt. Aus einer Restaurantküche war Geschirrklappern zu hören.

Auf einmal wußte sie, daß die milde Nacht trügerisch war. Aron würde nicht zurückkommen. Die Schatten draußen im Dunkeln, die sie geahnt hatte, Blancas Lüge, Henriks Schlafanzug, alles sagte ihr, daß auch sie in Gefahr sein konnte. Sie trat vom Fenster zurück und fühlte, ob die Tür verschlossen war. Das Herz hämmerte in ihrer Brust. Sie hatte ihre Gedanken nicht unter Kontrolle.

Von neuem öffnete sie die Minibar und holte die restlichen kleinen Flaschen heraus. Wodka, Whisky, Gin. Sie zog sich an, es war Viertel nach vier, und sie atmete heftig, bevor sie es wagte, die Tür zu öffnen. Der Korridor lag verlassen da. Dennoch meinte sie, am Aufzug einen Schatten zu erkennen. Sie blieb reglos stehen. Es war Einbildung. Es waren Schatten, die sie selbst hervorrief.

Sie fuhr mit dem Aufzug hinunter in die verlassene Rezeption.

Durch ein Fenster zu einem Hinterzimmer sah sie das blaue Licht eines Fernsehers. Der Ton war leise, ein alter Film, vermutete sie. Der Nachtportier hatte ihre Schritte gehört und kam heraus. Er war jung, kaum älter als Henrik. Am Jackenaufschlag stand sein Name. Xavier.

»Sie sind früh auf, Frau Cantor. Es ist eine milde Nacht, aber es regnet. Ich hoffe, Sie sind nicht geweckt worden?«

»Ich habe nicht geschlafen. Mein Mann ist verschwunden.«

Xavier warf einen Blick zum Schlüsselbrett.

»Ich habe seinen Schlüssel. Er ist nicht in seinem Zimmer. Er ist seit gestern vormittag verschwunden, seit fast vierundzwanzig Stunden.«

Xavier schien durch ihre Besorgnis nicht beeindruckt zu sein. »Sind seine Sachen noch im Zimmer?«

»Es ist nichts angerührt.«

»Dann kommt er bestimmt zurück. Vielleicht ist es nur ein Mißverständnis?«

Er glaubt, daß wir uns gestritten haben, dachte Louise

wütend. »Es ist kein Mißverständnis. Mein Mann ist verschwunden. Ich fürchte, daß ihm etwas Ernstes zugestoßen ist. Ich brauche Hilfe.«

Xavier sah sie zweifelnd an. Louise wich seinem Blick nicht aus.

Xavier nickte und griff zum Telefonhörer. Er sagte etwas auf katalanisch. Vorsichtig legte er den Hörer wieder auf, wie um die anderen Hotelgäste nicht zu wecken.

»Señor Castells, der Sicherheitsbeauftragte des Hotels, wohnt gleich nebenan. Er wird in zehn Minuten hiersein.«

»Danke, daß Sie mir helfen.«

Vor dreißig Jahren wäre ich bei ihm schwach geworden, dachte sie. *Genauso wie ich bei einem Mann auf einem Flug nach Schottland schwach geworden bin. Aber jetzt nicht mehr. Weder bei ihm noch bei Aron, den ich in Australien ausgegraben habe und der jetzt wieder verschwunden ist.*

Sie wartete. Xavier servierte ihr eine Tasse Kaffee. Die Angst bohrte tiefe Löcher in sie. Ein alter Mann mit einer Putzschürze schlurfte vorbei.

Señor Castells war ein Mann an die Sechzig. Er trat lautlos durch die Eingangstür, trug einen langen Mantel und einen Borsalino-Hut. Xavier nickte zu Louise hin.

»Frau Cantor, Zimmer 533, die ihren Mann verloren hat.«

Es klang wie eine Replik aus einem Film, dachte Louise. Señor Castells nahm den Hut ab, musterte sie mit scharfem Blick und führte sie in einen Raum unmittelbar neben der Rezeption. Es war ein kleiner fensterloser Raum, doch mit bequemen Möbeln.

Er bat sie, Platz zu nehmen, und zog den Mantel aus. »Erzählen Sie. Lassen Sie nichts aus. Nehmen Sie sich die Zeit, die Sie brauchen.«

Sie sprach langsam, faßte ebenso für sich selbst zusammen wie für Señor Castells, der sich hin und wieder Notizen auf einem Block machte. Er schien jedesmal mit geschärfter Aufmerksamkeit zuzuhören, wenn sie Henrik und seinen Tod berührte. Sie kam zum Schluß, ohne daß er sie unterbrochen hätte. Danach war er für einen Augenblick in Gedanken versunken, bevor er sich auf dem Stuhl aufrichtete. »Sie sehen keine plausible Erklärung dafür, daß er sich fernhalten sollte?«

»Er hält sich nicht fern.«

»Ich verstehe die Trauer über den Tod Ihres Sohnes. Doch wenn ich es richtig verstanden habe, gibt es keinen Grund anzunehmen, daß er von jemand anderem verursacht wurde. Die schwedische Polizei hat ihre Meinung dazu gesagt. Kann es nicht so sein, daß Ihr Mann ganz einfach aus dem Gleichgewicht geraten ist? Vielleicht hat er das Bedürfnis, allein zu sein?«

»Ich weiß, daß etwas passiert ist. Aber ich kann es nicht beweisen. Deshalb brauche ich Hilfe.«

»Vielleicht sollten wir uns trotz allem gedulden und warten?«

Louise sprang erregt auf. »Ich glaube, Sie verstehen nicht richtig«, sagte sie. »Ich werde diesem Hotel einen Riesenärger machen, wenn ich keine Hilfe bekomme. Ich will mit der Polizei sprechen.«

»Natürlich können Sie mit einem Polizeibeamten sprechen. Ich verstehe Ihre Erregung. Aber ich schlage vor, daß Sie sich wieder setzen.«

Ihr Ausbruch schien ihn unberührt zu lassen, er hob den Telefonhörer ab und drückte eine einprogrammierte Nummer. Es folgte ein kurzes Gespräch. Señor Castells legte wieder auf. »Zwei englischsprechende Polizeibeamte sind auf dem Weg hierher. Sie werden Ihre Darstellung aufnehmen und dafür sorgen, daß die Suche nach Ihrem Mann sofort beginnt. Bis sie kommen, schlage ich vor, daß wir Kaffee trinken.«

Es waren ein älterer und ein jüngerer Polizist. Sie setzten sich in die leere Bar. Sie wiederholte ihre Darstellung, der jüngere Beamte schrieb, sie fragten wenig. Am Ende des Gesprächs bat der ältere Polizist um ein Foto von Aron.

Sie hatte seinen Paß bei sich. Ohne den wäre Aron nicht fortgegangen, erklärte sie. Sie baten darum, den Paß mitnehmen zu dürfen, um das Foto zu kopieren und die Angaben aufzunehmen. Sie würde den Paß binnen weniger Stunden zurückbekommen.

Als die Polizisten gingen, war die Morgendämmerung angebrochen. Der Sicherheitsbeauftragte war verschwunden, die Tür seines Büros war verschlossen. Xavier war nicht zu sehen.

Sie ging in ihr Zimmer, legte sich aufs Bett und schloß die Augen. *Aron war zu einer Kirche gegangen, er hatte eine Kerze angesteckt. Dann war etwas passiert.*

Sie setzte sich auf. War er überhaupt bei der Kirche angekommen? Sie verließ das Bett und faltete eine Karte der Innenstadt von Barcelona auseinander.

Welche Kirche lag dem Hotel oder der Straße, in der Henrik gewohnt hatte, am nächsten? Die Karte war undeutlich. Louise konnte nicht sicher sein, welche Kirche er besucht hatte. Aber bestimmt hatte er eine gewählt, die in der Nähe lag. Aron machte keine unnötigen Umwege, wenn er ein festes Ziel hatte.

Als nach zwei Stunden der Paß zurückgebracht wurde, nahm sie ihre Tasche und ihre Jacke und verließ das Zimmer.

Blanca putzte das Fenster der Haustür, als Louise ankam.

»Ich muß mit Ihnen reden. Jetzt sofort.«

Ihre Stimme war schrill, als kritisiere sie einen ungewöhnlich unfähigen Studenten, der sich bei der Grabungsarbeit dumm anstellte. Blanca trug gelbe Gummihandschuhe. Louise legte eine Hand auf ihren Arm. »Aron ist gestern in eine Kirche gegangen. Er ist nicht zurückgekommen. Welche Kirche kann er gewählt haben? Es muß eine hier in der Nähe sein.«

Blanca schüttelte den Kopf. Louise wiederholte, was sie gesagt hatte.

»Eine Kirche oder eine Kapelle?«

»Irgendwo, wo die Tür geöffnet ist. Wo er eine Kerze anzünden konnte.«

Blanca überlegte. Louise war irritiert von Blancas gelben Gummihandschuhen. Sie mußte sich zwingen, sie ihr nicht von den Händen zu reißen.

»Es gibt viele kleine und große Kirchen in Barcelona. Die nächste ist die Eglesia de San Felip Neri«, sagte sie.

Louise gab sich einen Ruck. »Wir gehen dahin.«

»Wir?«

»Sie und ich. Ziehen Sie die Handschuhe aus.«

Die Fassade der Kirche hatte Risse, die dunkle Holztür war angelehnt. Das Kircheninnere lag im Halbdunkel. Louise stand still, um ihre Augen an das schwache Licht zu gewöhnen. Blanca machte neben ihr das Kreuzzeichen, kniete nieder und bekreuzigte sich noch einmal. Vorn am Altar wischte eine alte Frau Staub.

Louise gab Blanca Arons Paß. »Zeigen Sie ihr das Foto«, flüsterte sie. »Fragen Sie sie, ob sie Aron gesehen hat.«

Louise blieb im Hintergrund, als Blanca das Foto zeigte. Die Frau betrachtete es eingehend in dem Licht, das durch ein schönes gemaltes Fenster hereinfiel. *Maria und ihr toter Sohn am Kreuz. Magdalena mit abgewandtem Gesicht.* Vom Himmel ein Licht, das in Blau schimmerte.

Einen Himmel kann man malen. Aber keine Welle.

Blanca wandte sich zu Louise um.

»Sie erkennt ihn. Er war gestern hier.«

»Fragen Sie, wann.«

Fragen und Antworten, Blanca, die Frau, Louise.

»Sie erinnert sich nicht mehr.«

»Sie muß sich erinnern. Bezahlen Sie sie dafür, daß sie sich erinnert!«

»Ich glaube nicht, daß sie Geld will.«

Louise sah ein, daß sie Blanca und damit zugleich alle katalanischen Frauen gekränkt hatte. Aber im Moment war das unwichtig. Sie bestand darauf, daß Blanca die Frage wiederholte.

Blanca sagte: »Vielleicht zwischen ein und zwei Uhr. Pater Ramon war kurz zuvor vorbeigekommen und hatte erzählt, daß sein Bruder sich das Bein gebrochen hatte.«

»Was tat der Mann auf dem Foto, nachdem er eingetreten war?«

»Er setzte sich in die erste Bankreihe.«

»Hat er eine Kerze angezündet?«

»Das hat sie nicht beobachtet. Er sah die Fenster an. Und seine Hände. Oder er saß mit geschlossenen Augen da. Sie hat nur kurz ein paarmal zu ihm hingesehen. Wie man Menschen ansieht, die man eigentlich nicht sieht.«

»Fragen Sie sie, ob noch jemand in der Kirche war. Ist er allein gekommen?«

»Sie weiß nicht, ob er allein war. Aber es saß niemand neben ihm in der Bank.«

»Kam jemand herein, während er da war?«

»Nur die beiden Schwestern Perez, die jeden Tag kommen. Sie zünden Kerzen für ihre Eltern an und gehen sofort wieder.«

»Sonst niemand?«

»Sie kann sich jedenfalls nicht erinnern.«

Obwohl Louise das Katalanisch der staubwischenden Frau nicht verstand, ahnte sie eine Unsicherheit in ihrer Stimme.

»Fragen Sie sie noch einmal. Erklären Sie ihr, daß es sehr

wichtig für mich ist, daß sie sich erinnert. Sagen Sie ihr, daß es mit meinem toten Sohn zu tun hat.«

Blanca schüttelte den Kopf. »Das ist unnötig. Sie antwortet trotzdem, so gut sie kann.«

Die Frau schlug mit dem Staubwedel an ihr Bein, ohne noch mehr zu sagen.

»Kann sie zeigen, wo Aron gesessen hat?«

Die Frau schien verwundert zu sein, aber sie zeigte auf die Bank. Louise setzte sich. »Wo war sie?«

Die Frau zeigte auf den Altar und dann auf einen Gewölbebogen. Louise drehte sich um. Von ihrem Platz aus konnte sie nur eine Hälfte der Eingangstür sehen. Sie war immer noch angelehnt. *Jemand hätte eintreten können, ohne daß Aron es gehört hätte. Aber es hätte auch jemand draußen warten können.*

»Wann ist er gegangen?«

»Das weiß sie nicht. Sie war zwischendurch weg, um einen neuen Staubwedel zu holen.«

»Wie lange war sie fort?«

»Vielleicht zehn Minuten.«

»Und als sie zurückkam, war er weg?«

»Ja.«

Louise war der Meinung, etwas sehr Wichtiges erfahren zu haben. Aron hatte keine Spuren hinterlassen, weil er nicht ahnte, daß etwas passieren würde. Und es war etwas passiert.

»Danken Sie ihr, und sagen Sie ihr, daß sie mir sehr geholfen hat.«

Sie gingen zu Blancas Wohnung zurück. Louise versuchte, einen Entschluß zu fassen. Sollte sie sagen, daß sie Blanca der Lüge verdächtigte, als sie sie gefragt hatte, ob Henrik Besuch gehabt habe? Oder sollte sie behutsam vorgehen, bis Blanca aus freien Stücken die Wahrheit sagte? Hatte Blanca Angst? Oder gab es andere Gründe?

Sie setzten sich in Blancas Wohnzimmer.

»Ich will ganz ehrlich sein. Aron ist verschwunden, und ich befürchte, daß ihm etwas zugestoßen ist.«

»Was sollte ihm zugestoßen sein?«

»Ich weiß es nicht. Aber Henrik ist keines natürlichen Todes gestorben. Vielleicht wußte er etwas, was er nicht hätte wissen sollen.«

»Was hätte das sein sollen?«

»Ich weiß es nicht. Wissen Sie etwas?«

»Er hat mir nie erzählt, womit er sich beschäftigte.«

»Beim letzten Mal sagten Sie, er habe von seinen Zeitungsartikeln gesprochen. Hat er sie Ihnen gezeigt?«

»Nie.«

Wieder nahm Louise eine schwache Veränderung in ihrer Stimme wahr. Blanca hatte überlegt, bevor sie antwortete.

»Niemals?«

»Jedenfalls kann ich mich nicht erinnern.«

»Und Ihr Gedächtnis ist gut?«

»Nicht schlechter als das anderer Menschen, nehme ich an.«

»Ich würde gern auf etwas zurückkommen, worauf Sie schon geantwortet haben. Nur um zu kontrollieren, ob ich richtig verstanden habe.«

»Meine Arbeit wartet.«

»Es wird schnell gehen. Sie sagten, in der letzten Zeit sei niemand dagewesen, um Henrik zu besuchen.«

»Das haben Sie richtig verstanden.«

»Kann ihn jemand aufgesucht haben, ohne daß Sie es gemerkt hätten?«

»Es kommt kaum vor, daß jemand kommt und wieder geht, ohne daß ich es bemerke.«

»Aber Sie müssen doch manchmal zum Einkaufen gehen?«

»Dann ist meine Schwester hier. Wenn ich zurückkomme, erzählt sie mir, was war. Wenn Henrik Besuch gehabt oder jemand nach ihm gefragt hätte, so wüßte ich es.«

»Als Aron und ich in der Nacht gegangen sind, haben Sie das gehört?«

»Ja.«

»Woher konnten Sie wissen, daß wir es waren?«

»Ich achte immer auf die Schritte. Kein Schritt gleicht exakt einem anderen.«

Ihr ist nicht beizukommen, dachte Louise. Sie hat keine Angst, aber es gibt etwas, was sie davon abhält, mir die ganze Wahrheit zu erzählen. Was hält sie zurück?

Blanca sah zur Uhr. Ihre Ungeduld wirkte echt. Louise beschloß, noch einen Schritt weiterzugehen, selbst auf die Gefahr hin, daß Blanca ganz verstummte.

»Henrik hat in mehreren seiner Briefe von Ihnen erzählt.«

Wieder eine schnelle Veränderung, diesmal in Blancas Körperhaltung. Kaum sichtbar, doch Louise nahm sie wahr.

»Er hat von Ihnen als seiner Vermieterin gesprochen«, fuhr sie fort. »Ich glaubte, Sie seien die Hausbesitzerin. Einen pensionierten Oberst hat er nie erwähnt.«

»Ich hoffe, er hatte nichts Nachteiliges über mich zu berichten.«

»Ganz und gar nicht. Eher das Gegenteil.«

»Was meinen Sie damit?«

Der Schritt war getan. Louise konnte nicht zurück. »Ich glaube, er mochte Sie. Ich glaube, er war insgeheim in Sie verliebt.«

Blanca wandte den Blick ab. Louise wollte weitersprechen, als sie die Hand hob.

»Meine Mutter hat mich ihr ganzes Leben lang erpreßt. Seit ich zwölf und zum ersten Mal verliebt war, hat sie an meinen Gefühlen gezogen und gezerrt. Für sie war meine Liebe zu einem Mann nie etwas anderes als Verrat an ihrer Liebe zu mir. Liebte ich einen Mann, haßte ich sie. Wollte ich mit einem Mann zusammensein, ließ ich sie im Stich. Sie war furchtbar. Sie lebt noch, aber sie weiß nicht mehr, wer ich bin. Ich finde es wunderbar, sie zu besuchen, jetzt, wo sie mich nicht mehr erkennt. Mir ist klar, daß sich das brutal anhört, und es ist auch brutal. Aber ich sage, wie es ist, ich kann ihr die Wange streicheln und ihr sagen, daß ich sie immer gehaßt habe, und sie versteht nicht, wovon ich rede. Aber eins hat sie mir beigebracht, nie Umwege zu gehen, niemals unnötig um den heißen Brei herumzureden. Niemals das zu tun, was Sie gerade tun. Also, wenn Sie Fragen haben, stellen Sie sie.«

»Ich glaube, er war in Sie verliebt. Mehr weiß ich nicht.«

»Er hat mich geliebt. Wenn er hier war, haben wir fast jeden Tag miteinander geschlafen. Nie nachts, da wollte er allein sein.«

Louise fühlte, wie etwas in ihr schwarz wurde. Hatte Henrik Blanca angesteckt? Trug sie das tödliche Virus in ihrem Blut, ohne es zu wissen?

»Haben Sie ihn geliebt?«

»Für mich ist er nicht tot. Ich begehrte ihn. Aber ich glaube nicht, daß ich ihn geliebt habe.«

»Dann müssen Sie vieles über ihn wissen, was Sie nicht gesagt haben.«

»Was wollen Sie denn wissen? Wie er beim Lieben war, welche Stellungen er bevorzugte, ob er Dinge tun wollte, über die man nicht spricht?«

Louise war gekränkt.

»Von solchen Dingen will ich nichts wissen.«

»Ich werde auch nichts sagen. Aber es war niemand hier und hat nach ihm gefragt.«

»Etwas in Ihrer Stimme hat mich dazu gebracht, Ihnen nicht zu glauben.«

»Sie entscheiden selbst, was Sie glauben oder nicht glauben. Warum sollte ich in dieser Sache lügen?«

»Das frage ich mich auch. Warum?«

»Ich dachte, Sie meinten mich, als Sie fragten, ob er Besuch bekam. Eine sonderbare Umschreibung für etwas, was Sie wissen wollten, aber nicht zu fragen wagten.«

»Ich habe nicht an Sie gedacht. Henrik hat nie etwas von Ihnen geschrieben. Es war reine Vermutung.«

»Lassen Sie uns dieses Gespräch damit beenden, daß wir die Wahrheit sagen. Haben Sie noch mehr Fragen?«

»Hatte Henrik jemals Besuch?«

Was dann geschah, überraschte Louise und sollte ihre Suche nach der Ursache für Henriks Tod grundlegend verändern. Blanca stand rasch auf, öffnete eine Schreibtischschublade und nahm einen Umschlag heraus. »Henrik hat mir dies gegeben, als er das letzte Mal hier war. Er sagte, ich solle es an mich nehmen. Warum, weiß ich nicht.«

»Was ist in dem Umschlag?«

»Er ist zugeklebt. Ich habe ihn nicht geöffnet.«

»Warum zeigen Sie ihn mir erst jetzt?«

»Weil er für mich war. Sie oder Ihren Mann hat Henrik nicht erwähnt, als er ihn mir gegeben hat.«

Louise drehte den Umschlag um. Hatte Blanca ihn doch geöffnet? Oder sagte sie die Wahrheit? War es überhaupt von Bedeutung? Sie öffnete den Umschlag. Er enthielt einen Brief und ein Foto. Blanca beugte sich über den Tisch, um sehen zu können. Ihre Neugier war echt.

Es war ein Schwarzweißfoto, quadratisch, die Vergrößerung eines kleineren Fotos, vielleicht eines Paßbilds. Die Bildoberfläche war körnig, eine leichte Unschärfe lag über dem Gesicht, das Louise direkt ansah. Ein schwarzes Gesicht, eine schöne junge Frau, die lächelte. Zwischen den Lippen waren ihre weißen Zähne zu sehen, ihr kunstvoll geflochtenes Haar lag dicht am Kopf an.

Louise drehte das Foto um. Henrik hatte einen Namen und ein Datum auf die Rückseite geschrieben.

»*Lucinda, 12. April 2003.*«

Blanca sah Louise an.

»Ich kenne die Frau. Sie war hier zu Besuch.«

»Wann?«

Blanca überlegte.

»Nach einem Regen.«

»Was meinen Sie damit?«

»Es war ein Wolkenbruch, der die ganze Innenstadt von Barcelona überschwemmte. Das Wasser lief über die Haustürschwelle. Sie kam am Tag danach. Henrik muß sie am Flugplatz abgeholt haben. Es war im Juni 2003, Anfang Juni. Sie blieb zwei Wochen.«

»Woher kam sie?«

»Das weiß ich nicht.«

»Wer war sie?«

Blanca sah sie mit eigentümlichem Gesichtsausdruck an. »Ich glaube, Henrik hat sie sehr geliebt. Er war immer reserviert, wenn ich die beiden zusammen traf.«

»Hat Henrik nach ihrem Besuch nie etwas über sie gesagt?«

»Nie.«

»Wie ging es mit Ihrem Verhältnis weiter?«

»Eines Tages kam er zu mir und fragte, ob ich mit ihm zu Abend essen wolle. Ich nahm die Einladung an. Das Essen war nicht gut. Aber ich blieb die Nacht mit ihm zusammen. Es war, als hätte er beschlossen, daß alles wieder so werden sollte wie vor dem Besuch der anderen Frau.«

Louise nahm den Brief, der in dem Umschlag gewesen war, und begann zu lesen. Henriks Schrift. So schrieb er, wenn er es eilig hatte, wilde Schwünge mit dem Stift, zuweilen kaum lesbare Sätze in englisch. Kein Gruß an Blanca, der Brief begann unvermittelt, wie aus einem unbekannten Zusammenhang gerissen.

»Durch Lucinda beginne ich immer klarer zu sehen, was ich zu verstehen versuche. Was sie mir darüber erzählen konnte, welchen Leiden Menschen aus reiner Habgier schamlos ausgesetzt werden, hätte ich nicht für möglich gehalten. Ich muß

mich noch von der schwersten aller Illusionen befreien, an denen ich leide: daß es nicht schlimmer zugeht in der Welt, als ich glaube, wenn sie mir am finstersten erscheint. Lucinda kann mir von einem anderen Dunkel erzählen, das so hart und undurchdringlich ist wie Eisen. Da verbergen sich die Reptilien, die ihre Herzen verpfändet haben, die auf den Gräbern all jener tanzen, die umsonst gestorben sind. Lucinda wird meine Führerin sein, bleibe ich lange fort, so bin ich bei ihr. Sie wohnt in einem Schuppen aus Zement und rostigem Wellblech auf der Rückseite der Hausruine in der Avenida Samora Machel Nummer 10 in Maputo. Wenn sie nicht da ist, kann man sie in der Bar Malocura in der Feira Popular im Stadtzentrum finden. Sie bedient dort ab elf Uhr am Abend.«

Louise reichte Blanca den Brief, die ihn langsam las, wobei sie Wort für Wort schweigend mit den Lippen formte. Dann faltete sie ihn zusammen und legte ihn auf den Tisch.

»Was meint er damit, daß sie seine Führerin werden soll?« fragte Louise.

Blanca schüttelte den Kopf. »Ich weiß es nicht. Aber sie muß wichtig für ihn gewesen sein.«

Blanca steckte den Brief und das Foto in den Umschlag und gab ihn Louise. »Es ist für Sie. Nehmen Sie es.«

Louise stopfte den Brief in ihre Tasche. »Wie hat Henrik die Miete bezahlt?«

»Er hat sie mir gegeben. Dreimal im Jahr. Bis zum Jahresende ist bezahlt.«

Blanca begleitete sie hinaus. Louise blickte die Straße entlang. Auf der gegenüberliegenden Straßenseite stand eine Steinbank, auf der ein Mann saß und ein Buch las. Erst als er langsam umblätterte, wandte sie den Blick ab.

»Was geschieht jetzt?« fragte Blanca.

»Ich weiß nicht. Aber ich lasse von mir hören.«

Blanca streichelte ihr rasch die Wange und sagte: »Männer laufen immer weg, wenn es ihnen zuviel wird. Aron kommt bestimmt zurück.«

Louise wandte sich hastig um und ging, um nicht in Tränen auszubrechen.

Als sie ins Hotel kam, erwarteten sie die beiden Polizeibeamten. Sie setzten sich in eine Ecke des großen Foyers.

Der jüngere von beiden sprach. Er las von einem Block ab, sein Englisch war teilweise schwer zu verstehen. »Leider haben wir Ihren Mann, Herrn Aron Cantor, nicht finden können. Er ist in keinem Krankenhaus und in keinem Leichenschauhaus. Er wird auch in keiner unserer Polizeiwachen festgehalten. Seine Daten befinden sich jetzt in unserem Suchsystem. Jetzt können wir nur abwarten.«

Ihr war, als bekäme sie keine Luft mehr, sie konnte nicht mehr. »Vielen Dank für Ihre Hilfe. Sie haben meine Telefonnummer, es gibt eine schwedische Botschaft in Madrid.«

Die Polizeibeamten salutierten und gingen. Sie sank zurück in den weichen Sessel und dachte, daß sie jetzt wirklich alles verloren hatte. Es war nichts mehr übrig.

Die Erschöpfung schüttelte sie wie ein Krampf. Ich muß schlafen, dachte sie. Sonst nichts. Jetzt sehe ich nicht mehr klar. Morgen reise ich ab.

Sie stand auf und ging zu den Aufzügen. Sah sich noch einmal im Foyer um. Aber niemand war da.

12

Als am späten Abend die Maschine vom Flugplatz Madrid abhob, war es, als gingen all die Tausende von Pferdestärken von ihr selbst aus. Louise Cantor hatte einen Fensterplatz, 27 A, und sie preßte die Wange gegen die Scheibe, als sie das Flugzeug zum Abheben zwang. Sie war angetrunken, schon zwischen Barcelona und Madrid hatte sie Wodka und Rotwein getrunken, ohne etwas zu essen. Während ihres Aufenthalts in Madrid hatte sie weitergemacht. Erst als ihr übel zu werden begann, hatte sie widerwillig ein Omelett zu sich genommen. Während der restlichen Wartezeit war sie ruhelos durch das Flughafengebäude gewandert. Sie dachte, sie würde ein bekanntes Gesicht entdecken. Es war ihre wachsende Furcht und Gewißheit, daß jemand sie die ganze Zeit nicht aus den Augen ließ.

Vom Flugplatz aus rief sie Nazrin und ihren Vater an. Nazrin stand irgendwo auf einer Straße in Stockholm, die Verbindung war schlecht, und Louise war nicht sicher, ob Nazrin wirklich hörte, was sie ihr über Henriks Wohnung in Barcelona erzählte. Das Gespräch brach ab, als hätte jemand die Funkwellen abgeschaltet. Louise rief noch viermal an, wurde aber jedesmal von einer Stimme gebeten, es später noch einmal zu versuchen.

Artur saß in der Küche, als sie ihn anrief. Er hat seine Kaffeestimme, dachte sie. Wie wir damals spielten, wenn ich zu Hause anrief, als ich nach Östersund gezogen war. Ich mußte raten, ob er Kaffee trank oder las oder vielleicht sogar Essen machte. Er schrieb die Punkte auf. Einmal im Jahr gab er mir das Ergebnis. Am häufigsten hatte ich recht, wenn ich getippt hatte, daß er Kaffee trank.

Sie versuchte, sich zu konzentrieren, langsam zu sprechen, doch er durchschaute sie sofort. »Wie spät ist es in Madrid?«

»Genauso spät wie bei dir. Vielleicht eine Stunde früher oder später. Warum fragst du?«

»Es ist also nicht Abend?«

»Es ist Nachmittag. Es regnet.«

»Warum bist du mitten am Tag betrunken?«

»Ich bin nicht betrunken.«

Artur zog sich sofort zurück. Lügen trafen ihn wie ein harter Schlag.

Sie schämte sich. »Ich habe Wein getrunken. Ist das so verwunderlich? Ich habe Flugangst.«

»Das hattest du doch noch nie.«

»Ich habe keine Flugangst. Ich habe meinen Sohn verloren, mein einziges Kind. Und jetzt ist Aron weg.«

»Du wirst das alles nie schaffen, wenn du nicht in der Lage bist, nüchtern zu bleiben.«

»Geh zum Teufel!«

»Geh selbst zum Teufel!«

»Aron ist weg.«

»Er ist früher auch schon verschwunden. Er hat immer den Schwanz zwischen die Beine geklemmt, wenn es ihm paßte. Aron haut ab, wenn der Druck zu stark wird. Dann schleicht er sich durch einen seiner Geheimausgänge davon.«

»Diesmal hat es weder etwas mit Schwanzeinklemmen noch mit Geheimausgängen zu tun.«

Sie erzählte, was geschehen war. Er stellte keine Fragen. Das einzige, was an ihr Ohr drang, war das Geräusch seiner Atemzüge. *Die größte Geborgenheit, als ich Kind war. Zu sehen und zu spüren und zu hören, wie er atmete.* Als sie geendet hatte, wanderte das Schweigen zwischen ihnen hin und her, von Härjedalen nach Madrid und wieder zurück.

»Ich folge Henriks Spuren. Dem Brief und dem Foto des Mädchens, das Lucinda heißt.«

»Was weißt du von Afrika? Du kannst nicht allein dorthin fahren.«

»Wer sollte mich denn begleiten? Du?«

»Ich will nicht, daß du dorthin fährst.«

»Du hast mir beigebracht, auf mich selbst aufzupassen. Meine Angst ist die Garantie dafür, daß ich keine Dummheiten mache.«

»Du bist betrunken.«

»Das geht vorüber.«

»Hast du Geld?«

»Ich habe Arons Geld.«

»Bist du dir dessen sicher, was du tust?«

»Nein, aber ich muß fahren.«

Artur schwieg lange.

»Hier regnet es«, sagte er schließlich. »Aber es gibt bald Schnee. Man sieht es über den Bergen, die Wolken werden immer schwerer. Bald kommt der Schnee.«

»Ich muß tun, was ich tue. Ich muß wissen, was passiert ist«, antwortete sie.

Als das Gespräch vorbei war, stellte sie sich unter eine vorstehende Treppe, versteckte sich zwischen verlassenen Gepäckwagen. Ihr war, als hätte jemand mit dem Vorschlaghammer in den Haufen von Scherben geschlagen, die sie so mühsam zusammengetragen hatte. Jetzt waren sie noch kleiner, es würde noch schwerer werden, sie zusammenzufügen.

Das Muster bin ich, dachte sie. Im Moment stellen die Scherben mein Gesicht dar. Nichts anderes.

Um kurz vor elf am Abend bestieg sie das Flugzeug nach Johannesburg. Gerade als sie den entscheidenden Schritt von der Rampe in die Maschine tun wollte, zögerte sie. *Was ich tue, ist Wahnsinn. Ich bin auf dem Weg in den Nebel hinein – statt aus ihm heraus.*

Während der Nacht trank sie weiter. Neben ihr saß eine

Schwarze, die von Bauchschmerzen geplagt zu werden schien. Sie sprachen nicht miteinander, wechselten nur vereinzelte Blicke.

Schon auf dem Flugplatz, während sie noch darauf warteten, an Bord zu gehen, hatte Louise gedacht, daß eigentlich nichts darauf hindeutete, daß sie auf dem Weg in ein afrikanisches Land waren. Nur wenige Passagiere waren schwarz oder farbig, die meisten waren Europäer.

Was wußte sie wirklich über den schwarzen Kontinent? Wo war Afrika in ihrem Bewußtsein? In den Jahren ihres Studiums war der Kampf gegen die Apartheid in Südafrika Teil der umfassenden Solidaritätsbewegung gewesen. Sie hatte sich an vereinzelten Manifestationen beteiligt, ohne jedoch mit ganzem Herzen dabeizusein. Nelson Mandela war für sie eine rätselhafte Gestalt von nahezu übermenschlichen Fähigkeiten, wie die griechischen Philosophen, von denen sie in ihren Lehrbüchern gelesen hatte. Afrika gab es eigentlich nicht. Es war ein Kontinent der verschwommenen, oft unerträglichen Bilder. Tote, aufgedunsene Körper, der Kontinent der Leichenhaufen. Fliegen, die die Augen hungernder Kinder bedeckten, apathische Mütter mit versiegten Brüsten. Sie erinnerte sich an die Bilder von Idi Amin und seinem Sohn, herausgeputzt wie Zinnsoldaten in ihren grotesken Uniformen. Sie hatte immer gemeint, in den Augen von Afrikanern einen Haß zu sehen. Aber war es nicht vielmehr ihre eigene Angst, die sie in den dunklen Spiegeln entdeckt hatte?

In der Nacht flogen sie über die Sahara. Sie war zu einem Kontinent unterwegs, der für sie genauso unbekannt und unerforscht war wie für jene Europäer, die Jahrhunderte vor ihr gekommen waren. Plötzlich fiel ihr ein, daß sie nicht daran gedacht hatte, sich impfen zu lassen. Würde man ihr die Einreise verweigern? Würde sie krank werden? Sollte sie nicht Medikamente einnehmen, um keine Malaria zu bekommen? Sie wußte es nicht.

Als die Kabine abgedunkelt wurde, versuchte sie, einen Film anzusehen. Doch sie konnte sich nicht konzentrieren. Sie zog die Decke bis zum Kinn, stellte ihren Sitz in Ruheposition und schloß die Augen.

Beinah unmittelbar fuhr sie wieder hoch und machte im Dunkeln die Augen auf. *Was hatte sie zu sich selbst gesagt? Wie sucht man nach dem, wonach jemand gesucht hat?* Sie konnte den Gedanken nicht zu Ende denken, er entglitt ihr. Sie schloß wieder die Augen. Dann und wann schlummerte sie ein, zweimal stieg sie über die schlafende Frau an ihrer Seite und suchte nach einer Stewardeß, die ihr Wasser geben konnte.

Über den Tropen gerieten sie in eine Turbulenz, kräftiges Schütteln, die Leuchtanzeige mit den Sicherheitsgurten blinkte auf. Durchs Fenster konnte sie sehen, daß sie über ein starkes Gewitter hinwegflogen. Die Blitze schnitten Löcher ins Dunkel, als ließe jemand eine riesige Schweißflamme aufschießen. Vulcanus, dachte sie. Er steht in seiner Schmiede und schlägt auf den Amboß.

In der Morgendämmerung sah sie den ersten schwachen Lichtstreifen am Horizont. Sie aß das Frühstück, spürte, wie die Angst sich in ihrem Bauch zur Faust ballte, und sah schließlich unter sich die braungraue Landschaft. Aber war Afrika nicht tropisch grün? Was sie sah, glich eher einer Wüste oder einem abgesengten Stoppelacker.

Sie haßte es zu landen, es machte ihr jedesmal angst. Sie schloß die Augen und umkrallte die Armlehnen. Die Maschine setzte mit einem Stoß auf, bremste ab, schwenkte zu einem Terminal ein und kam zum Stillstand. Sie blieb lange sitzen, hatte keine Lust, sich mit den anderen Fluggästen zu drängeln, die ein dringendes Bedürfnis zu haben schienen, dem Käfig zu entkommen. Die afrikanische Wärme mit ihren fremden Düften verdrängte langsam die sterile Luft der Klimaanlage. Louise begann wieder zu atmen. Die Wärme und die Düfte erinnerten sie an Griechenland, auch wenn sie anders waren. Es waren nicht Thymian und Rosmarin. Andere Gewürze, vielleicht Pfeffer und Zimt, dachte sie. Rauch von Feuern.

Sie verließ das Flugzeug, suchte den Weg in die Transithalle und zeigte an der Kontrolle ihr Flugticket vor.

Der Mann am Schalter fragte nach ihrem Paß. Er blätterte ihn durch und sah sie an. »Sie haben kein Visum?«

»Mir wurde gesagt, man könne auf dem Flugplatz in Maputo ein Visum kaufen.«

»Manchmal geht es, manchmal nicht.«

»Und was geschieht, wenn es nicht geht?«

Der Mann am Schalter zuckte mit den Schultern. Sein schwarzes Gesicht glänzte vom Schweiß.

»Dann steht es Ihnen frei, Ihre Zeit hier in Südafrika zu verbringen. Soweit ich weiß, gibt es in Mozambique keine Löwen oder Leoparden, ja nicht einmal Flußpferde zu sehen.«

»Ich bin nicht hergekommen, um auf Safari zu gehen.«

Ich schreie, dachte sie resigniert. Ich rede mit meiner müden und gereizten Stimme. Ich bin erschöpft und verschwitzt, mein Sohn ist tot. Wie soll er das verstehen können?

»Mein Sohn ist tot«, sagte sie plötzlich. Es war eine unerwartete Erklärung, nach der niemand gefragt hatte.

Der Mann am Schalter runzelte die Stirn. »Sie erhalten bestimmt Ihr Visum in Maputo«, sagte er, »besonders wenn Ihr Sohn tot ist. Das tut mir leid.«

Sie ging in die große Abflughalle, wechselte Geld in südafrikanische Rand und trank Kaffee. In der Erinnerung sollten ihr die Stunden des Wartens, die sie auf dem Flugplatz verbrachte, vorkommen, als hätte sie sie in einem Vakuum verbracht. Sie konnte sich an keine Geräusche erinnern, keine Musik aus unsichtbaren Lautsprechern, keine Durchsagen für Abflüge oder Sicherheitshinweise. Nur eine große Stille und ein undeutliches Flimmern von Farben.

Am wenigsten konnte sie sich an Menschen erinnern. Erst als ihr Flug plötzlich angesagt wurde, »South African Airways 143 to Maputo«, wurde sie in die Wirklichkeit zurückgeworfen.

Aus reiner Ermattung schlief sie ein und fuhr hoch, als die Maschine in Maputo landete. Durchs Fenster sah sie, daß es hier grüner war. Aber immer noch blaß, verbraucht, eine Wüste, notdürftig von schütterem Gras bedeckt.

Die Landschaft erinnerte sie an das dünne Haar auf Arons Kopf.

Die Hitze traf sie wie ein harter Schlag, als sie aus der Maschine stieg und zum Flughafenterminal ging. Das Sonnenlicht zwang sie, die Augen zuzukneifen. Was tue ich hier, zum Teufel? dachte sie. Ich will ein Mädchen suchen, das Lucinda heißt. Aber warum?

Sie konnte ohne Probleme ein Visum kaufen, auch wenn sie den starken Verdacht hatte, allzuviel für den Stempel in ihrem Paß bezahlen zu müssen. Sie war schweißgebadet, setzte ihren Koffer ab und blieb stehen. Ich brauche einen Plan, dachte sie. Ich brauche ein Auto und ich brauche ein Hotel, vor allem ein Hotel.

Neben ihr stand ein Schwarzer in Uniform. Auf einem Schild las sie Hotel Polana.

Er sah, daß sie ihn betrachtete. »Hotel Polana?«

»Ja.«

»Ihr Name?«

»Ich habe kein Zimmer bestellt.«

Es war ihr inzwischen gelungen, sein Namensschild zu lesen. Rogerio Mandlate.

»Glauben Sie, daß ich trotzdem ein Zimmer bekommen kann, Herr Mandlate?«

»Ich kann nichts versprechen.«

Zusammen mit vier weißen südafrikanischen Männern und Frauen fuhr sie in einem Bus davon. Die Stadt gärte in der Hitze. Sie fuhren durch Stadtteile, in denen große Armut herrschte. Überall Menschen, Kinder, vor allem Kinder.

Ihr kam plötzlich der Gedanke, daß Henrik auch diesen Weg gefahren sein mußte. Er hatte das gleiche gesehen wie sie. Aber hatte er auch die gleichen Gedanken gedacht? Sie konnte es nicht wissen. Es war eine Frage, auf die sie nie eine Antwort bekommen würde.

Die Sonne stand im Zenit über ihr, als sie das palastähnliche weiße Hotel erreichten. Sie bekam ein Zimmer mit Aussicht auf den Indischen Ozean. Sie stellte die Klimaanlage so ein, daß der Raum kühler wurde, und dachte an die bitterkalten Wintermorgen in Härjedalen. Starke Hitze und starke Kälte liefen auf das gleiche hinaus, dachte sie. In Griechenland habe ich gelernt, daß ich die starke Hitze ertrage, weil mein Körper an das andere Extrem gewöhnt ist. Härjedalen und Griechenland haben bewirkt, daß ich für dieses wahnsinnig heiße Klima gerüstet bin.

Sie zog sich nackt aus, stellte sich in den kalten Luftzug des Apparats an der Wand und ging danach unter die Dusche. Langsam begann sie, die lange Flugreise abzuschütteln.

Hinterher setzte sie sich auf die Bettkante, schaltete ihr Handy ein und rief Arons Nummer an. Er meldete sich nicht, da war nur seine Stimme, die sie bat, es später noch einmal zu versuchen. Sie streckte sich auf dem Bett aus. Zog die dünne Decke über sich und schlief ein.

Als sie erwachte, wußte sie nicht, wo sie war. Das Zimmer war ausgekühlt, die Uhr zeigte zehn Minuten vor eins. Sie hatte mehr als drei Stunden geschlafen, traumlos und tief. Sie stand auf, zog sich an, fühlte sich hungrig. Sie legte ihren und Arons Paß und den größten Teil des Geldes in die Sicherheitsbox und gab einen Kode ein, die ersten vier Ziffern von Arturs Telefonnummer, 8854. Sie sollte ihn anrufen und ihm sagen, wo sie war. Doch zuerst mußte sie etwas essen und herausfinden, was es bedeutete, sich in einem Land zu befinden, von dem sie nichts wußte.

In dem schönen Hotelfoyer erinnerten nur die schwarzen Frauen, die herumgingen und Staub wischten, sie daran, daß sie sich in Afrika befand. Fast alle Gäste waren Europäer. Im Speisesaal bestellte sie einen Salat. Sie blickte sich um. Schwarze Bedienung, weiße Gäste. Dann suchte sie eine Bank, wo sie Geld wechseln konnte. Sie streifte weiter durchs Hotel. In einem Zeitungsladen kaufte sie eine Karte von Maputo und einen Reiseführer. In einem anderen Teil des Hotels stieß sie auf ein Spielkasino. Sie ging nicht hinein, schaute nur den übergewichtigen Männern zu, die dort saßen und an den Hebeln der einarmigen Banditen zogen. Sie ging zur Rückseite des Hotels, zu dem großen Swimmingpool und hinunter an den Zaun, wo der Garten des Hotels zum Strand und zum Meer hin abfiel. Sie stellte sich in den Schatten unter einer Markise. Der Ozean erinnerte sie an das Ägäische Meer, die gleiche türkisgrüne Färbung, die gleichen wechselnden Nuancen in der scharfen Sonne.

Ein Kellner tauchte auf und fragte, ob sie etwas wünsche. *Meinen Sohn*, dachte sie. *Henrik am Leben und Arons Stimme am Telefon, die sagt, daß alles gut ist.*

Sie schüttelte den Kopf. Der Kellner hatte ihren Gedankengang unterbrochen.

Sie verließ das Hotel auf der Vorderseite, die einem Parkplatz zugewandt war. Vor der Hotelmauer drängten sich die Straßenverkäufer. Sie zögerte einen Augenblick, doch dann trat sie auf den Bürgersteig, ging vorbei an den Verkäufern mit ihren Skulpturen aus duftendem Sandelholz, Giraffen, spielerischen Elefanten, kleinen Schachteln, Stühlen und geschnitzten Menschenfiguren mit grotesken Gesichtern. Sie ging schräg über die Straße, merkte sich, daß an der Ecke ein Büro der Autovermietung Avis lag, und ging eine breite Avenue entlang, die zu ihrer Verwunderung nach Mao Tse-tung benannt war.

Ein paar Straßenkinder saßen um ein Feuer aus brennendem Abfall. Eins von ihnen kam auf sie zugerannt und streckte die Hand aus. Sie schüttelte den Kopf und ging schneller. Der Junge war daran gewöhnt, er folgte ihr nicht, sondern gab sogleich auf. Jetzt noch nicht, dachte sie. Den Bettlern muß ich mich später widmen.

Sie bog in eine Straße ein, in der nicht soviel Verkehr war, danach in eine weitere Straße zwischen Mauern, hinter denen wütende Hunde bellten. Die Straße lag verlassen, es war die wärmste Tageszeit, die Siesta. Sie achtete genau darauf, wohin sie die Füße setzte. Der Belag des Bürgersteigs war zerbrochen, Abfallkörbe waren losgerissen. Sie fragte sich, wie es möglich sein konnte, im Dunkeln auf diesen Straßen zu gehen.

Da wurde sie überfallen. Sie waren zu zweit und kamen von hinten. Lautlos schlang einer der Männer die Arme um sie und hinderte sie an jeder Bewegung. Der andere preßte ihr ein Messer an die Wange. Sie sah, daß seine Augen gerötet waren, die Pupillen geweitet, er stand unter Drogen. Sein Englisch bestand hauptsächlich aus dem Wort *fuck*. Der Mann, der ihre Arme festhielt und dessen Gesicht sie nicht sehen konnte, rief in ihr Ohr: »*Give me money.*«

Sie wurde vollkommen kalt, es gelang ihr, den Schock von sich fernzuhalten. Sie antwortete langsam: »*Nehmen Sie, was Sie wollen. Ich leiste keinen Widerstand.*«

Der Mann hinter ihr riß ihre Handtasche an sich, die sie über der linken Schulter trug, und lief davon. Sie sah sein Gesicht nicht, nur, daß er barfuß war, daß seine Kleidung zerrissen war und daß er sehr schnell lief. Der Mann mit den geweiteten Pupillen vor ihr stach sie mit dem Messer unter dem Auge und lief ebenfalls davon. Auch er trug keine Schuhe.

Sie waren beide in Henriks Alter.

Dann schrie sie. Doch niemand schien sie zu hören, nur die unsichtbaren Hunde hinter den Mauern bellten. Ein Wagen näherte sich. Sie stellte sich in die Mitte der Straße und fuchtelte mit den Armen. Es blutete unter ihrem Auge, Blut tropfte auf ihre weiße Bluse. Der Wagen blieb zögernd stehen, sie erkannte einen weißen Mann hinterm Steuer. Sie schrie weiter und lief auf den Wagen zu. Da fuhr er mit quietschenden Reifen rückwärts, wendete und verschwand. Ihr wurde wirr im Kopf, sie konnte den Schock nicht länger fernhalten.

Dies hätte der verdammte Aron verhindert. Er wäre hiergewesen, hätte mich beschützt. Aber er ist weg, alle sind weg.

Sie sank auf den Bürgersteig und atmete tief durch, um nicht ohnmächtig zu werden. Als eine Hand an ihre Schulter rührte, schrie sie auf. Eine schwarze Frau stand da. Sie hielt eine Schale mit Erdnüssen in den Händen, roch stark nach Schweiß, ihre Bluse war zerrissen, das um den Leib gewickelte Tuch war schmutzig.

Louise versuchte zu erklären, daß sie überfallen worden sei. Die Frau verstand sie offenbar nicht, sie sprach ihre eigene Sprache und danach Portugiesisch.

Die Frau half ihr auf. Sie formte das Wort ›hospital‹ mit den Lippen, aber Louise erwiderte ›Polana, Hotel Polana‹. Die Frau nickte, packte mit einem kräftigen Griff Louises Arm, balancierte die geflochtene Schale mit Erdnüssen auf dem Kopf und stützte sie, als sie zu gehen anfingen. Louise brachte mit einem Taschentuch das Blut zum Stillstand. Es war keine tiefe Wunde, eigentlich nur ein Kratzer in der Haut. Aber ihr kam es so vor, als wäre ihr das Messer geradewegs ins Herz gestoßen worden.

Die Frau an ihrer Seite lächelte ihr aufmunternd zu. Sie kamen zum Hoteleingang. Louise hatte kein Geld, es war in der Handtasche. Sie hob hilflos die Arme. Die Frau schüttelte den Kopf, sie lächelte die ganze Zeit, ihre Zähne waren weiß und ebenmäßig, und sie ging weiter die Straße entlang. Louise sah ihr nach, wie sie geradewegs in das Sonnenflirren hineinwanderte und verschwand.

Als sie in ihr Zimmer gekommen war und sich das Gesicht gewaschen hatte, stürzte alles zusammen. Sie wurde ohnmächtig und sank auf den Fußboden des Badezimmers. Wie lange sie dort gelegen hatte, wußte sie nicht zu sagen, als sie wieder zu sich kam. Vielleicht nur ein paar Sekunden.

Sie lag völlig still auf dem gefliesten Fußboden. Von irgendwoher erklang das Lachen eines Mannes, danach das Jubeln einer Frau. Sie blieb auf dem Fußboden liegen und dachte, daß sie Glück gehabt hatte, weil sie nicht ernsthaft verletzt worden war.

Einmal, als sie noch sehr jung war und ein paar Tage in London verbrachte, war am Abend ein Mann auf sie zugekommen, hatte sie gepackt und versucht, sie in einen Hauseingang zu ziehen. Sie hatte getreten und geschrien und gebissen, bis er losgelassen hatte. Danach hatte sie keine persönliche Erfahrung mit Gewalt mehr gemacht.

War es ihr eigener Fehler, hätte sie sich vergewissern müssen, ob sie sich ohne Risiko frei auf den Straßen bewegen konnte, auch am Tage? Nein, es war nicht ihr Fehler, sie weigerte sich, eine Schuld bei sich zu sehen. Daß die beiden, die sie angegriffen hatten, barfuß waren und zerrissene Kleider trugen, gab ihnen trotz allem nicht das Recht, sie mit einem Messer ins Gesicht zu stechen und ihre Handtasche zu stehlen.

Sie setzte sich auf. Vorsichtig erhob sie sich und streckte sich dann auf dem Bett aus. Es durchfuhr sie wie ein Beben. Sie war selbst ein Krug, der vor ihren Augen zerschlagen wurde. Die Scherben wirbelten um sie herum. Sie fühlte, daß

Henriks Tod sie eingeholt hatte. Jetzt kam der Zusammenbruch, es gab nichts mehr, was sie noch aufrecht hielt. In einem hilflosen Versuch, Widerstand zu bieten, richtete sie sich im Bett auf, legte sich aber sofort wieder hin und ließ es geschehen.

Die Flutwelle, von der sie gehört hatte, die Welle, die niemand abbilden konnte, die Welle, die zu einem Wüten anwuchs, das sich niemand vorstellen konnte. Ich habe versucht, ihn einzuholen. Jetzt bin ich in Afrika. Aber er ist tot, und ich weiß nicht, warum ich hier bin.

Zuerst kam die Welle, dann die Kraftlosigkeit. Mehr als vierundzwanzig Stunden blieb sie im Bett liegen. Am Morgen, als das Zimmermädchen die Tür aufschloß, hob sie nur abwehrend die Hand. Auf dem Nachttisch stand Wasser in Flaschen, sie aß nichts außer einem Apfel, den sie aus Madrid mitgebracht hatte.

In der Nacht trat sie einmal ans Fenster und blickte hinunter auf den erleuchteten Garten mit dem glitzernden Swimmingpool. Dahinter lag die Meeresbucht, ein Leuchtturm durchschnitt die Dunkelheit, auf unsichtbaren Fischerbooten schaukelten Laternen. Ein einsamer Nachtwächter machte seine Runde im Garten. Etwas erinnerte sie an die Argolis, an die Ausgrabungen in Griechenland. Doch sie befand sich weit davon entfernt und fragte sich, ob sie je dorthin zurückkehren würde. Konnte sie sich ein weiteres Leben als Archäologin überhaupt vorstellen?

Henrik ist auf die gleiche Weise tot, wie ich tot bin. Ein Mensch kann einmal im Leben in eine Ruine verwandelt werden, doch nicht zweimal. Ist Aron deshalb verschwunden? Weil er Angst hatte, noch einmal in einen Hammer verwandelt zu werden, der mich zerschlug?

Sie ging zurück ins Bett. Dann und wann nickte sie ein. Erst am Nachmittag spürte sie, wie ihre Kräfte zurückkehrten. Sie nahm ein Bad, ging hinunter und aß. Sie setzte sich ins Freie unter eine Markise. Es war warm, doch der Wind vom Meer war kühl und erfrischend. Sie studierte die Karte, die sie gekauft hatte. Sie fand das Hotel und suchte lange, bis sie das Viertel mit dem Namen Feira Popular entdeckte.

Nach dem Essen setzte sie sich in den Schatten unter einen Baum und beobachtete ein paar Kinder, die im Schwimmbassin spielten. Sie hatte das Handy in der Hand und entschied sich endlich, Artur anzurufen.

Seine Stimme kam aus einer anderen Welt. Es gab eine Verzögerung zwischen ihren Stimmen. Sie kollidierten, sprachen gleichzeitig.

»Merkwürdig, daß man auf so weite Entfernung so gut hört.«

»Australien war noch weiter entfernt.«

»Ist alles in Ordnung?«

Sie hätte fast erzählt, daß sie beraubt worden war, einen kurzen Moment lang wollte sie sich durch den Äther bei ihm anlehnen und weinen. Doch sie besann sich und sagte nichts.

»Das Hotel, in dem ich wohne, ist wie ein Palast.«

»Ich dachte, es sei ein armes Land.«

»Nicht für alle. Der Reichtum bewirkt, daß man alle sieht, die nichts haben.«

»Ich begreife noch immer nicht, was du dort machen willst.«

»Was ich gesagt habe. Henriks Freundin suchen, ein Mädchen, das Lucinda heißt.«

»Hast du etwas von Aron gehört?«

»Weder von ihm noch über ihn. Er bleibt verschwunden. Ich glaube, er ist getötet worden.«

»Warum sollte jemand ihn töten?«

»Ich weiß es nicht. Aber ich versuche, es herauszufinden.«

»Ich habe nur noch dich. Ich mache mir Sorgen, wenn du so weit weg bist.«

»Ich bin immer vorsichtig.«

»Manchmal ist das nicht genug.«

»Ich rufe dich wieder an. Hat es geschneit?«

»Heute nacht ist der Schnee gekommen, zuerst in einzelnen Flocken, dann immer dichter. Ich saß hier in der Küche und habe ihn kommen sehen. Es ist wie eine weiße Stille, die über die Erde fällt.«

Eine weiße Stille, die über die Erde fällt. Zwei Männer, die mich überfallen haben. Sind sie mir vom Hotel aus gefolgt? Oder standen sie dort im Schatten, ohne daß ich sie bemerkt habe?

Sie haßte sie, wollte sie geprügelt sehen, blutig, schreiend.

Es war halb elf, als sie zur Rezeption hinunterging und nach einem Taxi fragte, das sie nach Feira Popular bringen könne. Der Mann am Informationstisch sah sie zuerst fragend, dann lächelnd an. »Der Portier hilft Ihnen. Es dauert nicht länger als zehn Minuten, dorthin zu gelangen.«

»Ist es eine gefährliche Gegend?«

Sie war über ihre Frage erstaunt, die sie gar nicht vorbereitet hatte. Doch in ihrer Vorstellung würden die Räuber ihr unwillkommene Besuche abstatten, wo immer sie sich befand, das wußte sie. Auch der Mann, der sie vor so vielen Jahren in London angegriffen hatte, konnte immer noch dann und wann in ihrem Bewußtsein auftauchen.

»Warum sollte es gefährlich sein?«

»Ich weiß nicht. Ich frage Sie.«

»Möglicherweise gibt es dort eine Anzahl gefährlicher Frauen. Aber die sind kaum an Ihnen interessiert.«

Prostituierte, dachte sie. Gibt es die nicht überall?

Sie fuhr durch die Stadt. Im Taxi roch es nach Fisch, der Mann hinter dem Lenkrad fuhr schnell und schien den fehlenden Rückspiegel nicht zu vermissen. Im Dunkeln kam ihr die

Reise wie ein Abstieg in die Unterwelt vor. Er setzte sie am Eingang zu einer Art Vergnügungspark ab. Sie bezahlte Eintritt, wiederum unsicher, ob ihr zuviel abgenommen wurde, und trat in einen Wirrwarr von kleinen Restaurants und Bars ein. Ein verfallenes Karussell mit Pferden, denen größtenteils die Köpfe fehlten, stand verlassen da, ein Riesenrad mit verrosteten Körben hatte schon vor langer Zeit aufgehört, sich zu drehen. Überall Musik, Schatten, schwach erleuchtete Räume, in denen Menschen über Flaschen und Gläsern hockten. Junge schwarze Mädchen in Miniröcken, mit fast entblößten Brüsten, schwankten in hochhackigen Schuhen vorbei. Die gefährlichen Frauen auf der Jagd nach den ungefährlichen Männern.

Louise suchte nach der Bar mit dem Namen Malocura. Sie verlor im Gewimmel die Orientierung, kam an einen Punkt, an dem sie eben schon gewesen war, und mußte von vorn beginnen. Hin und wieder zuckte sie zusammen, als hätten die Hände der Räuber sie von neuem gepackt. In ihrer Einbildung schienen überall Messer zu blitzen. Sie betrat eine Bar, die sich von anderen dadurch unterschied, daß sie hell erleuchtet war. Sie trank ein Bier und ein Glas Wodka. Zu ihrer Verwunderung saßen zwei der Südafrikaner, mit denen sie vom Flugplatz zum Hotel gefahren war, in einer Ecke. Beide, der Mann und die Frau, waren betrunken. Er schlug immer wieder mit der Hand gegen ihre Schulter, als wollte er, daß sie umfiele.

Es war bereits nach Mitternacht. Louise suchte weiter nach der Malocura. Endlich war sie am richtigen Ort. Die Bar hieß tatsächlich Malocura – so stand es in Druckbuchstaben auf einem Pappschild – und lag in einem Winkel des Geländes an der Außenmauer. Louise blickte ins Dunkel, bevor sie sich an einen Tisch setzte.

Lucinda stand am Tresen und stellte Bierflaschen und Gläser auf ein Tablett. Sie war schlanker, als Louise sie sich vorgestellt hatte. Aber sie war es, daran bestand kein Zweifel.

Lucinda ging zu einem Tisch und leerte ihr Tablett.

Dann begegneten sich ihre Augen. Louise hob die Hand.

Lucinda trat an ihren Tisch. »Möchten Sie etwas essen?«

»Ich möchte nur ein Glas Wein.«

»Wir haben keinen Wein. Nur Bier.«

»Kaffee?«

»Niemand hier fragt nach Kaffee.«

»Dann nehme ich ein Bier.«

Lucinda kam zurück und stellte das Glas und die braune Flasche vor sie hin.

»Ich kenne Ihren Namen. Sie heißen Lucinda.«

»Wer sind Sie?«

»Ich bin die Mutter von Henrik.«

Da wurde ihr klar, was sie vergessen hatte. Lucinda wußte nichts von Henriks Tod. Jetzt war es zu spät. Sie konnte nicht zurück, sie hatte keinen Ausweg mehr. »Ich bin hier, um Ihnen zu sagen, daß Henrik tot ist. Und ich bin hier, um Sie zu fragen, ob Sie wissen, warum.«

Lucinda stand wie versteinert. Ihre Augen waren sehr tief, ihre Lippen zusammengepreßt.

»Ich heiße Louise. Aber das hat er vielleicht erzählt?«

Hat er jemals gesagt, daß er eine Mutter hatte? Hat er es gesagt? Oder bin ich dir genauso fremd wie du mir?

13

Lucinda band ihre Schürze ab, sprach hastig ein paar Worte mit dem Mann hinter der Theke, der die Aufsicht zu haben schien, und nahm Louise danach mit in eine andere, schwach erleuchtete und versteckte Bar, wo junge Frauen an den Wänden aufgereiht saßen. Sie setzten sich an einen Tisch, und Lucinda bestellte Bier, ohne zu fragen. Es war vollkommen still im Raum. Weder ein Radio noch ein CD-Spieler lief. Die stark geschminkten Frauen sprachen nicht miteinander. Entweder saßen sie schweigend da und rauchten, betrachteten ihre leblosen Gesichter in kleinen Taschenspiegeln, oder sie wippten unruhig mit den Beinen. Louise sah, daß manche von ihnen sehr jung waren, dreizehn, vielleicht vierzehn Jahre alt, nicht mehr. Ihre Röcke waren kurz, verbargen fast nichts, die Absätze ihrer Schuhe waren spitz und hoch, die Brüste nahezu entblößt. Sie sind geschminkt wie Leichen, dachte Louise. Leichen, die begraben, vielleicht mumifiziert werden sollen. Aber keine Prostituierten werden der Nachwelt erhalten. Sie verfaulen hinter gnadenlos geschminkten Gesichtern.

Zwei Flaschen kamen auf den Tisch, Gläser und Servietten. Lucinda beugte sich zu Louise vor. Ihre Augen waren gerötet. »Sagen Sie das noch einmal. Langsam. Erzählen Sie, was passiert ist.«

Louise konnte bei Lucinda keine Verstellung bemerken. Ihr Gesicht, auf dem der Schweiß glänzte, war vollkommen offen. Ihre Erschütterung über die Nachricht, die sie völlig unvorbereitet hatte hören müssen, war eindeutig.

»Ich habe Henrik tot in seiner Wohnung in Stockholm gefunden. Haben Sie ihn dort einmal besucht?«

»Ich war noch nie in Schweden.«

»Er lag tot im Bett. Sein Körper war voller Schlafmittel. Daran ist er gestorben. Aber warum hat er sich das Leben genommen?«

Eine der jungen Frauen kam an den Tisch und fragte nach Feuer. Lucinda zündete ihr die Zigarette an. Als die Flamme aufleuchtete, sah Louise das ausgemergelte Gesicht dieses jungen Mädchens.

Schwarze Flecken auf den Wangen, notdürftig übertüncht, gepudert. Über die Symptome von Aids habe ich gelesen. Die schwarzen Punkte und schwer heilenden Wunden des Todes.

Lucinda saß reglos. »Ich kann es nicht verstehen.«

»Niemand kann es verstehen. Aber vielleicht können Sie mir helfen. Kann es mit Afrika zu tun haben? Er war Anfang des Sommers hier. Was ist da geschehen?«

»Nichts, was ihn dazu hätte bringen können, sterben zu wollen.«

»Ich muß wissen, was gewesen ist. Wer war er, als er ankam, welche Menschen hat er getroffen? Wer war er, als er wieder abreiste?«

»Henrik war immer derselbe.«

Ich muß ihr Zeit lassen, dachte Louise. Sie steht unter Schock durch das, was ich ihr erzählt habe. Zumindest weiß ich jetzt, daß Henrik ihr etwas bedeutet hat.

»Er war mein einziges Kind. Ich hatte nur ihn, sonst niemand.«

Louise nahm ein flüchtiges Blinken in Lucindas Augen wahr, eine Verwunderung, vielleicht eine Unruhe. »Hatte er keine Geschwister?«

»Nein, er war ein Einzelkind.«

»Er hat gesagt, er habe eine Schwester. Er wäre der jüngere.«

»Das ist nicht wahr. Ich bin seine Mutter. Ich muß es wissen.«

»Woher soll ich wissen, daß Sie die Wahrheit sagen?«
Louise wurde ärgerlich.

»Ich bin seine Mutter und bin vollkommen außer mir vor Trauer. Es kränkt mich, wenn Sie daran zweifeln, wer ich bin.«

»Ich meine es nicht böse. Aber Henrik hat immer von seiner Schwester gesprochen.«

»Er hatte keine Schwester. Aber vielleicht wollte er eine haben.«

Die Mädchen an den Wänden verließen nach und nach die Bar. Bald waren Louise und Lucinda allein in der Stille und der Dunkelheit, nur die Bedienung hinter dem Tresen war noch da, vertieft in die Aufgabe, einen Daumennagel zu feilen.

»Sie sind so jung. Die Mädchen, die hier saßen.«

»Die jüngsten sind am begehrtesten. Südafrikanische Männer, die hierherkommen, lieben Elf- und Zwölfjährige.«

»Bekommen sie keine Krankheiten?«

»Sie meinen Aids? Die, der ich die Zigarette angezündet habe, ist krank. Aber all die anderen nicht. Im Unterschied zu vielen anderen in ihrem Alter wissen diese Mädchen, worum es geht. Sie nehmen sich in acht. Es sind nicht in erster Linie sie, die sterben oder die Krankheit weiter verbreiten.«

Aber das tust du, dachte Louise. *Du hast sie ihm gegeben, du hast die Tür geöffnet, so daß der Tod sich in seinen Blutkreislauf einschleichen konnte.*

»Die Mädchen hassen das, was sie tun. Aber ihre Kunden sind nur weiße Männer. Deshalb können sie zu ihren Freunden sagen, daß sie nicht untreu sind. Sie schlafen nur mit weißen Männern. Das zählt nicht.«

»Ist das so?«

»Ja, genau so ist es.«

Louise wollte die Frage herausschleudern, Lucinda direkt ins Gesicht. Hast du ihn angesteckt? Wußtest du nicht, daß du krank warst? Wie konntest du das tun? Aber sie sagte nichts.

»Ich muß wissen, was geschehen ist«, sagte sie nach einer Weile.

»Es ist nichts geschehen, während er hier war. War er allein, als er starb?«

»Er war allein.«

Genaugenommen weiß ich es nicht, dachte Louise. Es kann jemand bei ihm gewesen sein.

Plötzlich schien es ihr, als hätte sie eine Erklärung für den Schlafanzug gefunden. Henrik war nicht im Bett gestorben. Erst nachdem er das Bewußtsein verloren hatte oder nicht länger Widerstand leisten konnte, war er ausgezogen und in den Schlafanzug gesteckt worden. Wer auch in der Wohnung gewesen sein mochte, hatte von seiner Gewohnheit, nackt zu schlafen, nichts gewußt.

Plötzlich fing Lucinda an zu weinen. Ihr ganzer Körper bebte. Der Mann am Bartresen, der seinen Daumennagel studierte, sah Louise fragend an. Sie schüttelte den Kopf, sie brauchten keine Hilfe.

Louise nahm ihre Hand. Sie war warm, schweißfeucht. Sie drückte sie fest.

Lucinda beruhigte sich und trocknete ihr Gesicht mit einer Serviette.

»Wie haben Sie mich gefunden?«

»Henrik hat in Barcelona einen Brief hinterlassen und darin von Ihnen erzählt.«

»Was hat er erzählt?«

»Daß Sie es wissen würden, wenn ihm etwas zustieße.«

»Was wissen?«

»Ich habe keine Ahnung.«

»Sind Sie den ganzen Weg hierhergekommen, um mit mir zu sprechen?«

»Ich muß versuchen zu verstehen, was geschehen ist. Kannte er hier andere Menschen außer Ihnen?«

»Henrik kannte viele Menschen.«

»Das ist nicht das gleiche, wie Freunde zu haben.«

»Er hatte mich. Und Eusebio.«

»Wen?«

»Er nannte ihn so, Eusebio. Ein Angestellter an der schwedischen Botschaft, der oft sonntags am Strand Fußball mitspielte. Ein sehr plumper Mann, der überhaupt nicht an den Fußballspieler erinnert. Henrik wohnte manchmal bei ihm.«

»Ich dachte, er wäre mit Ihnen zusammengewesen?«

»Ich wohne bei meinen Eltern und Geschwistern. Er konnte dort nicht schlafen. Manchmal hat er von jemandem an der Botschaft, der verreist war, eine Wohnung geliehen. Eusebio hat ihm geholfen.«

»Wissen Sie seinen richtigen Namen?«

»Lars Håkansson. Ob ich es richtig ausspreche, weiß ich nicht.«

»Haben Sie dort zusammen mit Henrik gewohnt?«

»Ich habe ihn geliebt. Ich habe davon geträumt, ihn zu heiraten. Aber ich habe nie mit ihm in Eusebios Haus gewohnt.«

»Haben Sie davon gesprochen? Zu heiraten?«

»Nie. Ich habe nur davon geträumt.«

»Wie sind Sie sich begegnet?«

»Wie man sich immer begegnet, durch einen Zufall. Man geht auf einer Straße und biegt um eine Ecke. Alles im Leben dreht sich um das Unbekannte, das hinter einer Straßenecke wartet.«

»An welcher Straßenecke sind Sie einander begegnet?«

Lucinda schüttelte den Kopf. Louise sah, daß sie unruhig wurde.

»Ich muß zurück in die Bar. Morgen können wir sprechen. Wo wohnen Sie?«

»Im Hotel Polana.«

Lucinda schnitt eine demonstrative Grimasse. »Da hätte Henrik nie gewohnt. Dafür hatte er kein Geld.«

Genau das hatte er, dachte Louise. Auch Lucinda hat er nicht alles erzählt.

»Es ist teuer«, erwiderte sie. »Aber meine Reise war nicht geplant, wie Sie vielleicht verstehen. Ich werde das Hotel wechseln.«

»Wie lange ist es her, daß er starb?«

»Einige Wochen.«

»Ich muß genau den Tag wissen.«

»Der 17. September.«

Lucinda stand auf.

»Noch nicht«, sagte Louise. »Es gibt eine Sache, die ich Ihnen noch nicht erzählt habe.«

Lucinda setzte sich wieder. Die Bedienung kam zu ihnen. Lucinda bezahlte. Louise holte Geld aus ihrer Jackentasche, aber Lucinda schüttelte fast feindlich den Kopf. Der Mann kehrte zum Tresen und seinem Daumennagel zurück.

Louise sammelte sich, um es über sich zu bringen, die unvermeidlichen Worte zu sagen.

»Henrik war krank. Er war HIV-positiv.«

Lucinda blieb ruhig. Sie wartete darauf, daß Louise noch mehr sagen würde.

»Verstehen Sie nicht, was ich gesagt habe?«

»Ich habe gehört, was Sie gesagt haben.«

»Waren Sie es, die ihn angesteckt hat?«

Lucindas Gesicht verlor jeden Ausdruck. Sie blickte Louise an, wie aus großer Entfernung.

»Bevor ich über etwas anderes reden kann, muß ich eine Antwort auf die Frage bekommen.«

Lucindas Gesicht war immer noch ausdruckslos. Ihre Augen lagen im Halbschatten. Ihre Stimme war vollkommen ruhig, als sie antwortete. Aber Louise hatte von Aron gelernt, daß Zorn sich unmittelbar unter der Oberfläche verbergen konnte, nicht zuletzt bei Menschen, bei denen man es am wenigsten ahnte.

»Ich hatte nicht die Absicht, Sie zu verletzen.«

»Bei Henrik habe ich nie das entdeckt, was ich bei Ihnen sehe. Sie verachten schwarze Menschen. Vielleicht unbewußt, aber es ist da. Sie meinen, unsere eigene Schwäche sei dafür verantwortlich, daß das Elend des Kontinents so groß ist. Genau wie die meisten anderen glauben Sie, daß es das wichtigste ist, zu wissen, wie wir sterben. Wie wir leben, darum brauchen Sie sich nicht zu kümmern. Eine schwache Veränderung des Windes, das ist das elende Leben der Afrikaner. Ich spüre diese Verachtung bei Ihnen, aber bei Henrik habe ich sie nie gespürt.«

»Sie können mir nicht vorwerfen, rassistisch zu sein.«

»Ob ein solcher Vorwurf berechtigt ist oder nicht, entscheiden Sie selbst. Wenn Sie es wissen wollen: Ich habe Henrik nicht angesteckt.«

»Wie hat er die Krankheit dann bekommen?«

»Er hat herumgehurt. Die Mädchen, die Sie eben gesehen haben, können sehr wohl mit ihm zusammengewesen sein.«

»Sie haben eben gesagt, die Mädchen seien nicht infiziert.«

»Es reicht, wenn eine es ist. Er hat nicht aufgepaßt. Er hat nicht immer ein Kondom benutzt.«

»Herr Gott!«

»Er hat es vergessen, wenn er betrunken war und von Frau zu Frau ging. Wenn er dann nach seinen Ausflügen zu mir zurückgekrochen kam, war er voller Reue. Aber er vergaß schnell.«

»Ich glaube Ihnen nicht. Henrik war nicht so.«

»Wie er war oder nicht war, darüber werden wir uns nicht einigen. Ich liebte ihn, Sie waren seine Mutter.«

»Aber hat er Sie nicht angesteckt?«

»Nein.«

»Verzeihen Sie bitte, daß ich Sie beschuldigt habe, aber es

fällt mir schwer zu glauben, daß er so gelebt hat, wie Sie es darstellen.«

»Er ist nicht der erste weiße Mann, der in ein armes afrikanisches Land kommt und sich auf die schwarzen Frauen stürzt. Nichts ist so wichtig für einen weißen Mann, wie zwischen die Beine einer schwarzen Frau zu kommen. Für einen schwarzen Mann ist es ebenso wichtig, mit einer weißen Frau zu schlafen. Sie können in dieser Stadt tausend schwarze Männer finden, die bereit sind, ihr Dasein dafür zu opfern, sich auf Sie zu legen.«

»Sie übertreiben.«

»Die Wahrheit findet sich zuweilen nur unter den Übertreibungen.«

»Es ist spät. Ich bin müde.«

»Für mich ist es noch früh. Ich kann erst gegen Morgen nach Hause gehen.«

Lucinda stand auf.

»Ich bringe Sie zum Ausgang und sorge dafür, daß Sie ein Taxi bekommen. Fahren Sie in Ihr Hotel, schlafen Sie aus. Morgen können wir uns wieder treffen.«

Lucinda führte Louise zu einem der Tore und wechselte ein paar Worte mit der Wache. Ein Mann mit Wagenschlüsseln in der Hand tauchte aus dem Schatten auf.

»Er fährt Sie nach Hause.«

»Um welche Zeit morgen?«

Lucinda hatte jedoch schon kehrtgemacht und war gegangen. Louise sah sie zwischen den Schatten verschwinden.

Das Taxi roch nach Benzin. Louise versuchte, sich Henrik nicht zwischen den mageren Mädchen mit den kurzen Röcken und den harten Gesichtern vorzustellen.

Als sie ins Hotel zurückkam, trank sie zwei Glas Wein an der Bar. Wieder sah sie die weißen Südafrikaner, mit denen sie vom Flugplatz ins Hotel gefahren war.

Sie haßte sie.

Die Klimaanlage rauschte in der Dunkelheit, als sie sich hingelegt und das Licht gelöscht hatte. Sie weinte sich in den Schlaf wie ein Kind. Im Traum kehrte sie von der verbrannten afrikanischen Erde zu den weißen Ebenen in Härjedalen zurück, zu den großen Wäldern, dem Schweigen und zu ihrem Vater, der sie mit einem Ausdruck von Verwunderung und Stolz betrachtete.

Am Morgen gab eine junge Frau an der Rezeption Louise die Auskunft, daß die schwedische Botschaft einer der nächsten Nachbarn des Hotels sei. Wenn sie an den Straßenhändlern und einer Tankstelle vorbeiginge, befinde sie sich vor dem braungelben Gebäude der Botschaft.

»Gestern bin ich beraubt worden, als ich in die andere Richtung ging und in eine Seitenstraße einbog.«

Das Mädchen hinter dem Empfangspult schüttelte mitleidig den Kopf. »Es kommt leider viel zu oft vor. Die Menschen sind arm, sie lauern den Hotelgästen auf.«

»Ich will nicht noch einmal überfallen werden.«

»Auf dem kurzen Weg zur Botschaft wird Ihnen nichts passieren. Sind Sie verletzt worden?«

»Ich bin nicht geschlagen worden. Aber sie haben mir ein Messer ins Gesicht gedrückt, hier, unter dem Auge.«

»Ich sehe die Stelle. Es tut mir sehr leid.«

»Davon wird nichts besser.«

»Was ist Ihnen gestohlen worden?«

»Meine Handtasche. Aber ich hatte das meiste hier im Hotel gelassen, sie haben etwas Geld bekommen. Keinen Paß, kein Handy, keine Kreditkarten. Meinen braunen Kamm, falls sie den gebrauchen können.«

Louise frühstückte auf der Terrasse und erlebte ein kurzes und verwirrendes Gefühl von Wohlbefinden. Als wäre nichts geschehen.

Aber Henrik war tot, Aron verschwunden, es waren Gestalten im Dunkel gewesen, Menschen, die Aron und sie aus irgendeinem Grund beschatteten.

Auf dem Weg zur schwedischen Botschaft drehte sie sich immer wieder um. Ein großes Stück schwedisches Eisenerz stand als Skulptur außerhalb des grüngestrichenen Zauns. Ein Wachmann in Uniform öffnete ihr.

Im Empfangsraum hing das übliche offizielle Porträt des Königspaars. Auf einem Sofa saßen zwei Männer und unterhielten sich auf schwedisch über »die Wassernot in der Niassa-Provinz und die notwendigen Maßnahmen, sobald die Mittel bewilligt sind«. Sie dachte flüchtig und mit Trauer, daß sie den Kontakt mit der Arbeit in der Argolis vollkommen verloren hatte. Was hatte sie sich eigentlich vorgestellt, als sie in jener Nacht vor dem Haus gestanden und geraucht hatte, während Mitsos' Hunde bellten? Das Furchtbare, das sie erwartete, hatte keine Warnung vorausgeschickt.

Der Mensch, der dort mit der Zigarette in der Hand in der Dunkelheit gestanden hatte, existierte nicht mehr.

Bei der Anmeldung bat sie darum, mit Lars Håkansson sprechen zu können. Die Frau, die die Anmeldung entgegennahm, wollte wissen, in welcher Angelegenheit sie kam.

»Er kannte meinen Sohn. Sagen Sie nur, Henriks Mutter sei hier. Das reicht bestimmt.«

Die Frau führte komplizierte Tastenmanöver auf der Telefonhausanlage durch, bevor sie den Mann mit Namen Håkansson zu fassen bekam.

»Er kommt herunter.«

Die beiden Männer, die über die Wassernot gesprochen hatten, waren verschwunden. Sie setzte sich auf das dunkelblaue Sofa und wartete.

Ein kleiner Mann mit schütterem Haar und von zuviel sorglosem Aufenthalt an der Sonne verbranntem Gesicht trat durch die Glastür. Er trug einen Anzug. Er kam auf sie zu, und sie spürte sofort, daß er reserviert war. »Sie sind also Henrik Cantors Mutter?«

»Ja.«

»Leider muß ich Sie bitten, sich auszuweisen. In diesen Zeiten müssen wir vorsichtig sein. Die Terroristen haben wohl kaum die Absicht, unsere Häuser und Wohnungen in die Luft zu sprengen, doch die Sicherheitsvorschriften des Außenministeriums sind verschärft worden. Ich kann niemanden mit durch diese Glastür nehmen, über dessen Identität ich mir nicht vollkommen sicher bin.«

Louise dachte an ihren Paß und den Ausweis, die im Sicherheitsfach ihres Hotelzimmers lagen.

»Ich habe keinen Paß bei mir.«

»Dann müssen wir leider hier in der Rezeption bleiben.«

Sie setzten sich. Sie war verwundert über seine weiterhin reservierte Haltung, durch die sie sich gekränkt fühlte.

»Könnten wir nicht der Einfachheit halber davon ausgehen, daß ich die bin, für die ich mich ausgebe?«

»Natürlich, ich bedaure es, daß die Welt aussieht, wie sie aussieht.«

»Henrik ist tot.«

Er schwieg. Sie wartete.

»Was ist passiert?«

»Ich habe ihn tot in seinem Bett in Stockholm gefunden.«

»Ich dachte, er lebte in Barcelona?«

Vorsichtig jetzt, dachte Louise. *Er weiß etwas, was du nicht weißt.*

»Bevor er starb, hatte ich nicht einmal eine Ahnung, daß er eine Wohnung in Barcelona hatte. Ich bin hierhergekommen, weil ich versuchen will zu verstehen. Haben Sie Henrik getroffen, wenn er hier war?«

»Wir haben uns kennengelernt. Er muß von mir gesprochen haben.«

»Nie. Dagegen hat mir eine Schwarze mit Namen Lucinda von Ihnen erzählt.«

»Lucinda?«

»Sie arbeitet in einer Bar, der Malocura.«

Louise zog das Foto hervor und zeigte es ihm.

»Ich kenne sie. Aber sie heißt nicht Lucinda. Sie heißt Julieta.«

»Vielleicht hat sie zwei Namen.«

Lars Håkansson stand vom Sofa auf. »Ich verstoße jetzt gegen alle Sicherheitsvorschriften. Wir gehen hinauf in mein Büro. Da ist es zwar kaum angenehmer, aber nicht ganz so heiß.«

Die Fenster seines Zimmers zeigten auf den Indischen Ozean. Ein paar Fischerboote mit dreieckigen Segeln waren auf dem Weg in die Bucht. Er hatte ihr Kaffee angeboten, und sie hatte genickt.

Er kam mit zwei Tassen zurück. Es waren weiße Tassen mit blau-gelben Flaggen.

»Ich habe Ihnen noch gar nicht mein Beileid ausgesprochen. Die Nachricht ist auch für mich ein harter Schlag. Ich mochte Henrik sehr. Mehrmals habe ich gedacht, daß ich mir einen Sohn wie ihn gewünscht hätte.«

»Haben Sie keine Kinder?«

»Vier Töchter aus einer früheren Ehe. Ein Quartett junger Frauen, von denen die Welt noch ihren Nutzen haben wird. Aber keinen Sohn.«

Gedankenverloren tat er ein Stück Zucker in die Tasse und rührte mit einem Bleistift um. »Was ist denn geschehen?«

»Die Obduktion ergab eine hohe Konzentration von Schlafmittel in seinem Körper, was bedeuten würde, daß er Selbstmord begangen hat.«

Er sah sie fragend an. »Kann das wirklich stimmen?«

»Nein. Deshalb suche ich nach der wirklichen Ursache. Und ich glaube, daß der Ausgangspunkt hier ist, was immer auch geschehen sein mag.«

»In Maputo?«

»Ich weiß es nicht. In diesem Land. Auf diesem Kontinent. Ich hoffe, daß Sie mir helfen können, eine Antwort zu finden.«

Lars Håkansson setzte die Kaffeetasse ab und schaute auf seine Uhr.

»Wo wohnen Sie?«

»Bis auf weiteres hier in der Nachbarschaft der Botschaft.«

»Das Polana ist ein gutes Hotel. Aber teuer. Während des Zweiten Weltkriegs wimmelte es dort von deutschen und japanischen Spionen. Heute wimmelt es von untätigen Südafrikanern.«

»Ich habe vor, das Hotel zu wechseln.«

»Ich wohne allein und habe viel Platz. Sie können bei mir wohnen. Genau wie Henrik bei mir gewohnt hat.«

Sie entschied sich sofort, das Angebot anzunehmen.

Er stand auf. »Ich habe eine Sitzung mit dem Botschafter und den Sachbearbeitern der Hilfsprogramme. Es geht um Gelder, die auf mystische Weise von einem Konto der Ministerien verschwunden sind. Es handelt sich natürlich um Korruption, raffgierige Minister, die Geld brauchen, um ihren Kindern Häuser zu bauen. Wir vergeuden eine Unmenge von Zeit mit derartigen Vorfällen.«

Er brachte sie zur Rezeption.

»Henrik hat eine Sporttasche zurückgelassen, als er zuletzt hier war. Ich weiß nicht, was darin ist. Aber als ich sie in einen Kleiderschrank stellte, merkte ich, daß sie sehr schwer war.«

»Sie kann also nicht nur Kleidung enthalten?«

»Nein, vermutlich Bücher und Papiere. Ich kann sie heute abend ins Hotel bringen. Leider habe ich ein Abendessen bei einem französischen Kollegen, das ich nicht absagen kann. Am liebsten wäre ich allein. Ich bin tief betroffen, daß Henrik nicht mehr da ist. Ich habe es noch immer nicht richtig begriffen.«

Sie trennten sich auf dem kleinen Vorplatz des Botschaftsgebäudes.

»Ich bin gestern angekommen und sofort beraubt worden.«

»Sie sind nicht verletzt worden?«

»Nein, aber es war mein eigener Fehler. Ich weiß, daß man nie leere Straßen betreten darf, sondern sich immer unter Menschen bewegen soll.«

»Die gerissensten Räuber haben eine imponierende Fähigkeit, sofort zu erkennen, ob eine Person gerade erst ins Land gekommen ist. Aber man kann die Menschen hier kaum als kriminell bezeichnen. Die Armut ist entsetzlich. Was tut man, wenn man fünf Kinder hat und keine Arbeit? Wenn ich einer der Armen in dieser Stadt wäre, würde ich jemanden wie mich berauben. Ich bringe die Tasche gegen sieben Uhr.«

Sie kehrte zum Hotel zurück. In einem Versuch, ihre Bedrückung abzuschütteln, kaufte sie sich in einem Laden im Hotel einen viel zu teuren Badeanzug. Dann ging sie hinunter zum Pool und schwamm viele Längen hin und zurück in dem leeren Becken, bis sie sich müde geschwommen hatte.

Ich treibe im Röstjärn, dachte sie. Da sind mein Vater und ich geschwommen, als ich Kind war. Das Wasser war so schwarz, daß man nicht hindurchsehen konnte. Er jagte mir immer einen Schrecken ein, wenn er sagte, der See habe keinen Grund. Wir schwammen dort an den Sommerabenden, wenn die Mücken schwirrten, und ich liebte ihn, weil er so kräftige Schwimmzüge machte.

Sie kehrte zu ihrem Zimmer zurück und legte sich nackt aufs Laken. Ihre Gedanken wanderten.

Lucinda und Nazrin? Die Wohnung in Barcelona und die Wohnung in Stockholm? Warum hatte er so vieles verschlei-ert? Und warum hatte er einen Schlafanzug an, als er starb?

Sie schlief ein und wurde vom Telefon geweckt.

»Hier ist Lars Håkansson. Ich bin hier an der Rezeption mit Henriks Tasche.«

»Ist es schon sieben? Ich stehe unter der Dusche.«

»Ich kann warten. Ich bin früher, als ich gedacht hatte. Es ist erst vier Uhr.«

Sie zog sich hastig an und eilte die Treppe hinunter. Håkans-son stand auf, als sie kam. Er hatte eine schwarze Sporttasche bei sich, auf der in roter Schrift Adidas stand.

»Ich hole Sie morgen gegen elf Uhr ab.«

»Ich hoffe, ich mache Ihnen keine Umstände?«

»Keineswegs. Nicht im geringsten.«

Sie ging zurück auf ihr Zimmer und öffnete die Tasche. Zu-oberst lagen eine Hose und eine Jacke aus dünnem Khaki. Es waren Sachen, die sie Henrik nie hatte tragen sehen. Darun-ter lagen Plastikhüllen mit Papieren, einige Mappen vom glei-chen Typ, wie sie sie in Stockholm und Barcelona gefunden hatte. Sie leerte die Tasche auf dem Bett aus. Am Boden war rote Erde, die herausrieselte. Sie nahm sie zwischen die Fin-ger. *Wieder die rote Erde.*

Sie machte sich daran, die Papiere durchzusehen. Ein ge-trocknetes Insekt, ein Schmetterling, fiel aus einem Bündel Fotokopien. Es war ein Artikel in englischer Sprache, verfaßt von einem Professor Ronald Witterman von der Universität Oxford. Der Titel lautete: »Der Wartesaal des Todes, eine Reise durch die arme Welt von heute.« Der Artikel war von heller Empörung getragen. Hier war nichts von dem ruhigen und beherrschten Stil zu spüren, der debattierende Professoren meistens kennzeichnet. Witterman sprühte förmlich vor Entrüstung: »Zu keinem Zeitpunkt haben wir so große Ressourcen zur Verfügung gehabt, um für immer mehr Menschen eine erträgliche Welt zu schaffen. Statt dessen beleidigen wir unser ganzes Bewußtsein, unsere intellektuelle Kraft, unsere materiellen Möglichkeiten, indem wir zulassen, daß das furchtbare Elend noch zunimmt. Wir haben uns schon lange dadurch unserer Verantwortung entledigt, daß wir Mittel in die Hände internationaler Institutionen wie der Weltbank legen, deren politische Maßnahmen meistens nichts anderes beinhalten, als daß menschliches Leiden auf dem Altar der arroganten ökonomischen Beratung geopfert wird. Unser Gewissen haben wir längst abgeschrieben.«

Dieser Witterman nimmt kein Blatt vor den Mund, dachte sie. Sein Zorn hatte Henriks Aufmerksamkeit erregt.

In den Plastikhüllen befanden sich auch Seiten aus einem Kollegblock. Henrik hatte angefangen, Wittermans Artikel ins Schwedische zu übersetzen. Sie sah, daß es ihm Schwierigkeiten bereitet hatte, die Worte zu finden, Schwierigkeiten, sich in den Rhythmus der langen Sätze hineinzufinden. Sie legte den Artikel zur Seite und blätterte weiter. Plötzlich tauchte wieder Kennedys Hirn auf. Henriks Notizen waren auf verschiedenen losen Blättern hingeworfen. Sie legte sie in der passenden Reihenfolge vor sich hin und las.

»Am 21. Januar 1967 führte der amerikanische Generalstaatsanwalt Ramsey Clark ein Telefongespräch. Er war unsicher und machte sich Sorgen, welche Reaktion er hervorrufen würde. Nachdem er die Nummer gewählt hatte, sprach er mit einem Sekretär, der ihn zu warten bat. Eine unwirsche Stimme meldete sich am Telefon. Präsident Lyndon B. Johnson konnte ein umgänglicher und freundlicher Mann sein, aber ebensooft war er unwirsch, wenn ihm etwas nicht paßte.

›Guten Morgen, Mister President.‹

›Was ist eigentlich los? Ich dachte, alles wäre klar, nachdem Jack auf dem Marinestützpunkt obduziert worden ist?‹

›Wir haben die drei Pathologen nach Washington bestellt. Wir mußten Fink sogar aus Vietnam holen.‹

›Fink ist mir scheißegal! Hier steht eine Delegation aus Arkansas vor der Tür und wartet. Sie wollen über Hafer und Weizen reden. Ich habe verdammt noch mal keine Zeit für das hier.‹

›Entschuldigen Sie, Mister President. Ich fasse mich kurz. Die drei waren gestern in den Archiven. Unter anderem Doktor Humes, der vor der Warren-Kommission ausgesagt hat, über ein Foto der rechten Lunge. Es war wichtig für die Feststellung, wie Kennedy gestorben ist.‹

›Das habe ich doch im Bericht der Kommission gelesen. Was wollen Sie eigentlich noch?‹

›Es scheint, als hätten wir ein Problem. Das Foto ist nicht mehr da.‹

›Was meinen Sie mit nicht mehr da?‹

›Es ist verschwunden. Vermutlich auch ein weiteres Bild, von dem Eintrittsloch der Kugel, die die direkte Todesursache war.‹

›Wie zum Teufel können Fotos von Kennedys Obduktion verschwinden?‹

›Wie kann sein Hirn verschwinden?‹

›Was geschieht jetzt?‹

›Die Ärzte sind natürlich sehr betroffen, weil sie zuvor unter Eid ausgesagt haben, daß die Fotos da waren. Jetzt sind sie weg. Zumindest eins.‹

›Werden die Zeitungen in der Sache herumgraben?‹

›Höchstwahrscheinlich. Alles wird wieder aufgewühlt. Die Verschwörungstheorien, Oswald war nicht allein, alles, was wir wegzuschließen versucht haben, kann wieder hervorgeholt werden.‹

›Ich habe keine Zeit mehr für Jack. Er ist tot. Ich versuche, *hier Präsident zu sein, ich versuche, einen wahnsinnigen Krieg in Vietnam in den Griff zu bekommen, und Neger, die auf den Straßen Amok laufen, wenn wir nicht bald die Bürgerrechtsfragen lösen. Sorgen Sie dafür, daß diese Ärzte nicht zuviel reden. Und schicken Sie Fink so schnell wie möglich zurück nach Vietnam.‹«*

Henrik beschloß die Wiedergabe mit der Bemerkung, daß sie aus »Justice Department, recently opened archives« entnommen war. Er fügte einen eigenen Kommentar hinzu.

»Alles scheint begraben zu werden. Lästige Fakten werden unter den Teppich gekehrt. Wir leben in einer Welt, in der es wichtiger ist, Fakten zu verschleiern, als sie zu enthüllen. Wer heimlich in die dunkelsten Winkel leuchtet, kann nie sicher sein, was er oder sie findet. Ich muß damit fortfahren zu leuchten. Bald werde ich alle diese Dokumente über Kennedy und sein verfluchtes Hirn weglegen. Aber sie sind wie ein Handbuch für die Welt der Lüge – und damit die der Wahrheit.«

Louise ging die Papierbündel weiter durch. Sie stieß auf eine Karte über die südlichen Teile von Mozambique. Henrik hatte um eine Stadt mit Namen Xai-Xai und ein Gebiet unmittelbar nordwestlich davon einen Kreis gezogen.

Louise legte die Karte zur Seite. Auf dem Boden der Sporttasche lag ein brauner Umschlag. Louise öffnete ihn. Er enthielt fünf Scherenschnitte. Zwei von ihnen waren geometrische Muster. Die drei anderen waren Silhouetten von Menschen.

Sie sah sofort, daß eine davon Henriks war. Es war sein Profil, kein Zweifel. Sie fühlte ein Unbehagen in sich aufsteigen, der Scherenschnitt war gut gemacht. Aber Henrik war nur ein Schatten, das schwarze Papier war gewissermaßen eine Ankündigung dessen, was geschehen war.

Sie betrachtete die beiden anderen Silhouetten. Ein Mann und eine Frau. Das Profil der Frau ließ erkennen, daß sie Afrikanerin war. Auf den Rückseiten stand nichts. Die Silhouetten waren auf weißen Karton geklebt. Es fand sich keine Signatur, nichts, was den Urheber verriet. Konnte es Henrik selbst gewesen sein?

Sie ging den Inhalt der Tasche ein weiteres Mal durch. Am Ende saß sie wieder mit den Silhouetten in der Hand da. Was bedeuteten sie?

Sie ging zur Rezeption hinunter, dann in den Garten. Der Wind vom Meer war mild, gesättigt mit den Düften geheimnisvoller Gewürze.

Sie setzte sich auf eine Bank und schaute über das dunkle Meer. Eine Leuchtboje blinkte, weit draußen am Horizont zog ein Schiff nach Süden.

Sie erschrak, als plötzlich Lucinda vor ihr auftauchte.

Warum bewegen sich hier alle Menschen lautlos? Warum höre ich sie nicht kommen?

Lucinda setzte sich neben sie. »Was haben Sie in der Tasche gefunden?«

Louise fuhr auf. »Wie können Sie davon wissen?«

»Ich habe Håkansson getroffen. Diese Stadt ist groß und zugleich sehr klein. Ich habe ihn zufällig getroffen, und er hat es mir erzählt.«

»Er sagte, Sie hießen Julieta, er kenne niemanden mit Namen Lucinda.«

Lucindas Gesicht blieb im Schatten. »Männer geben Frauen manchmal die Namen, die sie wollen.«

»Warum sollten die Frauen sich darauf einlassen?«

Im gleichen Augenblick, aber dennoch zu spät, sah Louise ein, was Lucinda meinte.

»Er fand, ich sähe aus wie eine Frau, die Julieta heißen

müßte. Drei Monate trafen wir uns an zwei Abenden in der Woche, immer zu bestimmten Zeiten, fast immer in den diskreten Wohnungen, die für solche Treffen vermietet werden. Dann fand er eine andere, oder seine Frau kam her. Ich weiß es nicht mehr.«

»Soll ich Ihnen das glauben?«

Die Antwort kam wie ein Peitschenhieb.

»Daß ich seine Hure war? Daß ich seine schwarze kleine Muschi war, mit der er gegen Bares spielen konnte, immer in Dollar oder südafrikanischen Rand?«

Lucinda stand auf. »Ich kann Ihnen nicht helfen, wenn Sie nicht verstehen wollen, was in einem armen Land geschieht.«

»Ich habe nichts Böses gemeint.«

»Sie werden nie verstehen, Sie brauchen niemals darüber nachzudenken, ob Sie die Beine breit machen, um etwas Eßbares in Ihren eigenen Bauch oder den Bauch Ihrer Kinder und Eltern zu kriegen.«

»Vielleicht können Sie es mir erklären?«

»Deshalb bin ich gekommen. Ich möchte, daß Sie mich morgen nachmittag begleiten. Ich will Ihnen etwas zeigen. Etwas, was auch Henrik gesehen hat. Es wird nichts passieren, Sie brauchen keine Angst zu haben.«

»Ich habe vor allem hier Angst, vor der Dunkelheit, daß ich von Menschen beraubt werde, die ich weder sehe noch höre. Ich habe Angst, weil ich nicht verstehe.«

»Henrik hatte auch Angst. Aber er versuchte, sich von der Angst zu befreien. Er versuchte zu verstehen.«

Lucinda ging. Der Wind war noch immer mild. Louise sah sie vor sich, wie sie durch dunkle Straßen zu der Bar ging, in der sie arbeitete.

Sie blickte sich in dem großen Hotelgarten um. Überall ahnte sie Schatten im Dunkeln.

14

Sie stand am Fenster und sah, wie die Sonne zum Sprung aus dem Meer ansetzte. Als sie ein Kind war, hatte ihr Vater einmal davon gesprochen, daß die Welt eine ungeheure Bibliothek von gesammelten Sonnenaufgängen und Abenddämmerungen sei. Sie hatte nie ganz verstanden, was er gemeint hatte, wie die Bewegungen der Sonne mit der Schrift zwischen Buchdeckeln verglichen werden konnten. Auch jetzt, während sie hier stand und sah, wie das Licht sich auf dem Wasser ausbreitete, konnte sie seinen Gedanken nicht nachvollziehen.

Sie überlegte, ob sie ihn anrufen und fragen sollte. Doch sie ließ es auf sich beruhen.

Statt dessen setzte sie sich auf den kleinen Balkon und wählte die Nummer des Hotels in Barcelona. Xavier war am Apparat. Herr Cantor hatte nichts von sich hören lassen, auch die Polizei nicht. Señor Castells hätte ihm bestimmt gesagt, wenn es Neuigkeiten von Herrn Cantor gäbe.

»Wir haben aber auch keine schlechten Nachrichten bekommen«, rief er, als wäre die Entfernung zwischen Barcelona und Südafrika zu groß, um einen normalen Gesprächston anzuschlagen.

Die Verbindung wurde unterbrochen. Sie versuchte es nicht noch einmal, man hatte ihr bestätigt, was sie schon wußte: Aron war weiterhin verschwunden.

Sie zog sich an und ging hinunter in den Speisesaal. Der Wind vom Meer war erfrischend. Als sie ihr Frühstück eben beendet hatte, sprach jemand sie mit ihrem Namen an: »Frau

Cantor«, mit Betonung auf der zweiten Silbe. Sie drehte sich um und sah direkt in das bärtige Gesicht eines Mischlings, halb Europäer, halb Afrikaner. Der Blick des Mannes war durchdringend. Wenn er sprach, sah man seine schlechten Zähne. Er war klein, korpulent und ungeduldig. »Louise Cantor?«

»Das bin ich.«

Sein Englisch war portugiesisch gefärbt, aber gut verständlich. Ohne zu fragen, zog er den Stuhl ihr gegenüber heraus und setzte sich. Der Bedienung, die sich näherte, winkte er ab.

»Ich bin Nuno, ein Freund von Lucinda. Ich habe gehört, daß Sie hier sind und daß Henrik tot ist.«

»Ich weiß nicht, wer Sie sind.«

»Natürlich nicht. Ich bin ja noch keine Minute hier.«

»Nuno, und weiter? Sie haben meinen Sohn gekannt?«

»Nuno da Silva. Ich bin Journalist. Henrik hat mich vor ein paar Monaten aufgesucht. Er hat Fragen gestellt, wichtige Fragen. Ich bin gewohnt, daß Menschen mich aufsuchen, aber nicht, daß sie Fragen stellen, die mich interessieren.«

Louise versuchte sich zu erinnern, ob Henrik in seinen Aufzeichnungen je den Namen des Mannes erwähnt hatte. Doch ihr fiel kein Nuno da Silva ein.

»Was für Fragen waren das?«

»Sagen Sie mir zuerst, was geschehen ist. Lucinda sagte, er sei in seinem Bett gestorben. Wo stand sein Bett?«

»Warum stellen Sie eine so eigentümliche Frage?«

»Weil er auf mich den Eindruck eines Mannes machte, der den Ort, an dem sein Bett stand, häufig wechselte. Ein junger Mann in Bewegung. Als ich ihm begegnete, dachte ich sofort, daß er mich daran erinnerte, wie ich selbst vor fünfundzwanzig Jahren war.«

»Er starb in Stockholm.«

»Ich habe diese Stadt einmal besucht. Es war 1974. Die Portugiesen standen kurz davor, ihre Kriege in den afrikanischen Kolonien zu verlieren. Es war vor der Revolte der Offiziere in

Lissabon. Anlaß meiner Reise war eine Konferenz; wer mir die Kosten bezahlte und mir ein Visum besorgte, weiß ich bis heute nicht. Aber es war ermutigend zu sehen, wie diese geborgenen schwedischen Jugendlichen, die nicht die geringste Erfahrung mit Kriegen und den Abscheulichkeiten kolonialer Unterdrückung gemacht hatten, uns freimütig ihre Unterstützung anboten. Aber das Land machte auch einen seltsamen Eindruck auf mich.«

»Inwiefern?«

»Wir sprachen von früh bis spät über die Freiheit. Aber es war unmöglich, nach zehn Uhr abends ein Lokal zu finden, wo man Bier trinken konnte. Alles war geschlossen, oder Alkohol war verboten. Niemand konnte erklären, warum. Die Schweden verstanden uns, aber nicht sich selbst. Was ist mit Henrik passiert?«

»Die Ärzte sagen, sein Körper sei voller Schlafmittel gewesen.«

»Er hätte nie Selbstmord begangen! War er krank?«

»Er war nicht krank.«

Warum lüge ich? Warum sage ich nicht, daß es die Angst vor der Krankheit gewesen sein kann, die ihn getötet hat. Aber ich will vielleicht noch immer nicht glauben, daß es tatsächlich so war. Er war krank, aber er hätte dagegen angekämpft. Und er hätte es mir gesagt.

»Wann ist er gestorben?«

»Am 17. September.«

Die Reaktion des dunkelhaarigen kleinen Mannes auf Louises Antwort war energisch. »Er hat mich ein paar Tage zuvor angerufen.«

»Sind Sie sicher?«

»Ich bin Journalist, aber auch Herausgeber einer Zeitung. Meine kleine Faxzeitung erscheint täglich außer sonntags. Ich trage einen Kalender in meinem Gehirn mit mir herum. Henrik rief an einem Dienstag an, und Sie haben ihn am Freitag gefunden.«

»Was wollte er?«

»Er hatte einige Fragen, die nicht warten konnten.«

Der Frühstücksraum begann sich zu füllen. Die meisten Gäste waren laute Südafrikaner mit vorstehenden Bäuchen. Louise sah, daß Nuno immer stärker irritiert war. »Ich komme nie hierher. Hier gibt es nichts, was die Wahrheit über dieses Land erzählt. Es könnte ein Hotel in Frankreich oder England sein, oder warum nicht in Lissabon. Hier ist die Armut weggefegt, es ist ihr verboten, sich zu zeigen.«

»Ich ziehe heute um.«

»Henrik hätte nie einen Fuß in ein Hotel wie dieses gesetzt, wenn er nicht einen Anlaß gehabt hätte.«

»Welchen zum Beispiel?«

»Seine Mutter zu treffen und ihr zu sagen, daß sie dieses Hotel verlassen sollte. Können wir uns nicht nach draußen setzen?«

Ohne eine Antwort abzuwarten, stand er auf und ging schnell nach draußen auf die Terrasse.

»Ein sehr guter Mann«, sagte die Serviererin zu Louise. »Er spricht das aus, was andere verschweigen. Aber er lebt gefährlich.«

»Warum?«

»Die Wahrheit ist immer gefährlich. Nuno da Silva hat keine Angst. Er ist sehr mutig.«

Nuno lehnte am Zaun und blickte abwesend aufs Meer hinaus. Sie trat neben ihn. Die Sonne wurde von einer aufgespannten Markise verdeckt, die sich im schwachen Wind bewegte.

»Er kam mit seinen Fragen zu mir. Doch es waren ebensosehr Behauptungen wie Fragen. Ich merkte sofort, daß er eine Spur verfolgte.«

»Was für eine Spur war das?«

Nuno da Silva schüttelte unwillig den Kopf. Er wollte nicht unterbrochen werden. »Unsere erste Begegnung wurde von einer kleineren Katastrophe eingeleitet. Henrik erschien in der Zeitungsredaktion und fragte mich, ob ich sein Vergil sein wolle. Ich hörte kaum, was er sagte, aber Vergil und Dante kannte ich. Ich dachte, er sei ein überdrehter Student, der sich aus einem unerfindlichen Grund wichtig machen wollte. Also antwortete ich ihm entsprechend. Ich sagte ihm, er solle sich zur Hölle scheren und mich nicht stören. Da entschuldigte er sich, er suche keinen Vergil, er sei kein Dante, er wolle nur reden. Ich fragte, warum er ausgerechnet zu mir gekommen sei. Er antwortete, daß Lucinda ihm gesagt habe, er solle Kontakt zu mir aufnehmen. Aber hauptsächlich, weil alle, mit denen er sprach, über kurz oder lang meinen Namen nannten. Ich bin die personifizierte Bestätigung des gegenwärtigen hoffnungslosen Zustands hier. Ich bin nahezu der einzige, der die Dinge in Frage stellt, die Übergriffe der Machthaber, die Korruption. Ich bat ihn zu warten, weil ich zuerst einen Artikel beenden mußte. Er saß auf einem Stuhl, sagte nichts, wartete. Nachher gingen wir hinaus, meine Zeitung ist in einer Garage auf einem Hof untergebracht. Wir saßen auf zwei Benzinfässern, die wir zu zwei unbequemen Bänken zurechtgebogen haben. Es sind gute Sitzplätze, weil es allzu anstrengend wird, lange auszuruhen. Rückenschmerzen bekommt man von Faulheit.«

»Nicht mein Vater. Er war Holzfäller. Sein Rücken ist kaputt, aber bestimmt nicht, weil er faul gewesen ist.«

Nuno da Silva schien ihre Bemerkung gar nicht zu hören. »Er hatte einige Artikel gelesen, die ich über Aids geschrieben habe. Er war überzeugt davon, daß ich recht hatte.«

»Womit?«

»Was die Ursachen der Epidemie angeht. Ich bezweifle nicht, daß tote Schimpansen und Menschen, die Affenfleisch gegessen haben, mit der Krankheit zu tun haben. Aber daß ein

Virus, das so geschickt darin ist, sich zu verbergen, sich selbst zu manipulieren und ständig in neuer Gestalt aufzutauchen, keine Entbindungshilfe gehabt hat, das zu glauben weigere ich mich. Niemand kann mich davon überzeugen, daß dieses Virus seinen Ursprung nicht in einem geheimen Laboratorium von der Sorte hat, wie sie das amerikanische Regime im Irak vergeblich gesucht hat.«

»Gibt es dafür irgendwelche Beweise?«

Nuno da Silvas Ungeduld ging in offene Gereiztheit über. »Für das Selbstverständliche bedarf es nicht immer unmittelbarer Beweise. Früher oder später findet man sie. Noch immer gilt der Satz der alten Kolonialisten. ›Afrika wäre das Paradies auf Erden, wenn dort nur nicht all diese verfluchten Afrikaner lebten.‹ Aids ist ein Instrument, um die Schwarzen auf diesem Kontinent zu töten. Daß ein paar Homosexuelle in den USA und andere, die sich einem normalen freundlichen Sexualleben widmen, dabei mit draufgehen, ist eine Randerscheinung, die kaum ins Gewicht fällt. Diese zynische Auffassung finden Sie bei Menschen, die meinen, das Recht zu haben, die Welt zu beherrschen. Henriks Gedanken gingen in die gleiche Richtung. Aber er fügte einen Satz hinzu, an den ich mich noch wörtlich erinnere: ›Die Männer in Afrika sind im Begriff, die Frauen auszurotten.‹«

»Wie hat er das gemeint?«

»Die Frauen haben nur sehr geringe Möglichkeiten, sich zu schützen. Die Dominanz der Männer auf diesem Kontinent ist erschreckend. Hier herrschen patriarchalische Traditionen, die ich wirklich nicht verteidigen will. Aber das gibt westlichen Laboratorien wahrhaftig nicht das Recht, uns zu vernichten.«

»Was geschah dann?«

»Wir unterhielten uns vielleicht eine Stunde. Ich mochte ihn. Ich schlug ihm vor, in europäischen Zeitungen darüber zu schreiben, aber er antwortete, es sei noch zu früh. *Noch nicht.* Daran erinnere ich mich genau.«

»Warum sagte er das?«

»Er wollte eine Spur verfolgen, aber er sagte nicht, welche. Ich spürte, daß er nicht darüber sprechen wollte. Er wußte vielleicht noch nicht genug. Dann trennten wir uns. Ich lud ihn ein, mich wieder zu besuchen. Doch das hat er nicht getan.«

Er warf einen raschen Blick auf seine Uhr. »Ich muß gehen.«

Sie versuchte, ihn zurückzuhalten. »Jemand hat ihn getötet. Ich muß herausfinden, wer es war und was die Ursache dafür war.«

»Er sagte nichts, was ich nicht auch gesagt habe. Wonach er suchte, weiß ich nicht. Auch wenn ich es ahne.«

»Was ahnen Sie?«

Er schüttelte den Kopf. »Ahnungen. Nichts anderes. Vielleicht wurde ihm das, was er wußte, zu schwer, um es zu tragen. Menschen können daran sterben, wenn sie zuviel über das Leiden anderer wissen.«

»Sie sagten, er habe eine Spur verfolgt?«

»Ich glaube, es war in ihm. Ein Gedanke, der eine Spur war. Ich verstand nicht ganz, was er meinte. Die Verbindung, nach der er suchte, war äußerst unklar. Er sprach von Drogenschmuggel. Große Umladungen von Heroin von den Mohnkulturen in Afghanistan. Schiffe, die draußen vor der Küste von Mozambique auf Reede lagen, schnelle Motorboote, die das Heroin abholten, Transporte in der Dunkelheit über unbewachte Grenzposten nach Südafrika und von da weiter in andere Teile der Welt. Auch wenn an Polizisten, Zollbeamte, Staatsanwälte, Richter, Staatsbeamte und nicht zuletzt an die verantwortlichen Minister hohe Bestechungsgelder gezahlt werden müssen, ist der Verdienst ungeheuer groß. Mit Drogenhandel wird heute ebensoviel Umsatz erzielt wie mit der gesamten Tourismusindustrie. Mehr als mit Waffenproduktion. Henrik hat sehr dunkel über einen Zusammenhang zwischen der Aids-Epidemie und dieser Sache gesprochen. Woher er seine Informationen bekommen hat, weiß ich nicht. Jetzt muß ich gehen.«

Sie trennten sich vor dem Hotel.

»Ich werde bei einem Mitarbeiter der schwedischen Botschaft wohnen, Lars Håkansson.«

Nuno da Silva schnitt eine Grimasse. »Eine interessante Person.«

»Kennen Sie ihn?«

»Ich bin Journalist, und ich muß wissen, was sich zu wissen lohnt. Über die Wirklichkeit wie über die Menschen.«

Er gab ihr hastig die Hand, wandte sich um und verschwand die Straße hinab. Sie sah, daß er es eilig hatte.

Die große Hitze machte ihr zu schaffen. Sie kehrte in ihr Zimmer zurück. Nuno da Silvas Gesichtsausdruck war nicht mißzuverstehen gewesen. Vor Lars Håkansson hatte er nicht den geringsten Respekt.

Sie blickte zur Decke und versuchte zu entscheiden, welchen Bogen sie spannen sollte. Vielleicht sollte sie Lars Håkansson aus dem Weg gehen. Aber Henrik hatte bei ihm gewohnt. Ich muß die Stellen finden, an denen Henrik irgendwelche Abdrücke hinterlassen haben kann, dachte sie.

Es war Viertel nach neun. Sie rief Artur an. Seiner Stimme war anzumerken, daß er ihren Anruf früher erwartet hatte. Sofort hatte sie einen Kloß im Hals. Vielleicht war er wieder die ganze Nacht wach gewesen.

Es gibt jetzt nur noch ihn und mich. Die anderen sind nicht mehr da.

Sie dachte, es würde ihn beruhigen, wenn sie sagte, daß alles in Ordnung sei und daß sie bei einem Mitarbeiter der schwe-

dischen Botschaft wohnen könnte. Er erzählte, daß es schneite, dichter jetzt, mehr als zehn Zentimeter im Laufe der Nacht.
Außerdem hatte er auf der Straße einen toten Hund gefunden, als er die Zeitung hereinholte.

»Was ist mit ihm passiert?«

»Ich konnte nicht erkennen, daß jemand ihn angefahren
hat. Es sah aus, als hätte ihm jemand in den Kopf geschossen
und ihn auf die Straße geworfen.«

»Kanntest du den Hund?«

»Nein. Er war nicht von hier. Aber wie kann man einen
Hund so hassen?«

Nach dem Telefongespräch blieb sie auf dem Bett liegen. *Wie
kann man einen Hund so hassen?* Sie dachte an das, was Nuno
da Silva gesagt hatte. Konnte er wirklich recht haben damit,
daß die fürchterliche Aids-Epidemie aufgrund einer Konspi-
ration ausgebrochen war, die das Ziel verfolgte, die Menschen
auf dem afrikanischen Kontinent auszurotten? Sollte Henrik
ein Teil jener Randerscheinung gewesen sein, die nicht ins Gewicht fiel? Es kam ihr wie der reine Wahnsinn vor. Und auch
Henrik mußte es so vorgekommen sein. Er wäre nie Anhän-
ger einer Verschwörungstheorie geworden, die einer genauen
Prüfung nicht standhielt.

Sie setzte sich im Bett auf und zog das Laken um sich. Die Klimaanlage ließ sie frösteln, ihre Arme hatten eine Gänsehaut.

Was war das für eine Spur, die Henrik, wie Nuno da Silva
bemerkt haben wollte, verfolgte? Eine innere Spur. Welchen
Bogen hatte Henrik gespannt? Wohin hatte er den Pfeil gerichtet? Sie wußte es nicht, aber sie spürte, daß sie sich etwas
näherte.

Sie fluchte laut, geradewegs in die Luft. Dann stand sie auf,
blieb lange unter der kalten Dusche, packte ihre Taschen und
hatte das Zimmer bereits bezahlt, als Håkansson erschien.

»Ich dachte gerade darüber nach, daß mein Vater mich bestimmt Lars genannt hätte, wenn ich ein Junge gewesen wäre.«

»Ein ausgezeichneter Name. Leicht in allen Sprachen auszusprechen, außer vielleicht für die Chinesen, die Mandarin sprechen. Lars Herman Olof Håkansson. Lars nach meinem Großvater väterlicherseits, Herman nach meinem Großvater mütterlicherseits, der Marineoffizier war, und Olof nach Olof Skötkonung, dem König aus der Wikingerzeit. Mit diesen drei Schutzheiligen segle ich durchs Leben.«

Aber Lucinda wolltest du Julieta nennen. Warum hat es dich erregt, ihren Namen zu wechseln?

Sie bat ihn, seine Adresse aufzuschreiben, und gab den Zettel an der Rezeption ab mit der Bitte, sie einer Frau namens Lucinda zu geben, falls sie komme und nach ihr frage.

Lars Håkansson stand neben ihr, verloren in Gedanken. Sie sprach leise, damit er es nicht verstand.

Die Wohnung lag in einer Straße, die Kaunda hieß. Diplomatenviertel, viele Nationalflaggen. Mauerbewehrte Villen, uniformierte Wachen, bellende Hunde. Sie traten durch ein eisernes Tor, ein Mann, der im Garten arbeitete, nahm ihr die Taschen ab, obwohl sie sie lieber selbst tragen wollte.

»Das Haus ist von einem portugiesischen Arzt gebaut worden«, erklärte Lars Håkansson. »1974, als die Portugiesen endlich einsahen, daß die Schwarzen sich sehr bald befreien würden, verließ er das Land. Er soll ein Segelboot im Hafen zurückgelassen haben und ein Klavier, das auf dem Kai verrottete, weil es nicht auf das Fluchtschiff nach Lissabon verladen wurde. Der Staat übernahm die leeren Häuser. Jetzt hat der schwedische Staat das Haus gemietet, die Steuerzahler kommen für meine Miete auf.«

Das Haus war von einem Garten umgeben, auf der Rückseite standen einige hohe Bäume. Ein angeketteter Schäferhund beobachtete sie wachsam. Im Haus traf sie zwei Dienerinnen, eine alt, eine jung.

»Graça«, sagte er, als Louise die ältere Frau begrüßte. »Sie putzt, ist zwar viel zu alt, will aber bleiben. Ich bin wohl die neunzehnte schwedische Familie, für die sie arbeitet.«

Graça griff resolut nach ihren Taschen und trug sie die Treppe hinauf. Louise blickte entsetzt auf ihren mageren Körper.

»Celina«, sagte Lars Håkansson. Louise begrüßte die junge Frau. »Sie ist aufgeweckt und kocht schmackhaftes Essen. Wenn Sie etwas brauchen, sprechen Sie mit ihr. Tagsüber ist immer jemand hier. Ich komme heute abend spät nach Hause. Sagen Sie Bescheid, wenn Sie hungrig sind, dann bekommen Sie etwas zu essen. Celina zeigt Ihnen Ihr Zimmer.«

Er war schon an der Tür, als sie ihn einholte.

»Ist es das Zimmer, in dem Henrik gewohnt hat?«

»Ich dachte, Sie wollten es so. Wenn es Ihnen nicht recht ist, können Sie tauschen. Das Haus ist groß. Doktor Sa Pinto hatte, den Erzählungen zufolge, eine sehr große Familie. Jedes Kind sollte ein eigenes Schlafzimmer haben.«

»Ich wollte es nur wissen.«

»Jetzt wissen Sie es.«

Louise ging ins Haus zurück. Celina wartete an der Treppe. Graça war wieder heruntergekommen und machte sich in der Küche zu schaffen. Louise folgte Celina in dem vollkommen weißen Haus die Treppe hinauf.

Sie kamen in einen Raum, in dem die Feuchtigkeit gelbe Flecken auf dem Putz gebildet hatte, sie spürte einen schwachen Geruch von Schimmel. Hier hatte Henrik geschlafen. Das Zimmer war nicht groß, den meisten Platz nahm das Bett ein. Vor den Fenstern waren Gitter wie in einem Gefängnis.

Ihre Taschen lagen auf dem Bett. Sie öffnete die Tür des Kleiderschranks. Er war leer, bis auf einen Golfschläger.

Sie stand reglos neben dem Bett und versuchte, sich Henrik in diesem Zimmer vorzustellen. Aber er war nicht da. Sie fand ihn nicht.

Sie packte ihre Taschen aus, suchte nach einem Badezimmer, nachdem sie einen Blick in das große Schlafzimmer von Lars Håkansson geworfen hatte. Ob Lucinda, oder Julieta, wie er sie gegen Bezahlung nannte, in diesem Bett geschlafen hatte?

Ein heftiges Unbehagen überkam sie. Sie ging wieder hinunter ins Erdgeschoß, zog den Korken aus einer halbvollen Flasche Wein und setzte sie an den Mund.

Zu spät sah sie, daß Graça in der leicht geöffneten Küchentür stand und sie betrachtete.

Um zwölf Uhr wurde ihr ein Omelett serviert. Der Tisch wurde gedeckt, als befände sie sich in einem Restaurant. Sie stocherte nur im Essen herum.

Die Leere, bevor ein Entschluß gefaßt wird, dachte sie. Eigentlich weiß ich schon, daß ich so schnell wie möglich wieder abreisen sollte.

Sie trank Kaffee hinter dem Haus, wo die Hitze nicht so stark war. Der Hund lag an seiner Kette und ließ sie nicht aus den Augen. Langsam nickte sie ein.

Sie erwachte davon, daß Celina sie leicht an der Schulter berührte. »Besuch«, sagte sie.

Louise erhob sich schlaftrunken. Sie hatte von Artur geträumt, etwas, was in ihrer Kindheit geschehen war. Wieder waren sie in dem dunklen See geschwommen. An mehr konnte sie sich nicht erinnern.

Im Wohnzimmer wartete Lucinda auf sie.

»Haben Sie geschlafen?«

»Meine Trauer und mein Schlaf gleiten ineinander. Ich habe noch nie soviel und sowenig geschlafen wie nach Henriks Tod.«

Celina kam herein, fragte etwas in ihrer afrikanischen Sprache und verschwand wieder.

Louise dachte, daß sie sich so leicht bewegte, als ob ihre Füße den dunkelbraunen Holzfußboden gar nicht berührten. »Worüber haben Sie gesprochen? Ich verstehe absolut nichts.«

»Sie hat gefragt, ob ich etwas trinken möchte. Ich habe nein gesagt.«

Lucinda war weiß gekleidet und trug Schuhe mit hohen Absätzen. Ihr Haar war geflochten und lag dicht am Kopf an.

Lucinda ist sehr schön. Sie hat mit Henrik das Bett geteilt, genau wie mit Lars Håkansson.

Der Gedanke bereitete ihr Unbehagen.

»Ich möchte Sie auf eine Autofahrt mitnehmen«, sagte Lucinda.

»Wohin?«

»Aus der Stadt hinaus. An einen Ort, der Henrik sehr viel bedeutet hat. Wir kommen am Abend zurück.«

Lucindas Wagen stand im Schatten eines blühenden Jakarandabaums. Lavendelfarbene Blätter waren auf die rote Motorhaube gefallen. Der Wagen war alt und verbeult. Als Louise sich hineinsetzte, spürte sie den Duft von Früchten.

Sie fuhren durch die Stadt. Es war sehr warm im Auto. Louise hielt das Gesicht dem offenen Fenster zugewandt, um den Luftzug aufzufangen. Der Verkehr war chaotisch, überall Fahrzeuge, die vorwärtsdrängten. Fast alle Autos wären in Schweden auf der Stelle aus dem Verkehr gezogen worden, dachte Louise. Aber es war nicht Schweden, sie waren in einem Land in Ostafrika, und hier war Henrik gewesen, kurz bevor er gestorben war.

Sie näherten sich den Außenbezirken der Stadt, heruntergekommene Lagerhallen, überall aufgebrochene Bürgersteige, rostige Autos und ein endloser Strom gehender Menschen. Als sie vor einer roten Ampel hielten, sah Louise eine Frau, die einen großen Korb auf dem Kopf trug, eine andere Frau balancierte zwei hochhackige rote Schuhe, ebenfalls auf dem Kopf. *Überall Lasten*, dachte sie. *Lasten, die ich auf den Köpfen der Frauen sehe. Andere Lasten, die sie in sich tragen, kann ich nur erahnen.*

Lucinda bog an einer chaotischen Kreuzung ab, an der die Ampeln nicht funktionierten. Entschlossen manövrierte sie den Wagen durchs Gewühl. Louise erkannte im Vorbeifahren den Namen Xai-Xai auf einem Wegweiser.

»Wir fahren nach Norden«, sagte Lucinda. »Wenn Sie hier immer geradeaus fahren würden, kämen Sie in Ihr Land. Wir fahren nach Osten und nach Norden.«

Sie fuhren an einem großen Friedhof vorüber. Vor den Toren drängten sich mehrere Beerdigungsgesellschaften. Plötzlich lag die Stadt hinter ihnen, der Verkehr nahm ab, die niedrigen Häuser aus Lehm und Wellblech entlang der Straße wurden seltener, die Landschaft öffnete sich, hohes Gras, in der Ferne Berghöhen, alles in verschiedenen Grüntönen. Lucinda konzentrierte sich aufs Fahren. Überladene Lastwagen und Busse, die Wolken schwarzer Abgase ausstießen, blockierten die Straße, nur selten gab es Überholmöglichkeiten. Louise betrachtete die Menschen auf den Feldern. Sie sah einige Männer, doch hauptsächlich Frauen, Hacken, die gehoben wurden und herabfielen, gebeugte Rücken – und an den Straßenrändern ein nicht abreißender Strom gehender Menschen.

»Es ist Henriks Auto«, sagte Lucinda plötzlich.

Sie hatte einen der qualmenden Busse überholt, und die Straße lag gerade und frei vor ihnen.

»Er hat ihn für viertausend Dollar gekauft«, fuhr sie fort. »Er hat viel zuviel bezahlt. Bevor er abreiste, hat er mich gebeten, daß ich mich darum kümmere, bis er zurückkäme. Ich nehme an, es ist jetzt Ihr Auto.«

»Es ist nicht meins. Wofür brauchte er ein Auto?«

»Er fuhr gern. Vor allem, nachdem er angefangen hatte, den Ort zu besuchen, zu dem wir jetzt unterwegs sind.«

»Ich weiß noch immer nicht, wohin wir fahren.«

Lucinda antwortete nicht. Louise fragte nicht noch einmal.

»Er hat es von einem Dänen gekauft, der seit vielen Jahren hier wohnt und eine kleine Werkstatt betreibt. Alle wissen, wer Carsten ist. Ein freundlicher Mann mit einem dicken Bauch, der mit einer mageren kleinen schwarzen Frau aus Quelimane verheiratet ist. Sie streiten sich immer, vor allem sonntags, wenn sie am Strand spazierengehen. Alle freuen sich, sie streiten zu sehen, weil es beweist, wie sehr sie sich lieben.«

Sie fuhren eine gute Stunde, die meiste Zeit schweigend. Louises Augen folgten der wechselnden Landschaft. Manchmal fand sie, daß sie sich eine Winterlandschaft in Härjedalen vorstellen konnte, wenn das Grün durch Weiß ersetzt würde. Auch die griechische Natur, die sie von der Peloponnes her kannte, war vertreten. Alles schien eins zu sein, dachte sie. Aus den Scherben der Natur kann man alle Arten von Landschaften bilden.

Lucinda schaltete zurück und bog von der Straße ab. Hier war eine Bushaltestelle und ein kleiner Markt. Die Erde neben der Fahrbahn war zertreten, in kleinen Buden wurden Bier, Erfrischungsgetränke und Bananen verkauft. Ein paar Jungen mit Kühltaschen stürmten aufs Auto zu. Lucinda kaufte zwei Sodawasser und gab Louise das eine, scheuchte dann die Jungen fort. Sie gehorchten ihr sofort und unterließen alle aufdringlichen Versuche, ihre südafrikanischen Kekspackungen zu verkaufen.

»Hier haben wir immer angehalten«, sagte Lucinda.

»Sie und Henrik?«

»Manchmal verstehe ich Ihre Fragen nicht. Mit wem sonst hätte ich hier sein sollen? Mit einem meiner Kunden aus der Vergangenheit?«

»Ich weiß nichts über Henriks Leben in diesem Land. Was wollte er? Wohin fahren wir?«

Lucinda betrachtete einige Kinder, die mit einem Hundewelpen spielten.

»Als wir das letzte Mal hier waren, sagte er, daß er diesen Platz liebe. Hier endete die Welt, oder hier fing sie an. Niemand könnte ihn finden.«

»Hat er das gesagt?«

»Ich erinnere mich an seine Worte. Ich fragte ihn, was er meine, weil ich nicht verstand. Er konnte manchmal so dramatisch sein. Aber als er vom Anfang und vom Ende der Welt sprach, war er vollkommen ruhig. Es war, als wäre die Angst, die er ständig mit sich herumtrug, plötzlich verschwunden, zumindest für einen flüchtigen Augenblick.«

»Was hat er geantwortet?«

»Nichts. Er schwieg. Dann fuhren wir weiter. Das war alles. Soweit ich weiß, ist er nicht wieder hergekommen. Ich weiß nicht, warum er aus Maputo abgereist ist. Ich wußte nicht einmal, daß er abreisen würde. Plötzlich war er einfach weg. Niemand wußte etwas.«

Genau wie Aron. Die gleiche Art zu fliehen, ohne ein Wort, ohne eine Erklärung. Genau wie Aron.

»Setzen wir uns in den Schatten«, sagte Lucinda und öffnete die Wagentür. Louise folgte ihr zu einem Baum, dessen Stamm zu einer knorpeligen Bank geformt war, auf der sie beide Platz fanden.

»Schatten und Wasser«, sagte Lucinda. »Das teilen wir in warmen Ländern. Was teilen Sie, wo es kalt ist?«

»Wärme. Es gab einen berühmten Mann in Griechenland, der einst einen mächtigen Herrscher, der ihm versprochen hatte, seinen größten Wunsch zu erfüllen, darum bat, zur Seite zu treten, weil er ihm die Sonne verdeckte.«

»Sie gleichen sich, Sie und Henrik. Sie haben die gleiche Art von … Hilflosigkeit.«

»Danke.«

»Ich wollte Sie nicht verletzen.«

»Es war ein aufrichtiges Danke, weil Sie finden, daß ich meinem Sohn gleiche.«

»Ist es nicht umgekehrt? Daß er Ihnen glich? In dem Punkt unterscheiden Sie und ich uns auf jeden Fall. Ich glaube nicht, daß man seinen Ursprung aus der Zukunft nimmt. Man kann sich dem Unbekannten nicht nähern, ohne die ganze Zeit zu wissen, was vorher da war.«

»Aus dem Grund bin ich Archäologin geworden. Ohne Fragmente und Flüstern aus der Vergangenheit gibt es kein Jetzt, keine Zukunft, nichts. Vielleicht haben wir trotz allem mehr gemeinsam, als Sie glauben?«

Die mit dem mageren Hundewelpen spielenden Kinder liefen vorbei. Staub wirbelte von der trockenen Erde auf.

Lucinda zeichnete mit dem Fuß etwas, was einem Kreuz in einem Kreis glich.

»Wir sind unterwegs zu einem Ort, an dem Henrik eine große Freude erlebte. Vielleicht hat er dort so etwas wie einen Glückszustand empfunden. Er hatte sein Auto gekauft, ohne mir zu erzählen, wozu er es brauchte. Eines Abends tauchte er weit nach Mitternacht in der Bar auf, er blieb, bis ich aufhörte, und fuhr mich nach Hause. Er erzählte von einem Mann namens Christian Holloway, der ein paar Dörfer errichtet hatte, in denen Aidskranke gepflegt werden sollten. Der Ort, den er besucht hatte, war namenlos, denn Holloway predigte Demut.

Sogar ein Name wäre vermessen. Diejenigen, die dort gepflegt wurden, zahlten nichts. Diejenigen, die dort arbeiteten, taten es freiwillig, viele Europäer, aber auch Amerikaner und Asiaten. Ihr Wirken dort war gänzlich ideell, sie lebten einfach. Es war keine religiöse Sekte. Henrik sagte, es seien keine Götter nötig, weil ihre Handlungen göttlich seien. Ich sah an diesem Morgen etwas bei ihm, was ich noch nie zuvor gesehen hatte. Er hatte die Mauer von Verzweiflung, gegen die er so hart angekämpft hatte, durchstoßen.«

»Was geschah dann?«

»Er fuhr am nächsten Morgen wieder zurück. Vielleicht war er nur nach Maputo gekommen, um seine Freude mit mir zu teilen. Jetzt hatte er etwas gefunden, das er in die zweite Waagschale legen konnte, bevor das Elend den Sieg davontrug. Das waren seine eigenen Worte, oft hörte er sich recht pathetisch an. Aber es war ihm ernst. Henrik war, wie er war. Er hatte das Unrecht gesehen, er hatte gesehen, daß Aids eine Pest war, an die niemand rühren wollte. Ich weiß nicht, was es bedeutete, daß er selbst angesteckt war. Auch nicht, wie es dazu gekommen war. Oder wann. Aber jedesmal, wenn wir uns trafen, sagte er, er wolle mir Holloways Dorf zeigen, wo die Güte und die Fürsorge gesiegt hatten. Schließlich nahm er mich mit. Ein einziges Mal.«

»Warum hat er das Dorf verlassen und ist nach Europa zurückgekehrt?«

»Vielleicht können Sie dort die Antworten auf Ihre Fragen finden.«

Louise stand auf.

»Ich kann nicht warten. Wie weit ist es noch?«

»Wir sind ungefähr auf der Hälfte.«

Die Landschaft wechselte zwischen braun und grün. Sie erreichten eine Ebene an einem breiten Fluß, überquerten eine Brücke und fuhren durch die Stadt mit dem Namen Xai-Xai.

Kurz danach bog Lucinda in eine Straße ein, die schnurgerade in eine endlose Buschlandschaft zu führen schien. Der Wagen schüttelte und schlug auf der holperigen Piste.

Nach zwanzig Minuten lag plötzlich ein Dorf aus weißen Lehmhütten vor ihnen. Es gab auch einige größere Gebäude, alle um einen offenen Sandplatz gruppiert. Lucinda bremste, fuhr in den Schatten unter einem Baum und stellte den Motor ab.

»Hier ist es. Das Dorf von Christian Holloway.«

Ich bin Henrik nahe. Vor wenigen Monaten war er noch hier.

»Henrik sagte, Besucher seien immer willkommen«, sagte Lucinda. »Das Gute soll vor niemandem geheimgehalten werden.«

»Hat er sich so ausgedrückt?«

»Ich glaube, er hatte Holloway oder einen seiner Helfer diese Worte sagen hören.«

»Wer ist Holloway eigentlich?«

»Henrik zufolge ein sehr reicher Mann. Er war sich nicht sicher, meinte aber, Holloway habe sein Vermögen mit verschiedenen technischen Patenten gemacht, die die Suche nach Öl auf dem Meeresboden erleichterten. Er ist reich und sehr scheu.«

»Das klingt kaum nach einem Menschen, der beschließt, sein Leben Aidskranken zu widmen.«

»Warum nicht? Ich habe mit meinem früheren Leben gebrochen, und ich kenne viele andere, die das gleiche getan haben.«

Lucinda stieg aus und beendete so das Gespräch. Louise blieb sitzen. Die Hitze und der Schweiß klebten ihr am Körper. Nach einem Augenblick folgte sie Lucinda und trat neben sie. Drückende Stille lag über dem Platz. Louise erschauerte in der Hitze. Obwohl niemand zu sehen war, kam es ihr vor, als wären Augen auf sie gerichtet.

Lucinda zeigte auf einen umzäunten Teich.

»Henrik hat von diesem Teich gesprochen, von dem alten Krokodil.«

Sie gingen näher heran. Das Wasser war morastig und dickflüssig. Am schlammigen Rand lag ein großes Krokodil. Lucinda und Louise schraken zusammen. Es war mindestens vier Meter lang. Die blutigen Reste der Hinterläufe eines Kaninchens oder eines Affen hingen zwischen den Kiefern der Bestie.

»Henrik hat gesagt, es sei über siebzig Jahre alt. Christian Holloway meint, es sei ihr Schutzengel.«

»Ein Krokodil mit weißen Flügeln?«

»Krokodile existieren seit zweihundert Millionen Jahren auf der Erde. Das Krokodil schreckt uns durch sein Wesen und seine Freßgewohnheiten. Aber niemand kann ihm das Recht streitig machen zu existieren, und man kann ihm auch seine phantastische Überlebensfähigkeit nicht absprechen.«

Louise schüttelte den Kopf. »Ich verstehe trotzdem nicht, wie er das meint. Ich würde Holloway gern selbst fragen. Ist er hier?«

»Das weiß ich nicht. Henrik sagte, daß er sich selten zeige. Er sei immer von Dunkel umgeben.«

»Hat Henrik sich so ausgedrückt? *Von Dunkel umgeben?*«

»Ich erinnere mich deutlich.«

Eine Tür in einem der großen Gebäude wurde geöffnet. Eine weiße Frau in heller Krankenhauskleidung trat heraus und kam auf sie zu. Louise fiel auf, daß sie barfuß war. Sie hatte kurzgeschnittenes Haar und war mager, ihr Gesicht war voller Sommersprossen. Sie schien in Henriks Alter zu sein.

»Herzlich willkommen«, sagte sie in gebrochenem Portugiesisch.

Louise antwortete auf englisch.

Die junge Frau wechselte sogleich die Sprache und stellte sich als Laura vor.

Drei L, dachte Louise. Lucinda und ich und jetzt eine Laura.

»Mein Sohn Henrik Cantor hat hier gearbeitet«, sagte sie. »Erinnern Sie sich an ihn?«

»Ich bin erst vor einem Monat aus den USA gekommen.«

»Er hat gesagt, man dürfe das Dorf besuchen.«

»Jeder ist willkommen. Ich führe Sie herum. Lassen Sie mich zur Warnung nur sagen, daß Aids keine schöne Krankheit ist. Sie tötet nicht nur Menschen und zerstört ihr Äußeres. Sie ruft auch ein Entsetzen hervor, das schwer zu ertragen sein kann.«

Lucinda und Louise blickten sich an.

»Ich ertrage es, Blut und verängstigte Menschen zu sehen«, sagte Lucinda. »Und Sie?«

»Einmal war ich die erste, die bei einem schweren Verkehrsunfall an der Unglücksstelle war. Überall war Blut, einem Mann war die Nase abgerissen worden. Das Blut wallte nur so heraus. Das habe ich ausgehalten. Zumindest habe ich sehr gut vor mir selbst verborgen, wie es mir zusetzte.«

Laura führte sie aus der gleißenden Sonne in die Häuser und Hütten. Louise hatte das Gefühl, in ein kirchenähnliches Dunkel einzutreten, in dem die kleinen Fenster einen seltsamen Eindruck von Mystik hervorriefen. *Christian Holloway war ein Mann, der von Dunkel umgeben war.* In den Hütten lagen die Kranken auf Pritschen oder direkt auf dem Boden auf Bastmatten. Ein ekelerregender Geruch von Urin und Kot schlug ihnen entgegen. Louise konnte kaum die einzelnen Gesichter erkennen. Was sie erlebte, waren leuchtende Augen, Stöhnen und der Geruch, und all das verschwand einfach, als sie auf dem Weg zum nächsten Haus für einen kurzen Augenblick wieder hinaus in die blendende Sonne traten. Es war ihr, als sänke sie durch die Jahrhunderte und beträte einen Raum voller Sklaven, die auf den Transport warteten. Sie flüsterte

Laura eine Frage zu, und die Pflegerin antwortete, die im Dunkeln verborgenen Menschen seien Sterbende, die nie wieder hinaus an die Sonne gelangen würden, für sie gebe es keine Hilfe mehr, sie befänden sich im letzten Stadium, in dem nur noch Schmerzlinderung möglich sei. Laura war wortkarg, still führte sie sie durch das Dunkel und durch das Leiden. Louise dachte, daß die klassischen Kulturen, nicht zuletzt die der Griechen, deren Gräber sie so häufig freilegte, klare Vorstellungen von Sterben und Tod hatten, von den Warteräumen vor und nach dem Übergang vom Leben zum Tod. *Jetzt wandere ich mit Vergil und Dante durch das Totenreich.*

Die Wanderung schien endlos zu sein. Sie gingen von Haus zu Haus. Überall Stöhnen, Röcheln, flüsternde Stimmen, Wörter, die aus unsichtbaren Kesseln aufbrodelten, verzweifelt, jenseits aller Hoffnung. Es durchfuhr sie wie ein schneidender Schmerz, als sie ein Kind weinen hörte, das war das schlimmste, die unsichtbaren Kinder, die hier lagen und starben.

In der Dunkelheit waren junge weiße Menschen zu erkennen, die sich über die Kranken beugten, mit Wassergläsern, Tabletten, flüsternden, tröstenden Worten. Louise sah ein sehr junges Mädchen mit einem glitzernden Ring in der Nase; es hielt eine abgemagerte Hand in der seinen.

Sie versuchte, sich Henrik in dieser Hölle vorzustellen. Vielleicht erkannte sie ihn dort drinnen. Er konnte wirklich hiergewesen sein, sie zweifelte nicht daran, daß er Kraft genug gehabt hatte, diesen Menschen beizustehen.

Als sie das letzte Haus verlassen hatten und Laura sie mitnahm in einen klimatisierten Raum, in dem ein Kühlschrank mit Eiswasser stand, bat Louise darum, mit jemandem sprechen zu dürfen, der Henrik gekannt hatte. Laura verschwand, um nachzusehen, ob sie jemanden finden konnte.

Lucinda war weiterhin stumm, sie weigerte sich, das Wasser, das auf dem Tisch stand, zu trinken. Plötzlich öffnete sie eine Tür zu einem Raum weiter innen. Sie wandte sich um und sah Louise an.

Der Raum war voller toter Menschen. Sie lagen auf dem Boden, auf Bastmatten, schmutzigen Laken, eine unendliche Zahl toter Menschen. Louise fuhr zurück, Lucinda schloß die Tür.

»Warum hat sie uns diesen Raum nicht gezeigt?« fragte Lucinda.

»Warum sollte sie das tun?«

Louise kämpfte gegen die aufsteigende Übelkeit. Sie hatte das Gefühl, daß Lucinda von diesem Raum wußte, daß sie diese Tür zuvor schon einmal geöffnet hatte.

Laura kam in Begleitung eines etwa dreißigjährigen Mannes zurück. Er hatte einen Ausschlag im Gesicht, sein Händedruck war kraftlos. Er hieß Wim, kam aus England und erinnerte sich sehr gut an Henrik. Louise beschloß plötzlich, nicht zu sagen, daß er tot war. Sie hatte keine Kraft für noch mehr Tote. Henrik gehörte nicht hierher, es war ein allzu furchtbarer Gedanke, sich ihn in dem Raum mit den gelagerten Körpern vorzustellen.

»Waren Sie gute Freunde?« fragte Louise.

»Er blieb viel für sich allein. Viele tun das, um es auszuhalten.«

»Gab es jemanden, der ihm besonders nahe stand?«

»Wir sind alle Freunde.«

Um Himmels willen. Antworte auf meine Fragen. Du stehst nicht vor dem Herrn, du stehst vor mir, Henriks Mutter.

»Sie können nicht ununterbrochen gearbeitet haben.«

»Fast.«

»Woran erinnern Sie sich bei ihm?«

»Er war nett.«

»Nur das?«

»Er hat nicht soviel gesprochen. Ich wußte kaum, daß er Schwede war.«

Wim schien endlich zu spüren, daß irgend etwas passiert war. »Warum fragen Sie?«

»Weil ich hoffe, Antworten zu bekommen. Aber ich sehe ein, daß es keine gibt. Vielen Dank, daß ich mit Ihnen sprechen konnte.«

Louise empfand eine plötzliche Wut darüber, daß diese blasse und kraftlose Person lebte, während Henrik tot war. Es war eine Ungerechtigkeit, die sie nicht akzeptieren konnte. Gott krächzte rauh wie eine Krähe über ihrem Kopf.

Sie verließ den Raum und trat direkt hinaus in die lähmende Hitze. Laura zeigte die privaten Unterkünfte derer, die sich dafür entschieden hatten, den Kranken zu helfen, die Schlafsäle, die ordentlich aufgehängten Moskitonetze, den Speisesaal, der stark nach Seife roch.

»Warum bist du hergekommen?« wandte sich Lucinda plötzlich an Laura.

»Um zu helfen, um von Nutzen zu sein. Ich habe meine eigene Passivität nicht ausgehalten.«

»Hast du jemals Christian Holloway getroffen?«

»Nein.«

»Hast du ihn nicht einmal gesehen?«

»Nur auf Bildern.«

Laura zeigte auf die eine Schmalseite des Speisesaals. Dort hing eine gerahmte Fotografie. Louise trat näher, um sie zu betrachten. Sie zeigte einen Mann im Profil, grauhaarig, schmale Lippen, spitze Nase.

Etwas weckte ihre Aufmerksamkeit, doch sie konnte nicht entscheiden, was es war. Sie hielt den Atem an und betrachtete das Bild. Eine Fliege summte vor dem Glas.

»Wir müssen zurück«, sagte Lucinda. »Ich möchte nicht im Dunkeln fahren.«

Sie bedankten sich bei Laura und kehrten zum Wagen zurück. Laura winkte und verschwand. Der Platz war wieder leer. Lucinda ließ den Motor an und wollte losfahren, als Louise sie bat zu warten. Sie lief durch die Hitze zurück zum Speisesaal.

Sie sah noch einmal das Bild von Christian Holloway an. Sie erkannte, was sie vorher nicht entdeckt hatte.

Christian Holloways Profil.

Einer der Scherenschnitte in Henriks Tasche war nach dem Foto entstanden, das sie vor sich hatte.

Teil 3

DER SCHERENSCHNEIDER

»Es geht auch dich an,
wenn es beim Nachbarn brennt.«
Horaz

15

Auf dem Rückweg in der kurzen afrikanischen Dämmerung wiederholte Louise im Kopf einige Worte wie ein Mantra.

Henrik ist für immer fort. Doch vielleicht kann ich mich einigen seiner Gedanken nähern, dem, was ihn angetrieben hat. Um zu verstehen, warum er starb, muß ich verstehen, wofür er leben wollte.

Sie hielten an dem Bushalteplatz und den Buden an. Feuer loderten. Lucinda kaufte Wasser und eine Packung Kekse. Erst jetzt merkte Louise, daß sie hungrig war. »Kannst du dir Henrik dort vorstellen?« fragte sie.

Lucindas Gesicht wurde vom Schein eines der Feuer beleuchtet. »Ich mochte es nicht. Schon beim letzten Mal nicht. Etwas erschreckt mich.«

»War nicht alles erschreckend? All die Toten, die da lagen und nur warteten?«

»Ich meine etwas anderes. Etwas, was man weder hört noch sieht, was aber trotzdem da ist. Ich versuchte zu entdecken, was Henrik plötzlich gesehen hatte und was ihm solche Angst einflößte.«

Louise sah Lucinda aufmerksam an.

»Bei unseren letzten Begegnungen war er in Todesangst. Das erzähle ich dir erst jetzt. Alle Freude war plötzlich verschwunden. Er wurde blaß von etwas, das tief aus seinem Inneren kam. Er wurde so still. Vorher hatte er immer viel geredet. Manchmal war er so mitteilsam, daß es einem zuviel wurde. Aber jetzt kam dieses Schweigen, wie aus dem Nichts. Das Schweigen und die Blässe, und dann verschwand er spurlos.«

»Er muß etwas gesagt haben. Ihr habt miteinander geschlafen, ihr seid zusammen eingeschlafen und wieder aufgewacht. Hatte er keine Träume? Hat er wirklich nichts erzählt?«

»Er schlief in der letzten Zeit unruhig, wachte schweißgebadet auf, lange vor der Morgendämmerung. Ich fragte ihn, was er geträumt habe. ›Vom Dunkel‹, erwiderte er. ›Von all dem, was verborgen ist.‹ Wenn ich ihn fragte, was er meinte, antwortete er nicht. Und wenn ich ihm keine Ruhe ließ, schrie er auf und stürzte aus dem Bett. Er kämpfte mit einer Angst, ob er schlief oder wach war.«

»Dunkel und das, was verborgen ist? Hat er nie von Menschen gesprochen?«

»Er hat von sich selbst gesprochen. Er sagte, die schwerste aller Künste sei es, auszuhalten.«

»Was hat er damit gemeint?«

»Ich weiß es nicht.«

Lucinda wandte das Gesicht ab. Louise dachte, daß sie früher oder später die richtige Frage finden würde, die gestellt werden mußte. Doch im Moment suchte sie noch vergeblich nach dem passenden Schlüssel.

Sie kehrten zum Wagen zurück und setzten die Fahrt fort. Scheinwerfer blendeten in der Dunkelheit. Louise wählte Arons Handynummer. Die Signale verhallten, ohne daß sich jemand meldete.

Ich bräuchte dich hier. Du würdest sehen, was ich nicht sehe.

Sie hielten vor Lars Håkanssons Haus. Die Wache vor dem Haus erhob sich.

»Ich war einige Male hier«, sagte Lucinda. »Aber nur, wenn er betrunken war.«

»Mit Henrik?«

»Nicht mit Henrik. Lars Håkansson, dem Wohltäter aus

Schweden. Nur wenn er betrunken war, konnte es ihm einfallen, mich mit zu sich in sein eigenes Bett zu nehmen. Er schämte sich vor den Wachen, er hatte Angst, daß jemand ihn sähe. Die europäischen Männer laufen zu Huren, aber es darf niemand merken. Damit die Wachen nicht sahen, daß ich im Wagen war, mußte ich unter eine Decke kriechen. Natürlich sahen sie mich trotzdem. Manchmal streckte ich eine Hand unter der Decke hervor und winkte ihnen zu. Aber das Merkwürdigste war, daß die ganze Freundlichkeit, mit der er sich normalerweise schmückte, von ihm abfiel, sobald wir in sein Haus kamen. Er trank weiter, aber nie so viel, daß er keinen Sex mehr haben konnte. So hat er sich immer ausgedrückt, ›Sex haben‹, ich glaube, es erregte ihn, alle Gefühle zu vermeiden. Das, was geschehen sollte, war etwas Rohes und Klinisches, ein Stück Fleisch, das aufgeschnitten werden sollte. Ich sollte mich nackt ausziehen und dabei so tun, als wüßte ich nicht, daß er da wäre, als wäre er nur ein Spanner. Doch dann begann ein anderes Spiel. Ich mußte ihm die Kleider ausziehen, bis auf seine Unterhose. Dann mußte ich sein Glied in den Mund nehmen, während er noch die Unterhose anhatte. Dann kam er von hinten in mich. Nachher hatte er es eilig. Ich bekam mein Geld, wurde hinausgejagt und brauchte nicht mehr Julieta zu sein. Und es machte ihm auch nichts aus, daß die Wachen mich sahen.«

»Warum erzählst du mir das?«

»Damit du weißt, wer ich bin.«

»Oder wer Lars Håkansson ist?«

Lucinda nickte stumm.

»Ich muß arbeiten. Es ist schon spät.«

Lucinda küßte sie hastig auf die Wange. Louise stieg aus dem Wagen, eine der Wachen öffnete die quietschende Pforte.

Als sie ins Haus trat, wartete Lars Håkansson auf sie. »Ich habe mir Sorgen gemacht, weil Sie nicht gekommen sind und auch keine Nachricht hinterlassen haben.«

»Daran hätte ich denken sollen.«

»Haben Sie gegessen? Ich habe etwas vom Abendessen aufgehoben.«

Sie ging mit ihm in die Küche. Er servierte ihr das Essen und schenkte ihr ein Glas Wein ein. Lucindas Erzählung hallte unwirklich in ihrem Kopf nach.

»Ich habe Christian Holloways Dorf für die Kranken in der Nähe einer Stadt besucht, deren Namen ich nicht aussprechen kann.«

»Xai-Xai. Wird am Anfang wie der berühmte sje-Laut im Schwedischen ausgesprochen. Sie waren also in einer der *missions*? Christian Holloway nennt sie so, obwohl er sich nicht mit religiösem Glauben befaßt.«

»Wer ist er?«

»Meine Kollegen und ich fragen uns manchmal, ob der Mann tatsächlich existiert oder ob es sich um eine Art ungreifbares Phantom handelt. Niemand weiß besonders viel über ihn. Außer daß er einen amerikanischen Paß und ein unfaßbar großes Vermögen hat, das er jetzt über die Aidskranken hierzulande ausschüttet.«

»Nur in Mozambique?«

»Auch in Malawi und in Sambia. Er soll bei Lilongwe zwei seiner *missions* haben, außerdem eine oder mehrere im Westen von Sambia oben an der Grenze zu Angola. Es geht die Geschichte um, daß Christian Holloway einmal eine Pilgerfahrt zu den Quellen des Sambesiflusses gemacht habe. Er entspringt in einem Gebirge in Angola, bevor er zu einem Bach und später zu einem Fluß wird. Er soll seinen Fuß auf das erste Rinnsal gesetzt und damit den Lauf des ganzen mächtigen Flusses angehalten haben.«

»Warum tut man so etwas?«

»Die Kombination von Barmherzigkeitsvisionen und Größenwahn ist nicht unmöglich. Vielleicht auch nicht mit noch schlimmeren Handlungen.«

»Wer verbreitet solche Geschichten?«

»Damit verhält es sich wohl so wie mit dem Fluß auch. Ein paar Tropfen sickern hervor, es werden immer mehr, ein Gerücht, das nicht aufzuhalten ist. Aber der Ursprung bleibt unbekannt.«

Er wollte ihr Essen nachreichen, doch sie lehnte ab. Sie nahm auch keinen Wein mehr.

»Was meinten Sie, als Sie sagten *mit noch schlimmeren Handlungen?*«

»Daß sich hinter großen Vermögen häufig Verbrechen verbergen, ist eine alte Wahrheit. Es genügt, sich hier auf diesem Kontinent umzusehen. Korrupte Alleinherrscher, die inmitten der grauenhaftesten Armut zwischen ihren Reichtümern schwitzen. Auch Christian Holloway soll keine ganz sauberen Hände haben. Vor ein paar Jahren legte die englische Hilfsorganisation Oxfam eine Studie über ihn und seine Aktivitäten vor. Oxfam ist eine außerordentliche Organisation, die mit geringen Mitteln bei den Armen der Welt viel Gutes bewirkt. Am Anfang von Christian Holloways Leben war alles deutlich und nachvollziehbar. Alles, was er unternahm, konnte man begreifen. Es gab keine Flecken, die Sonnenscheibe war rein. Er war der einzige Sohn unter vielen Töchtern einer amerikanischen Familie, die der größte Eierproduzent der Vereinigten Staaten war. Ein riesiges Vermögen, das außer durch Eier auch durch so unterschiedliche Produkte wie Rollstühle und Parfüm geschaffen wurde. Christian Holloway war ein begabter Student und legte an der Harvard Universität ein glänzendes Examen ab. Vor seinem 25. Geburtstag war er schon promoviert. Dann begann er, mit hochentwickelten Ölpumpen zu experimentieren, die er sich patentieren ließ und verkaufte. Bis dahin ist er sehr deutlich. Dann hört alles auf. Christian Holloway verschwindet. Drei Jahre lang war er unsichtbar. Er muß sein Verschwinden sehr geschickt organisiert haben, denn niemand hat etwas davon bemerkt. Nicht einmal die normalerweise hellwachen Zeitungen stellten Fragen.«

»Was geschah weiter?« fragte Louise.

»Er kam zurück. Da erst entdeckte man, daß er fort gewesen war. Er behauptete, er sei durch die Welt gereist und habe eingesehen, daß er sein Leben drastisch verändern müsse. Er würde *missions* schaffen.«

»Woher wissen Sie das alles?«

»Es gehört zu meiner Arbeit, sich Wissen über Menschen zu verschaffen, die in armen Ländern auftauchen und großartige Pläne haben. Eines Tages klopfen sie mit hoher Wahrscheinlichkeit an die Türen der Zuschußstellen, um Mittel zu beantragen, die sie ursprünglich selbst hatten aufbringen wollen, wobei sie vielleicht etwas übertrieben haben. Oder wir stehen vor den Scherbenhaufen, wenn Projekte fehlgeschlagen sind, und müssen das Chaos beseitigen, das Menschen angerichtet haben, die hergekommen sind, um die Armen zu betrügen und sich selbst zu bereichern.«

»Aber Christian Holloway war doch von Anfang an vermögend?«

»Es ist schwer, in das Leben reicher Menschen Einblick zu gewinnen. Sie verfügen über die notwendigen Mittel, um raffinierte Nebelschleier auszulegen. Man kann sich nie sicher sein, ob die äußere Schale einen Inhalt hat, ob sich hinter der vermeintlich guten Liquidität nicht bei genauem Hinsehen eine Konkursmasse verbirgt. Das kommt jeden Tag vor. Riesige Erdölgesellschaften oder Konzerne wie Enron sacken plötzlich in sich zusammen, als wäre eine unsichtbare Kette von Detonationen erfolgt. Niemand außer den am tiefsten in die Geschichte Verwickelten weiß, was vor sich geht. Entweder fliehen sie, hängen sich auf oder sitzen einfach apathisch da und warten auf die Handschellen. Nicht nur, daß Millionen eierlegender Hühner in Christian Holloways Hintergrund gackerten. Es gab auch wie üblich Gerüchte. Es ist intensiv darüber spekuliert worden, warum Christian Holloway plötzlich ein guter Mensch wurde und beschloß, den Aidskranken zu helfen. Es wird natürlich viel getuschelt.«

»Was zum Beispiel?«

»Ich verlasse mich darauf, daß Sie die Frau sind, für die Sie sich ausgeben. Henriks trauernde Mutter und niemand anders.«

»Wer sollte ich denn sonst sein?«

»Vielleicht eine grabende Journalistin. Ich selbst habe gelernt, die Journalisten vorzuziehen, die das wieder zuschaufeln, was andere ausgegraben haben.«

»Meinen Sie, daß die Wahrheit verborgen werden sollte?«

»Vielleicht eher, daß Lügen nicht immer aufgedeckt werden sollten.«

»Und was haben Sie über Christian Holloway gehört?«

»Dinge, über die man eigentlich nicht laut reden sollte. Auch ein Flüstern kann unter Umständen wie ein Schrei sein. Wenn ich mein Wissen über gewisse Dinge preisgäbe, könnte das bedeuten, daß ich kaum noch vierundzwanzig Stunden zu leben hätte. In einer Welt, in der ein Menschenleben nicht mehr wert ist als ein paar Packungen Zigaretten, muß man vorsichtig sein.«

Lars Håkansson füllte sein Weinglas auf. Louise schüttelte den Kopf, als er ihr die Rotweinflasche hinhielt.

»Henrik hat mich sehr oft verblüfft. Zum Beispiel als er herausfinden wollte, wieviel ein Menschenleben eigentlich wert ist. Er bekam mich und meine Freunde satt, fand, daß wir in viel zu allgemeinen Wendungen vom niedrigen Wert des Menschenlebens in einem armen Land redeten. Er machte sich auf, um den tatsächlichen Preis herauszufinden. Wie er es anstellte, weiß ich nicht. Es fiel ihm leicht, Freunde zu finden. Er muß sich in Kreise begeben haben, die er besser nicht besucht hätte, illegale Bars, dunkle Winkel, über die diese Stadt in großer Zahl verfügt. Aber dort findet man die Leute, die den Tod feilbieten. Er erzählte, man könne für dreißig amerikanische Dollar jemanden anheuern, der bereit sei, einen beliebigen Menschen zu töten, ohne zu fragen, warum.«

»Dreißig Dollar?«

»Heute vielleicht vierzig. Mehr nicht. Henrik kam nie darüber hinweg. Ich fragte ihn, warum er es in Erfahrung gebracht habe. ›Es darf nicht verborgen bleiben‹, erwiderte er nur.«

Er verstummte abrupt, als hätte er zuviel gesagt. Louise wartete auf eine Fortsetzung, die aber ausblieb.

»Ich habe das Gefühl, daß Sie noch mehr erzählen können.«

Lars Håkansson blinzelte, als er sie ansah. Seine Augen waren gerötet und glänzten. Er war betrunken.

»Sie müssen wissen, daß in einem Land wie Mozambique ständig vom größten aller Träume die Rede ist. Es ist die moderne Variante des Märchens von den Bergwerken Salomos. Jeden Tag werden Menschen mit Laternen in den Händen in die Grubenschächte hinabgelassen. Was sie finden? Wahrscheinlich nichts. Sie kehren an die Oberfläche zurück, durchgefroren, verbittert, wütend darüber, daß der Traum zerborsten ist. Am nächsten Tag lassen sie sich von neuem abseilen.«

»Ich verstehe nicht, was Sie meinen. Was findet man nicht?«

Er beugte sich über den Tisch vor und flüsterte: »Die Kuren.«

»Die Kuren?«

»Die Heilmittel. Die Medizin. Es wird gemunkelt, daß Christian Holloway geheime Labors unterhält, in denen Forscher aus der ganzen Welt nach dem neuen Penicillin suchen, dem Heilmittel gegen Aids. Das hofft man, in Salomos neuen Bergwerken zu finden. Wen interessieren noch Diamanten, wenn man statt dessen nach einem Heilmittel gegen den kleinen unbedeutenden und sehr schwachen Virus suchen kann, der im Begriff ist, diesen ganzen Kontinent auszurotten?«

»Wo befinden sich seine Labors?«

»Niemand weiß das, nicht einmal, ob es wahr ist. Im Moment ist Christian Holloway gerade ein guter Mann, der sein

Geld dafür einsetzt, Menschen zu helfen, um die sich sonst niemand kümmert.«

»Wußte Henrik hiervon?«

»Natürlich nicht.«

»Kann er es geahnt haben?«

»Was Menschen denken, ist häufig nicht mit Sicherheit zu bestimmen. Ich verlasse mich nicht auf Vermutungen.«

»Aber haben Sie ihm erzählt, was Sie mir jetzt erzählt haben?«

»Nein, wir haben nie darüber gesprochen. Vielleicht hat Henrik im Internet nach Fakten über Christian Holloway gesucht. Er hat meinen Computer benutzt. Wenn Sie ihn brauchen, er steht zu Ihrer Verfügung. Es ist immer das beste, wenn man selbst sucht.«

Louise war überzeugt, daß der Mann auf der anderen Seite des Tischs sie anlog. Warum stritt er es ab?

Sie empfand einen plötzlichen Haß auf ihn, auf seine Selbstsicherheit, seine roten Augen und sein aufgedunsenes Gesicht. Erniedrigte er die ganze arme Welt auf die gleiche Art und Weise, wie er auf Lucinda herumgetrampelt war? Der Frauenjäger mit dem Diplomatenpaß in der Tasche?

Sie leerte ihr Glas und stand auf. »Ich muß schlafen.«

»Morgen kann ich Ihnen die Stadt zeigen, wenn Sie wollen. Wir können an den Strand fahren, gut zu Mittag essen und unser Gespräch fortführen.«

»Lassen Sie uns das morgen entscheiden. Sollte ich übrigens etwas gegen Malaria nehmen?«

»Damit hätten Sie vor einer Woche anfangen sollen.«

»Da wußte ich noch nicht einmal, daß ich herkommen würde. Was nehmen Sie?«

»Absolut nichts. Ich habe meine Anfälle gehabt, ich habe seit über zwanzig Jahren Malariaparasiten im Blut. Jetzt würde es sich für mich kaum noch lohnen, vorbeugende Mittel zu nehmen. Aber ich achte sorgfältig darauf, unter einem Netz zu schlafen.«

In der Tür blieb sie noch einmal stehen. »Hat Henrik mit Ihnen jemals über Kennedy gesprochen?«
»Den Präsidenten? Oder seine Frau? John F. oder Jackie?«
»Über sein verschwundenes Hirn?«
»Das wußte ich nicht. Daß das Gehirn verschwunden ist.«
»Hat er darüber gesprochen?«
»Nie. Daran würde ich mich erinnern. Aber ich erinnere mich an den Tag im November 1963. Ich studierte damals in Uppsala. Es war ein regnerischer, trister Tag mit einschläfern-den Jura-Vorlesungen. Dann kam die Nachricht, es knatterte aus dem Radio, alles wurde sonderbar still. Woran erinnern Sie sich?«
»An sehr wenig. Mein Vater runzelte die Stirn und war noch schweigsamer als gewöhnlich. Hauptsächlich daran.«

Sie kroch ins Bett, nachdem sie geduscht und das Moskitonetz herabgelassen hatte. Die Klimaanlage summte, das Zimmer war dunkel. Sie meinte, seine Schritte auf der Treppe zu hören, kurz danach wurde im Flur das Licht ausgemacht. Der Licht-schein unter der Tür verschwand. Sie lauschte ins Dunkel.
In Gedanken ließ sie die Ereignisse des Tages noch einmal an sich vorüberziehen. Die Höllenwanderung durch die dunklen Räume mit sterbenden Menschen. Alles, was sie über Christian Holloway gehört hatte, die saubere Oberfläche und der schmutzige Inhalt. Was hatte Henrik gesehen, das ihn ver-ändert hatte? Etwas Verborgenes war enthüllt worden. Sie strengte sich an, um die beiden Enden miteinander zu ver-knüpfen, doch es gelang ihr nicht.

Sie schlief ein, fuhr jedoch mit einem Ruck wieder hoch. Alles war sehr still. Viel zu still. Sie schlug im Dunkeln die Augen auf. Es dauerte einige Sekunden, bis ihr klar wurde, daß die

Klimaanlage nicht mehr lief. Sie tastete mit der Hand nach der Lampe am Bett. Sie ging nicht an, als sie den Schalter anknipste. Es mußte ein Stromausfall sein, dachte sie. Irgendwo hörte sie einen Generator anspringen. Von der Straße klang das Lachen eines Mannes herauf, vielleicht einer der Nachtwächter. Sie stand auf und trat ans Fenster. Auch die Straßenlaternen waren erloschen. Licht kam nur von dem Feuer, das die Nachtwachen angezündet hatten. Sie erkannte ihre Gesichter.

Sie hatte Angst. Das Dunkel erschreckte sie. Sie hatte nicht einmal eine Taschenlampe, kein Licht, bei dem sie Sicherheit suchen konnte. Sie legte sich wieder hin.

Henrik hatte Angst im Dunkeln, als er klein war. Aron hatte immer Angst vor der Nacht. Er konnte nicht schlafen ohne einen Streifen Licht.

Im gleichen Augenblick kam der Strom zurück. Die Klimaanlage setzte quietschend wieder ein. Sie knipste sogleich die Lampe am Bett an und legte sich zurecht, um wieder zu schlafen. Doch sie mußte an das Gespräch mit Lars Håkansson in der Küche denken. Welchen Grund könnte er haben, zu behaupten, er habe mit Henrik nicht über Holloway gesprochen? Sie fand keine plausible Erklärung.

Sie hörte seine Worte. *Wenn Sie den Computer brauchen, er steht zu Ihrer Verfügung.* An dem Computer hatte Henrik gesessen. Vielleicht würde sie dort eine Spur von ihm finden?

Plötzlich war sie wieder hellwach. Sie stand auf, zog sich rasch an und öffnete die Tür zum Flur. Sie rührte sich nicht, bis ihre Augen sich an das Dunkel gewöhnt hatten. Die Tür zu Lars Håkanssons Schlafzimmer war geschlossen. Das Arbeitszimmer lag am anderen Ende des Flurs, zum Garten hinaus. Sie tastete sich bis zur Tür, die angelehnt war, machte sie hinter sich zu und suchte den Lichtschalter. Sie setzte sich an den Schreibtisch und schaltete den Computer ein. Ein blinkender Text teilte ihr mit, daß der Computer zuletzt nicht ordnungsgemäß heruntergefahren worden war. Vermutlich war er in Ruhestellung gewesen, als der Strom ausfiel. Sie ging ins Internet und gab auf der Startseite einer Suchmaschine den Namen Holloway ein. Es waren viele Treffer, Adressen einer Restaurantkette, Holloway Inn in Kanada, und eine kleine Fluggesellschaft in Mexiko, Holloway-Air. Aber sie fand auch Christian Holloway's Missions. Sie wollte gerade auf den Link klicken, als eine Anzeige für eingegangene E-Mails zu blinken begann. Sie hatte nicht die Absicht, Lars Håkanssons Korrespondenz zu studieren, aber vielleicht hatte Henrik in der eingegangenen und gesendeten Post Spuren hinterlassen.

Lars Håkansson hatte sein E-Mail-Programm nicht mit einem Paßwort geschützt. Sogleich fand sie zwei Briefe, die Henrik gesendet hatte. Einen vor vier Monaten, den zweiten, kurz bevor er Maputo zum letzten Mal verlassen haben mußte.

Sie öffnete den ersten Brief. Er war an Nazrin gerichtet.

»Zuerst streiche ich mit einem Nagel über die harte Maueroberfläche. Aber mein Nagel hinterläßt keine Spur. Dann nehme ich einen Steinsplitter und ritze die Mauer. Es gibt nur einen schwachen Kratzer, aber was ich getan habe, bleibt trotzdem erhalten. Dann kann ich weiter ritzen und kratzen und meinen Abdruck in der Mauer vertiefen, bis sie birst. So stelle ich mir auch mein Leben hier vor. Ich befinde mich in Afrika, es ist sehr warm, nachts liege ich schlaflos, nackt und verschwitzt, weil ich das Quietschen der Klimaanlage nicht ertrage. Ich denke, daß mein Leben sich darum dreht, nicht aufzugeben, bevor die Mauern, die einzureißen ich meinen Teil beitragen will, wirklich fallen. Henrik.«

Sie las den Brief ein zweites Mal.

Den anderen Brief hatte er an sich selbst geschickt, und zwar an seine hotmail-Adresse.

»Ich schreibe dies in der Morgendämmerung. Die Zikaden sind verstummt, und die Hähne beginnen zu krähen, obwohl ich mitten in der großen Stadt wohne. Bald muß ich an Aron schreiben und ihm sagen, daß ich den Kontakt mit ihm abbrechen werde, wenn er seine Verantwortung für mich nicht annimmt und mein Vater wird. Ein Mann wird, auf den ich mich einlassen kann, für den ich Ergebenheit empfinden und in dem ich mich selbst sehen kann. Wenn er das tut, werde ich ihm von dem bemerkenswerten Mann erzählen, den ich noch nicht persönlich getroffen habe: Christian Holloway, der gezeigt hat, daß es trotz allem Güte gibt auf der Welt. Ich schreibe diese Zeilen im Haus von Lars Håkansson, auf seinem Computer, und ich kann mir nicht vorstellen, daß es mir bessergehen könnte als gerade in diesem Moment meines Lebens. Ich fahre bald zu dem Dorf mit den Kranken zurück und werde noch einmal das Gefühl spüren, daß ich etwas Nützliches tue. Henrik, an mich selbst.«*

Louise runzelte die Stirn und schüttelte den Kopf. Langsam las sie den Brief noch einmal. Etwas stimmte nicht. Daß Henrik Briefe an sich selbst schrieb, brauchte nichts zu bedeuten. Das hatte sie in seinem Alter auch getan. Sie hatte sogar mit der Post Briefe an sich selbst geschickt. Es war etwas anderes, was sie beunruhigte.

Sie las den Brief zum dritten Mal. Auf einmal wußte sie es. Es war die Sprache, die Art und Weise, wie der Brief konstruiert war. Henrik schrieb nicht so. Er redete direkt. Ein Wort wie »Ergebenheit« würde er nicht benutzen. Es war nicht seins, es war kein Wort seiner Generation.

Sie schaltete den Computer ab und öffnete die Tür zum Flur. Bevor der Bildschirm erlosch, leuchtete er noch einmal einige Sekunden auf. In diesem Licht glaubte sie zu sehen, wie die Klinke an Lars Håkanssons Schlafzimmertür sich langsam nach oben bewegte. Das Licht erlosch, der Flur war dunkel.

Lars Håkansson mußte im Flur gewesen und schnell in sein Zimmer zurückgekehrt sein, als er hörte, daß sie den Computer ausschaltete.

Für einen Augenblick überkam sie Panik. Sollte sie zusehen, daß sie fortkam, mitten in der Nacht das Haus verlassen? Aber wohin konnte sie sich wenden? Sie ging in ihr Zimmer und stellte einen Stuhl gegen die Tür, um zu verhindern, daß jemand hereinkam. Dann legte sie sich ins Bett, schaltete die Klimaanlage aus und ließ die Bettlampe brennen.

Eine einzelne Mücke tanzte vor dem weißen Netz. Mit pochendem Herzen horchte sie auf Geräusche. Hörte sie seine Schritte? Lauschte er an ihrer Tür?

Sie versuchte, ganz klar zu denken. Warum hatte Lars Håkansson einen Brief in Henriks Namen geschrieben und in seinem Computer gespeichert? Es gab keine Antwort, nur ein kriechendes Gefühl von Unwirklichkeit. Es war, als beträte sie erneut Henriks Wohnung in Stockholm und fände ihn tot.

Ich fürchte mich, dachte sie. Ich bin umgeben von etwas, was Henrik in Angst versetzt hat, eine unsichtbare, aber gefährliche Hülle, die auch ihn umschlossen hat.

Die Nacht war stickig und feucht. Entfernt hörte sie ein Gewitter. Es zog ab in die Richtung, in der sie sich die fernen Berge von Swasiland vorstellte.

16

Sie lag wach bis zur Morgendämmerung. Sie wußte nicht mehr, wie oft seit Henriks Tod sie von Schlaflosigkeit befallen worden war. In ihrem Reich herrschte ein ständiger Schlafmangel. Erst als das schwache Morgenlicht durch die Gardinen drang und sie Celina mit einer der Nachtwachen reden hörte, die sich am Wasserhahn im Garten wusch, fühlte sie sich so ruhig, daß sie schlafen konnte.

Sie erwachte vom Bellen eines Hundes. Sie hatte drei Stunden geschlafen, es war neun Uhr. Sie blieb im Bett liegen und lauschte, wie Celina oder Graça draußen im Flur fegte. Ihre Angst war jetzt verschwunden und dem Gefühl einer ohnmächtigen Wut darüber gewichen, gekränkt worden zu sein. Glaubte Lars Håkansson wirklich, daß sie den Brief, den er in Henriks Namen geschrieben hatte, nicht durchschauen würde? Warum hatte er das getan?

Sie fühlte sich plötzlich von jeder Rücksichtnahme befreit. Er war mit brutalen Schritten in ihr Leben getrampelt, er hatte gelogen und einen falschen Brief in seinem Computer gespeichert. Außerdem hatte er sie erschreckt und ihr den Schlaf geraubt. Jetzt würde sie seinen Computer, seine Schränke und Schubläden durchsuchen, um zu sehen, ob es dort irgend etwas gab, was Henrik wirklich hinterlassen hatte. Aber vor allem wollte sie verstehen, warum Henrik Vertrauen zu ihm gehabt hatte.

Als sie in die Küche hinunterkam, hatte Graça Frühstück für sie vorbereitet. Es beschämte sie, von dieser alten Frau bedient zu werden, die starke Schmerzen im Rücken und in den Händen hatte. Graça lächelte mit einem nahezu zahnlosen Mund und sprach ein fast unverständliches Portugiesisch, in das sie einige englische Wörter einstreute. Als Celina in die Küche trat, verstummte Graça. Celina fragte, ob sie Louises Zimmer machen könne.

»Ich kann mein Bett selbst machen.«

Celina lachte freudlos und schüttelte den Kopf. Als sie die Küche verließ, ging Louise ihr nach.

»Ich bin es gewohnt, mein Bett selbst zu machen.«

»Nicht hier. Es ist meine Arbeit.«

»Gefällt es Ihnen hier?«

»Ja.«

»Wieviel bekommen Sie im Monat für Ihre Arbeit?«

Celina zögerte, ob sie antworten sollte. Aber Louise war weiß, stand über ihr, auch wenn sie nur ein Gast war.

»Ich bekomme fünfzig Dollar im Monat und genausoviel in Meticais.«

Louise rechnete nach. Siebenhundert Kronen im Monat. War das viel oder wenig? Wie weit kam man damit? Sie fragte nach dem Preis für Speiseöl und Reis und Brot und war erstaunt über Celinas Antwort.

»Wie viele Kinder haben Sie?«

»Sechs.«

»Und Ihr Mann?«

»Er ist wahrscheinlich in Südafrika und arbeitet im Bergwerk.«

»Wahrscheinlich?«

»Ich habe seit zwei Jahren nichts von ihm gehört.«

»Lieben Sie ihn?«

Celina betrachtete sie verwundert. »Er ist der Vater meiner Kinder.«

Louise bereute ihre Frage, als sie sah, wie peinlich berührt Celina war.

Sie kehrte ins Obergeschoß zurück und ging in Lars Håkanssons Arbeitszimmer. Die Hitze war schon drückend. Sie schaltete die Klimaanlage ein, setzte sich und verharrte reglos, bis sie fühlte, daß die Luft kühler wurde.

Jemand war nach ihr im Zimmer gewesen. Aber wahrscheinlich weder Celina noch Graça, denn der Fußboden war an diesem Morgen noch nicht gefegt worden. Der Stuhl am Computertisch war hervorgezogen. Sie selbst hatte ihn unter den Tisch geschoben.

Es war eins von König Arturs wichtigsten Geboten in ihrer Kindheit. Ein für eine Mahlzeit hervorgezogener Stuhl mußte wieder zurückgeschoben werden, wenn man den Tisch verließ.

Sie blickte sich im Zimmer um. Regale mit Ordnern, behördliche Vorschriften, Dokumentationen, Tätigkeitsberichte. Ein Fach mit Dokumenten der Weltbank. Sie zog wahllos einen Ordner heraus. »Strategy for Sub-Saharan Development of Water Resources 1997«. Sie stellte ihn zurück, als sie sah, daß das Dokument kaum geöffnet und gelesen worden war. Mehrere Fächer mit schwedischen, englischen, portugiesischen Zeitschriften. In den übrigen Fächern drängten sich Bücher. Lars Håkanssons Bibliothek war ungeordnet, schlampig. Agatha Christie in abgenutzten Umschlägen neben Fachliteratur und einer unendlichen Anzahl unterschiedlicher Afrikana. Sie fand ein Buch über die gefährlichsten Giftschlangen in Ostafrika, altbewährte Rezepte für schwedische Hausmannskost und eine Sammlung blaßbrauner pornographischer Fotos von der Mitte des 19. Jahrhunderts. Auf einem Foto mit der Jahreszahl 1856 saßen zwei Mädchen auf einer Holzbank, Möhren zwischen die Beine gesteckt.

Sie stellte das Buch zurück, dachte an die Erzählungen von Köchen, die ins Essen spuckten oder urinierten, bevor es zu den feinen Gästen hinausgetragen wurde. *Wenn ich könnte, würde ich seine Festplatte vollkotzen. Jedesmal, wenn er den Computer anmachte, würde ihm der Geruch in die Nase steigen, ohne daß er wüßte, was es wäre.*

Zwischen zwei Büchern im Bücherregal ragte ein Briefumschlag einer schwedischen Bank hervor. Er war aufgeschlitzt, sie nahm ihn heraus und sah, daß er eine Gehaltsabrechnung enthielt. Sie war sprachlos und machte voller Zorn einen Überschlag. Bei ihrem gegenwärtigen Lohn müßte Celina fast vier Jahre arbeiten, um die Summe zu erreichen, die Lars Håkansson jeden Monat erhielt. Wie war es möglich, über solche Abgründe haltbare Brücken zu schlagen? Was konnte ein Mann wie Lars Håkansson überhaupt begreifen von dem Leben, das Celina führte?

Louise merkte, daß sie in Gedanken mit Artur zu sprechen begann. Da sprach sie lauter, weil er schlecht hörte. Nach einer Weile wechselte sie den Gesprächspartner und wandte sich an Aron. Sie saßen am Tisch, wo die roten Papageien sich um die Brotkrumen scharten. Aber Aron hatte keine Ruhe, wollte nicht zuhören. Schließlich führte sie das Gespräch mit Henrik weiter. Er war dicht neben ihr. Tränen traten ihr in die Augen, sie schloß die Lider und dachte, daß er wirklich dasein würde, wenn sie sie wieder aufzumachen wagte. Aber natürlich war sie allein im Zimmer. Sie zog ein Rollo herunter, um das Sonnenlicht abzuhalten. Von der Straße drang Hundebellen herein, Wachmänner, die lachten. *All dieses Lachen*, dachte sie. *Ich habe es schon am ersten Tag hier bemerkt. Warum lachen arme Menschen so viel mehr als ein Mensch wie ich?* Sie stellte die Frage der Reihe nach Artur, Aron und Henrik. Aber keiner ihrer drei Ritter antwortete. Sie waren alle stumm.

Sie schaltete den Computer ein, fest entschlossen, Henriks zwei Briefe zu löschen. Sie schrieb auch einen Brief an Lars Håkansson, in dem sie Julieta schwedisch sprechen und erzählen ließ, was sie von einem Mann wie ihm hielt. War er nicht ausgesandt, denen, die arm waren, zu helfen?

Dann versuchte sie systematisch, verschiedene Dateien zu öffnen. Überall wurde sie von Sperren abgewiesen. Lars Håkanssons Computer enthielt Panzertüren. Sie war außerdem überzeugt davon, daß sie Spuren zurückließ. Er würde all ihr Klicken und ihre Kämpfe mit den Türen verfolgen können. Überall wurde sie von einer erhobenen Hand aufgehalten, die das Paßwort verlangte. Sie versuchte auf gut Glück die nächstliegenden, seinen Namen vorwärts, seinen Namen rückwärts, verschiedene Kombinationen von Abkürzungen. Natürlich öffnete sich keine Tür. Sie streute nur weiter Spuren hinter sich aus.

Louise erschrak, als Celina plötzlich fragte, ob sie Tee haben wolle.

»Ich habe Sie nicht gehört«, sagte Louise. »Wie können Sie so leise gehen?«

»Senhor mag keine unnötigen Geräusche. Er liebt eine Stille, die es hier in Afrika eigentlich nicht gibt. Aber er schafft sie sich selbst. Er will, daß Graça und ich uns lautlos bewegen, barfuß.«

Louise lehnte ab. Celina verschwand auf ihren lautlosen Füßen. Louise starrte auf den Bildschirm des Rechners, der sich beharrlich weigerte, seine Türen zu öffnen. *Bergwerksstollen*, dachte sie, *ohne Licht, ohne Karten. Ich komme nicht an ihn heran.*

Sie wollte den Computer schon ausschalten, als sie noch einmal an Henrik und seine Besessenheit von Kennedys verschwundenem Hirn dachte. Was konnte sich, seiner Meinung nach, in dem Hirn verborgen haben? Hatte Henrik allen Ernstes geglaubt, daß es möglich wäre, Abdrücke von Gedanken, von Erinnerungen, von dem zu finden, was andere Menschen zum mächtigsten Mann der Welt gesagt hatten, bevor die Kugel aus einem Gewehr seinen Kopf explodieren ließ? Gab es vielleicht in führenden militärischen Laboratorien schon Instrumente, um erloschene Gehirne zu lesen, genauso wie man gelöschten Festplatten noch Informationen entnehmen konnte?

Ihre Gedanken hielten plötzlich inne. Hatte Henrik etwas gefunden, wonach er bewußt gesucht hatte? Oder war er zufällig über etwas gestolpert?

Bei der Arbeit am Computer geriet sie ins Schwitzen, obwohl die Klimaanlage lief. Celina hatte ihr Zimmer aufgeräumt und ihre schmutzige Wäsche mitgenommen. Sie wechselte die Kleidung und zog ein hemdartiges Baumwollkleid an. Währenddessen hörte sie, wie Celina sich in der Küche mit jemandem unterhielt. Konnte Lars Håkansson zurückgekommen sein?

Celina kam die Treppe herauf. »Besuch. Dieselbe Person wie gestern.«

Lucinda war müde. Celina hatte ihr ein Glas Wasser gegeben.

»Ich bin gar nicht nach Hause gekommen heute nacht. Eine Gruppe italienischer Straßenbauarbeiter hat das Malocura okkupiert. Die Bar konnte ihrem Namen wirklich einmal Ehre machen. Sie tranken heftig und torkelten erst im Morgengrauen davon.«

»Was bedeutet ›Malocura‹?«

»›Wahnsinn‹. Die Bar wurde von einer Frau aufgemacht, Dolores Abreu. Es muß Anfang der sechziger Jahre gewesen sein, noch vor meiner Geburt. Sie war groß und dick, eine der kraftvollen Huren aus jener Zeit, die darauf achteten, daß die Ausübung ihres Berufs das Familienleben nicht beeinträchtigte. Dolores war mit einem schüchternen kleinen Mann namens Nathaniel verheiratet. Er spielte Trompete und soll einer der Musiker gewesen sein, die in den fünfziger Jahren hier in der Stadt den populären Tanz ›Marrabenta‹ erfanden. Dolores hatte feste Kunden aus Johannesburg und Pretoria. Es war in der goldenen Ära der Heuchelei. Weiße Südafrikaner konnten sich aufgrund der Rassengesetze keine schwarzen Huren kaufen. Sie mußten sich in den Zug oder ins Auto setzen und hierherkommen, um die schwarzen Muschis zu schmecken.«

Lucinda unterbrach sich und sah Louise lächelnd an.

»Ich hoffe, du entschuldigst meine Ausdrucksweise.«

»Was Frauen zwischen den Beinen haben, wird in vielen Sprachen Muschi oder ähnlich genannt. Als ich jung war, wäre ich vielleicht schockiert gewesen. Aber jetzt nicht mehr.«

»Dolores war sparsam und legte eine Summe Geld zurück, kaum so viel, daß man von einem Vermögen sprechen könnte, aber genügend, um in diese Bar zu investieren. Es soll ihr Mann gewesen sein, der auf den Namen kam. Er meinte, sie würde bei diesem aussichtslosen Unternehmen ihr ganzes Geld verlieren. Aber es ging gut.«

»Wo ist sie jetzt?«

»Sie liegt mit Nathaniel zusammen auf dem Friedhof Lhanguene. Die Kinder erbten die Bar, zerstritten sich sofort und verkauften sie an einen chinesischen Arzt, der sie infolge einer komplizierten Kredittransaktion an einen portugiesischen Tuchhändler verlor. Vor einigen Jahren wurde sie von der Tochter des Finanzministers gekauft, die aber nie dagewesen ist. Es ist zu tief unter ihrer Würde. Sie verbringt den größten Teil ihrer Zeit damit, in Paris in teuren Geschäften Kleider zu kaufen. Wie heißt das feinste?«

»Dior?«

»Dior. Ihre beiden Töchter sollen Kleider von Dior tragen. Und unterdessen hungert das Land. Sie schickt jeden zweiten Tag einen ihrer Untergebenen in die Bar, um Geld zu holen.«

Lucinda rief nach Celina, die kam und ihr Wasserglas auffüllte.

»Ich bin hergekommen, weil mir heute nacht etwas eingefallen ist. Als die Italiener völlig betrunken waren und mich am ganzen Körper begrapschten, bin ich hinausgegangen und habe eine Zigarette geraucht. Ich betrachtete die Sterne. Da fiel mir ein, daß Henrik einmal gesagt hat, der Sternenhimmel über Inhaca sei so klar wie der, den er hoch oben im Norden von Schweden gesehen habe.«

»Wo?«

»Inhaca. Eine Insel draußen im Indischen Ozean. Er sprach oft darüber. Vielleicht war er mehrmals da. Die Insel war für ihn etwas Besonderes. Plötzlich fiel mir ein, daß er einmal etwas gesagt hat, was wichtig sein könnte. Er sagte: ›*Ich kann mich immer auf Inhaca verstecken.*‹ Ich erinnere mich genau an seine Worte. Manchmal hat er das, was er sagte, sehr genau vorbereitet. Dies hier war ein solcher Augenblick.«

»Was hat er auf Inhaca gemacht?«

»Ich weiß es nicht. Man fährt auf die Insel, um zu schwimmen, am Strand spazierenzugehen, zu tauchen, zu angeln oder sich im Hotel zu betrinken.«

»Henrik war viel zu ungeduldig, um daran Gefallen zu finden.«

»Gerade deshalb vermute ich, daß ihn etwas anderes dorthin gezogen hat.«

»Glaubst du, er hat ein Versteck gesucht?«

»Ich glaube, daß er dort jemanden getroffen hat.«

»Was für Menschen leben auf der Insel?«

»Hauptsächlich Bauern und Fischer. Es gibt eine meeresbiologische Forschungsstation, die zur Universität Mondlane gehört. Einige Geschäfte und das Hotel. Das ist alles. Außer einer gewaltigen Menge von Schlangen, sagt man. Inhaca ist das Paradies der Schlangen.«

»Henrik hat Schlangen verabscheut. Dagegen mochte er Spinnen. Als Kind hat er einmal eine Spinne gegessen.«

Lucinda schien Louise nicht zu hören.

»Er hat etwas gesagt, was ich nie verstanden habe. Er sprach von einem Bild. Ein Maler, der auf der Insel lebt. Ich kann mich nicht mehr richtig erinnern.«

»Wo wart ihr, als er davon erzählte?«

»In einem Hotelbett. Ausnahmsweise hatte er einmal kein leeres Haus gefunden, in dem wir sein konnten. Wir gingen ins Hotel. Da erzählte er von dem Bild und dem Maler. Ich sehe ihn noch vor mir. Es war am Morgen. Er stand mit dem Rücken zu mir am Fenster. Ich sah sein Gesicht nicht, als er erzählte.«

»Wovon hattet ihr vorher gesprochen?«

»Von nichts. Wir hatten geschlafen. Als ich die Augen aufschlug, stand er da am Fenster. Er hatte vielleicht etwas geträumt.«

»Was geschah danach?«

»Nichts. Er kam wieder ins Bett.«

»War es das einzige Mal, daß er den Maler und das Bild erwähnte?«

»Er hat nie wieder davon gesprochen.«

»Bist du sicher?«

»Ja. Aber später wurde mir klar, daß diese Begegnung auf Inhaca große Bedeutung für ihn hatte.«

»Wie kannst du da so sicher sein?«

»Sein Tonfall, als er da am Fenster stand. Ich glaube, er wollte mir eigentlich etwas erzählen. Aber es gelang ihm nicht.«

»Ich muß diesen Künstler ausfindig machen. Wie kommt man nach Inhaca? Mit dem Schiff?«

»Das geht sehr langsam. Am besten fliegt man. Es dauert zehn Minuten.«

»Kannst du mitkommen?«

Lucinda schüttelte den Kopf. »Ich muß mich um meine Familie kümmern. Aber ich kann dir helfen, ein Zimmer im Hotel zu bestellen, und ich kann dich zum Flugplatz bringen. Ich glaube, sie fliegen zweimal täglich nach Inhaca.«

Louise zögerte. Es war zu vage. Aber sie mußte jedem Anhaltspunkt nachgehen, sie hatte keine Wahl. Sie versuchte, sich vorzustellen, was Aron tun würde. Doch Aron war stumm. Er war fort.

Sie stopfte Kleider in eine Plastiktüte, steckte ihren Paß und Geld ein und war reisefertig. Zu Celina sagte sie, daß sie bis zum nächsten Tag fortbleibe, nicht aber, wohin sie fahre.

Lucinda brachte sie zum Flugplatz. Die Hitze lag wie eine erstickende Decke über der Stadt.

»Bitte im Hotel darum, daß man dir hilft. Einer der Männer an der Rezeption hinkt. Er heißt Zé. Grüß ihn von mir, dann hilft er dir«, sagte Lucinda.

»Spricht er Englisch?«

»Notdürftig. Verlaß dich nie darauf, daß er verstanden hat, was du meinst. Frage immer noch einmal nach, um dich zu vergewissern.«

Als sie zum Flugplatz kamen, wurden sie sogleich von Jungen bestürmt, die auf den Wagen aufpassen und ihn waschen wollten. Lucinda lehnte geduldig ab, ohne die Stimme zu erheben.

Sie hatte bald herausgefunden, daß in einer guten Stunde eine Maschine nach Inhaca startete. Nach einem Telefongespräch hatte sie auch ein Hotelzimmer gebucht.

»Ich habe für eine Nacht gebucht. Aber du kannst verlängern. Es ist zur Zeit keine Hochsaison.«

»Kann es noch heißer werden als jetzt?«

»Es kann kühler werden. Daran denken die, die es sich leisten können, Urlaub zu machen.«

Im Terminalgebäude war ein Café. Sie tranken Sodawasser und aßen belegte Brote. Lucinda zeigte auf das abgestoßene und hier und da eingebeulte kleine Flugzeug, das Louise nach Inhaca bringen sollte.

»Soll ich damit fliegen?«

»Die Piloten waren früher Kampfflieger. Sie sind sehr erfahren.«

»Woher weißt du das? Kennst du sie?«

Lucinda lachte. »Ich glaube nicht, daß du Angst haben mußt.«

Lucinda begleitete sie bis zum Eincheckschalter. Außer Louise waren nur noch drei weitere Passagiere da, eine afrikanische Frau mit einem Kind auf dem Rücken und ein Europäer mit einem Buch in der Hand.

»Vielleicht ist diese Reise vollkommen unnötig.«

»Auf Inhaca bist du auf jeden Fall ganz sicher. Niemand wird dich berauben. Du kannst am Strand entlangwandern, ohne Angst zu haben.«

»Ich komme morgen zurück.«

»Falls du nicht beschließt, länger zu bleiben.«

»Das glaube ich nicht.«

»Wer weiß?«

Die Passagiere gingen durch die drückende Hitze zum Flugzeug. Louise wurde schwindelig und sie fürchtete zu fallen. Sie sog tief die Luft ein und griff nach dem Geländer der Flugzeugtreppe. Sie setzte sich ganz nach hinten. Schräg vor ihr saß der Mann mit dem aufgeschlagenen Buch.

Hatte sie ihn schon einmal gesehen? Das Gesicht war ihr fremd, aber ihr war, als erkenne sie seinen Rücken wieder. Ihre Angst kam aus dem Nichts. Ich bilde mir etwas ein, dachte sie. Es gab keinen Grund, Angst vor dem Mann zu haben. Es war nur eine Verirrung in der Tiefe ihres Gehirns.

Die Maschine hob ab und flog eine Schleife über die weiße Stadt, bevor sie Kurs aufs Meer hinaus nahm. Tief unter sich konnte sie Fischerboote mit dreieckigen Segeln sehen, die in den Wellen unbeweglich zu sein schienen. Die Maschine ging fast sofort wieder in den Sinkflug über, und fünf Minuten nach dem Start setzten die Räder auf der Landebahn von Inhaca auf. Sie war sehr kurz, der Asphalt war aufgebrochen, und Pflanzen hatten in den Rissen Wurzeln geschlagen.

Louise trat in die Hitze hinaus. Auf einem Traktoranhänger wurden sie und der Mann mit dem Buch zum Hotel befördert. Die Frau mit dem Kind verschwand zu Fuß im hohen Gras. Der Mann blickte von seinem Buch auf und lächelte sie an. Sie lächelte zurück.

Im Hotel fragte sie den jungen Mann an der Rezeption, ob er Zé heiße.

»Zé hat heute frei. Morgen ist er wieder da.«

Sie spürte eine ungeduldige Enttäuschung, schüttelte sie aber sofort wieder ab. Sie wollte ihre Kräfte schonen und sich nicht ärgern.

Sie wurde zu ihrem Zimmer geführt, leerte die Plastiktüte und streckte sich auf dem Bett aus. Aber sie hielt es nicht aus, dort zu liegen. Sie ging zum Strand hinunter. Es war Ebbe. Einige verrottete Fischerboote lagen wie gestrandete Wale auf der Seite im Sand. Sie watete durchs Wasser, sah weit draußen im Sonnendunst eine Gruppe von Männern, die Netze zogen.

Mehrere Stunden watete sie in dem warmen Wasser umher. Ihr Kopf war völlig leer.

In der Dämmerung aß sie im Hotelrestaurant zu Abend. Sie entschied sich für Fisch, bestellte Wein dazu und war angetrunken, als sie in ihr Zimmer zurückging. Im Bett wählte sie die Nummer von Arons Handy. Die Signale verhallten, ohne daß sich jemand meldete. Sie schrieb ihm eine Nachricht: »*Ich könnte dich jetzt brauchen*«, und sandte sie ab. Es war, als sendete sie eine Mitteilung in einen Kosmos hinaus, ohne je zu erfahren, ob sie den Empfänger erreichte.

Sie schlief ein, schreckte aber kurz danach wieder hoch. Ein Geräusch hatte sie geweckt. Sie horchte ins Dunkel hinaus. War das Geräusch von ihr selbst gekommen? Hatte sie geschnarcht und sich selbst geweckt? Sie knipste die Nachttischlampe an. Es war elf Uhr. Sie ließ die Lampe brennen, rückte die Kissen zurecht und sah ein, daß sie hellwach war. Das Gefühl des Rauschs war verflogen.

Eine Erinnerung tauchte in ihrem Kopf auf. Es war eine Zeichnung, die Henrik in seiner schwierigsten Zeit als Teenager gemacht hatte. Er war unerreichbar gewesen, hatte sich in eine unsichtbare Höhle verkrochen, zu der sie keinen Zutritt hatte. Sie hatte ihre eigene Teenagerzeit verabscheut, eine

Zeit mit Pickeln und Komplexen, mit Selbstmordgedanken und weinerlichem Zorn über die Ungerechtigkeit der Welt. Henrik war das Gegenteil von ihr, er hatte alles nach innen gewendet. Aber eines Tages hatte er seine Höhle verlassen und wortlos eine Zeichnung auf den Frühstückstisch gelegt. Das ganze Papier war blutrot eingefärbt, über den unteren Teil der Zeichnung wuchs ein schwarzer Schatten herauf. Das war alles. Er hatte das Bild nie erklärt, auch nicht, warum er es ihr gegeben hatte. Aber sie glaubte, daß sie es verstanden hatte.

Leidenschaft und Verzweiflung, die ständig kollidierten, der Zweikampf, der am Ende, wenn das Leben vorbei war, keinen Sieger gehabt hätte.

Die Zeichnung hatte sie aufbewahrt. Sie lag in einer alten Kleiderkiste zu Hause bei Artur.

Hatte Henrik Aron jemals Zeichnungen geschickt? Das war noch eine der vielen Fragen, die sie ihm hätte stellen mögen.

Die Klimaanlage rauschte schwach, ein Insekt mit vielen Beinen bewegte sich langsam und methodisch verkehrt herum an der Decke.

Wieder einmal versuchte sie, alles, was geschehen war, zu durchdenken. Sie rekapitulierte mit hellwachen Sinnen alle Ereignisse in der Hoffnung, jetzt einen Zusammenhang und eine Erklärung für Henriks Tod zu finden. Sie ging behutsam vor, und es schien ihr, als wäre Aron an ihrer Seite. Er war ihr jetzt nahe, näher denn je seit jener Periode am Anfang ihrer Ehe, als sie sich liebten und die ganze Zeit fürchteten, der Distanz in ihrer Gemeinschaft einen zu großen Raum zu lassen.

Sie formulierte ihre Gedanken an ihn gerichtet, wie in einem Gespräch oder einem Brief. Wenn er lebte, würde er begreifen, was sie zu verstehen versuchte, und ihr helfen, das, was sie bisher nur ahnte, zu deuten.

Henrik ist an einer Überdosis Schlafmittel in seinem Bett in Stockholm gestorben. Er trug einen Schlafanzug, das Laken war bis zum Kinn hochgezogen. Für Henrik war es das Ende. Aber war es das Ende einer Geschichte oder von etwas, was noch weitergeht? Ist Henriks Tod nur ein Glied in einer langen Kette? Er entdeckte etwas hier in Afrika, unter den Sterbenden in Xai-Xai. Etwas, was dazu führte, daß die plötzliche Freude, oder eher die verschwundene Schwermut, wie Nazrin es ausdrückte, sich in Angst verkehrte. Aber es gab auch Anflüge von Zorn, Phasen, in denen Henrik den Willen zum Aufruhr hatte. Aufruhr wogegen? Gegen etwas in ihm selbst? Dagegen, daß seine Gedanken, sein Gehirn gestohlen oder verborgen wurde, so wie es mit Präsident Kennedys Hirn nach dem Mord in Dallas geschah? Oder war er selbst derjenige, der versuchte, in das Gehirn eines anderen einzudringen?

Louise tastete sich voran. Es war, wie durch die Wälder um Sveg vorzudringen, in denen Sträucher und Unterholz das Vorwärtskommen manchmal unmöglich machten.

Er hatte eine Wohnung in Barcelona und verfügte über viel Geld. Er sammelte Artikel über Erpressung von Menschen, die an Aids erkrankt waren. Eine Angst wuchs in ihm. Weshalb hatte er Angst? Weil er zu spät erkannt hatte, daß er ein Gelände betreten hatte, wo er sich in Gefahr brachte? Hatte er etwas gesehen, was er nicht hätte sehen dürfen? Hatte jemand ihn bemerkt oder es geschafft, seine Gedanken zu lesen?

Etwas fehlte. Henrik war die ganze Zeit allein, obwohl er Menschen um sich hatte, Nazrin, Lucinda, Nuno da Silva, die unbegreifliche Freundschaft mit Lars Håkansson. Trotzdem ist er allein. Diese Menschen erscheinen selten in seinen Aufzeichnungen, er erwähnt sie fast nie.

Es mußte weitere Menschen gegeben haben. Henrik war kein einsamer Wolf. Wer waren die anderen? Waren sie in

Barcelona oder in Afrika? Mit mir hat er häufig über die wunderbare elektronische Welt gesprochen, wo man Netzwerke und Allianzen mit Menschen auf der ganzen Welt schaffen konnte.

Sie gab es auf. Ihre Gedanken trugen nicht, das Eis war zu dünn, sie brach immerzu ein. Ich bin zu ungeduldig, ich rede, ohne richtig zugehört zu haben. Ich muß weiter nach neuen Scherben suchen, noch ist die Zeit nicht reif, sie auszubreiten und nach einem Muster zu suchen.

Sie trank Wasser aus einer Flasche, die sie aus dem Restaurant mitgebracht hatte. Das Insekt an der Decke war fort. Sie schloß die Augen.

Sie erwachte davon, daß ihr Handy klingelte. Es blinkte und vibrierte auf dem Nachttisch. Sie meldete sich schlaftrunken. Es rauschte, jemand lauschte. Dann brach die Verbindung ab.

Es war kurz nach Mitternacht. Sie setzte sich auf die Bettkante. *Wer hatte sie angerufen? Das Schweigen hatte keine Identität.* Von der Hotelbar klang schwach Musik herauf. Sie beschloß, in die Bar zu gehen. Wenn sie Wein tränke, würde sie wieder einschlafen können.

Die Bar war fast verlassen. Ein älterer Europäer saß zusammen mit einer sehr jungen Afrikanerin in einer Ecke. Louise empfand Ekel. Sie stellte sich vor, wie der übergewichtige Mann sich nackt auf die schwarze Frau legte, die kaum älter als siebzehn oder achtzehn Jahre alt war. Hatte Lucinda so etwas erleben müssen? Hatte Henrik das gleiche gesehen, was sie jetzt sah?

Sie trank rasch nacheinander zwei Glas Wein, unterschrieb die Rechnung und verließ die Bar. Der Nachtwind war mild. Sie ging am Schwimmbecken vorbei und trat aus dem Lichtschein heraus, der aus den Fenstern fiel. Sie hatte noch nie einen solchen Sternenhimmel gesehen. Sie suchte, bis sie glaubte, das Kreuz des Südens entdeckt zu haben. Aron hatte es einmal als »Erlöser der Seefahrer auf der südlichen Halbkugel« bezeichnet. Er hatte sie immer mit unerwartetem Wissen überrascht. Auch Henrik konnte sich sprunghaft für unerwartete Dinge interessieren. Als Neunjähriger hatte er davon gesprochen, aus der Schule abzuhauen und zu den Wildpferden in den Steppen Kirgisiens zu fahren. Aber damals war er zu Hause geblieben, weil er sie nicht allein lassen wollte. Bei anderer Gelegenheit hatte er voller Überzeugung verkündet, er wolle Seemann werden und die Kunst des Einhandsegelns erlernen. Doch nicht, um in kürzester Zeit um den Erdball zu segeln oder zu beweisen, daß er überleben konnte. Sein Traum war, sich zehn, vielleicht zwanzig Jahre an Bord eines Bootes zu befinden, ohne jemals an Land zu gehen.

Sie fühlte die Trauer. Henrik war nie ein Segler geworden, auch kein Mensch, der in den kirgisischen Steppen wilde Pferde suchte. Aber er war auf dem Weg dazu gewesen, ein guter Mensch zu werden, bevor jemand ihm den Schlafanzug als Verkleidung des Todes angezogen hatte.

Sie war jetzt unten am Strand. Es war Flut, die Wellen rollten an Land. Das Dunkel verschluckte die Konturen der auf den Strand gezogenen Fischerboote. Sie zog die Sandalen aus und ging bis ans Wasser. In der Wärme fühlte sie sich zurückversetzt auf die Peloponnes. Wie eine kräftige Welle schwappte es über sie, eine Sehnsucht zurück zu ihrer Arbeit in den staubigen Grabungsstätten, zu den Arbeitskollegen, den neugierigen, aber nachlässigen Studenten, den griechischen Freunden. Sie sehnte sich danach, in der Dunkelheit vor Mitsos' Haus zu stehen und eine ihrer nächtlichen Zigaretten zu rauchen, während die Hunde bellten und das Grammophon seine wehmütige griechische Musik spielte.

Ein Krebs lief ihr über einen Fuß. In der Ferne erkannte sie die Lichter von Maputo. Wieder kam Aron zu ihr: *Licht kann über dunkle Wasser lange Strecken wandern. Stell dir das Licht als einen Wanderer vor, der sich entfernt oder dir im-*

mer näher kommt. Im Licht findest du deine Freunde wie deine Feinde.

Aron hatte noch mehr gesagt, doch der Gedanke wurde unterbrochen.

Sie hielt den Atem an. Jemand war dort im Dunkeln, jemand, der sie beobachtete. Sie blickte sich um. Dunkel, das Licht der Bar unendlich weit entfernt. Sie hatte Todesangst, ihr Herz hämmerte. Jemand war da und sah sie an.

Sie begann zu schreien, brüllte geradewegs ins Dunkel hinein, bis sie Taschenlampen sah, die sich vom Hotel zum Strand herunterbewegten. Als sie von den Lichtkegeln eingefangen wurde, fühlte sie sich wie ein Tier.

Es waren zwei Männer, die kamen, der sehr junge Angestellte aus der Rezeption und ein Kellner aus der Bar. Sie fragten, warum sie geschrien habe, ob sie sich verletzt habe oder von einer Schlange gebissen worden sei.

Sie schüttelte nur den Kopf, nahm dem jungen Mann die Taschenlampe aus der Hand und leuchtete den Strand ab. Niemand war da. Doch es war jemand dagewesen. Sie fühlte es.

Sie kehrten zum Hotel zurück. Der junge Mann vom Empfang begleitete sie zu ihrem Zimmer. Sie legte sich ins Bett und machte sich darauf gefaßt, bis zum Morgen wach zu bleiben. Aber es gelang ihr einzuschlafen. Im Traum flogen die roten Papageien aus Apollo Bay herbei. Es waren viele, ein großer Schwarm, und ihr Flügelschlag war vollkommen lautlos.

17

Als sie zum Frühstück ins Restaurant hinunterkam, verdeckte ein feuchter Dunst den Himmel. In der Rezeption stand ein Mann, den sie vorher nicht gesehen hatte. Sie fragte ihn, ob er Zé sei.

»José«, erwiderte er. »Abgekürzt zu Zé.«

Louise erwähnte Lucinda und fragte, ob es auf der Insel jemanden gebe, der Bilder male.

»Das kann nur Adelinho sein. Niemand sonst auf der Insel malt. Niemand sonst bestellt Pakete mit Farben aus Maputo. Vor vielen Jahren hat er seine Farben noch selbst aus Wurzeln, Blättern und Erde zusammengerührt. Es sind seltsame Bilder, Delphine, tanzende Frauen, manchmal verzerrte Gesichter, die den Menschen Beklemmungen verursachen können.«

»Wo wohnt er?«

»Es ist zu weit, um zu gehen. Aber Ricardo, der Sie am Flugplatz abgeholt hat, kann Sie für ein kleines Entgelt hinfahren.«

»Ich möchte Adelo gern besuchen.«

»Adelinho. Sie müssen seinen Namen lernen. Er ist ein bißchen hochmütig geworden, seit seine Bilder gefragt sind. Ich werde Ricardo bitten, in einer Stunde hierzusein.«

»Eine halbe Stunde reicht mir fürs Frühstück.«

»Aber sie reicht Ricardo nicht. Er legt Wert darauf, daß sein alter Jeep sauber gewaschen ist, wenn er den Auftrag bekommt, mit einer schönen Frau einen Ausflug zu machen. In einer Stunde wartet er hier draußen.«

Louise frühstückte im Schatten eines Baums. Im Schwimmbassin schwamm jemand Bahn um Bahn, mit langsamen Zügen. Ein zottiger Hund legte sich ihr zu Füßen.

Ein afrikanischer Elchhund. Genauso zottig wie die Hunde, mit denen ich als Kind gespielt habe. Jetzt habe ich einen Vater, der genauso zottig ist wie du.

Der Mann, der im Bassin geschwommen war, kletterte die Badeleiter hoch. Louise sah, daß ein Bein des Mannes am Knie amputiert war. Er hüpfte zu einem Liegestuhl, auf dem eine Prothese lag. Ein barfüßiger Kellner fragte sie, ob sie noch Kaffee nachgeschenkt haben wolle.

Er nickte zu dem Mann hinüber, der gerade aus dem Schwimmbecken gestiegen war. »Er schwimmt jeden Tag, das ganze Jahr. Auch wenn es kalt ist.«

»Kann es denn hierzulande kalt werden?«

Der Kellner machte ein bekümmertes Gesicht. »Im Juli haben wir nachts manchmal fünf Grad. Dann frieren wir.«

»Fünf Grad minus?«

Sie bereute ihre Frage sofort, als sie den Gesichtsausdruck des Kellners sah.

Er füllte ihre Tasse auf und wischte ein paar Brotkrumen vom Tisch, die der Hund sofort aufleckte. Der Mann bei dem Liegestuhl hatte jetzt seine Prothese angeschnallt.

»Oberst Ricardo ist ein bemerkenswerter Mann. Er ist unser Chauffeur. Er hat an vielen Kriegen teilgenommen, sagt er. Aber niemand weiß etwas Genaues. Manche sagen, er sei einmal betrunken gewesen und auf den Eisenbahnschienen gegangen, und dabei habe er sein Bein verloren. Aber man kann nie ganz sicher sein. Oberst Ricardo ist anders als andere.«

»Ich habe gehört, daß er seinen Jeep schön sauberhält.«

Der Kellner beugte sich vertraulich zu ihr vor. »Oberst Ricardo legt Wert darauf, sich selbst schön sauberzuhalten. Aber er bekommt häufig Klagen zu hören, daß sein Jeep so schmutzig ist.«

Louise unterschrieb die Rechnung und sah den Oberst zum Hotelausgang hin verschwinden. Jetzt, da er angezogen war, fiel die Prothese überhaupt nicht auf.

Oberst Ricardo holte sie vor dem Hotel ab. Er war ein Mann in den Siebzigern, durchtrainiert und sonnengebräunt und mit sorgfältig gekämmtem grauem Haar. Ein Europäer mit vielen Tropfen Negerblut, dachte Louise. In seinem Familienhintergrund verbarg sich wahrscheinlich eine faszinierende Geschichte. Der Oberst sprach Englisch mit britischem Akzent.

»Ich habe gehört, daß Sie unseren berühmten Raffael besuchen wollen, Mrs. Cantor. Das wird er zu schätzen wissen. Er hat eine Vorliebe für weibliche Besucher.«

Sie setzte sich auf den Beifahrersitz des Jeeps. Der Oberst bediente mit dem Fuß des künstlichen Beins das Gaspedal. Sie fuhren auf einem Feldweg, der sich durch das meterhohe Gras schlängelte, in den Süden der Insel. Der Oberst fuhr ruckhaft und machte sich selten die Mühe zu bremsen, wenn der Weg sich in reinen Morast verwandelte. Louise hielt sich mit beiden Händen fest, um nicht hinausgeschleudert zu werden. Die verschiedenen Anzeigen standen entweder auf null, oder sie vibrierten im Bereich unfaßbarer Geschwindigkeiten und Temperaturen. Es war, als wäre sie zu Kriegszeiten in einem Armeefahrzeug unterwegs.

Nach einer halben Stunde bremste der Oberst. Sie waren in ein bewaldetes Gebiet der Insel gekommen. Zwischen den Bäumen waren niedrige Hütten zu sehen.

Oberst Ricardo streckte die Hand aus. »Dort drüben wohnt der liebe Raffael. Wie lange wollen Sie bleiben? Wann soll ich Sie wieder abholen?«

»Sie warten also nicht?«

»Ich bin zu alt, um mir Zeit zum Warten zu nehmen. Ich komme in zwei Stunden zurück und hole Sie ab.«

Louise sah sich um, entdeckte aber keine Menschen. »Sind Sie sicher, daß er hier ist?«

»Unser lieber Raffael ist Ende der fünfziger Jahre nach Inhaca gekommen. Aus dem damaligen Belgisch-Kongo. Seitdem hat er die Insel niemals und sein Haus kaum je verlassen.«

Louise kletterte aus dem Jeep. Oberst Ricardo hob seine Mütze an und verschwand in einer Staubwolke. Das Motorgeräusch verklang. Louise war von einer sonderbaren Stille umgeben. Keine Vögel, keine quakenden Frösche, auch kein Wind. Sie hatte die vage Empfindung, dies schon zu kennen. Dann wurde ihr klar, daß es war, als befände sie sich tief in einem Wald im schwedischen Norrland, wo Entfernungen und Geräusche aufhören können zu existieren.

»Sich in einem tiefgreifenden Schweigen zu befinden heißt, eine große Einsamkeit zu erleben.« Das waren Arons Worte während einer Wanderung im norwegischen Fjell. Früher Herbst, rostbraune Farben, sie hatte angefangen zu vermuten, daß sie schwanger war. Sie wanderten im Fjell bei Rjukan. Eines Abends hatten sie das Zelt an einem Bergsee aufgeschlagen. Aron sprach von dem Schweigen, das eine unfaßbare, beinah unerträgliche Einsamkeit bedeuten konnte. Damals hatte sie nicht besonders gut zugehört, der Gedanke, vielleicht schwanger zu sein, hatte sie ganz in Anspruch genommen. Aber jetzt erinnerte sie sich an seine Worte.

Ein paar Ziegen weideten im Gras, ohne sie zu beachten. Sie folgte dem Pfad zu den Hütten, die sich zwischen den Bäumen verbargen. Die Hütten standen im Kreis um einen offenen Sandplatz. Ein fast erloschenes Feuer glomm. Noch immer keine Menschen. Dann entdeckte sie, daß zwei Augen sie betrachteten. Jemand saß auf einer Veranda, aber nur der Kopf war zu sehen. Der Mann stand auf und winkte sie zu sich. Sie hatte noch nie einen so schwarzen Menschen gesehen. Seine Haut hatte einen fast dunkelblauen Farbton. Er trat vor auf die Veranda. Ein riesiger Mann mit bloßem Oberkörper.

Er sprach schleppend, suchte nach den englischen Wörtern. Seine erste Frage war, ob sie Französisch spreche.

»Es geht mir leichter von der Zunge. Ich nehme an, Sie sprechen nicht Portugiesisch?«

»Mein Französisch ist auch nicht gut.«

»Dann sprechen wir Englisch. Willkommen, Mrs. Cantor. Ich mag Ihren Namen. Louise. Er klingt wie eine schnelle Bewegung übers Wasser, ein Sonnenreflex, eine Nuance von Türkis.«

»Woher wissen Sie, wie ich heiße und daß ich kommen würde?«

Er lächelte und führte sie zu einem Stuhl auf der Veranda. »Auf Inseln versucht nur ein Narr, etwas geheimzuhalten.«

Sie setzte sich. Er blieb stehen und betrachtete sie. »Ich koche mein Wasser ab, weil ich nicht will, daß meine Gäste Magenbeschwerden bekommen. Es ist also ungefährlich, das, was ich Ihnen anbiete, zu trinken. Falls Sie nicht römischen Branntwein wollen? Ich habe einen guten italienischen Freund, Giuseppe Lenate. Ein freundlicher Mann, der mich zuweilen besucht. Er flieht hierher in die Einsamkeit auf der Insel, wenn er der Verantwortung für all diese Straßenbauarbeiter überdrüssig wird. Er bringt römischen Branntwein mit. Wir werden beide so betrunken, daß wir einschlafen. Oberst Ricardo fährt ihn zum Flugplatz, er kehrt nach Maputo zurück – und einen Monat später ist er wieder hier.«

»Ich trinke keinen Branntwein.«

Der riesige Adelinho verschwand in seinem kleinen dunklen Haus. Louise dachte an den italienischen Freund vom Straßenbau. War er einer der Männer, die die Nacht in Lucindas Bar verbracht hatten? Die Welt in Maputo war offensichtlich sehr klein.

Adelinho kehrte mit zwei Gläsern zurück. »Ich nehme an, Sie sind gekommen, um meine Bilder zu sehen?«

Einer plötzlichen Eingebung folgend, entschied Louise sich dafür, Henrik noch nicht zu erwähnen.

»Ich habe von einer Frau, die ich in Maputo getroffen habe, von Ihren Bildern gehört.«

»Hat die Frau einen Namen?«

Sie nahm einen weiteren Umweg. »Julieta.«

»Ich kenne keine Frau mit diesem Namen. Eine Frau aus Mozambique, eine Schwarze?«

Louise nickte.

»Wer sind Sie? Ich will Ihre Nationalität erraten. Sind Sie Deutsche?«

»Schwedin.«

»Dann und wann haben mich Menschen aus dem Land besucht. Nicht viele und nicht oft. Nur manchmal.«

Es begann zu regnen. Louise hatte nicht bemerkt, daß der Dunst vom Morgen sich zu einer Wolkendecke verdichtet hatte, die über Inhaca herangezogen war. Der Regen war vom ersten Tropfen an stark.

Adelinho betrachtete besorgt das Dach der Veranda und schüttelte den Kopf. »Eines Tages wird das Dach einstürzen. Das Wellblech rostet, die Dachbalken sind morsch. Afrika hat nie Häuser gemocht, die errichtet wurden, um allzulange zu halten.«

Er stand auf und machte ihr ein Zeichen, ihm zu folgen. Das Innere des Hauses war ein einziger großer Raum. Das Mobiliar bestand aus einem Bett, Bücherregalen, Gemälden an den Wänden, mehreren geschnitzten Stühlen, Holzskulpturen, Teppichen.

Er stellte die Bilder auf den Fußboden, lehnte sie gegen den Tisch, das Bett und die Stühle. Er hatte mit Ölfarbe auf Preßspanplatten gemalt. Motive und Ausführung strahlten eine naive Begeisterung aus, als wären sie von einem Kind gemalt, das versucht, die Wirklichkeit nachzuahmen. Delphine, Vögel, Frauengesichter, genau wie Zé gesagt hatte.

Sie dachte sofort an Adelinho als den Maler der Delphine, jemanden, der ihrem Vater oben in seiner ständig wachsenden Galerie in den norrländischen Wäldern zuwinken konnte. Sie ließen Delphine und Gesichter für die Zukunft zurück, aber ihr Vater hatte eine künstlerische Begabung, die dem Delphin-Maler fehlte.

»Finden Sie etwas, was Ihnen gefällt?«

»Die Delphine.«

»Ich bin ein schlechter Maler, ohne Talent. Glauben Sie nicht, ich wüßte es nicht. Aber niemand kann mich dazu zwingen, mit dem Malen aufzuhören. Ich kann weiter mein Unkraut züchten.«

Der Regen trommelte aufs Blechdach. Sie saßen schweigend da. Nach einer Weile ließ der Regen nach, man konnte sich wieder unterhalten.

»Der Mann, der mich hergefahren hat, sagte, Sie seien möglicherweise aus dem Kongo gekommen?«

»Ricardo? Der redet immer viel. Aber in dem Punkt hat er recht. Ich bin aus dem Land geflohen, bevor das große Chaos ausbrach. Als der schwedische Mann, der Hammarskjöld hieß, bei Ndola im nördlichen Sambia abstürzte, damals hieß es Nord-Rhodesien, war ich schon hier. Es war ein furchtbares Chaos, die Belgier waren brutale Kolonisatoren, die seit Jahrhunderten unsere Hände abgeschlagen hatten, aber als wir plötzlich selbständig werden sollten, war der Konflikt, der danach ausbrach, genauso entsetzlich.«

»Warum sind Sie geflohen?«

»Es ging nicht anders. Ich war zwanzig Jahre alt. Es war zu früh, um zu sterben.«

»Und trotzdem waren Sie in der Politik tätig? So jung?«

Er betrachtete sie prüfend. Der Regen dämpfte das Licht, der Raum lag im Halbschatten. Sie ahnte seine Augen mehr, als daß sie sie sah.

»Wer hat gesagt, ich sei in der Politik tätig gewesen? Ich war ein einfacher junger Mann ohne Ausbildung, der Schimpansen fing und sie an ein belgisches Laboratorium verkaufte. Es lag am Rand der Stadt, die damals Leopoldville hieß und jetzt umgetauft worden ist in Kinshasa. Das große Gebäude hatte etwas Geheimnisvolles an sich. Es lag für sich allein, von einem hohen Zaun umgeben. Dort arbeiteten Männer und Frauen in weißen Kitteln. Manchmal trugen sie auch Gesichtsmasken. Und sie wollten Schimpansen haben. Sie zahlten gut. Mein Vater hatte mich gelehrt, wie man Affen lebend fängt. Die weißen Männer fanden, daß ich tüchtig war. Eines Tages boten sie mir an, in dem großen Haus zu arbeiten. Man fragte mich, ob ich Angst hätte, Tiere zu zerstückeln, in Fleisch zu schneiden, Blut zu sehen. Ich war Tierfänger und Jäger, ich konnte Tiere töten, ohne mit der Wimper zu zucken, und ich bekam die Arbeit. Ich werde nie vergessen, was für ein Gefühl es war, als ich zum ersten Mal einen weißen Kittel anzog. Es war, als kleidete ich mich in einen königlichen Mantel oder in die Leopardenhaut, die afrikanische Herrscher häufig tragen. Der weiße Kittel bedeutete, daß ich den Schritt in eine magische Welt von Macht und Wissen tat. Ich war jung, ich erkannte nicht, daß der weiße Kittel bald blutig werden sollte.«

Er hielt inne und beugte sich auf seinem Stuhl vor.

»Ich bin ein alter Mann, der viel zuviel redet. Ich habe seit mehreren Tagen keine Gesellschaft gehabt. Meine Frauen, die in ihren eigenen Häusern wohnen, kommen und bereiten mir das Essen, aber wir sprechen nicht miteinander, weil wir nichts mehr zu sagen haben. Dieses Schweigen macht mich hungrig. Wenn ich Sie ermüde, sagen Sie es nur.«

»Sie ermüden mich nicht. Erzählen Sie weiter.«

»Davon, wie der Kittel blutig wurde? Es gab dort einen Arzt, er hieß Levansky. Er führte mich in einen Raum, in dem alle Schimpansen, die ich und andere gefangen hatten, in Käfigen eingeschlossen waren. Er zeigte mir, wie ich die Tiere zerteilen und die Leber und die Nieren herausnehmen sollte. Der Rest des Kadavers wurde fortgeworfen, er hatte keinen Wert. Er brachte mir bei, in einem Buch aufzuschreiben, was ich tat und wann ich es tat. Dann gab er mir einen Schimpansen, ich erinnere mich noch heute daran, daß es ein Junges war, das fürchterlich nach seiner Mutter schrie. Ich höre dieses Schreien noch immer. Doktor Levansky war zufrieden. Aber ich mochte es nicht, ich verstand nicht, warum es genau so gemacht werden sollte. Ich kann wohl sagen, daß ich es überhaupt nicht mochte, wie mein weißer Kittel blutig wurde.«

»Ich glaube, ich verstehe nicht richtig, was Sie meinen.«

»Ist das so schwer zu verstehen? Mein Vater hatte mich gelehrt, daß man Tiere tötet, um zu essen, um das Fell zu verwerten oder um sich selbst, seine Tiere oder seine Ernte zu schützen. Aber man tötet nicht, um zu quälen. Dann würden die Götter einen zu Boden schlagen. Sie würden ihre unsichtbaren Straftiere aussenden, die mich suchen und alles Fleisch von meinen Knochen nagen würden. Ich verstand nicht, warum ich gezwungen wurde, den Affen, während sie noch lebten, die Leber und die Nieren herauszuschneiden. Sie rissen und zerrten an den Riemen, mit denen sie am Tisch festgeschnallt waren, sie schrien wie Menschen. Ich lernte, daß Tiere und Menschen, wenn sie gequält werden, auf die gleiche Art und Weise schreien.«

»Warum war es notwendig?«

»Um das spezielle Präparat für dieses Laboratorium herstellen zu können, war es erforderlich, daß die Körperteile, die genutzt wurden, von lebenden Tieren stammten. Ich würde meine Arbeit verlieren, wenn ich außerhalb des Laboratoriums davon erzählte. Doktor Levansky erklärte mir, daß Menschen in weißen Kitteln ihre Geheimnisse immer für sich behalten. Es war, als wäre ich in einer Falle gefangen, als wäre ich einer der Schimpansen und das ganze Laboratorium mein Käfig. Doch das entdeckte und verstand ich erst später.«

Der Regen trommelte für einen Augenblick stärker aufs Dach. Es war windig geworden. Sie warteten, bis der Regen wieder abnahm.

»Eine Falle?«

»Eine Falle. Sie schnappte nicht um meinen Fuß oder meine Hand zu. Sie wurde mir lautlos um den Hals gelegt. Anfangs merkte ich nichts. Ich gewöhnte mich daran, meine schreienden Schimpansen zu töten, ich entnahm die Organe, warf sie in Eimer mit Eis und trug sie zum eigentlichen Laboratorium, das ich nie betreten durfte. An gewissen Tagen sollten keine Affen getötet werden. Dann mußte ich dafür sorgen, daß es ihnen gutging, daß keiner von ihnen krank war. Es war, wie zwischen Gefangenen umherzugehen, die zum Tode verurteilt waren, und sich nichts anmerken zu lassen. Aber die Tage wurden lang. Ich fing an, mich umzusehen, obwohl ich eigentlich keine Erlaubnis hatte, mich anderswo aufzuhalten als bei den Affenkäfigen. Nach ein paar Monaten ging ich eines Tages ins Untergeschoß.«

Adelinho verstummte. Das Trommeln aufs Blechdach hatte fast aufgehört.

»Und was fanden Sie da?«

»Andere Schimpansen. Aber mit einem Unterschied von mindestens drei Prozent in der Erbmasse. Damals wußte ich nicht, was das war, Erbmasse. Aber jetzt weiß ich es. Ich habe es gelernt.«

»Ich verstehe nicht. Andere Affen?«

»Ohne Käfige. Auf Bahren.«

»Tote Affen?«

»Menschen. Aber keine toten. Noch nicht tote. Ich kam in einen Raum, in dem sie dicht gepackt lagen. Kinder, Alte, Frauen, Männer. Alle waren krank. Es war ein fürchterlicher Gestank im Raum. Ich floh. Aber ich konnte es nicht lassen, später wieder zurückzugehen. Warum lagen sie da? Und da wurde mir klar, daß ich in die schlimmste Falle geraten war, in die ein Mensch geraten kann. Eine Falle, in der man nicht sehen darf, was man sieht, nicht reagieren darf auf das, was man tut. Ich kehrte zurück und versuchte zu verstehen, warum kranke Menschen in einem Kellerraum verborgen waren. Als ich mich näherte, hörte ich furchtbare Schreie. Sie kamen aus einem Raum unmittelbar nebenan. Ich wußte nicht, was ich tun sollte. Was ging da vor sich? In meinem ganzen Leben hatte ich noch keine solchen Schreie gehört. Plötzlich war es still. Irgendwo ging eine Tür. Ich versteckte mich unter einem

Tisch. Ich sah weiße Beine und weiße Kittel vorübergehen. Hinterher suchte ich in dem Raum, aus dem ich die Schreie gehört hatte. Auf einem Tisch lag ein toter Mensch. Eine Frau, vielleicht war sie zwanzig Jahre alt. Sie war auf die gleiche Art und Weise aufgeschnitten, wie ich meine Affen aufschnitt. Ich begriff sofort, daß auch ihr bei lebendigem Leib die Leber und die Nieren entfernt worden waren. Ich stürzte davon, ich blieb dem Laboratorium eine Woche fern. Eines Tages kam ein Mann mit einem Brief von Doktor Levansky, der mir drohte, falls ich nicht zurückkäme. Ich wagte nicht, etwas anderes zu tun, als zurückzukehren. Doktor Levansky war nicht ärgerlich, er war freundlich, das verwirrte mich. Er fragte mich, warum ich fortgeblieben sei, und ich antwortete wahrheitsgemäß, daß ich die Kranken und die Frau gesehen hätte, die bei lebendigem Leib aufgeschnitten worden war. Doktor Levansky erklärte, sie sei betäubt gewesen und habe keinen Schmerz gespürt. Aber ich hatte sie gehört. Er log mir glatt ins Gesicht, seine Freundlichkeit war nicht echt. Er erzählte, daß sie mit Hilfe der Kranken neue Medikamente fänden, alles, was im Laboratorium geschehe, müsse geheim bleiben, weil viele um die geheimen Präparate kämpften. Als ich ihn fragte, was es für Krankheiten seien, die sie heilen wollten und an denen die Kranken litten, sagte er, daß alle die gleiche Art Krankheit hätten, ein Fieber, das von einer Entzündung im Bauch ausging. Da wußte ich, daß er schon wieder log. Soviel ich beobachtet hatte, als ich in dem Raum mit den Bahren war, hatten alle dort verschiedene Krankheiten. Ich glaube, sie wurden vorsätzlich infiziert und vergiftet, man machte sie krank, um dann zu versuchen, sie zu heilen. Ich glaube, daß man sie wie die Schimpansen benutzte.«

»Was geschah danach mit Ihnen?«

»Nichts. Doktor Levansky war weiter freundlich. Doch ich war mir bewußt, daß man mich ständig beobachtete. Ich hatte etwas gesehen, was ich nicht sehen durfte. Dann gingen Gerüchte um, daß in der Umgebung von Leopoldville Menschen geraubt wurden und im Laboratorium verschwanden. Das war 1957, als niemand eigentlich wußte, was mit dem Land geschehen würde. Ohne es geplant zu haben, erwachte ich eines Morgens und beschloß wegzugehen. Ich war mir sicher, daß ich eines Tages selbst dort unten im Keller landen würde, um mit Lederriemen an einem Tisch festgeschnallt und bei lebendigem Leib aufgeschnitten zu werden. Ich konnte nicht bleiben. Ich verließ das Land. Zunächst kam ich nach Südafrika und anschließend hierher. Aber ich weiß jetzt, daß ich recht hatte. Das Laboratorium hat sowohl Schimpansen als auch lebende Menschen für seine Versuche verwendet. Es besteht ein Unterschied von nur drei Prozent in der Erbmasse von Schimpansen und Menschen. Aber schon damals, in den fünfziger Jahren, wollte man einen Schritt weiter gehen, genauer gesagt, drei Schritte weiter, die letzten Schritte. Man versuchte, den Unterschied aufzuheben.«

Adelinho verstummte. Windböen rüttelten am Blechdach. Aus der feuchten Erde stieg ein Geruch von Fäulnis auf.

»Ich kam hierher. Viele Jahre lang habe ich hier in der kleinen Krankenstation gearbeitet. Ich habe heute meinen Acker, meine Frauen, meine Kinder. Und ich male. Aber ich halte mich auf dem laufenden über das, was geschieht; mein Freund, der kubanische Doktor Raul, hebt all seine medizinischen Zeitschriften für mich auf. Ich lese sie, und ich entdecke, daß man auch heute Menschen als Versuchstiere benutzt. Es soll auch in diesem Land geschehen. Viele würden es natürlich abstreiten. Aber ich weiß, was ich weiß. Auch wenn ich ein einfacher Mann bin, habe ich mir Bildung angeeignet.«

Die Regenwolken waren abgezogen, das Sonnenlicht war wieder stärker. Louise sah ihn an. Sie schauderte.

»Frieren Sie?«

»Ich denke an das, was Sie erzählt haben.«

»Arzneimittel sind Rohstoffe, die genausoviel wert sein können wie seltene Metalle oder Edelsteine. Deshalb gibt es keine Grenzen für das, was Menschen aus Habgier zu tun bereit sind.«

»Ich möchte wissen, was Sie gehört haben.«

»Ich weiß nicht mehr als das, was ich gesagt habe. Es gehen Gerüchte um.«

Er vertraut mir nicht. Er fürchtet sich immer noch vor der Falle, die um ihn zuzuschnappen drohte, damals in den fünfziger Jahren, als er noch jung war.

Adelinho stand auf. Er verzog das Gesicht, als er die Beine streckte. »Das Alter kommt mit Schmerzen. Das Blut zögert in den Adern, die nächtlichen Träume werden plötzlich schwarzweiß. Wollen Sie noch andere Bilder sehen? Ich male auch die Menschen, die mich besuchen, wie Gruppenfotos, die man früher machte. Vermute ich richtig, daß Sie Lehrerin sind?«

»Ich bin Archäologin.«

»Finden Sie, was Sie suchen?«

»Manchmal. Manchmal finde ich etwas, ohne zu wissen, daß ich es gesucht habe.«

Sie nahm ein paar der Bilder mit an die Verandatür und studierte sie im Sonnenlicht.

Sie entdeckte ihn sofort. Sein Gesicht, in der hinteren Reihe. Es war ihm nicht besonders ähnlich, aber es bestand kein Zweifel. Es war Henrik. Er war hiergewesen und hatte zugehört, als Adelinho erzählte. Sie betrachtete das Bild genauer. Gab es andere Gesichter darauf, die sie erkannte? Junge Gesichter, europäische, einige asiatische. Junge Männer, aber auch viele junge Frauen.

Sie stellte das Bild zurück auf den Boden und versuchte, sich zu fassen.

Die Entdeckung von Henriks Gesicht war ein Schock. »Mein Sohn Henrik ist hiergewesen. Erinnern Sie sich an ihn?«

Sie hielt das Bild hoch und zeigte auf Henrik.

Er blinzelte und nickte. »Ich erinnere mich an ihn. Ein freundlicher junger Mann. Wie geht es ihm?«

»Er ist tot.«

Sie faßte einen Entschluß. Hier, auf Inhaca, im Haus dieses fremden Mannes, konnte sie sich erlauben, offen zu sagen, was sie dachte.

»Er wurde in seiner Wohnung ermordet.«

»In Barcelona?«

Die Eifersucht packte sie. Warum hatten alle mehr gewußt als sie? Sie war schließlich seine Mutter und hatte ihn aufgezogen, bis er sich aufgerichtet hatte und in sein eigenes Leben hinausgetreten war.

Eine Einsicht streifte sie. *Er hatte immer gesagt, daß er sie schützen würde, was auch geschähe. War es das, was er getan hatte, indem er nicht von der kleinen Wohnung in der »Christus-Sackgasse« erzählte?*

»Was geschah, weiß niemand. Ich versuche, es herauszufinden, indem ich seine Spuren verfolge.«

»Und die haben Sie hierhergeführt?«

»Weil er hiergewesen ist. Sie haben sein Gesicht gemalt, und ich glaube, Sie haben ihm das gleiche erzählt wie mir.«

»Er hat danach gefragt.«

»Wie kam er darauf, daß Sie etwas wußten?«

»Gerüchte.«

»Jemand muß ihm von Ihnen erzählt haben. Und Sie müssen etwas erzählt haben. Gerüchte zu verbreiten ist eine menschliche Kunstform, die Geduld und Kühnheit erfordert.«

Da er nicht antwortete, ging sie weiter.

Die Fragen ergaben sich von selbst, ohne daß sie danach suchen mußte. »Wann war er hier?«

»Es ist noch nicht so lange her. Ich habe das Bild kurz danach gemalt. Bevor der Regen begann, wenn ich mich recht erinnere.«

»Wie ist er hergekommen?«

»Wie Sie. Mit dem Oberst und seinem Jeep.«

»War er allein?«

»Er ist allein gekommen.«

Stimmte das? Louise zweifelte. Gab es nicht eine unsichtbare Gestalt an Henriks Seite?

Adelinho schien verstanden zu haben, warum sie verstummt war. »Er kam allein. Warum sollte ich es nicht so sagen, wie es war? Man ehrt nicht das Gedenken an einen Toten, indem man an seinem Grab lügt.«

»Wie hat er Sie gefunden?«

»Durch meinen Freund Doktor Raul. Er war stolz auf seinen Namen. Sein Vater, der auch Raul hieß, war an Bord des Schiffes – ich weiß nicht mehr, wie es hieß –, das Fidel und seine Freunde nach Kuba brachte, die den Befreiungskampf einleiteten.«

»Granma.«

Er nickte.

»So hieß das Schiff. Es war leck und drohte zu sinken, die jungen Männer litten an Seekrankheit, es muß ein betrüblicher Anblick gewesen sein. Aber er war trügerisch. Einige Jahre später hatten sie Batista und die Amerikaner in die Flucht geschlagen. Aber sie sagten nicht ›die Amerikaner‹, sie sagten ›Yankees‹. *Yankees Go Home.* Es wurde ein Schlachtruf, der um die Welt ging. Heute liegt unsere Regierung vor diesem Land im Staub. Aber es kommt der Tag, an dem wir die Wahrheit hervorzwingen werden. Wie sie den Belgiern und auch den Portugiesen dabei geholfen haben, uns zu Boden zu drücken.«

»Wie hatte Henrik Doktor Raul gefunden?«

»Doktor Raul ist nicht nur ein fähiger Gynäkologe, den die Frauen lieben, weil er sie mit Respekt behandelt. Er ist auch ein brennender Geist, der die großen Arzneimittelunternehmen und ihre Forschungslaboratorien haßt. Nicht alle, nicht überall. Auch in dieser Welt findet sich der brutale Gegensatz zwischen gutem Willen und Habgier. Der Kampf endet nie. Aber Doktor Raul sagt, daß die Habgier an Boden gewinnt. Zu jeder Sekunde des Tages rückt die Habgier vorwärts, verschiebt ihre Positionen. In einer Zeit, in der es Milliarde um Milliarde Dollar und Meticais erlaubt ist, nach Belieben Amok zu laufen, stets auf der Jagd nach dem grünsten Gras, ist die Habgier im Begriff, die Welthegemonie zu erringen. Ein schweres Wort, das ich erst auf meine alten Tage gelernt habe. Jetzt richtet sich die Gier auf das kleine Virus, das sich wie eine Seuche über die Welt ausbreitet. Noch immer weiß niemand, wie es entstanden ist, obwohl man davon ausgehen kann, daß es ein Affenvirus ist, dem es gelungen ist, die Berggipfel der Immunität zu überklettern und in die Menschen einzudringen. Nicht um sie zu vernichten, sondern um das gleiche zu tun, was Sie und ich tun.«

»Was meinen Sie?«

»Überleben. Dieses kleine, ziemlich schwache Virus will nichts anderes, als überleben. Viren haben kein Bewußtsein, und man kann sie kaum beschuldigen, den Unterschied zwischen Leben und Tod zu kennen, sie tun nur das, wofür sie programmiert sind. Zu überleben, neue Virusgenerationen mit demselben Zweck zu schaffen, zu überleben. Doktor Raul sagt, daß dieses kleine Virus und der Mensch eigentlich auf je einer Seite vom Fluß des Lebens stehen und einander zuwinken sollten. Die Fahnen, die im Wind wehen, würden die gleiche Sprache sprechen. Überleben. Aber so ist es nicht, das Virus verursacht Chaos wie ein herrenloses Auto im Verkehr. Doktor Raul sagt, das liege daran, daß es ein anderes Virus gibt. Er nennt es das ›Virus Habgier, Typ 1‹. Es breitet sich ebenso schnell aus und ist ebenso tödlich wie die schleichende Krankheit. Doktor Raul versucht, der Habgier Widerstand entgegenzusetzen, dem Virus beizukommen, das sich in die Blutbahnen einer ständig größeren Zahl von Menschen eingeschlichen hat. Er schickt die Menschen, denen er vertraut, zu mir. Er will, daß sie von der ›Geschichte der Grausamkeit‹ erfahren. Menschen kommen her, und ich erzähle ihnen, wie man schon in den fünfziger Jahren Menschen bei lebendigem Leib Körperteile entfernt hat. Menschen, die aus ihren Wohnungen entführt wurden, denen verschiedene Krankheiten injiziert wurden und die dann wie Labormäuse oder Versuchsaffen benutzt wurden. Es geschah nicht nur unter einem kranken politischen System wie dem deutschen unter Hitler. Es geschah nach dem Krieg, und es geschieht noch immer.«

»In Xai-Xai?«

»Das weiß niemand.«

»Kann Henrik einem Geheimnis auf die Spur gekommen sein?«

»Davon gehe ich aus. Ich sagte ihm, er solle vorsichtig sein. Es gibt Menschen, die bereit sind, praktisch alles zu tun, um die Wahrheit zu verbergen.«

»Hat er je mit Ihnen über John Kennedy gesprochen?«

»Den toten Präsidenten und sein verschwundenes Hirn? Er war äußerst belesen.«

»Hat er erklärt, warum er von diesem Ereignis so besessen war?«

»Es war nicht das Ereignis an sich. Präsidenten sind schon früher ermordet worden, und es wird auch in Zukunft geschehen. Jeder amerikanische Präsident ist sich dessen bewußt, daß eine große Anzahl unsichtbarer Waffen auf ihn gerichtet ist. Henrik interessierte sich nicht für das Hirn. Er wollte wissen, wie es vor sich gegangen ist. Er wollte begreifen, wie man es anstellt, etwas zu verbergen. Er ging rückwärts, um zu lernen, vorwärts zu gehen. Wenn er verstand, wie man es anstellte, auf höchstem politischem Niveau etwas zu verbergen, konnte er auch lernen, wie man es enthüllte.«

»Ich weiß, daß er in Xai-Xai etwas gesehen hat, was ihn veränderte.«

»Er kam nicht hierher zurück, obwohl er es versprochen

hatte. Doktor Raul wußte auch nicht, was aus ihm geworden war.«

»Er ist geflohen, weil er Angst hatte.«

»Er hätte schreiben können, er hätte die wunderbare Elektronik nutzen können, um etwas in Doktor Rauls Ohr zu flüstern.«

»Er wurde ermordet.«

Louise und der Mann ihr gegenüber wußten im selben Moment, was das bedeutete. Keiner brauchte sich mehr zu fragen. Louise fühlte, daß sie sich dem Punkt näherte, an dem Henriks Tod vielleicht seine Erklärung finden würde.

»Er muß etwas gewußt haben. Er muß auch eingesehen haben, daß sie wußten, daß er wußte. Und er floh.«

»Wen meinen Sie mit ›sie‹?« fragte Louise.

Er schüttelte den Kopf. »Ich weiß es nicht.«

»Xai-Xai. Der Mann mit Namen Christian Holloway?«

»Ich weiß es nicht.«

Motorgeräusch wurde hörbar. Oberst Ricardo bog mit seinem Jeep auf den Hofplatz ein. Als sie auf die Veranda hinaustreten wollten, legte Adelinho die Hand auf ihre Schulter. »Wie viele wissen, daß Sie Henriks Mutter sind?«

»Hier im Land? Nicht viele.«

»Es ist vielleicht besser, wenn es so bleibt.«

»Wollen Sie mich warnen?«

»Ich glaube nicht, daß das nötig ist.«

Oberst Ricardo hupte energisch. Als sie losfuhren, drehte sie sich um und sah Adelinho auf der Veranda stehen.

Sie vermißte ihn bereits, weil sie ahnte, daß sie ihn nie wiedersehen würde.

Mit derselben Maschine und demselben Piloten kehrte sie kurz nach zwei Uhr am Nachmittag nach Maputo zurück. Der

Passagier mit dem Buch war nicht da. Dagegen wurde ein junger Mann an Bord des Flugzeugs gebracht. Er war so schwach, daß er sich kaum auf den Beinen halten konnte. Vielleicht waren es seine Mutter und seine Schwester, die ihn stützten. Ohne es mit Bestimmtheit zu wissen, vermutete sie, daß der Mann Aids hatte. Er war nicht nur mit dem Virus infiziert, die Krankheit war jetzt ausgebrochen und auf dem Weg, ihn zu töten.

Das Erlebnis ließ Empörung in ihr aufwallen. Wenn Henrik am Leben geblieben wäre, hätte er sich am Ende vielleicht in einem ähnlichen Zustand befunden. Sie hätte ihn gestützt. Aber wer hätte *sie* gestützt? Sie fühlte, wie die Trauer sie überkam. Als das Flugzeug abhob, wünschte sie, es möge abstürzen und sie im Dunkel verschwinden lassen. Doch das türkisgrüne Wasser lag schon unter ihr. Sie konnte nicht rückwärts gehen.

Als die Maschine auf dem heißen Asphalt landete, hatte sie sich entschieden. *In Xai-Xai war Henrik für sie am deutlichsten gewesen. Dort hatte sie seine Nähe gespürt.* Sie machte sich nicht einmal die Mühe, zu Lars Håkanssons Haus zu fahren, um die Kleider zu wechseln. Sie rief auch Lucinda nicht an. Im Moment mußte sie allein sein. Sie ging am Flugplatz zu einem Mietwagenschalter, unterschrieb einen Mietvertrag und erhielt die Auskunft, der Wagen werde binnen einer halben Stunde gebracht. Wenn sie Maputo um drei Uhr verließe, würde sie Xai-Xai vor Einbruch der Dunkelheit erreichen. Während sie wartete, blätterte sie ein Telefonbuch durch. Sie fand mehrere Ärzte mit dem Namen Raul. Welcher der richtige war, konnte sie nicht entscheiden, weil keiner von ihnen als Gynäkologe aufgeführt war.

Auf dem Weg nach Xai-Xai hätte sie fast eine Ziege überfahren, die plötzlich vor dem Wagen auftauchte. Sie riß heftig das Lenkrad herum und war nahe daran, die Kontrolle über den

Wagen zu verlieren. Erst im letzten Augenblick fand eines der Hinterräder Halt in einem Schlagloch, und der Wagen blieb auf der Straße. Sie mußte anhalten und durchatmen.

Der Tod hätte sie beinah gefangen.

Sie suchte die Abzweigung zum Strand in Xai-Xai und ging dort ins Hotel. Sie bekam ein Zimmer im Obergeschoß. Sie mußte lange mit der Dusche kämpfen, bis Wasser kam. Ihre Kleidung war verschwitzt. Sie ging zum Strand hinunter und kaufte eine *capulana*, ein Tuch, wie es die afrikanischen Frauen benutzen, um sich einzuhüllen. Dann wanderte sie am Strand entlang und dachte nach über das, was der Mann im Regen, der Delphinmaler, gesagt hatte.

Die Sonne verschwand. Die Schatten wurden länger. Sie ging zurück zum Hotel und aß im Restaurant. In einer Ecke saß ein Albino und spielte auf einer Art Xylophon. Der Rotwein schmeckte muffig, gepanscht. Sie ließ die Flasche stehen und trank statt dessen Bier. Über dem Meer leuchtete der Mond. Sie verspürte Lust, in den Streifen Mondlicht hinauszuwaten. Als sie in ihr Zimmer gekommen war, verbarrikadierte sie die Tür mit einem Tisch und schlief ein, die Füße in dem zerrissenen Moskitonetz verheddert.

Im Traum liefen Pferde durch eine winterliche Schneelandschaft. Artur stand mit unter der Nase gefrorenem Schnodder da und zeigte zum Horizont. Sie begriff nicht, worauf er sie aufmerksam machen wollte.

Sie erwachte früh und ging hinunter zum Strand. Die Sonne erhob sich aus dem Meer. Einen kurzen Moment lang dachte sie, daß Aron und Henrik an ihrer Seite seien, alle drei blickten direkt in die Sonne, bis das Licht zu stark wurde.

Sie kehrte zu Christian Holloways Dorf zurück. Es war so still wie bei ihrem ersten Besuch. Sie kam sich vor, als besuchte sie einen Friedhof. Lange blieb sie im Wagen sitzen und wartete darauf, daß sich jemand zeigte. Ein schwarzer Hund mit zottigem Fell strich über den Sandplatz. An einer Hauswand sah sie ein Tier, vielleicht eine große Ratte.

Doch keine Menschen. Die Stille war wie ein Gefängnis. Sie stieg aus dem Wagen, ging zu einem der Häuser und öffnete die Tür. Sie trat sogleich in eine andere Welt ein, in die Welt der Kranken und Sterbenden.

Deutlicher als beim ersten Besuch spürte sie den beißenden Geruch. *Der Tod riecht wie scharfe Säure. Der Leichengeruch, das Gären kommt später.*

Die Räume waren voller Schmutz, Unsauberkeit, Angst. Die meisten Kranken lagen zusammengekauert in Embryonalstellung auf den Pritschen und auf dem Boden, nur die kleinsten Kinder lagen ausgestreckt auf dem Rücken. Sie bewegte sich langsam zwischen den Kranken und versuchte, das Dunkel zu durchdringen. Wer waren sie? Warum lagen sie hier? Sie waren mit dem Aidsvirus infiziert, und sie würden sterben. So mußte es in den klassischen Opiumhöhlen ausgesehen haben. Aber warum ließ Christian Holloway sie in solchem Elend leben? Reichte es ihm, ihnen ein Dach über dem Kopf zu geben? Plötzlich verstand sie überhaupt nicht, was er gedacht haben mochte, als er seine Dörfer für die Armen und Kranken eingerichtet hatte.

Sie blieb stehen und betrachtete einen vor ihr liegenden Mann. Er sah sie mit glänzenden Augen an. Sie beugte sich hinab und legte die Hand auf seine Stirn. Er hatte kein Fieber. Das Gefühl, sich in einer Unterkunft für Süchtige zu befinden und nicht in einem Warteraum der Toten, verstärkte sich. Plötzlich bewegten sich die Lippen des Mannes. Sie beugte sich noch weiter vor, um zu hören, was er sagte. Der Geruch aus seinem Mund war abscheulich, doch sie zwang sich, nicht zurückzuweichen. Er wiederholte die gleichen Worte, immer wieder. Sie verstand nicht, was er sagte, wieder und wieder, wie ein Mantra, nur etwas, das mit »In …« anfing, und vielleicht sagte er »sie«.

Irgendwo ging eine Tür. Der Mann auf der Pritsche reagierte, als hätte er einen Schlag bekommen. Er wandte das Gesicht ab und krümmte sich. Als sie an seine Schulter rührte, zuckte er zusammen und rückte weg.

Louise merkte plötzlich, daß jemand hinter ihr war. Sie drehte sich um, als fürchtete sie, überfallen zu werden.

Eine Frau stand da, in ihrem Alter. Ihre Haare waren grau, ihre Augen kurzsichtig. »Ich wußte nicht, daß wir Besuch haben.«

Die Frau sprach ein Englisch, das Louise an die Reise nach Schottland denken ließ, damals, als sie Aron kennengelernt hatte.

»Ich bin schon einmal hiergewesen und hörte, daß jeder willkommen sei.«

»Es ist jeder willkommen. Aber wir möchten unseren Gästen gern selbst die Türen öffnen. Die Räume sind dunkel, es gibt Schwellen, man kann stolpern. Wir führen Sie gern herum.«

»Ich hatte einen Sohn, der hier gearbeitet hat. Henrik. Kannten Sie ihn?«

»Ich war damals nicht hier. Aber alle reden gut von ihm.«

»Ich versuche zu verstehen, was er hier getan hat.«

»Wir pflegen Kranke. Wir nehmen uns derer an, um die sich kein anderer kümmert. Der Schutzlosen.«

Die Frau, die ihren Namen noch nicht genannt hatte, nahm Louise freundlich am Arm und führte sie zum Ausgang. Sie faßt mich behutsam an, aber die Klauen sind bereit, dachte Louise.

Sie kamen in die starke Sonne hinaus. Der schwarze Hund lag hechelnd im Schatten eines Baumes.

»Ich möchte gern Christian Holloway treffen. Mein Sohn hat mit großem Respekt von ihm gesprochen. Er hat ihn verehrt.«

Louise war es zuwider, in Henriks Namen zu lügen. Aber

sie fühlte, daß ihr keine andere Wahl blieb, wenn sie weiterkommen wollte.

»Ich bin sicher, daß er Kontakt zu Ihnen aufnehmen wird.«

»Wann? Ich kann nicht ewig bleiben. Hat er kein Telefon?«

»Ich habe noch nie gehört, daß jemand mit ihm am Telefon gesprochen hätte. Jetzt muß ich gehen.«

»Kann ich nicht bleiben und Sie bei Ihrer Arbeit begleiten?«

Die Frau schüttelte den Kopf. »Heute ist kein guter Tag. Es ist Behandlungstag.«

»Gerade deshalb.«

»Wir haben die Verantwortung für schwerkranke Menschen und können nicht immer Besucher dabeihaben.«

Louise sah ein, daß jeder weitere Versuch fruchtlos war. »Vermute ich richtig, daß Sie aus Schottland kommen?«

»Aus dem Hochland.«

»Wie sind Sie hier gelandet?«

Die Frau lächelte. »Unsere Wege führen uns nicht immer dahin, wohin wir gern möchten.«

Sie streckte Louise die Hand hin und verabschiedete sich. Das Gespräch war beendet. Louise ging zum Wagen zurück. Der schwarze Hund sah ihr sehnsüchtig nach, als wollte auch er hier weg. Im Rückspiegel sah Louise, daß die grauhaarige Frau darauf wartete, daß sie abfuhr.

Sie kehrte ins Hotel zurück. Der Albino saß in dem leeren Restaurant und spielte auf seinem Xylophon. Kinder spielten im Sand mit den Resten eines Mülleimers. Sie schlugen auf ihn ein, als verprügelten sie ihn. Der Mann am Empfang lächelte. Er las in einer abgegriffenen Bibel. Ihr war schwindelig, alles war unwirklich. Sie ging in ihr Zimmer und legte sich aufs Bett.

Ihr Magen revoltierte. Sie fühlte es kommen und schaffte es gerade noch auf die Toilette, bevor es aus ihr herausschoß.

Sie war kaum zum Bett gelangt, als sie schon wieder hinausmußte. Eine Stunde später hatte sie Fieber. Als das Zimmermädchen kam, gelang es ihr zu erklären, daß sie krank sei, daß sie ihre Ruhe haben wolle und Trinkwasser in einer Flasche brauche. Eine Stunde später erschien ein Kellner aus dem Restaurant mit einer kleinen Flasche Mineralwasser. Sie gab ihm Geld, damit er mit einer großen Flasche zurückkäme.

Für den Rest des Tages bewegte sie sich zwischen Bett und Toilette hin und her. Als es Abend wurde, war sie völlig entkräftet. Aber der Anfall schien nachzulassen. Sie erhob sich auf zitternden Beinen vom Bett, um ins Restaurant zu gehen und Tee zu trinken.

Gerade als sie das Zimmer verlassen wollte, kehrte der flüsternde Mann in dem dunklen Raum wieder in ihr Bewußtsein zurück.

Er wollte mit mir reden. Er wollte, daß ich zuhöre. Er war krank, aber mehr noch, er war voller Angst. Er wandte sich von mir ab, wie um zu sagen, daß er keinen Kontakt aufgenommen habe.

Er wollte mit mir reden. Hinter den glänzenden Augen verbarg sich etwas anderes.

Plötzlich wußte sie, was er zu sagen versucht hatte.

Injektionen. Das war das Wort, das er zu flüstern versucht hatte. *Injektionen.* Aber Injektionen gab man Kranken doch, um ihnen zu helfen, als Teil der Behandlung?

Er hatte Angst. Er wollte mir von Injektionen erzählen, die ihm angst machten.

Der Mann hatte Hilfe gesucht. Sein Flüstern war ein Notruf gewesen.

Sie trat ans Fenster und sah aufs Meer hinaus. Der Streifen Mondlicht war verschwunden. Der Sandplatz vor dem Hotel wurde von einer einsamen Lampe an einem Laternenmast erleuchtet.

Sie versuchte, in den Schatten zu schauen. Das hatte Henrik getan. Was hatte er entdeckt?

Vielleicht einen flüsternden Menschen im Wartesaal des Todes.

18

Der Tag danach, wieder früher Morgen.

Louise hüllte sich in das Tuch und ging hinunter zum Strand. Einige der kleinen Fischerboote brachten ihren Fang an Land. Frauen und Kinder halfen bei der Bergung der Fische, legten sie in eisgefüllte Plastikeimer, die sie anschließend auf den Kopf setzten. Ein Junge zeigte ihr mit breitem Lächeln einen großen Hummer. Sie lächelte zurück.

Sie watete ins Wasser. Der Stoff klebte an ihrem Körper, sie machte ein paar Schwimmzüge und tauchte. Als sie wieder hochkam, faßte sie einen Entschluß. Sie würde zurückkehren zu dem Mann auf der Pritsche, der ihr etwas zugeflüstert hatte. Sie würde nicht davon ablassen, bevor sie wußte, was er ihr hatte sagen wollen.

Unter der tröpfelnden Dusche wusch sie sich das Salz vom Körper. Der Albino spielte auf seinem Xylophon. Sie hörte die Klänge durchs Badezimmerfenster. Er schien ständig dazusein mit seinem Instrument. Sie hatte gesehen, daß er von der starken Sonne Verbrennungen auf der Kopfhaut und auf den Wangen hatte.

Sie ging in den Speisesaal hinunter. Der Kellner lächelte und servierte ihr Kaffee.

Sie nickte zu dem Mann mit dem Instrument hinüber. »Ist er immer hier?«

»Er spielt so gern. Er geht spät nach Hause und kommt früh wieder. Seine Frau weckt ihn.«

»Er hat also eine Familie?«

Der Kellner sah sie erstaunt an. »Warum sollte er keine haben? Er hat neun Kinder und mehr Enkelkinder, als er auseinanderhalten kann.«

Ich nicht. Ich habe keine Familie. Nach Henrik kommt nichts.

Sie fühlte eine ohnmächtige Wut darüber, daß es Henrik nicht mehr gab.

Sie verließ den Frühstückstisch, die trostlose Eintönigkeit der Musik hämmerte in ihrem Kopf.

Sie ließ den Wagen an und fuhr zu Christian Holloways Dorf. Die Hitze war noch stärker als am Tag zuvor, sie pochte in ihrem Kopf, ersetzte die eintönige Musik.

Als sie anhielt, war es, als wiederholte sich alles im Hitzedunst. Die Luft flimmerte vor ihren Augen. Der schwarze Hund hechelte unter seinem Baum, kein Mensch war zu sehen. Eine Plastiktüte trieb auf dem Sand hin und her. Louise saß hinter dem Lenkrad und fächelte sich mit der Hand Luft zu. Ihre Wut war vergangen, ersetzt durch Resignation.

In der Nacht hatte sie von Aron geträumt. Es war ein quälender Alptraum gewesen. Sie war irgendwo in der Argolis mit einem ihrer Gräber beschäftigt gewesen. Sie hatten ein Skelett freigelegt, und plötzlich hatte sie gesehen, daß es Arons Knochen waren. Verzweifelt hatte sie versucht, den Traum abzuschütteln, aber er hatte sie nicht losgelassen, sondern sie in die Tiefe gezogen. Erst kurz vor dem Ersticken war sie aufgewacht.

Ein weißer Mann in heller Kleidung kam aus einer Tür und ging in ein anderes Haus. Louise fächelte weiter, während sie ihm mit dem Blick folgte. Dann stieg sie aus und ging zu dem Haus, in dem sie am Vortag gewesen war. Der schwarze Hund sah ihr nach.

Sie trat ins Dunkel ein, wartete reglos, bis ihre Augen sich an das schwache Licht gewöhnt hatten. Der Geruch war stärker als am Tag zuvor, sie atmete durch den Mund, um ihren Brechreiz zu unterdrücken.

Die Pritsche war leer. Der Mann war fort. Hatte sie sich geirrt? Neben ihm hatte eine Frau unter einem Batiktuch mit einem Flamingomuster gelegen. Sie war noch da. Louise hatte sich nicht geirrt. Sie bewegte sich durch den Raum, setzte ihre Schritte mit Bedacht, um nicht auf einen der mageren Körper zu treten. Der Mann war nirgendwo. Sie kehrte zu der leeren Pritsche zurück. War er verlegt worden? Konnte er tot sein? Etwas in ihr sträubte sich. Der Tod konnte bei Aidskranken rasch eintreten, aber es stimmte dennoch nicht.

Als sie den Raum schon verlassen wollte, hatte sie das Gefühl, beobachtet zu werden. Die Körper lagen wie eine gewellte Erdschicht, in der Arme und Beine sich langsam bewegten. Viele hatten die Köpfe mit Tuchfetzen und Laken bedeckt, als wollten sie ihr Elend für sich behalten. Louise sah sich um. Jemand beobachtete sie. In einer Ecke des Raums entdeckte sie einen Mann, der gegen die steinerne Wand gelehnt saß. Er sah sie an. Vorsichtig trat sie näher. Es war ein junger Mann, in Henriks Alter. Sein Körper war ausgemergelt, das Gesicht von Wunden bedeckt, Teile des Kopfes ohne Haare. Seine Augen betrachteten sie, ohne zu blinzeln.

Er bedeutete ihr mit einer schwachen Handbewegung, näher zu kommen. »Moises ist fort.«

Sein Englisch hatte einen südafrikanischen Akzent, soviel verstand sie, nachdem sie ihre weißen Mitpassagiere im Bus vom Flugplatz zum Hotel gehört hatte.

Sie ging auf die Knie, um seine schwache Stimme zu verstehen. »Wo ist er?« fragte sie.

»In der Erde.«

»Ist er tot?«

Der Mann griff nach ihrem Handgelenk. Es fühlte sich an wie die Berührung eines kleinen Mädchens. Die Finger waren dünn und kraftlos.

»Sie haben ihn geholt.«

»Was meinen Sie?«

Sein Gesicht kam dicht an sie heran.

»Du warst es, die ihn getötet hat. Er versuchte, nach dir zu rufen.«

»Ich habe nicht verstanden, was er sagte.«

»Sie gaben ihm eine Spritze und brachten ihn fort. Er schlief, als sie kamen.«

»Was ist geschehen?«

»Ich kann hier drinnen nicht sprechen. Sie sehen uns. Sie holen mich genauso. Wo sind Sie?«

»Ich wohne am Strand, im Hotel.«

»Wenn ich es schaffe, komme ich dorthin. Gehen Sie jetzt.«

Er legte sich hin und rollte sich unter einem Laken zusammen. *Die gleiche Angst. Er versteckt sich.* Sie ging zurück durch den Raum. Als sie in die Sonne hinaustrat, war es, als träfe sie ein Schlag ins Gesicht. Sie floh in den Schatten neben der Hauswand.

Einmal hatte Henrik mit ihr darüber gesprochen, wie er warme Länder erlebte. Die Menschen teilten nicht nur brüderlich und schwesterlich das Wasser, sondern auch den Schatten.

Hatte sie den Mann im Dunkeln richtig verstanden? Konnte er wirklich zu ihr kommen? Wie würde er zum Strand gelangen?

Sie war im Begriff umzukehren, als sie entdeckte, daß jemand im Schatten des Baums stand, unter dem sie den Wagen geparkt hatte. Ein Mann von etwa sechzig Jahren, vielleicht älter. Er lächelte, als sie sich näherte. Er trat auf sie zu und streckte die Hand aus.

Sie wußte sofort, wer er war. Sein Englisch war weich. Der amerikanische Akzent war kaum wahrzunehmen.

»Mein Name ist Christian Holloway. Ich habe gehört, daß Sie Henrik Cantors Mutter sind und daß er auf tragische Weise umgekommen ist.«

Louise war verwirrt. Wer hatte ihm das erzählt?

Er bemerkte ihre Verwunderung. »Neuigkeiten, vor allem tragische, verbreiten sich sehr schnell. Was ist geschehen?«

»Er wurde ermordet.«

»Ist das wirklich möglich? Wer kann einem jungen Mann Böses wollen, der von einer besseren Welt träumt?«

»Das versuche ich herauszufinden.«

Christian Holloway rührte leicht an ihren Arm. »Lassen Sie uns in mein Zimmer gehen. Da ist es bedeutend kühler als hier.«

Sie gingen über den Sandplatz zu einem weißen Haus, ein wenig abseits von den übrigen. Der schwarze Hund beobachtete wachsam ihre Schritte.

»Als Kind verbrachte ich meine Winterferien bei einem Onkel in Alaska. Mein vorausschauender Vater schickte mich dorthin, um mich abzuhärten. Meine Jugend war ein ununterbrochener Abhärtungsprozeß. Lernen und Wissen wurden nicht als wertvoller erachtet, als sich eine ›Eisenhaut‹ zuzulegen, wie mein Vater es nannte. Es war ungeheuer kalt dort oben, wo mein Onkel nach Öl bohrte. Aber daß ich mich an starke Kälte gewöhnte, hat mich besser dafür gerüstet, auch starke Hitze auszuhalten.«

Sie betraten ein Haus, das aus einem einzigen großen Raum bestand. Es glich einer afrikanischen Rundhütte, wie sie für Häuptlinge gebaut werden. Christian Holloway streifte an der Tür die Schuhe von den Füßen, als beträte er einen heiligen Ort. Aber als Louise sich bückte, um ihre Schuhe aufzuschnüren, schüttelte er den Kopf. Sie sah sich um, nahm den Raum in sich auf, als besuchte sie eine eben erst freigelegte Grabkammer, in der die Wirklichkeit Tausende von Jahren unberührt geblieben war.

Der Raum war vollgestellt mit Möbeln in einem klassischen Kolonialstil. In einer Ecke stand ein Arbeitstisch mit zwei Computerbildschirmen. Auf dem Steinfußboden lag ein antiker Teppich, persisch oder afghanisch, jedenfalls kostbar.

Ihr Blick hielt an einer der Wände inne. Dort hing ein Madonnenbild. Sie sah sogleich, daß es sehr alt war. Es stammte aus byzantinischer Zeit, vermutlich frühbyzantinisch. Es war viel zu wertvoll, um an der Wand eines privaten Hauses irgendwo in Afrika zu hängen.

Christian Holloway folgte ihrem Blick.

»Die Madonna mit dem Kind. Für mich sind sie ständige Begleiter. Die Religionen haben immer das Leben imitiert, das Göttliche geht immer vom Menschlichen aus. Ein schönes Kind kann man in den fürchterlichsten Slums von Dacca oder Medellín finden, ein mathematisches Genie kann in Harlem als Sohn oder Tochter eines Rauschgiftsüchtigen geboren werden. Der Gedanke, daß Mozart in einem Armengrab vor den Toren Wiens begraben wurde, ist eigentlich nicht empörend, sondern ermutigend. Alles ist möglich. Von den Tibetern können wir lernen, daß jede Religion ihre Götter mitten unter uns stellen soll. Damit wir sie suchen. Unter den Menschen sollen wir die göttliche Inspiration erkennen.«

Während er sprach, ließ sein Blick sie nicht los. Seine Augen waren blau, klar und kühl. Er bat sie, sich zu setzen. Eine Tür wurde lautlos geöffnet. Ein Afrikaner in weißer Kleidung trat ein und servierte Tee.

Die Tür wurde geschlossen. Es war, als wäre ein weißer Schatten im Raum zu Besuch gewesen.

»Henrik hat sich in kurzer Zeit beliebt gemacht«, sagte Christian Holloway. »Er war tüchtig, und es gelang ihm, sich von der Beklemmung zu befreien, die alle Jungen und Gesunden befällt, wenn sie mit dem Tod umgehen müssen. Niemand möchte gern daran erinnert werden, was hinter der Ecke wartet, die näher ist, als man glaubt. Das Leben ist eine atemberaubend kurze Reise, nur in der Jugend scheint es unendlich. Aber Henrik gewöhnte sich ein. Und dann war er auf einmal fort. Wir haben nie verstanden, warum er weggegangen ist.«

»Ich fand ihn tot in seiner Wohnung. Er trug einen Schlafanzug. Da wurde mir klar, daß er ermordet worden war.«

»Aufgrund eines Schlafanzugs?«

»Er schlief immer nackt.«

Christian Holloway nickte nachdenklich. Er betrachtete sie unverwandt. Louise hatte das Gefühl, daß er ununterbrochen einen Dialog mit sich selbst darüber führte, was er sah und hörte.

»Nie hätte ich mir vorgestellt, daß ein so ausgezeichneter junger Mann, mit so viel lebendiger Kraft in sich, sein Leben vorzeitig beschließen würde.«

»Ist Kraft nicht immer lebendig?«

»Nein. Viele schleppen tote Lasten mit sich herum, unverbrauchte Energie, Ballast für ihr Leben.«

Louise beschloß, keine Umwege zu gehen. »Etwas ist hier geschehen, das sein Leben verändert hat.«

»Niemand, der hierherkommt, kann unberührt bleiben. Die meisten erleben einen Schock, einige fliehen, andere entscheiden sich dafür, stark zu werden, und bleiben.«

»Ich glaube nicht, daß es die Kranken und Sterbenden waren, die ihn verändert haben.«

»Was sollte es sonst gewesen sein? Wir kümmern uns um Menschen, die sonst einsam in zerfallenden Hütten sterben würden, am Straßenrand, unter Bäumen. Tiere hätten ihre Körper angefressen, noch bevor sie gestorben wären.«

»Es war etwas anderes.«

»Man kann einen Menschen nie ganz verstehen, sich selbst nicht und andere nicht. Das galt sicher auch für Henrik. Das Innere des Menschen ist wie eine Landschaft, die daran erinnert, wie dieser Kontinent vor einhundertfünfzig Jahren aussah. Nur die Gebiete an den Küsten und entlang der Flüsse waren erforscht, der Rest waren zahllose weiße Flecken, an denen man Städte aus Gold und Geschöpfe mit zwei Köpfen vermutete.«

»Ich weiß, daß etwas geschehen ist. Aber nicht, was.«

»Hier geschieht immer etwas. Neue Menschen werden hergetragen, andere begraben. Es gibt hier einen Friedhof. Wir haben die Geistlichen, die wir brauchen. Hunde können nicht an den Knochen der Toten nagen, denn wir legen sie in die Erde.«

»Ein Mann, mit dem ich gestern gesprochen habe, ist heute nicht mehr da. Er muß in der Nacht gestorben sein.«

»Aus irgendeinem Grund sterben die meisten im Morgengrauen. Es ist, als wollten sie vom Licht geleitet werden, wenn sie fortgehen.«

»Wie oft haben Sie Henrik getroffen in der Zeit, als er hier war?«

»Ich treffe Menschen nie besonders oft. Zwei-, vielleicht dreimal. Nicht öfter.«

»Worüber haben Sie gesprochen?«

»Ich habe gelernt, mir nur Erinnernswertes zu merken, deshalb erinnere ich mich später nur sehr selten an das, was gesagt wurde. Menschen sind oft auf ermüdende Weise uninteressant. Ich glaube nicht, daß wir über wichtige Dinge gesprochen haben. Ein paar Worte über die Hitze, die Erschöpfung, die uns alle überkommt.«

»Hat er nie Fragen gestellt?«

»Mir nicht. Er schien nicht die Art Mensch zu sein.«

Louise schüttelte den Kopf. »Er war einer der wißbegierigsten und neugierigsten Menschen, denen ich begegnet bin. Das kann ich sagen, obwohl er mein Sohn ist.«

»Die Fragen, mit denen man hier konfrontiert wird, liegen auf einer anderen, einer inneren Ebene. Wenn man vom Tod umgeben ist, drehen die Fragen sich um den Sinn des Ganzen. Und das sind Fragen in der Stille, die man an sich selbst richtet. Das Leben besteht darin, Willen zum Widerstand zu beweisen. Am Ende gelangen die Jägerameisen trotz allem in deinen Körper.«

»Jägerameisen?«

»Vor vielen Jahren verbrachte ich einige Monate in einem entlegenen Dorf weit oben im nordwestlichen Sambia. Früher hatte es dort einmal Franziskanermönche gegeben. Aber sie hatten den Ort Mitte der fünfziger Jahre verlassen und sich weiter südlich angesiedelt, zwischen Solwezi und Kitwe. Die Gebäude, die sie hinterlassen hatten, waren von einem Paar aus Arkansas übernommen worden, das eine geistliche Oase errichten wollte, ohne Bindung an eine bestimmte Religion. Da kam ich mit den Jägerameisen in Kontakt. Was wissen Sie von ihnen?«

»Nichts.«

»So geht es den meisten Menschen. Wir stellen uns vor, daß Raubtiere kraftvoll sind. Vielleicht nicht immer groß von Wuchs, aber selten so klein wie Ameisen. Eines Nachts, als ich mit den Wachen allein war, wurde ich von Rufen in der Dunkelheit und Klopfen an meiner Tür geweckt. Die Wachen hatten Fackeln, mit denen sie das Gras anzündeten. Ich hatte nichts an den Füßen, als ich hinausging. Sofort spürte ich einen stechenden Schmerz in den Füßen. Ich wußte nicht, was es war. Die Wachen riefen, daß es Ameisen seien, Armeen von Jägerameisen auf dem Marsch. Sie fressen alles in ihrem Weg, und man kann sie nicht bekämpfen. Aber dadurch, daß man Feuer im Gras anzündet, kann man sie dazu bringen, die Richtung zu ändern und einen anderen Weg zu nehmen. Ich zog mir Stiefel an, holte eine Taschenlampe und sah kleine, wütende Ameisen in perfekten Formationen vorbeimarschieren. Vom Hühnerhaus her hörte ich plötzlich ein schreckliches Gackern. Die Wachen versuchten, die Hühner zu greifen und hinauszujagen. Doch es war schon zu spät, es ging unfaßbar schnell. Die Hühner verteidigten sich, indem sie die Ameisen aufpickten. Aber sie lebten in den Mägen der Hühner weiter und begannen, deren Eingeweide zu fressen. Nicht ein einziges Huhn überlebte. Sie rasten umher, wie wahnsinnig von dem Schmerz durch die Ameisen, die sie von innen zerbissen. Ich habe oft daran denken müssen. Die Hühner verteidigten sich und verschafften sich auf diese Weise ihren eigenen qualvollen Tod.«

»Ich kann mir vorstellen, wie es ist, von Hunderten von Ameisen gebissen zu werden.«

»Ich frage mich, ob Sie das tatsächlich können. Ich kann es nicht. Eine der Wachen bekam eine Ameise ins Ohr. Da saß sie und biß in sein Trommelfell. Die Wache schrie grauenhaft, bis ich dem Mann Whisky ins Ohr goß und die Ameise tötete. Eine einzige Ameise, weniger als einen halben Zentimeter lang.«

»Gibt es die Ameisen auch hier im Land?«

»Sie existieren auf dem gesamten afrikanischen Kontinent. Sie zeigen sich nach kräftigen Regenfällen, sonst nie.«

»Es fällt mir schwer, das Gleichnis vom Leben als einen Zustand mit Ameisen im Körper zu verstehen.«

»Es ist wie mit den Hühnern. Die Tragödie des Lebens wird von den Menschen selbst herbeigeführt. Sie kommt nicht von außen.«

»Da bin ich nicht mit Ihnen einig.«

»Es ist mir klar, daß es Götter gibt, die man kaufen oder leihen kann, wenn der Schmerz zu stark wird. Aber für mich hat dieser Weg nie einen Trost geboten.«

»Statt dessen versuchen Sie, die Ameisen umzuleiten? Solange es geht?«

Christian Holloway nickte.

»Sie folgen meinem Gedankengang. Natürlich bedeutet das nicht, daß ich mir einbilde, es könnte mir gelingen, der endgültigen Tragödie Widerstand entgegenzusetzen. Der Tod befindet sich ständig an der Seite des Menschen. Die wirklichen Wartesäle des Todes sind die Säle, in denen Frauen Kinder zur Welt bringen.«

»Haben Sie Henrik von den Ameisen erzählt?«

»Nein. Er war zu weich. Die Geschichte hätte ihm Alpträume verursachen können.«

»Henrik war nicht weich.«

»Kinder legen ihren Eltern gegenüber nicht immer das

gleiche Verhalten an den Tag wie fremden Menschen gegenüber. Ich weiß das, weil ich selbst Kinder habe. Trotz allem streift ein dünner Hauch von Sinn das Leben.«

»Sind Ihre Kinder hier?«

»Nein. Drei leben in Amerika und eins ist tot. Wie Ihr Sohn. Auch ich habe einen Sohn, der vorzeitig aus dem Leben ging.«

»Dann wissen Sie, wie groß der Schmerz ist.«

Christian Holloway betrachtete sie lange. Er blinzelte selten. Wie eine Eidechse, dachte sie. Ein Reptil.

Sie schauderte.

»Frieren Sie? Soll ich es wärmer machen?«

»Ich bin müde.«

»Die Welt ist müde. Wir leben in einer rheumatischen alten Welt, obwohl es von Kindern wimmelt, wohin man sich auch wendet. Überall Kinder, während wir zwei hier sitzen und die betrauern, die den Tod gewählt haben.«

Es dauerte einen Augenblick, bis sie begriff, was er gesagt hatte.

»Hat Ihr Sohn sich das Leben genommen?«

»Er wohnte in Los Angeles bei seiner Mutter. Eines Tages, als er allein war, leerte er den Swimmingpool, kletterte auf den Sprungturm und stürzte sich hinunter. Eine der Wachen hörte ihn schreien. Er starb nicht sofort, aber bevor der Krankenwagen eintraf, war alles vorbei.«

Der weißgekleidete Diener zeigte sich in der Tür. Er machte ein Zeichen.

Christian Holloway stand auf. »Jemand braucht einen Rat. Das ist es, was mir eigentlich wichtig ist, Menschen zu helfen, indem man zuhört und vielleicht einen Rat anbietet. Ich bin gleich zurück.«

Louise trat an die Wand und betrachtete die Madonna. Es war ein Original, ein Meisterwerk. Es mußte von einem byzantinischen Meister in Griechenland im 12. oder im frühen 13. Jahrhundert geschaffen worden sein. Wie Christian Hol-

loway auch an das Bild herangekommen sein mochte, es mußte viel Geld gekostet haben.

Sie ging im Zimmer herum. Die Computerbildschirme
leuchteten. Beide Bildschirmschoner zeigten Delphine, die aus
einer türkisfarbenen Meeresoberfläche aufschossen. Eine der
Schreibtischschubladen stand halb offen.

Sie konnte den Impuls nicht unterdrücken und zog die
Schublade heraus. Zuerst konnte sie den Gegenstand, der dort
lag, nicht bestimmen.

Dann erkannte sie, daß es ein getrocknetes Gehirn war.
Klein, geschrumpft, wahrscheinlich das eines Menschen.

Sie schob die Schublade wieder zurück. Ihr Herz pochte
wild. Ein getrocknetes Gehirn. *Kennedys verschwundenes
Hirn.*

Sie ging zu ihrem Stuhl zurück. Ihre Hand zitterte, als sie
die Teetasse hob.

Gab es einen Zusammenhang zwischen Henriks Besessenheit von dem, was 1963 in Dallas geschehen war, und dem,
was sie in Christian Holloways Schreibtisch entdeckt hatte?
Sie zwang sich, ihre Phantasie zu zügeln. Ihre Schlußfolge-
rung war zu einfach. Eingebildete Keramikscherben legten
sich zu eingebildeten Mustern zurecht. Sie wollte keine wild
gewordene Archäologin sein, deren Phantasie Amok lief. Das
Schrumpfhirn in der Schublade hatte nichts mit Henrik zu
tun. Jedenfalls konnte sie nicht davon ausgehen, bevor sie
mehr wußte.

Die Tür wurde geöffnet. Christian Holloway kam zurück.
»Bitte entschuldigen Sie, daß ich Sie habe warten lassen.«

Er blickte ihr in die Augen und lächelte. Sie war plötzlich
überzeugt, daß er ihren Gang durch das Zimmer irgendwie
beobachtet hatte. Vielleicht gab es ein Guckloch in einer der
Wände? Oder eine Kamera, die sie nicht entdeckt hatte? Er
hatte gesehen, wie sie das Bild studierte und die Schreibtischschublade herauszog. Sie war halb geöffnet gewesen, eine

Versuchung. Vermutlich hatte er den Raum verlassen, um zu sehen, was sie tun würde.

»Vielleicht können Sie auch mir einen Rat geben«, sagte sie mit erzwungener Ruhe.

»Ich kann es auf jeden Fall versuchen.«

»Es geht um Henrik und um Ihren Sohn. Wir teilen die Erfahrung, die alle Eltern fürchten.«

»Steve beging eine Handlung in Wut und Verzweiflung. Henrik ist in seinem Bett eingeschlafen, wenn ich richtig verstanden habe. Steve kehrte es nach außen, Henrik nach innen. Das sind zwei entgegengesetzte Wege.«

»Dennoch führten sie beide in die gleiche Richtung.«

Steve. Der Name rief eine undeutliche Erinnerung wach. Sie war schon einmal auf ihn gestoßen, konnte sich aber nicht erinnern, wo und wann. Steve Holloway? Sie suchte, doch die Erinnerung gab keine Antwort.

»Als Steve sich ins Dunkel stürzte, war es für seine Mutter wie für mich eine unerwartete Katastrophe«, sagte Christian Holloway. »Selbst sein Stiefvater, der ihn eigentlich haßte, zeigte auf der Beerdigung starke Gefühlsregungen. Selbstmord löst ein besonderes Schuldgefühl aus. Alle denken, sie hätten die Katastrophe kommen sehen und das Notwendige tun müssen, um sie zu verhindern.«

»Hatten Sie keine Vorahnungen dessen, was geschah?«

»Alle, die ihn kannten, waren geschockt, weigerten sich zu glauben, daß es wahr war.«

»Ich suche nach Spuren. Etwas, was vielleicht kaum sichtbar ist. Ein Zeichen. Vielleicht würde ich sagen, ein Zeichen Gottes, wenn ich religiös wäre. Einen kleinen Streifen von etwas, das mir die Hoffnung gibt, eine Erklärung zu finden.«

»Die Götter holen diejenigen, die sie lieben, früh im Leben zu sich. Vielleicht war Henrik einer von ihnen.«

»Ich bin nicht gläubig. Und Henrik war es auch nicht.«

»Es ist eine alte Weisheit, kein religiöser Glaubenssatz.«

»Haben Sie nichts an Ihrem Sohn bemerkt, was seinen Tod ankündigte?«

»Steves Tod war ganz und gar unerwartet. Und das schlimmste ist, ich glaube, daß er auch für ihn selbst unerwartet war. Nach seinem Tod versuchte ich, soviel wie möglich darüber in Erfahrung zu bringen, warum junge Menschen Selbstmord begehen. Es ist einer von zahlreichen weitverbreiteten Irrtümern, daß die meisten Menschen, die sich das Leben nehmen, eine Erklärung hinterlassen. Meistens gibt es nichts. Nur die vollendete Katastrophe.«

»Was hat Steve dazu getrieben?«

»Er war so tief gekränkt, wie ein Mensch überhaupt gekränkt sein kann. Hätte ich es gewußt, hätte ich ihm vielleicht helfen können. Aber niemand wußte etwas. Nicht ich, nicht seine Mutter, nicht seine Freunde.«

Louise spürte, daß Christian Holloway sich anschickte, über den Tod seines Sohnes Schweigen auszubreiten.

»Ich hatte gehofft, daß Sie mir helfen könnten.«

»Ich weiß nicht, wie. Das einzige, dessen man sich im Leben rühmen kann, ist der Wille, den man hat, und die Arbeit, die man tut. Was Aids angeht, ist alles, was wir tun, zu wenig. Es werden nie ausreichende Mittel zur Verfügung stehen, um das Leiden zu vermindern und die Epidemie zu bekämpfen. Als Henrik zu uns kam, war er von dem Willen beseelt, alles zu tun, was er tun konnte. Was ihn in seine tiefe Verzweiflung getrieben hat, darauf weiß ich keine Antwort.«

Er war nicht verzweifelt. Er zog nicht aus Trauer einen Schlafanzug an, er leerte keine Packung Tabletten. Ich glaube, du sagst nicht alles, was du weißt.

Sie wendete den Gedanken, vielleicht war es umgekehrt. Daß Christian Holloway nicht mehr wußte als das, was er sagte, aber daß er bei ihr Informationen suchte, in ihren Fragen?

Man fragt nach dem, was man nicht weiß. Nach dem, was man weiß, fragt man nicht.

Sie wollte nicht länger bleiben. Christian Holloway mit seinen geheimen Gucklöchern machte ihr angst.

Sie stand auf. »Ich will nicht länger stören.«

»Es tut mir leid, daß ich keine große Hilfe sein kann.«

»Sie haben es auf jeden Fall versucht.«

Er begleitete sie hinaus in die brennende Sonne zu ihrem Wagen.

»Fahren Sie vorsichtig. Trinken Sie viel Wasser. Kehren Sie nach Maputo zurück?«

»Vielleicht bleibe ich bis morgen.«

»Das Strandhotel in Xai-Xai ist einfach, aber meistens sauber. Lassen Sie keine Wertgegenstände im Zimmer. Verstecken Sie nichts unter der Matratze.«

»Ich bin in Maputo schon einmal beraubt worden. Ich nehme mich in acht. Das erste, was ich mir anschaffen mußte, waren Augen im Nacken.«

»Sind Sie verletzt worden?«

»Ich habe ihnen gegeben, was sie wollten.«

»Es ist ein armes Land. Man raubt und stiehlt, um zu überleben. In der Situation der Menschen hier würden wir das gleiche tun.«

Sie gab ihm die Hand und setzte sich hinters Steuer. Der schwarze Hund blieb im Schatten liegen.

Im Rückspiegel sah sie, wie Christian Holloway sich umdrehte und zu seinem Haus zurückging.

Woher kannte sie den Namen Steve? Sie wußte, daß sie irgendwo auf ihn gestoßen war. Aber Steve war ein gewöhnlicher Name, wie Erik in Schweden oder Kostas in Griechenland.

Sie ging in den Speisesaal hinunter und aß. Der Albino saß an der Wand und spielte auf seinem Xylophon. Sie wurde von demselben Kellner bedient wie am Morgen. Auf ihre Frage antwortete er, das Instrument werde *timbila* genannt.

Nach dem Abendessen blieb sie sitzen. Insekten schwärmten um die Lampe über ihrem Tisch. Es waren nur wenige Gäste da, ein paar Männer, die Bier tranken. Eine Frau mit drei Kindern aß unter vollkommenem Schweigen zu Abend. Louise schob die Kaffeetasse zur Seite und bestellte ein Glas Rotwein. Es ging auf zehn Uhr zu. Der Albino hörte auf zu spielen, hängte sich sein Instrument um und verschwand in der Dunkelheit. Die Frau mit den drei Kindern zahlte und schaukelte wie ein Schiff mit drei Rettungsbooten im Schlepptau davon. Die Männer unterhielten sich weiter. Schließlich gingen auch sie. Der Kellner machte Anstalten, das Restaurant zu schließen. Louise zahlte und trat hinaus ins Freie. Das Wasser glitzerte im Licht einer einsamen Lampe.

Das Pfeifen war sehr leise, aber sie hörte es sofort. Sie suchte mit dem Blick im Schatten außerhalb des Lichtkreises. Das Pfeifen wiederholte sich, genauso leise. Da entdeckte sie ihn. Er saß auf einem umgedrehten Fischerboot. Sie mußte an die Silhouetten in Henriks Tasche denken. Auf die gleiche Weise hätte der Mann, der auf sie wartete, aus dem nächtlichen Dunkel ausgeschnitten sein können.

Er glitt von dem Boot herab und machte ihr ein Zeichen, ihm zu folgen. Er ging zur Ruine eines ehemaligen Strandpavillons, der Louise schon früher am Tag aufgefallen war. Der Name auf dem zerbröckelnden Zement war noch lesbar, »Lisboa«.

Als sie näher kamen, sah sie, daß im Innern der Hausruine ein Feuer brannte. Der Mann ließ sich am Feuer nieder und legte ein paar Zweige nach. Sie setzte sich ihm gegenüber. Im Schein des Feuers erkannte sie, wie mager er war. Seine Gesichtshaut straffte sich über den Wangenknochen wie aufgespanntes Leder. Auf seiner Stirn waren nicht verheilte Wunden.

»Sie brauchen keine Angst zu haben. Niemand ist Ihnen gefolgt.«

»Wieso sind Sie so sicher?«

»Ich bin Ihnen mit dem Blick gefolgt.«

Er vollführte eine Geste ins Dunkel. »Es gibt auch andere, die wachen.«

»Was für andere?«

»Freunde.«

»Was wollen Sie mir erzählen? Ich kenne nicht einmal Ihren Namen.«

»Ich weiß, daß Sie Louise Cantor heißen.«

Sie wollte fragen, woher er ihren Namen kannte, sah aber ein, daß sie kaum eine Antwort bekommen würde, nur eine unklare Geste ins Dunkel hinaus.

»Es fällt mir schwer, Menschen zuzuhören, deren Namen ich nicht weiß.«

»Ich heiße Umbi. Mein Vater gab mir den Namen nach seinem Bruder, der starb, als er jung war und in den Bergwerken in Südafrika arbeitete. Ein Schacht war eingestürzt. Man hat ihn nie gefunden. In kurzer Zeit werde ich auch sterben. Ich will mit Ihnen sprechen, weil mir nur noch eins bleibt in meinem Leben, das einzige, was vielleicht noch einen Sinn hat: zu verhindern, daß andere auf die gleiche Art und Weise sterben wie ich.«

»Ich gehe davon aus, daß Sie Aids haben.«

»Ich habe das Gift im Körper. Auch wenn mir alles Blut abgenommen würde, hätte ich immer noch das Gift in mir.«

»Aber bekommen Sie Hilfe? Medikamente, die die Krankheit aufhalten?«

»Ich bekomme Hilfe von denen, die nichts wissen.«

»Das verstehe ich nicht.«

Umbi antwortete nicht. Er legte mehr Holz aufs Feuer. Dann pfiff er leise in die Dunkelheit. Das schwache Pfeifen, das ihm antwortete, schien ihn zu beruhigen. Louise spürte ein schleichendes Unbehagen. Der Mann auf der anderen Seite des Feuers war ein Sterbender. Auf einmal verstand sie, was es bedeutete, daß jemand im Begriff war fortzugehen. Umbi war im Begriff, aus dem Leben zu gehen. Die straffgespannte Haut würde bald reißen.

»Moises, mit dem Sie gesprochen haben, hätte nicht mit Ihnen sprechen sollen. Auch wenn Sie mit den Kranken allein im Raum waren, immer sieht jemand, was vor sich geht. Den Sterbenden ist es nicht gestattet, Geheimnisse zu haben.«

»Warum werden die Kranken bewacht? Und Besucher wie ich? Was sollte ich den Sterbenden stehlen, bitterarmen Menschen, die bei Christian Holloway liegen, weil sie nichts besitzen?«

»Sie holten Moises in der Morgendämmerung. Sie kamen herein, gaben ihm eine Spritze, warteten, bis er tot war, und trugen ihn in einem Laken fort.«

»Gaben sie ihm eine Spritze, damit er sterben sollte?«

»Ich sage nur, was geschehen ist. Nichts anderes. Ich will, daß Sie darüber berichten.«

»Wer waren die Leute, die ihm die Spritze gaben? Waren es welche von den kleinen blassen Mädchen aus Europa?«

»Die wissen nicht, was vor sich geht.«

»Ich weiß es auch nicht.«

»Deshalb bin ich hergekommen. Um zu erzählen.«

»Ich bin hier, weil mein Sohn einmal unter den Kranken gearbeitet hat. Jetzt ist er tot. Henrik. Erinnern Sie sich an ihn?«

»Wie sah er aus?«

Sie beschrieb ihn. Die Trauer stieg in ihr auf, als sie sein Gesicht beschrieb.

»Ich erinnere mich nicht an ihn. Vielleicht war ich noch nicht vom Erzengel aufgesucht worden.«

»Vom Erzengel?«

»So nannten wir ihn. Woher er kam, weiß ich nicht. Aber

er muß Christian Holloway sehr nahestehen. Ein freundlicher Mann mit kühlem Kopf, der in unserer eigenen Sprache zu uns sprach und uns das anbot, was uns am meisten fehlte.«

»Was war das?«

»Ein Weg aus der Armut. Unter Menschen wie Ihnen gibt es die Vorstellung, daß richtig armen Menschen ihr eigenes Elend nicht bewußt ist. Ich kann Ihnen versichern, daß das falsch ist. Der Erzengel sagte uns, er suche gerade uns auf, weil unser Leiden das größte und bitterste sei. Er ließ den Dorfältesten zwanzig Personen auswählen. Drei Tage später kam ein Lastwagen und holte sie. Ich war damals nicht dabei. Aber als er wiederkam, stellte ich mich ganz nach vorn und wurde einer der Auserwählten.«

»Was war mit denen geschehen, die mit dem ersten Lastwagen weggefahren waren?«

»Er erklärte, sie seien immer noch da und würden noch einige Zeit bleiben. Natürlich waren viele ihrer Angehörigen besorgt, weil sie so lange nichts gehört hatten. Als er fertig gesprochen hatte, gab er dem Ältesten eine große Geldsumme. So viel Geld hatte es in unserem Dorf noch nie gegeben. Es war, als wären tausend Grubenarbeiter nach vielen Jahren Arbeit in Südafrika zurückgekehrt und legten jetzt ihr gesamtes Erspartes auf eine Bastmatte vor unsere Augen. Einige Tage später kam der zweite Lastwagen. Da war ich einer von denen, die auf die Ladefläche kletterten. Ich fühlte mich, als wäre ich einer der Auserwählten und könnte mich aus der Armut befreien, die mich bis in meine Träume hinein beschmutzte.«

Er verstummte und horchte hinaus ins Dunkel. Louise hörte nur das Rauschen des Meeres und den einsamen Schrei eines Nachtvogels. Sie nahm eine vage Unruhe bei ihm wahr, ohne genau sagen zu können, was der Grund war.

Er pfiff leise und horchte. Er erhielt keine Antwort. Louise kam die Situation plötzlich unwirklich vor. Warum saß sie hier am Feuer mit einem Mann, der ins Dunkel hineinpfiff? Ein

Dunkel, das sie nicht durchdringen konnte. Es war nicht nur das Dunkel des afrikanischen Kontinents, es war zugleich das große Dunkel in ihr selbst, das Henriks Grab und Arons Verschwinden umfaßte. Sie wollte laut schreien über alles, was um sie her geschah, was sie nicht verstand und was auch kein anderer zu verstehen schien.

Eines Abends habe ich vor meinem Haus in der Argolis gestanden und geraucht. Von meinem Nachbarn drangen Hundegebell und Musik herüber. Der Sternenhimmel war vollkommen klar. Ich wollte nach Schweden reisen, um einen Vortrag über die Keramik und die Bedeutung des Eisenoxyds für die schwarze und die rote Farbe zu halten. Ich stand dort in der Dunkelheit und hatte beschlossen, meine Beziehung mit Vassilis, meinem lieben Buchprüfer, zu beenden. Ich freute mich darauf, Henrik bald zu treffen, die Dunkelheit war mild, und der Rauch der Zigarette stieg gerade in die Stille auf. Jetzt, ein paar Monate später, ist mein Leben eine Ruine. Ich fühle nur Leere und Angst vor dem, was mich erwartet. Um es auszuhalten, versuche ich, meine Wut über das Geschehene anzunehmen. Vielleicht suche ich ganz tief in meinem Innern, ohne es mir einzugestehen, den oder die für Henriks Tod Verantwortlichen, um sie zu töten. Wer Henrik getötet hat, hat sich zum Tode verurteilt. Er ist nicht nur für Henriks Tod verantwortlich, sondern auch für meinen.

Umbi erhob sich mühsam. Er drohte zu fallen. Louise wollte ihn stützen, aber er schüttelte abwehrend den Kopf.

Er pfiff ein weiteres Mal, ohne eine Antwort zu erhalten. »Ich komme gleich zurück.«

Er tat ein paar Schritte und war vom Dunkel verschluckt. Sie beugte sich vor und legte Holz aufs Feuer. Artur hatte sie gelehrt, wie man Feuer macht und unterhält. Es war eine Kunst, die nur Menschen beherrschen, die in ihrem Leben wirklich gefroren haben. Auch Henrik hatte er zu einem

Feuerbauer ausgebildet. Es war, als hätte sie in ihrem Leben ständig flammende Feuer um sich gehabt. Sogar Aron war manchmal mit Kaffeekanne und Rucksack in den Wald gestürmt und hatte sie gezwungen mitzukommen, wenn er wieder einmal die Computer zerschlagen und in die Wildnis verschwinden wollte, um ein anderes Leben zu führen.

Feuer brannten entlang ihres Lebenswegs. Ohne Feuerholz und Liebe würde sie nicht weiterleben können.

Umbi war immer noch im Dunkel verschwunden. Angst beschlich sie. *Die Antwort auf sein Pfeifsignal war ausgeblieben.*

Plötzlich war sie überzeugt davon, daß Gefahr drohte. Sie stand auf und zog sich hastig aus dem Lichtschein des Feuers zurück. Etwas war passiert. Sie hielt den Atem an und lauschte. Alles, was sie hörte, war ihr eigenes Herz. Sie zog sich noch weiter zurück. Das Dunkel, das sie umgab, war ein Meer. Sie tastete sich zurück in Richtung des Hotels.

Sie stolperte über etwas Weiches, das auf der Erde lag. Ein Tier, dachte sie, als sie zusammenschrak. In der Tasche suchte sie nach einer Streichholzschachtel. Als das Streichholz aufflammte, sah sie, daß es Umbi war. Er war tot. Seine Kehle war durchschnitten, der Kopf war fast vom Körper abgetrennt.

Louise lief davon. Zweimal stolperte sie und fiel.

Als sie die Tür zu ihrem Zimmer öffnete, merkte sie sofort, daß jemand hiergewesen war. Ein Paar Strümpfe lag nicht da, wo sie es hingelegt hatte. Die Badezimmertür war angelehnt, obwohl sie fast sicher war, sie geschlossen zu haben. War noch jemand im Badezimmer? Sie öffnete die Tür zum Gang und machte sich bereit zu fliehen, bevor sie es wagte, die Badezimmertür mit dem Fuß aufzustoßen. Niemand war da.

Aber jemand beschattete sie. Umbi und seine Freunde hatten nicht alles gesehen, was sich im Dunkel verbarg. Deshalb war Umbi tot.

Die Angst überkam sie wie eine lähmende Kälte. Sie warf ihre Sachen in den Koffer und verließ das Zimmer. Der Nachtportier schlief auf einer Matratze hinter dem Empfangspult. Er schoß mit einem Schreckensschrei hoch, als sie rief, er solle aufwachen. Sie bezahlte ihre Rechnung, schloß den Wagen auf und fuhr davon. Erst als sie Xai-Xai hinter sich gelassen und sich vergewissert hatte, daß keine Autoscheinwerfer im Rückspiegel zu sehen waren, gewann sie die Kontrolle über sich selbst zurück.

Sie wußte jetzt, wo sie den Namen Steve gelesen hatte.

Aron hatte vor Henriks Computer gesessen, und sie hatte sich über seine Schulter gebeugt. Es war ein Artikel aus der New York Times *über einen Mann namens Steve Nichols, der Selbstmord begangen hatte, nachdem er erpreßt worden war. Steve Nichols, nicht Steve Holloway. Aber er hatte bei seiner Mutter gewohnt. Ihr Name konnte Nichols sein.*

Die Stücke, die sie hatte, begannen sich zu etwas zu formen, das sie nicht erwartet hatte.

Konnte Henrik ermordet worden sein, weil er Steve Nichols in den Tod getrieben hatte? War der Mord als Selbstmord kaschiert worden, als grausamer Gruß dessen, der Rache genommen hatte?

Sie schlug aufs Lenkrad ein und schrie in die Dunkelheit hinaus nach Aron. Jetzt brauchte sie ihn mehr denn je. Aber er antwortete nicht.

Als sie merkte, daß sie viel zu schnell fuhr, nahm sie den Fuß vom Gas.

Sie floh, um zu überleben. Nicht, um sich auf einer dunklen Landstraße auf dem unendlichen afrikanischen Kontinent zu Tode zu fahren.

19

Irgendwann streikte der Motor. Sie trat und trampelte aufs Gaspedal, um den Wagen zum Weiterfahren zu zwingen. Die Benzinuhr stand auf halbvoll, die Temperaturanzeige war im grünen Bereich.

Todesursache unbekannt, dachte sie in einer Mischung aus Wut und Furcht. Die verdammte Kiste gibt den Geist auf, wenn ich sie am dringendsten brauche.

Sie blieb in der Dunkelheit. Nirgendwo konnte sie ein Licht erkennen. Sie wagte nicht, das Wagenfenster zu öffnen, geschweige denn die Tür. Sie war in dem toten Auto gefangen, sie mußte bleiben, bis jemand kam, der ihr helfen konnte.

Im Rückspiegel suchte sie aufmerksam nach Anzeichen, daß jemand sich im Dunkeln näherte. Die Gefahr war hinter ihr, nicht vor ihr. Ein ums andere Mal versuchte sie, den Wagen anzulassen, doch der Anlasser mühte sich vergebens. Schließlich schaltete sie die Scheinwerfer ein und zwang sich auszusteigen.

Das Schweigen warf sich über sie. Als hätte jemand ihr eine Decke über den Kopf geworfen. Sie war von einem unendlichen und lautlosen Nichts umgeben. Das einzige, was sie hören konnte, waren ihre eigenen Atemzüge. Sie sog Luft in sich hinein, als wäre sie vollständig ausgepumpt.

Ich laufe. Die Angst jagt mich. Diejenigen, die Umbi die Kehle durchgeschnitten haben, sind ganz dicht bei mir.

Sie fuhr zusammen und wandte sich um. Es war niemand da. Es gelang ihr, die Motorhaube zu öffnen. Sie starrte in eine unbekannte Welt.

*Sie erinnerte sich an etwas, was Aron gesagt hatte, mit seinem
verächtlichsten Tonfall, ganz am Anfang ihrer Ehe. »Wenn du
nicht das Notwendigste darüber lernst, wie ein Automotor
funktioniert und was du selbst reparieren kannst, solltest du
keinen Führerschein haben.«*

Sie hatte es nie gelernt, haßte es, Öl an die Hände zu bekommen. Aber vor allem hatte sie sich geweigert, Arons arrogan-
ter Aufforderung nachzukommen.

Sie schlug die Motorhaube wieder zu. Der Knall war ge-
waltig und rollte hinaus ins Dunkel.

*Wie hatte Shakespeare geschrieben? »Mit doppeltem Donner
dein Geschütz du lädst.« So hatte Aron sich selbst beschrieben. Er war der Mann mit dem doppelten Donner, gegen seine
Kräfte kam keiner an. Was würde er sagen, wenn er sie jetzt
sähe, in einem Auto, das tief im afrikanischen Dunkel den
Geist aufgegeben hatte? Würde er eine seiner herablassenden
Vorlesungen darüber halten, wie unfähig sie war? Das pflegte
er zu tun, wenn er schlechter Laune war, was zu langanhal-
tenden Auseinandersetzungen führte, in denen sie ihre Kräfte
maßen, und die nicht selten damit endeten, daß sie sich mit
Tassen und Gläsern bewarfen.*

Dennoch liebe ich ihn, dachte sie, als sie sich neben den Wagen hockte und pinkelte. Ich habe versucht, ihn durch andere
zu ersetzen, aber es ist nie gelungen. Wie Portia habe ich auf
meine Freier gewartet. Sie haben getanzt und sind gehopst
und haben ihre Künste vollführt, aber wenn der letzte Akt
anfing, sind sie alle abgewiesen worden. Ist dies hier vielleicht
mein letzter Akt? Ich dachte, es würde noch mindestens zwanzig Jahre weitergehen. Als Henrik starb, bin ich im Verlauf von
wenigen Sekunden durch das ganze Stück gerast, und jetzt
steht nur noch der Epilog aus.

Sie hielt weiterhin Ausschau im Rückspiegel. Kein Scheinwerferlicht strich über den Nachthimmel. Sie holte ihr Handy hervor und tippte Arons Nummer ein. »Der gewünschte Gesprächspartner ist zur Zeit nicht erreichbar.«

Dann wählte sie die Nummer von Henriks Wohnung. *Du weißt, was du tun mußt. You know what to do.* Sie fing an zu weinen und machte daraus eine Nachricht auf seinem Anrufbeantworter. Dann rief sie Artur an. Die Verbindung war klar, ohne Verzögerung. Seine Stimme war dicht bei ihr.

»Wo bist du? Warum rufst du mitten in der Nacht an. Weinst du?«

»Ich habe eine Motorpanne auf einer einsamen Landstraße.«

»Bist du allein?«

»Ja.«

»Dann bist du nicht ganz gescheit! Fährst allein mitten in der Nacht in Afrika mit dem Auto? Da kann doch alles mögliche passieren.«

»Es ist alles mögliche passiert. Der Wagen ist stehengeblieben. Ich habe genug Benzin, die Temperatur ist nicht zu hoch, keine Warnlampe leuchtet auf. Es ist wohl nicht viel schlimmer, hier eine Panne zu haben als oben auf dem Härjedalsfjäll.«

»Kann niemand kommen und dir helfen? Ist es ein Leihwagen? Dann muß die Firma einen Notruf haben.«

»Ich will, daß du mir hilfst. Du hast mir beigebracht zu kochen, du kannst einen kaputten Plattenspieler reparieren, und du kannst sogar Vögel ausstopfen.«

»Ich mache mir Sorgen um dich. Wovor hast du Angst?«

»Ich habe keine Angst. Ich weine nicht.«

Er brüllte. Das Geräusch traf sie wie ein harter Schlag. »Lüg mir nicht glatt ins Gesicht. Nicht einmal du kannst dich hinter einem Telefon verstecken.«

»Schrei mich nicht an. Hilf mir lieber.«

»Geht der Anlasser?«

Sie legte das Handy in den Schoß, drehte den Zündschlüssel um und ließ den Anlasser arbeiten.

»Er hört sich an, wie er sich anhören soll«, sagte Artur.

»Warum springt der Wagen nicht an?«

»Ist weiß es nicht. Ist die Straße holperig?«

»Sie ist wie eine Schotterpiste bei Tauwetter.«

»Vielleicht hat sich ein Kabel losgeruckelt.«

Sie schaltete die Scheinwerfer wieder ein, öffnete zum zweiten Mal die Motorhaube und folgte seinen Anweisungen. Als sie von neuem zu starten versuchte, war das Ergebnis jedoch unverändert.

Die Verbindung wurde unterbrochen. Sie rief ins Dunkel hinaus, aber Arturs Stimme war weg. Sie wählte noch einmal. Eine Frauenstimme sagte etwas auf portugiesisch in bedauerndem Tonfall. Sie drückte die Austaste und hoffte, daß es Artur gelänge, die Verbindung wiederherzustellen.

Nichts geschah. Die Dunkelheit erfüllte den Wagen. Sie wählte die Telefonnummer, die auf dem Mietvertrag stand. Niemand meldete sich, es gab weder einen Anrufbeantworter noch einen Hinweis. Im Rückspiegel wurde das Licht eines Scheinwerfers in der Ferne sichtbar. Die Angst stach wieder zu. Sollte sie den Wagen verlassen und sich in der Dunkelheit verstecken? Sie war unfähig, sich zu rühren. Hinter ihr wuchs das Scheinwerferlicht herauf. Sie war davon überzeugt, daß der Wagen sie niederwalzen würde. Im letzten Augenblick wich er aus. Ein schwankender Lastwagen donnerte vorbei.

Es war, als wäre ein Pferd ohne Reiter an ihr vorbeigerast.

Es wurde eine der längsten Nächte ihres Lebens. Durch das halb geöffnete Fenster horchte sie ins Dunkel hinaus und spähte nach Licht. Mehrere Male versuchte sie, die Verbindung zu Artur wiederherzustellen, aber ohne Erfolg.

Kurz vor der Morgendämmerung drehte sie noch einmal

den Zündschlüssel um. Der Motor sprang an. Sie hielt den Atem an. Der Motor lief.

Es war schon heller Morgen, als sie Maputo erreichte. Überall schreitende Frauen mit geraden Rücken, die mit riesigen Lasten auf dem Kopf und Kindern auf dem Rücken direkt aus der Sonne und dem roten Staub kamen.

Sie bahnte sich ihren Weg durch den chaotischen Verkehr, eingehüllt in schwarze Abgaswolken von Bussen und Lastwagen.

Sie mußte sich waschen, die Kleidung wechseln, einige Stunden schlafen. Doch sie wollte Lars Håkansson nicht begegnen. Sie suchte das Haus, in dem Lucinda wohnte. Sicher schlief sie nach ihrer langen Nacht in der Bar. Es war nicht zu ändern. Lucinda war die einzige, die ihr jetzt helfen konnte.

Sie hielt am Straßenrand und rief noch einmal Arturs Nummer an. Sie dachte an etwas, was er einmal gesagt hatte.

Weder der Teufel noch Gott will Konkurrenz. Deshalb landen wir Menschen in unserem einsamen Niemandsland.

Sie hörte, daß er müde war. Sicher war er die ganze Nacht wach gewesen. Aber er würde es nie zugeben.

Auch wenn er ihr verboten hatte zu lügen, so hatte er sich selbst das Recht eingeräumt, es zu tun. »Was ist passiert? Wo bist du?«

»Das Auto ist plötzlich wieder angesprungen. Ich bin wieder in Maputo.«

»Diese verfluchten Telefone!«

»Die sind phantastisch.«

»Willst du nicht bald zurückkommen?«

»Bald. Aber noch nicht. Wir reden später miteinander. Mein Akku ist fast leer.«

Sie beendete das Gespräch. Im gleichen Augenblick entdeckte sie Lucinda, die an der Hauswand stand, ein Handtuch um den Kopf gewickelt. Sie stieg aus und dachte, daß die lange Nacht endlich vorbei war.

Lucinda sah sie fragend an. »So früh?«

»Das sollte ich dich fragen. Wann bist du ins Bett gekommen?«

»Ich schlafe nie sehr viel. Vielleicht bin ich immer müde? Ohne daß ich es merke?«

Lucinda wies geduldig einige Kinder ab, die vielleicht ihre Geschwister oder Cousins oder Neffen und Nichten waren. Sie rief nach einem halbwüchsigen Mädchen, das ein paar Plastikstühle abwischte, die im Schatten an der Hauswand standen. Dann brachte sie Gläser und Wasser.

Plötzlich bemerkte sie Louises Unruhe. »Es ist etwas passiert. Deshalb kommst du so früh.«

Louise nahm sich vor, alles genau so zu sagen, wie es war. Sie erzählte von Christian Holloway und Umbi, dem Dunkel am Strand und der langen Nacht im Auto.

»Sie müssen mich gesehen haben«, sagte Louise. »Sie müssen gehört haben, worüber wir gesprochen haben. Sie sind ihm gefolgt, und als sie erkannten, daß er im Begriff war, etwas zu verraten, haben sie ihn getötet.«

Es war deutlich, daß Lucinda ihr glaubte, jedes Wort, jede Einzelheit. Als Louise geendet hatte, saß Lucinda lange da, ohne etwas zu sagen. Ein Mann begann auf ein Dachblech einzuhämmern, um eine Dachfuge zurechtzubiegen. Lucinda rief ihm etwas zu. Er hörte sofort auf, setzte sich in den Schatten eines Baums und wartete.

»Bist du überzeugt, daß Henrik an der Erpressung von Christian Holloways Sohn beteiligt war?«

»Ich weiß nichts Sicheres. Ich versuche, ruhig und klar und logisch zu denken. Aber nichts ist richtig greifbar. Nicht einmal in meinen unerträglichsten Phantasien kann ich mir Henrik als Erpresser vorstellen. Kannst du es?«

»Natürlich nicht.«

»Ich brauche einen Computer mit Internetzugang. Vielleicht kann ich diese Artikel finden. Vielleicht kann man sehen, ob es Christian Holloways Sohn war. Dann habe ich immerhin etwas gefunden, was zusammenhängt.«

»Was hängt zusammen?«

»Ich weiß nicht. Etwas hängt zusammen, ohne daß ich weiß, wie. Irgendwo muß ich anfangen. Ich fange immer wieder von vorn an, ein ums andere Mal.«

Lucinda stand auf. »Es gibt hier in der Nähe ein Internetcafé. Ich war einmal mit Henrik da. Ich ziehe mich nur an, dann gehe ich mit dir.«

Lucinda verschwand im Haus. Die Kinder standen da und sahen sie an. Sie lächelte. Die Kinder lächelten zurück. Louise kamen die Tränen. Die Kinder lächelten weiter.

Als Lucinda zurückkam, hatte Louise sich die Tränen abgewischt. Sie gingen schräg über die lange Straße, die Lenins Namen trug.

Lucinda blieb vor einer Bäckerei stehen, die mit einem Theater das Lokal teilte. »Ich hätte dir Frühstück machen sollen.«

»Ich bin nicht hungrig.«

»Du bist hungrig, aber du willst es nicht zugeben. Ich habe nie verstanden, warum es weißen Menschen so schwer fällt, in Kleinigkeiten des Lebens aufrichtig zu sein. Ob man gut schläft, ob man gegessen hat, ob man sich danach sehnt, saubere Sachen anzuziehen.«

Lucinda ging in die Bäckerei und kam mit zwei runden Brötchen in einer Papiertüte zurück. Sie nahm das eine selbst und gab Louise das andere.

»Laß uns hoffen, daß alles einmal eine Erklärung und ein Ende findet.«

»Umbi war der zweite Tote, den ich in meinem Leben gesehen habe. Henrik war der erste. Haben Menschen kein Gewissen?«

»Menschen haben fast nie ein Gewissen. Die Armen nicht, weil sie es sich nicht leisten können, die Reichen nicht, weil sie glauben, daß es ihr Geld kostet.«

»Henrik hatte ein Gewissen. Er hatte es von mir.«

»Henrik war wohl wie die meisten auch!«

Louise hob die Stimme. »Er war nicht wie die meisten auch!«

»Henrik war ein guter Mensch.«

»Er war viel mehr.«

»Kann man mehr sein als ein guter Mensch?«

»Er wollte das Wohl anderer Menschen.«

Lucinda schlug mit einem hart klickenden Laut die Zähne zusammen. Dann zog sie Louise in den Schatten einer Markise vor einem Schuhgeschäft. »Er war wie andere. Er hat sich nicht immer anständig verhalten. Warum hat er mir angetan, was er mir angetan hat? Antworte mir darauf!«

»Ich verstehe nicht, was du meinst.«

»Er hat mich mit Aids angesteckt. Ich habe es von ihm. Als du das erste Mal gefragt hast, habe ich es abgestritten. Ich fand, daß du auch so schon genug zu tragen hattest. Aber jetzt geht es nicht mehr. Jetzt sage ich es, wie es ist. Wenn du es nicht schon so erkannt hast.«

Lucinda schleuderte ihr die Worte ins Gesicht. Louise leistete keinen Widerstand, weil sie einsah, daß Lucinda recht hatte. Louise hatte die Wahrheit geahnt, seit sie in Maputo angekommen war. Henrik hatte ihr die Krankheit verheimlicht, er hatte ihr nie von seiner Wohnung in Barcelona erzählt. Nach seinem Tod, jetzt, da sie sich selbst als tot empfand, war sie gezwungen, sich einzugestehen, daß sie ihn fast gar nicht gekannt hatte. Wann die Veränderung eingetreten war, wußte sie nicht, sie mußte schleichend gekommen sein, ohne daß es ihr aufgefallen war. Henrik hatte ihr verheimlichen wollen, daß er im Begriff war, ein anderer zu werden.

Lucinda ging weiter. Sie erwartete keine Antwort von

Louise. Die Wache vor dem Schuhgeschäft betrachtete neugierig die beiden Frauen.

Louise wurde so wütend, daß sie zu dem Wachmann ging und ihn auf schwedisch ansprach. »Ich weiß nicht, warum du uns so anstarrst. Aber wir lieben uns. Wir sind Freundinnen. Wir sind wütend, aber wir lieben uns.«

Dann schloß sie zu Lucinda auf und ergriff ihre Hand. »Das habe ich nicht gewußt.«

»Du hast geglaubt, ich hätte ihn angesteckt. Du hast vorausgesetzt, die schwarze Hure hätte ihm die Krankheit gegeben.«

»Ich habe dich nie als Prostituierte angesehen.«

»Weiße Männer betrachten schwarze Frauen fast immer als ständig verfügbar, jederzeit und überall. Wenn ein schönes schwarzes Mädchen von zwanzig Jahren zu einem fetten weißen Mann sagt, es liebe ihn, dann glaubt er ihr. Als so überwältigend empfindet er seine Macht, wenn er in ein armes Land in Afrika kommt. Henrik hat mir erzählt, daß es in Asien nicht anders ist.«

»Henrik hat dich doch wohl nie als Prostituierte angesehen?«

»Wenn ich ehrlich sein soll, ich weiß es nicht.«

»Hat er dir Geld angeboten?«

»Das ist nicht nötig. Viele der weißen Männer finden, wir sollten dankbar dafür sein, daß wir die Beine breit machen dürfen.«

»Das ist widerwärtig.«

»Es geht noch widerwärtiger. Wenn ich von Mädchen erzähle, die acht oder neun Jahre alt sind.«

»Ich will das nicht hören.«

»Henrik wollte es hören. Wie abstoßend es auch war, er wollte es hören. ›Ich will es wissen, damit ich verstehe, warum ich es nicht wissen will.‹ Das hat er gesagt. Zuerst glaubte ich, er wolle sich wichtig tun. Dann habe ich verstanden, daß er wirklich meinte, was er sagte.«

Lucinda blieb stehen. Sie waren zu einem Internetcafé gekommen, das in einem kürzlich renovierten Steinhaus lag. Auf dem Bürgersteig davor saßen Frauen auf kleinen Bastmatten und hatten Waren zum Verkauf ausgebreitet. Lucinda kaufte ein paar Apfelsinen, bevor sie hineingingen. Louise versuchte, sie zurückzuhalten.

»Nicht jetzt, wir sprechen später darüber. Ich mußte dir die Wahrheit sagen.«

»Wie hat Henrik erfahren, daß er krank war?«

»Ich habe ihn danach gefragt. Aber er hat nie geantwortet. Ich kann nicht mehr sagen als das, was ich weiß. Aber als ihm klar wurde, daß er mich angesteckt hatte, war er vollkommen niedergeschmettert. Er redete davon, sich das Leben zu nehmen. Mir gelang es, ihn davon zu überzeugen, daß er schuldlos war, wenn er nichts gewußt hatte. Das einzige, was ich wirklich wissen wollte, war, ob er hätte wissen müssen, daß er infiziert war. Er verneinte das. Dann versprach er mir, dafür zu sorgen, daß ich alle Medikamente erhielte, die es gibt, um die Krankheit aufzuhalten. Ich bekam fünfhundert Dollar im Monat. Die bekomme ich immer noch.«

»Woher kommt das Geld?«

»Ich weiß es nicht. Es wird bei einer Bank eingezahlt. Er versprach mir, daß ich, falls ihm etwas passierte, das Geld noch weitere fünfundzwanzig Jahre bekommen sollte. Das Geld kommt pünktlich auf ein Bankkonto, das er für mich eingerichtet hat, am achtundzwanzigsten jeden Monats. Es ist, als lebte er noch. Es kann auf jeden Fall nicht sein Geist sein, der einmal im Monat die Überweisung vornimmt.«

Louise rechnete im Kopf nach. Jährlich sechstausend Dollar für fünfundzwanzig Jahre ergab eine schwindelerregende Summe, 150 000 Dollar, ungefähr eine Million schwedische Kronen. Henrik mußte als reicher Mann gestorben sein.

Sie blickte durchs Fenster in das Internetcafé. Hatte er sich trotz allem das Leben genommen?

»Du mußt ihn gehaßt haben.«

»Ich kann nicht hassen. Was geschieht, ist vielleicht vorherbestimmt.«

»Henriks Tod war nicht vorherbestimmt.«

Sie traten ein und ließen sich einen freien Computer zuweisen. An den anderen Tischen saßen junge Leute in Schuluniformen und studierten unter konzentriertem Schweigen ihre Bildschirme. Obwohl der Raum klimatisiert war, herrschte eine feuchte Wärme. Lucinda wurde wütend, weil der Bildschirm schmutzig war. Als der Inhaber kam, um ihn abzuwischen, riß sie den Lappen an sich und tat es selbst.

»In all den Jahren des Kolonialismus haben wir gelernt, immer nur das zu tun, was uns gesagt wurde. Jetzt sind wir langsam soweit, daß wir lernen, selbst zu denken. Aber es gibt immer noch vieles, was wir nicht zu tun wagen. Zum Beispiel einen Bildschirm abzuwischen.«

»Du hast gesagt, du wärst einmal mit Henrik hiergewesen?«

»Er suchte nach etwas. Es handelte sich um China.«

»Glaubst du, du kannst es wiederfinden?«

»Vielleicht. Wenn ich nachdenke. Tu zuerst das, was du tun wolltest. Ich bin bald wieder da. Das Malocura funktioniert nicht von selbst. Ich habe eine Stromrechnung, die bezahlt werden muß.«

Lucinda trat hinaus in die starke Sonne. Unter Louises dünnem Hemd rann der Schweiß. Sie roch ihren Armschweiß. Wann hatte sie sich zuletzt gewaschen? Sie ging ins Internet, versuchte, sich daran zu erinnern, was Aron und sie in Barcelona gemacht hatten. Sie wußte noch die Namen der Zeitungen, nicht aber, in welcher sie was gelesen hatte. Die Artikel waren 1999 und 2000 erschienen, dessen war sie sicher. Zuerst suchte sie im Archiv der Washington Post. Darin fand sie weder etwas über einen Steve Nichols noch über einen Steve Holloway. Sie wischte sich den Schweiß aus dem Gesicht und loggte sich ins Archiv der New York Times ein. Nach einer halben Stunde hatte sie alles für das Jahr 1999 kontrolliert. Sie suchte weiter für 2000. Fast sofort stieß sie auf den Artikel, den sie in Henriks spanischem Computer gefunden hatten. »Ein Mann namens Steve Nichols hat sich das Leben genommen, nachdem er erpreßt worden war. Die Erpresser hatten damit gedroht, seine HIV-Infektion und die Umstände, unter denen er sich angesteckt hatte, öffentlich zu machen.« Louise las den Artikel gründlich, ging verschiedenen Verweisen nach, fand jedoch nichts, was Steve Nichols mit Christian Holloway verband.

Sie ging zur Theke und kaufte eine Flasche Wasser. Aufdringliche Fliegen summten um ihr schweißnasses Gesicht. Sie leerte die Flasche und kehrte zum Computer zurück. Sie begann, nach Christian Holloway zu suchen, fand verschiedene Portale von Organisationen, die mit Aidskranken arbeiteten. Sie wollte schon aufgeben, als der Name Steve Nichols wieder auftauchte. Es gab auch ein Foto eines jungen Mannes mit Brille, einem kleinen Mund und schüchternem Lächeln, vielleicht ein paar Jahre älter als Henrik. Sie konnte nicht die geringste Ähnlichkeit mit Christian Holloway erkennen.

Steve Nichols erzählte von der ideellen Organisation, für die er arbeitete, »A for Assistance«, die in den USA und Kanada tätig war und Aidskranke darin unterstützte, ein normales Leben zu führen. Aber er verriet nicht, daß er selbst infiziert war. Es stand nichts von Erpressung da. Nur daß er für die Kranken eine aufopferungsvolle Arbeit leistete.

Sie hatte die Hoffnung fast schon aufgegeben, als sie plötzlich einen kleinen Kasten mit biographischen Angaben fand.

»Steve Nichols. Geboren am 10. Mai 1970 in Los Angeles, Mutter Mary-Ann Nichols, Vater Christian Holloway.«

Sie schlug heftig mit der Hand auf den Tisch. Der Angestellte, ein junger Schwarzer in Schlips und Anzug, sah forschend zu ihr herüber. Sie winkte ihm beruhigend zu und sagte, sie habe gefunden, wonach sie gesucht habe. Er nickte und wandte sich wieder seiner Zeitung zu.

Die Entdeckung erschütterte sie. Was sie bedeutete, war noch unklar. Christian Holloway trauerte um seinen Sohn. Doch was war hinter der Trauer? Ein rächender Geist, der herausfinden wollte, wer hinter der Erpressung und dem Selbstmord des Sohns steckte?

Lucinda kam zurück, zog einen Stuhl heran und setzte sich. Louise erzählte von ihrer Entdeckung. »Aber ich habe meine Zweifel. Wäre es vor zwanzig Jahren passiert, dann wäre es etwas anderes. Aber heute nicht mehr. Würde heute wirklich noch jemand Selbstmord begehen aus Angst, als Aidskranker entlarvt zu werden?«

»Vielleicht war es aus Angst vor der Enthüllung, daß er von einer weiblichen oder einem männlichen Prostituierten angesteckt war?«

Louise sagte sich, daß Lucinda recht haben konnte. »Ich möchte, daß du herausfindest, wonach Henrik gesucht hat, als ihr hier wart. Kannst du mit einem Computer umgehen?«

»Auch wenn ich nur in einer Bar serviere und ein Leben als käufliche Frau geführt habe, bedeutet das noch nicht, daß ich nicht mit einem Computer umgehen kann. Wenn du es genau wissen willst, so hat Henrik es mir beigebracht.«

»So habe ich es nicht gemeint.«

»Wie du es meinst, weißt du selbst am besten.«

Louise hatte Lucinda erneut gekränkt. Sie entschuldigte sich. Lucinda nickte kurz, sagte aber nichts. Sie tauschten die Plätze.

Lucindas Hände bewegten sich prüfend über die Tastatur. »Er sagte, er wolle über etwas lesen, was in China geschehen sei. Wie hieß die Seite noch?«

Sie suchte in der Erinnerung. »Aids Report«, sagte sie. »So hieß sie.«

Sie begann zu suchen. Ihre Finger glitten leicht und schnell über die Tasten.

Louise erinnerte sich plötzlich an eine Episode in Henriks Kindheit, als sie versucht hatte, ihn zum Klavierunterricht zu schicken. Seine Hände verwandelten sich rasch in Hämmer, die in glücklichem Irrsinn drauflosschlugen. Nach drei Stunden empfahl der Klavierlehrer ihr, daß Henrik lieber Trommler werden sollte.

»Es war im Mai«, sagte Lucinda. »Es war windig, der Sand wurde aufgewirbelt. Henrik bekam etwas in sein linkes Auge. Ich half ihm, es rauszuholen. Dann gingen wir hierhin. Wir saßen dort am Fenstertisch.«

Sie zeigte auf eine Ecke des Raums.

»Dieses Café war gerade eröffnet worden. Die Computer waren ganz neu. Der Inhaber war selbst hier, ein Pakistani oder Inder, vielleicht war er auch aus Dubai. Er lief unruhig herum und fauchte die Leute an, mit den Computern vorsichtig umzugehen. Einen Monat nach der Eröffnung floh er aus dem Land. Das Geld, das er hier investiert hatte, stammte aus einem großangelegten Drogenschmuggel über die Ilha de Mozambique. Wer der jetzige Inhaber ist, weiß ich nicht. Vielleicht weiß es niemand. Das bedeutet im allgemeinen, daß es einer unserer Minister ist.«

Lucinda suchte weiter im Archiv von Aids Report und fand fast augenblicklich den erhofften Artikel. Sie rutschte mit dem Stuhl zur Seite und ließ Louise selbst lesen.

Der Artikel war klar und eindeutig. Im Spätherbst 1995 kamen einige Männer in die Provinz Henan in China, um Blut zu kaufen. Für die Bauern in den armen Dörfern war es eine einmalige Gelegenheit, Geld zu verdienen. Sie hatten es nie zuvor erlebt, daß sie sich anders als durch harte körperliche Arbeit Einkünfte verschaffen konnten. Jetzt brauchten sie nichts weiter zu tun, als sich auf eine Pritsche zu legen und sich einen halben Liter Blut abzapfen zu lassen. Diejenigen, die das Blut kauften, waren nur am Plasma interessiert und pumpten das Blut zurück in die Körper der Bauern. Aber sie reinigten die Nadeln nicht. Und da gab es einen Mann, der ein paar Jahre zuvor eine Provinz an der Grenze zu Thailand besucht hatte. Dort hatte er auf die gleiche Art und Weise sein Blut verkauft, und damals war das Aidsvirus mit zurückgeflossen in seine Blutbahn, wie es jetzt in den Körpern der anderen Bauern verschwand. Bei einer Gesundheitskontrolle im Frühjahr 1997 hatten die Ärzte entdeckt, daß ein großer Teil der Bevölkerung in einer Reihe von Dörfern mit Aids infiziert war. Viele waren schon gestorben oder sehr krank.

Da trat die zweite Phase dessen ein, was der Aids Report »die Katastrophe von Henan« nannte. Eines Tages tauchte in einem der Dörfer ein Ärzteteam auf. Sie boten den Kranken einen neuen Typ von Medikament an, das sich BGB-2 nannte. Die Behandlung wurde von Cresco bereitgehalten, einem Unternehmen in Arizona, das verschiedene Formen antiviraler Medikamente entwickelte. Die Ärzte boten den armen Bauern an, das Medikament gratis zu verabreichen, und versprachen ihnen, daß sie wieder gesund werden würden. Aber BGB-2 war von der chinesischen Gesundheitsbehörde nicht zugelassen. Dort kannte man es nicht einmal und wußte nichts von den Ärzten und Krankenschwestern, die in die Provinz Henan gereist waren. Tatsächlich wußte niemand, ob BGB-2 überhaupt wirkte oder welche Nebenwirkungen es haben konnte.

Einige Monate später bekamen einige der behandelten Bauern hohes Fieber, wurden völlig kraftlos, bluteten aus den Augen und litten unter Ausschlag, der nur schwer heilte. Immer mehr starben. Plötzlich waren die Ärzte und Krankenschwestern verschwunden. Niemand sprach mehr von BGB-2. Das Unternehmen in Arizona leugnete jede Kenntnis des Sachverhalts, wechselte den Namen und verlegte seinen Sitz nach England. Der einzige, der bestraft wurde, war ein Mann, der in den Dörfern umhergefahren war und Blut gekauft hatte. Er wurde wegen schweren Steuervergehens verurteilt und hingerichtet, nachdem ein Volksgerichtshof ihn zum Tode verurteilt hatte.

Louise streckte den Rücken.

»Hast du alles gelesen? Henrik war außer sich. Ich auch. Wir dachten beide das gleiche.«

»Daß etwas Derartiges auch hier passieren könnte?«

Lucinda nickte. »Arme Menschen reagieren auf ganz ähnliche Weise. Warum auch nicht?«

Louise versuchte, ihre Gedanken zu ordnen. Sie war müde, hungrig, durstig, aber vor allem verwirrt. Und sie mußte sich gegen das Bild von Umbis Kopf wehren, gegen den Tod, der ihr seine Fratze gezeigt hatte.

»Hatte Henrik schon Kontakt zu Christian Holloway und seiner Arbeit in Xai-Xai, als ihr hier wart?«

»Es war viel später.«

»War es, bevor er angefangen hatte, sich zu verändern?«

»Es war ungefähr gleichzeitig. Er kam eines Morgens zu mir, er wohnte bei Lars Håkansson und bat mich, ihm ein Internetcafé zu zeigen. Er hatte es eilig. Ausnahmsweise war er ungeduldig.«

»Warum benutzte er nicht Lars Håkanssons Computer?«

»Ich weiß noch, daß ich ihn das auch gefragt habe. Er schüttelte nur den Kopf und sagte, ich solle mich beeilen.«

»Mehr nicht? Denk nach! Es ist wichtig.«

»Wir gingen zu diesem Café hier, das also gerade eröffnet worden war. Es nieselte. Wir hörten Donner in der Ferne. Ich sagte, daß es vielleicht einen Stromausfall geben würde, wenn das Gewitter über die Stadt zöge.«

Lucinda verstummte. Louise sah, daß sie ihre Erinnerung durchsuchte. Das Bild des toten Umbi tauchte wieder vor ihr auf. Ein armer Bauer unter sterbenden Aidskranken, der ihr etwas Wichtiges hatte sagen wollen. Louise fröstelte trotz der warmen und feuchten Luft im Lokal. Sie hatte das Gefühl, vor Unreinheit zu stinken.

»Er sah sich auf der Straße um. Jetzt fällt es mir wieder ein. Zweimal blieb er abrupt stehen und sah sich um. Ich war so erstaunt, daß ich gar nicht auf die Idee kam, ihn zu fragen, warum er es tat.«

»Sagte er selbst etwas?«

»Ich weiß nicht. Wir gingen nur weiter. Er drehte sich noch einmal um. Das war alles.«

»Hatte er Angst?«

»Das ist schwer zu sagen. Vielleicht war er besorgt, ohne daß ich es bemerkte.«

»Fällt dir sonst noch etwas ein?«

»Er saß eine knappe Stunde am Computer. Er arbeitete sehr konzentriert.«

Louise versuchte, das Bild vor sich zu sehen. Sie hatten an einem Tisch in einer Ecke gesessen. Von dort konnte Henrik, wenn er den Kopf hob, sehen, was auf der Straße geschah. Aber er selbst war hinter dem Computer versteckt.

Er hat ein Internetcafé gewählt, weil er in Lars Håkanssons Computer keine Spuren hinterlassen wollte.

»Kannst du dich erinnern, ob hier noch jemand hereinkam, während er am Computer arbeitete?«

»Ich war müde und hungrig. Ich trank etwas und aß ein pappiges Sandwich. Natürlich kamen und gingen Leute. An Gesichter erinnere ich mich nicht. Schließlich machte er eine Kopie des Artikels, und wir gingen. Als wir zu mir kamen, begann es zu regnen.«

»Hat er sich auf dem Weg zurück noch einmal umgesehen?«

»Ich weiß es nicht.«

»Denk nach!«

»Ich denke nach! Ich weiß es nicht. Wir sind gelaufen, um noch vor dem Regen ins Haus zu kommen. Danach hat es mehrere Stunden gegossen. Die Straßen waren überschwemmt. Natürlich hatten wir einen Stromausfall, der bis in den Nachmittag hinein dauerte.«

»Ist er bei dir geblieben?«

»Ich glaube, dir ist nicht klar, was ein afrikanischer Regen bedeutet. Es schüttet wie aus Eimern. Niemand geht freiwillig nach draußen.«

»Hat er nichts über den Artikel gesagt? Wie war er darauf gekommen? Was hatte er mit Christian Holloway zu tun?«

»Als wir zu mir nach Hause kamen, bat er mich, schlafen zu dürfen. Er legte sich in mein Bett. Ich sagte meinen Geschwistern, sie sollten leise sein. Das waren sie natürlich nicht. Aber er schlief. Ich glaubte, er sei krank. Er schlief, als wäre er lange Zeit ohne Schlaf gewesen. Er erwachte am Nachmittag, als der Regen gerade aufgehört hatte. Als die Regenwolken fortzogen, gingen wir hinaus. Die Luft war frisch. Wir sind am Strand spazierengegangen.«

»Hat er da immer noch nichts zu dem Artikel gesagt?«

»Er erzählte etwas, was er einmal gehört hatte. Eine Geschichte, die er nie vergessen konnte. Ich glaube, sie spielte in Griechenland, oder in der Türkei. Es war vor sehr langer Zeit geschehen. Eine Gruppe von Menschen versteckte sich vor feindlichen Eindringlingen und zog sich in eine Höhle zurück. Sie hatten Nahrung für mehrere Monate, und Wasser hatten sie in der Höhle, wo es von der Decke tropfte. Aber sie wurden entdeckt. Der Feind mauerte den Höhleneingang zu. Vor einigen Jahren entdeckte man den zugemauerten Höhleneingang und fand all die Toten. Aber das Sonderbarste, was sie fanden, war ein Tonkrug, der auf dem Boden stand. Er war benutzt worden, um das von der Decke tropfende Wasser aufzufangen. Mit den Jahren hatte das tropfende Wasser sich kristallisiert, einen Stalagmiten gebildet und den Krug umschlossen. Henrik sagte, daß er sich so Geduld vorstelle. Wie die Vereinigung von Krug und Wasser in einem Stalagmiten. Wer ihm die Geschichte erzählt hat, weiß ich nicht.«

»Das war ich. Es war eine Sensation, als die Höhle auf der Peloponnes in Griechenland entdeckt wurde. Ich war selbst dabei.«

»Warum warst du eigentlich in Griechenland?«

»Ich habe dort als Archäologin gearbeitet.«

»Ich weiß nicht, was das ist.«

»Ich suche nach dem Vergangenen. Spuren von Menschen. Gräber, Höhlen, alte Paläste, Manuskripte. Ich grabe nach dem, was es vor langer Zeit gegeben hat.«

»Ich habe nie gehört, daß es hier bei uns Archäologen gibt.«

»Vielleicht nicht so viele, doch es gibt sie. Hat Henrik wirklich nichts darüber gesagt, woher er diese Geschichte hatte?«

»Nein.«

»Hat er nie etwas von mir erzählt?«

»Nie.«

»Hat er nie von seiner Familie gesprochen?«

»Er sagte, er habe einen Großvater, der ein berühmter Künstler sei. Weltberühmt. Dann hat er viel von seiner Schwester Felicia erzählt.«

»Er hatte keine Schwester. Er war mein einziges Kind.«

»Das weiß ich. Er sagte, er hätte eine Schwester von der Seite seines Vaters.«

Einen kurzen Augenblick dachte Louise, daß es stimmen konnte. Aron konnte mit einer anderen Frau Kinder gehabt haben, ohne es ihr zu sagen. Falls es sich so verhielt, wäre es die äußerste Kränkung, daß er es Henrik erzählt hätte, aber nicht ihr.

Doch es war unwahrscheinlich. Henrik hätte es nie geschafft, eine solche Lüge vor ihr geheimzuhalten, selbst wenn Aron ihn um Vertraulichkeit gebeten hätte.

Es gab keine Schwester. Henrik hatte sie erfunden. Warum, würde sie nie erfahren. Sie konnte sich nicht entsinnen, daß er sich bei ihr je darüber beklagt hätte, keine Geschwister zu haben. Daran würde sie sich erinnern.

»Hat er dir jemals ein Bild seiner Schwester gezeigt?«

»Ich habe es noch.«

Louise glaubte, verrückt zu werden. Es gab keine Schwester, keine Felicia. Warum hatte Henrik sie erfunden?

Sie stand auf. »Ich will hier nicht mehr bleiben. Ich muß etwas essen, ich muß schlafen.«

Sie verließen das Internetcafé und gingen in der lähmenden Hitze durch die Straßen.

»Hat Henrik Hitze vertragen?«

»Er hat sie geliebt. Ob er sie vertragen hat, weiß ich nicht.«

Lucinda bat sie in das enge Haus. Louise begrüßte ihre Mutter, eine gebeugte alte Frau mit starken Händen, zerfurchtem Gesicht und freundlichen Augen. Überall waren Kinder, in allen Altersstufen. Lucinda sagte etwas, und sie verschwanden sofort durch die offene Tür, in der ein Vorhang im Wind wehte.

Lucinda verschwand hinter einem anderen Vorhang. Aus dem Raum dahinter war ein krächzendes Radio zu hören.

Sie kam mit einem Foto in der Hand zurück. »Das habe ich von Henrik bekommen. Er und seine Schwester Felicia.«

Louise trat mit dem Bild an ein Fenster. Es war ein Foto von Henrik und Nazrin. Sie versuchte zu verstehen, was sie vor sich sah. Die Gedanken wirbelten in ihrem Kopf, ohne daß sie einen davon festhalten konnte. Warum hatte er das getan? Warum hatte er Lucinda vorgeschwindelt, eine Schwester zu haben?

Sie reichte das Foto zurück. »Es ist nicht seine Schwester. Es ist eine gute Freundin.«

»Ich glaube dir nicht.«

»Er hatte keine Schwester.«

»Warum hätte er mich belügen sollen?«

»Ich weiß es nicht. Aber du kannst mir glauben. Es ist eine gute Freundin, sie heißt Nazrin.«

Lucinda protestierte nicht mehr. Sie legte das Foto auf einen Tisch. »Ich mag keine Menschen, die lügen.«

»Ich verstehe auch nicht, warum er es gesagt hat.«

»Meine Mutter hat in ihrem ganzen Leben nicht gelogen. Für sie gibt es nichts anderes als die Wahrheit. Mein Vater hat sie immer belogen, entweder was Frauen anging, von denen er behauptete, sie existierten nicht, oder es ging um Geld, das er verdient, aber verloren hatte. Er hat in jeder Hinsicht gelogen, außer in einer, nämlich daß er nie zurechtgekommen wäre, wenn es sie nicht gegeben hätte. Männer lügen.«

»Frauen auch.«

»Frauen verteidigen sich. Männer führen auf unterschiedliche Weise Krieg gegen Frauen. Eine ihrer gewöhnlichsten Waffen ist die Lüge. Lars Håkansson wollte sogar, daß ich den Namen wechselte und Julieta wurde. Ich frage mich immer noch, was der Unterschied ist. Macht eine Julieta die Beine anders breit als ich?«

»Ich mag es nicht, wie du von dir selbst sprichst.«

Lucinda wurde plötzlich stumm und abweisend. Louise stand auf. Lucinda begleitete sie zum Wagen. Sie verabredeten nicht, wann sie sich wieder treffen würden.

Louise verfuhr sich mehrmals, bevor es ihr gelang, zu Lars Håkanssons Haus zu finden. Der Wächter am Tor döste in der Hitze vor sich hin. Er sprang auf, salutierte und ließ sie ein. Celina hängte Wäsche auf. Louise sagte, sie sei hungrig. Eine Stunde später, als es auf elf Uhr zuging, hatte sie sich gewaschen und etwas gegessen. Sie legte sich in dem von der Klimaanlage gekühlten Zimmer aufs Bett und schlief ein.

Als sie aufwachte, brach schon die Dämmerung an. Es war sechs Uhr. Sie hatte viele Stunden geschlafen. Das Laken unter ihr war feucht. Sie hatte geträumt.

Aron hatte auf dem Gipfel eines fernen Berges gestanden. Sie selbst war in einem endlosen Hochmoor irgendwo in Härjedalen herumgestapft. Im Traum waren sie weit voneinander getrennt gewesen. Henrik hatte auf einem Stein neben einer hohen Fichte gesessen und ein Buch gelesen. Als sie ihn fragte, was er lese, hatte er ihr gezeigt, daß es ein Fotoalbum war. Sie kannte keinen der Menschen auf den Bildern.

Louise sammelte ihre schmutzige Wäsche zusammen. Mit einem Gefühl von schlechtem Gewissen legte sie sie auf den Fußboden, um sie waschen zu lassen. Danach öffnete sie die Tür einen Spaltbreit und lauschte. Aus der Küche waren keine Stimmen zu hören. Außer ihr schien niemand im Haus zu sein.

Sie duschte, zog sich an und ging die Treppe hinunter. Überall war sie vom Pfeifen der Klimaanlage umgeben. Auf dem Tisch stand eine halbvolle Weinflasche. Sie füllte ein Glas und setzte sich ins Wohnzimmer. Von der Straße drang die lautstarke Unterhaltung der Wachen herein. Die Gardinen waren vorgezogen. Sie kostete den Wein und fragte sich, was in Xai-Xai geschehen war, nachdem sie es verlassen hatte. Wer hatte Umbi gefunden? Hatte jemand sie mit dem, was geschehen war, in Verbindung gebracht? Wer war im Dunkeln verborgen gewesen?

Es war, als würde sie erst jetzt, nachdem sie ausgeschlafen war, von Panik erfaßt. *Ein Mann, der mir heimlich etwas erzählen will, wird bestialisch ermordet.* Es hätte Aron sein können, der mit durchschnittener Kehle dort gelegen hat.

Plötzlich wurde ihr übel, sie lief zur Toilette und erbrach sich. Hinterher sank sie auf dem Badezimmerfußboden zusammen. Ihr war, als würde sie von einem Strudel in die Tiefe gezogen. Vielleicht war sie jetzt endlich auf dem Weg hinab in die Tiefe von Arturs bodenlosem See mit dem schwarzen Wasser?

Sie blieb auf dem Fußboden sitzen und kümmerte sich nicht um den Kakerlak, der vorbeieilte und in einem Loch in den Kacheln hinter den Wasserrohren verschwand.

Ich muß anfangen, die Scherben zusammenzustückeln. Es gibt mehrere verschiedene Muster, die ich zu deuten habe. Ich muß das gleiche machen, was ich mit alten Krügen mache, mich mit stalagmitischer Geduld probierend vorwärts tasten.

Das Bild, das sie entwarf, war unerträglich. Zuerst entdeckt Henrik, daß er HIV-positiv ist. Dann erkennt er, daß skrupellose Experimente an Menschen durchgeführt werden, um einen Impfstoff oder ein Heilmittel gegen die Krankheit zu finden. Außerdem ist er irgendwie in eine Erpressung von Christian Holloways Sohn verwickelt, der sich das Leben nimmt.

Sie versuchte, die Stücke von unterschiedlichen Seiten aneinanderzulegen, und ließ Lücken für Scherben, die ihr noch fehlten. Aber die verschiedenen Fragmente ließen sich nicht festlegen.

Sie drehte das Bild um. Ein Erpresser rechnet kaum damit, daß sein Opfer sich das Leben nimmt. Der Sinn der Sache ist, daß das gezahlte Geld dem Opfer Schweigen garantiert.

Wenn Henrik nicht damit gerechnet hatte, daß die Erpressung zu Steve Nichols' Tod führen würde, wie reagierte er, als er erfuhr, was geschehen war? Mit Achselzucken? Mit Scham?

Die Scherben antworteten nicht.

Sie versuchte, einen Schritt weiterzugehen. Konnte Henrik einen Erpresser erpreßt haben? War Steve Nichols sein Freund gewesen? Hatte Henrik durch ihn von Christian Holloways Tätigkeit in Afrika erfahren? Wußte Steve Nichols, was eigentlich in Xai-Xai vor sich ging, hinter der schönen Fassade von liebevollem ideellem Engagement?

Alles stockte, als sie zum letzten Glied ihrer Gedankenkette gelangte. War Umbis Tod ein Anzeichen von etwas, was mit den Vorgängen im fernen Henan vergleichbar war?

Sie lag noch halbwegs auf dem Badezimmerfußboden, den Kopf gegen die Toilettenschüssel gelehnt. Die Klimaanlage übertönte alle anderen Geräusche. Dennoch wußte sie plötzlich, daß jemand unmittelbar hinter ihr stand. Sie drehte sich mit einer heftigen Bewegung um.

Lars Håkansson betrachtete sie.

»Sind Sie krank?«

»Nein.«

»Und warum zum Teufel liegen Sie dann im Badezimmer auf dem Boden? Wenn Sie mir die Frage gestatten?«

»Ich habe mich übergeben und bin nicht wieder hochgekommen.«

Sie stand auf und machte ihm die Tür vor der Nase zu. Ihr Herz hämmerte vor Angst.

Als sie aus der Toilette trat, saß er mit einem Bierglas in der Hand da. »Geht es Ihnen besser?«

»Es geht mir gut. Vielleicht habe ich etwas gegessen, was mir nicht bekommen ist.«

»Wenn Sie schon ein paar Wochen hier wären, würde ich Fragen nach Kopfschmerzen und Fieberanfällen stellen.«

»Ich habe keine Malaria.«

»Noch nicht. Aber Sie nehmen nichts zur Vorbeugung, wenn ich mich recht erinnere?«

»Sie haben vollkommen recht.«

»Wie war Ihre Reise nach Inhaca?«

»Woher wissen Sie, daß ich da war?«

»Jemand hat Sie gesehen.«

»Jemand, der wußte, wer ich bin?«

»Jemand, der wußte, wer Sie sind!«

»Ich habe gegessen und geschlafen und bin geschwommen. Außerdem habe ich einen Mann getroffen, der Bilder malt.«

»Delphine? Schwerbrüstige Frauen, die in einer Reihe tanzen? Er ist ein eigentümlicher Mann, der auf Inhaca an Land getrieben ist, ein faszinierendes Schicksal.«

»Ich mochte ihn. Er hat ein Bild von Henrik gemalt, sein Gesicht unter vielen anderen Gesichtern.«

»Die Porträts von lebenden Personen, die ich gesehen habe, waren selten gelungen. Ein Künstler ist er nicht, er hat kein bißchen Talent.«

Louise war empört über seinen verächtlichen Tonfall.

»Ich habe schon Schlimmeres gesehen. Vor allem habe ich viele Künstler gesehen, die eher für ihre Anmaßung gefeiert wurden als für ein Talent, das ihnen gänzlich abging.«

»Natürlich kann mein Urteil darüber, was gute Kunst ist, sich nicht mit dem einer klassisch geschulten Archäologin messen. Als Berater beim Gesundheitsministerium des Landes diskutiere ich normalerweise ganz andere Dinge als Kunst.«

»Worüber unterhalten Sie sich?«

»Zum Beispiel über die Tatsache, daß es in den Krankenhausbetten des Landes keine sauberen oder überhaupt keine Laken gibt. Das ist sehr bedauerlich. Noch bedauerlicher ist es, daß wir Jahr um Jahr Geld zum Kauf von Bettlaken zur Verfügung stellen, daß aber beides, Geld wie Laken, in den bodenlosen Taschen korrupter Beamter und Politiker verschwindet.«

»Warum protestieren Sie nicht dagegen?«

»Es würde nur dazu führen, daß ich meine Arbeit verliere und nach Hause geschickt werde. Ich beschreite andere Wege. Ich setze mich dafür ein, daß die Gehälter der Beamten erhöht werden – sie sind unfaßbar niedrig –, um die Motivation für Korruption zu mindern.«

»Sind nicht zwei Hände nötig, damit Korruption zustande kommt?«

»Natürlich. Es gibt viele Hände, die gern in den Millionen der Entwicklungshilfe graben möchten. Geber wie Empfänger.«

Sein Handy klingelte. Er antwortete ganz knapp auf portugiesisch und schaltete das Telefon ab. »Ich muß Sie leider auch heute abend allein lassen. Ein Empfang in der deutschen Botschaft erfordert meine Anwesenheit. Deutschland finanziert große Teile des Gesundheitswesens hier im Land.«

»Ich komme allein zurecht.«

»Aber schließen Sie hinter sich ab. Wahrscheinlich komme ich sehr spät nach Hause.«

»Warum sind Sie so zynisch? Weil Sie es nicht verhehlen, zögere ich nicht, Sie das zu fragen.«

»Der Zynismus ist ein Selbstschutz. Die Wirklichkeit erscheint durch einen solchen Filter in einem etwas milderen Licht. Sonst wäre es leicht, einfach loszulassen und alles ins Bodenlose sinken zu lassen. Viele meinen allen Ernstes, die Zukunft des afrikanischen Kontinents sei schon vorüber. Vor uns läge nur noch eine Reihe quälender Jahre für diejenigen, die das Unglück haben, hier geboren zu werden. Wer kümmert sich denn um die Zukunft dieses Kontinents? Abgesehen von denen, die eigene Interessen verfolgen, seien es südafrikanische Diamanten, angolanisches Öl oder Fußballtalente aus Nigeria.«

»Glauben Sie das?«

»Ja und nein. Ja, was die Einstellung gegenüber diesem Kontinent betrifft. Afrika ist etwas, womit man sich am liebsten nicht befaßt, weil man der Meinung ist, hier herrsche zu große Unordnung. Nein, weil es einfach nicht möglich ist, einen ganzen Kontinent mit Nichtachtung zu strafen. Im besten Fall können wir dank der Entwicklungshilfe den Kopf des Kontinents so lange über Wasser halten, bis die Afrikaner selbst Methoden finden, sich hochzuziehen. Hier, wenn irgendwo, muß das Rad neu erfunden werden.«

Er stand auf. »Ich muß mich umziehen. Aber ich setze dieses Gespräch zu einem späteren Zeitpunkt gern fort. Haben Sie etwas gefunden, was Ihnen bei Ihrer Suche hilft? Oder jemanden?«

»Ich finde die ganze Zeit etwas Neues.«

Er betrachtete sie nachdenklich, nickte und verschwand ins Obergeschoß. Sie hörte, daß er duschte.

Nach einer Viertelstunde kam er wieder herunter. »Vielleicht habe ich zuviel gesagt? Zynisch bin ich kaum, aber aufrichtig. Es gibt nichts, was auf Menschen so bedrückend wirkt wie Aufrichtigkeit. Wir leben in einer Zeit der Verlogenheit.«

»Das bedeutet vielleicht, daß das Bild dieses Kontinents nicht wahr ist?«

»Hoffen wir, daß Sie recht haben.«

»Ich habe zwei Briefe gefunden, die Henrik von Ihrem Computer verschickt hat. Allerdings glaube ich, daß Sie einen der beiden geschrieben haben. Warum haben Sie das getan?«

Lars Håkansson betrachtete sie abwartend. »Warum sollte ich einen von Henriks Briefen fälschen?«

»Ich weiß es nicht. Um mich zu verwirren.«

»Warum sollte ich das tun?«

»Ich weiß es nicht.«

»Sie irren sich. Wenn Henrik nicht tot wäre, würde ich Sie hinauswerfen.«

»Ich versuche nur zu verstehen.«

»Es gibt nichts zu verstehen. Ich fälsche keine Briefe. Vergessen wir es.«

Lars Håkansson ging in die Küche. Sie hörte ein Klicken, danach eine Tür, die zugemacht und verschlossen wurde. Er kam zurück und zog die Haustür zu. Der Wagen startete, das Tor öffnete sich und schloß sich wieder. Sie war allein. Sie ging nach oben und setzte sich an den Computer, schaltete ihn aber nicht ein. Sie hatte keine Kraft.

Die Tür zu Lars Håkanssons Zimmer war angelehnt. Sie

stieß sie mit dem Fuß auf. Seine Sachen lagen in einem Haufen auf dem Fußboden. Vor dem großen Bett standen ein Fernseher, ein mit Büchern und Zeitungen vollgepackter Stuhl, ein Sekretär mit einer Schreibplatte und ein großer Wandspiegel. Sie setzte sich auf die äußerste Bettkante und versuchte sich vorzustellen, daß sie Lucinda wäre. Dann stand sie auf und trat an den Sekretär. Sie erinnerte sich an einen ähnlichen aus ihrer Kindheit. Artur hatte ihn ihr gezeigt, als sie bei einem seiner alten Verwandten zu Besuch waren, einem Holzfäller, der schon neunzig Jahre alt war, als sie noch sehr klein gewesen war. Sie konnte den Sekretär vor sich sehen. Sie nahm die Bücher in die Hand, die dort lagen. Die meisten handelten vom Gesundheitswesen in armen Ländern. Vielleicht tat sie Lars Håkansson unrecht. Was wußte sie denn von ihm? Vielleicht war er ein hart arbeitender Entwicklungshelfer und kein zynischer Betrachter?

Sie ging in ihr Zimmer und legte sich aufs Bett. Sobald sie dazu in der Lage wäre, wollte sie sich etwas zu essen machen. Afrika erschöpfte sie.

Unaufhörlich glitt Umbis Gesicht aus der Dunkelheit auf sie zu.

Plötzlich schreckte sie hoch.

Im Traum war sie im Altersheim gewesen, bei dem neunzigjährigen Mann mit den zitternden Armen, ein Menschenwrack nach einem langen harten Leben als Holzfäller.

Sie konnte jetzt alles klar vor sich sehen. Sie war sechs oder sieben Jahre alt gewesen.

Der Sekretär stand an einer Wand in seinem Zimmer. Darauf stand ein gerahmtes Foto von Menschen aus einer völlig anderen Zeit. Vielleicht seine Eltern.

Artur hatte die vordere Klappe des Sekretärs geöffnet und eine der Schubladen herausgezogen. Dann hatte er sie umgedreht und auf das Geheimfach gezeigt, eine Schublade, die von der anderen Seite geöffnet wurde.

Sie stand auf und ging zurück in Lars Håkanssons Schlafzimmer. Es war die obere linke Schublade gewesen. Sie zog sie heraus und drehte sie um. Nichts. Es war ihr peinlich, daß der Traum sie genarrt hatte. Dennoch zog sie auch die anderen Schubladen heraus.

Die letzte hatte ein Geheimfach. Es war eine der größten Schubladen, darin lagen mehrere Notizbücher. Sie nahm das oberste und blätterte darin. Es war ein Kalender mit verstreuten Notizen. Auf eine unangenehme Weise erinnerten sie an Henriks Notizen. Einzelne Buchstaben, Zeitpunkte, Kreuze und Ausrufezeichen.

Sie blätterte vor bis zu dem Tag, an dem sie in Maputo angekommen war. Völlig leer. Nichts, keine Uhrzeit und kein Name. Sie blätterte bis zum Vortag zurück. Ungläubig starrte sie auf das, was dort stand. Ein »L« und dahinter »XX«. Es konnte kaum etwas anderes bedeuten, als daß sie in Xai-Xai gewesen war. Aber sie hatte doch nichts davon gesagt, daß sie dort gewesen war.

Sie ging einige Seiten zurück und fand eine weitere Notiz. »CH Maputo«. Das konnte heißen, daß Christian Holloway in Maputo gewesen war. Aber Lars Håkansson hatte gesagt, er kenne ihn nicht.

Sie legte das Notizbuch zurück und schob die Schublade wieder zu. Die Wachen auf der Straße waren verstummt. Sie ging durchs Haus und kontrollierte, ob Türen und Fenster verschlossen und alle Gitter an ihrem Platz waren.

Hinter der Küche lag ein kleiner Raum, in dem Wäsche aufgehängt und gebügelt wurde. Sie faßte ans Fenster. Der Riegel war ausgehakt. Auch das Gitter war nicht geschlossen. Sie zog das Gitter an seinen Platz. Sie erkannte das Geräusch. Sie drückte das Gitter auf. Das gleiche Geräusch. Zuerst wußte sie nicht, warum ihr das Geräusch bekannt vorkam, doch dann fiel es ihr ein. Lars Håkansson war in der Küche gewesen, bevor er ging. Da hatte sie dieses Geräusch gehört.

Mir hat er gesagt, ich solle abschließen, dachte sie. Aber das letzte, was er tat, war, dafür zu sorgen, daß ein Fenster geöffnet war. Damit jemand ins Haus gelangen konnte.

Augenblicklich war die Panik da. Vielleicht war sie so überreizt, daß sie nicht mehr unterscheiden konnte zwischen dem, was Wirklichkeit war, und dem, was sie sich einbildete. Aber auch wenn sie alles, was um sie herum vorging, falsch deutete und den Bogen überspannte, wagte sie nicht zu bleiben. Sie machte im ganzen Haus Licht und raffte ihre Sachen zusammen. Mit zitternden Händen schloß sie alle Schlösser der Haustür und anschließend das Gittertor auf. Es kam ihr vor, als bräche sie mit Hilfe der Schlüssel des Gefangenenwärters aus dem Gefängnis aus. Als sie auf die Straße hinaustrat, schlief der Wachmann. Er schreckte aus dem Schlaf hoch und half ihr, die Taschen auf die Rückbank zu packen.

Sie fuhr auf direktem Weg zum Hotel Polana, in dem sie die ersten Nächte verbracht hatte. Trotz der freundlichen Proteste des Portiers trug sie ihre Taschen selbst hinauf. Im Zimmer angekommen, sank sie auf die Bettkante, zitternd.

Vielleicht irrte sie sich, sah Schatten, wo sie Menschen sehen sollte, Zusammenhänge, wo es sich um Zufälle handelte. Aber es war zuviel geworden.

Sie blieb auf dem Bett sitzen, bis sie wieder ruhig geworden war. An der Rezeption erfuhr sie, daß die erste Maschine nach Johannesburg um sieben Uhr am kommenden Tag Maputo verließ. Mit Hilfe des Portiers konnte sie einen Platz buchen. Nachdem sie gegessen hatte, ging sie zurück in ihr Zimmer, stellte sich ans Fenster und blickte auf den leeren Swimmingpool hinab. Ich weiß nicht, was ich sehe, dachte sie. Ich befinde mich mitten in etwas, von dem ich nicht weiß, was es ist. Erst wenn ich Abstand gewonnen habe, kann ich vielleicht anfangen zu verstehen, was Henrik in den Tod getrieben hat.

Voller Verzweiflung dachte sie, daß Aron noch leben mußte. Eines Tages würde er sich ihr wieder zeigen.

Kurz vor fünf Uhr am Morgen fuhr sie zum Flugplatz. Sie warf den Autoschlüssel in das Einwurffach der Autovermietung, holte ihren Flugschein ab und wollte gerade durch die Sicherheitskontrolle gehen, als sie eine Frau entdeckte, die am Eingang des Terminals stand und rauchte. Es war das Mädchen, das mit Lucinda zusammen in der Bar arbeitete. Louise hatte ihren Namen nie gehört, war aber sicher, daß sie sich nicht irrte.

Sie hatte das Land verlassen wollen, ohne mit Lucinda zu sprechen. Scham ergriff sie.

Sie ging zu dem Mädchen, das sie erkannte. Louise fragte auf englisch, ob sie ihr eine Nachricht für Lucinda mitgeben könne. Das Mädchen nickte. Louise riß eine Seite aus ihrem Kalender und schrieb: »Ich reise ab. Aber ich bin keine von denen, die verschwinden. Ich lasse von mir hören.«

Sie faltete das Blatt zusammen und gab es dem Mädchen, das seine Nägel betrachtete. »Wohin fliegen Sie?«

»Nach Johannesburg.«

»Ich wünschte, ich wäre an Ihrer Stelle. Aber ich bin es nicht. Lucinda bekommt den Brief heute abend.«

Sie ging durch die Sicherheitskontrolle. Durchs Fenster sah sie die große Maschine auf der Startbahn.

Ich glaube, ich fange an, etwas von der Wirklichkeit auf diesem Kontinent zu ahnen. In der Armut breiten sich brutale Kräfte aus, die nicht auf Widerstand stoßen. Arme chinesische Bauern oder ihre ebenso armen Brüder und Schwestern auf dem afrikanischen Kontinent werden behandelt wie Ratten. Ist es das, was Henrik erkannt hat? Noch weiß ich nicht, was in der geheimen Welt geschieht, die Christian Holloway geschaffen hat. Aber ich habe eine Anzahl von Scherben. Ich werde mehr finden. Wenn ich nicht aufgebe. Wenn ich nicht den Mut verliere.

Sie ging als einer der letzten Passagiere an Bord. Die Maschine schoß die Startbahn entlang und hob ab. Das letzte, was Louise sah, bevor sie durch die dünne Wolkendecke stießen, waren die geblähten Segel kleiner Fischerboote mit Kurs auf die Küste.

20

Dreiundzwanzig Stunden später landete Louise auf dem Flugplatz Venizelos bei Athen. Sie flogen über das Meer an. Piräus und Athen mit ihrem chaotischen Gewirr von Häusern und Straßen kamen ihr entgegen.

Als sie von hier abgereist war, hatte sie eine große Freude empfunden. Jetzt kam sie zurück, und ihr Dasein war zerschlagen, sie wurde gejagt von Ereignissen, die sie nicht verstand. In ihrem Kopf wimmelte es von Einzelheiten, die sich bisher ihren Versuchen, sie zusammenzufügen und zu deuten, entzogen hatten.

Was erwartete sie hier? Eine Ausgrabung, für die sie keine Verantwortung mehr hatte. Sie würde Mitsos die ausstehende Miete bezahlen, ihre Habseligkeiten zusammenpacken und sich von den Kollegen verabschieden, die noch vor Ort waren, bis die Grabungen vor Einbruch des Winters eingestellt wurden.

Vielleicht würde sie Vassilis in seiner Kanzlei aufsuchen? Aber was hatte sie ihm eigentlich zu sagen? Was hatte sie irgendeinem Menschen zu sagen?

Sie war mit Olympic geflogen und hatte sich einen Platz in der *business class* geleistet. Auf dem langen Nachtflug hatte sie zwei Sitze für sich allein gehabt. Wie auf dem Hinflug meinte sie, tief unter sich im Dunkeln Feuer zu sehen. Eins davon war Umbis Feuer, das letzte, das er angezündet hatte. Im Dunkeln waren auch die, die ihn zum Schweigen gebracht hatten.

Sie war sich jetzt sicher. Umbi war gestorben, weil er mit ihr gesprochen hatte. Sie konnte nicht allein die Verantwortung für das, was geschehen war, auf sich nehmen. Aber wenn sie nicht gekommen wäre, lebte er vielleicht noch.

Konnte sie das ganz sicher wissen? Die Frage verfolgte sie in ihre Träume, als sie dort in dem bequemen Liegesessel der Olympic-Maschine schlief. Umbi war tot. Seine Augen starrten hinaus ins Unbekannte, an ihrem eigenen Blick vorbei. Sie würde diesen Blick nie mehr einfangen können. Ebensowenig wie sie je erfahren würde, was er ihr hatte sagen wollen.

Auf dem Flugplatz sehnte sie sich plötzlich danach, die Ausgrabung in der Argolis warten zu lassen, in ein Hotel zu gehen, vielleicht ins Grande Bretagne, und einfach im Menschengewimmel unterzutauchen. Einen Tag oder zwei, um die Zeit stillstehen zu lassen, um zu sich selbst zu finden.

Aber sie nahm einen Mietwagen und fuhr auf der neuen Autobahn zur Peloponnes und in die Argolis. Es war noch warm, der Herbst war noch nicht näher gekommen, seit sie abgereist war. Die Straße wand sich durch die trockenen Hügel, der weiße Fels ragte wie Knochen zwischen braunen Grasbüscheln und niedrigen Bäumen hervor.

Als sie sich Argos näherte, wurde ihr plötzlich bewußt, daß sie keine Angst mehr hatte.

Sie fragte sich, ob Lucinda ihre Nachricht erhalten hatte. Und Lars Håkansson? Sie gab Gas und beschleunigte die Fahrt. Sie haßte diesen Mann, auch wenn sie ihn nicht beschuldigen konnte, in die Ereignisse verwickelt zu sein, die zu Henriks Tod geführt hatten. Er war ein Mensch, den sie nicht in ihrer Nähe haben wollte.

Sie hielt an einer Tankstelle, zu der auch ein Restaurant gehörte. Als sie das Lokal betrat, sah sie, daß sie es kannte. Sie war mit Vassilis schon einmal hiergewesen, ihrem geduldigen, doch ein wenig zerstreuten Liebhaber. Er hatte sie am Flugplatz abgeholt, sie war in Rom gewesen und hatte an einem trostlosen Seminar über die Entdeckung alter Bücher und Manuskripte im Wüstensand von Mali teilgenommen. Die Funde waren sensationell gewesen, doch die Seminarsitzungen waren einschläfernd, es gab eine Unzahl von Referaten, und die Organisation glich einem Chaos. Vassilis und sie hatten hier Kaffee getrunken.

In jener Nacht hatte sie bei ihm geschlafen. Es kam ihr jetzt ebenso fern vor wie etwas, was sie in ihrer Kindheit erlebt hatte.

LKW-Fahrer dösten über ihren Kaffeetassen. Sie aß einen Salat, trank Wasser und eine Tasse Kaffee. Alle Düfte und jeder Geschmack erzählten ihr, daß sie wieder in Griechenland war. Nichts war fremd, wie es in Afrika gewesen war.

Gegen elf Uhr war sie am Ziel. Sie fuhr zum Haus, das sie gemietet hatte, überlegte es sich aber anders und nahm die Straße zur Ausgrabung. Sie hatte damit gerechnet, daß die meisten nach Hause gefahren waren, daß aber einige geblieben und mit letzten Vorbereitungen vor der Winterpause beschäftigt wären. Niemand war da. Der Grabungsplatz war verlassen. Alles, was geschlossen sein sollte, war geschlossen. Nicht einmal die Wachen waren mehr da.

Es war einer der einsamsten Momente in ihrem Leben. Nichts war natürlich vergleichbar mit dem Schock, als sie Henrik tot aufgefunden hatte. Dies hier war eine andere Art von Einsamkeit, als wäre sie plötzlich in einer sich endlos ausdehnenden Landschaft allein gelassen worden.

Ihr fiel das Gedankenspiel ein, mit dem Aron und sie sich zuweilen vergnügt hatten. Was würde man tun, wenn man der letzte Mensch auf der Erde wäre? Oder der erste? Doch sie konnte sich an keinen der Vorschläge und keine der Antworten erinnern, die sie damals gegeben hatten. Jetzt war es kein Spiel mehr.

Ein alter Mann kam mit seinem Hund vorbei. Er war ein regelmäßiger Besucher der Grabung gewesen. Den Namen des Mannes wußte sie nicht mehr, aber sein Hund hieß Alice,

fiel ihr wieder ein. Freundlich nahm er die Mütze ab und grüßte sie. Er sprach ein umständliches und langsames Englisch
und praktizierte es mit Begeisterung.

»Ich dachte, alle wären abgereist?«

»Ich bin nur zufällig hier. Vor dem Frühjahr geschieht
nichts mehr.«

»Die letzten sind vor einer Woche abgereist. Aber da waren
Sie nicht hier.«

»Ich war in Afrika.«

»So weit. Ist es dort nicht schrecklich?«

»Wie meinen Sie das?«

»All das … Wilde? Sagt man das nicht? *Wilderness?*«

»Es ist wohl so wie hier. Wir vergessen so leicht, daß Menschen alle zur gleichen Familie gehören. Und daß alle Landschaften etwas haben, was an andere Landschaften erinnert.
Wenn es stimmt, daß wir alle vom afrikanischen Kontinent
stammen, dann muß das bedeuten, daß wir alle eine schwarze
Urmutter haben.«

»Da können Sie recht haben.«

Er betrachtete traurig seinen Hund, der sich hingelegt hatte,
den Kopf auf der einen Pfote. »Sie überlebt den Winter wohl
nicht.«

»Ist sie krank?«

»Sie ist sehr alt. Mindestens tausend Jahre, könnte ich mir
vorstellen. Ein klassischer Hund, ein Relikt aus der Antike. Jeden Morgen sehe ich, wie mühsam sie hochkommt. Jetzt nehme ich sie mit auf den Spaziergang, nicht umgekehrt, wie es
früher war.«

»Ich hoffe, sie überlebt.«

»Dann sehen wir uns im Frühjahr.«

Er hob wieder die Mütze an und ging weiter. Der Hund
folgte ihm auf steifen Beinen. Sie beschloß, Vassilis in seinem
Büro aufzusuchen. Es war Zeit, den endgültigen Schlußstrich
zu ziehen. Sie würde nie wieder hierher zurückkommen. Jemand anders würde die Grabungsleitung übernehmen.

Ihr Leben würde sich in eine andere Richtung bewegen, in welche, konnte sie noch nicht einmal ahnen.

Sie hielt vor dem Büro in der Stadt. Sie konnte Vassilis durchs Fenster sehen. Er telefonierte, machte Notizen, lachte.

Er hat mich vergessen. Für ihn bin ich längst weg. Ich war nichts als eine zeitweilige Freundin, mit der er schlief und den Schmerz betäuben konnte. Für mich war es das gleiche.

Sie fuhr davon, bevor er sie entdeckte.

Als sie zu ihrem Haus kam, mußte sie lange suchen, bis sie ihre Schlüssel fand. Sie konnte sehen, daß Mitsos im Haus gewesen war. Keine tropfenden Wasserhähne, keine unnötig brennenden Lampen. Es lagen ein paar Briefe auf dem Küchentisch, einer vom Schwedischen Institut in Athen, einer von den Freunden des Kavallahauses. Sie ließ sie ungeöffnet liegen.

Auf der Bank an dem kleinen Kühlschrank stand eine Flasche Wein. Sie öffnete sie, füllte ein Glas. Noch nie hatte sie so viel getrunken wie in den letzten Wochen.

Alle ihre Ruhepositionen waren ihr genommen. Sie befand sich in einer ununterbrochenen inneren Bewegung, die nicht immer mit dem äußeren Wirbel, in den sie hineingezogen wurde, zusammenfiel.

Sie trank ihren Wein und setzte sich in Leandros' knarrenden Schaukelstuhl. Lange betrachtete sie ihren Plattenspieler, ohne sich entscheiden zu können, welche Musik sie hören wollte.

Als die Flasche halb leer war, ging sie zu ihrem Arbeitstisch, holte Papier und einen Füller hervor und schrieb langsam einen Brief an die Universität in Uppsala. Sie erklärte ihre Situation und bat um eine Beurlaubung ohne Dienstbezüge für ein Jahr.

»Mein Schmerz und meine Verwirrung sind so groß, daß es fahrlässig von mir wäre zu glauben, ich könnte die Verantwortung für die Aufgaben übernehmen, die mit der Leitung der Ausgrabungen verbunden sind. Im Augenblick versuche ich mit allen meinen Kräften – soweit sie noch vorhanden sind –, mit mir selbst klarzukommen.«

Der Brief wurde länger, als sie gedacht hatte. Ein Beurlaubungsgesuch sollte kurzgefaßt sein. Was sie schrieb, war hingegen eine Bitte, vielleicht auch eine falsch adressierte Beichte.

Sie wollte, daß sie wüßten, wie es war, sein einziges Kind zu verlieren.

In einer Schublade fand sie einen Umschlag und klebte den Brief zu. Mitsos' Hunde bellten. Sie nahm den Wagen und fuhr zu einer Taverne in der Nähe, wo sie oft gegessen hatte. Der Inhaber war blind. Er saß reglos auf einem Stuhl, als wäre er im Begriff, sich in eine Statue zu verwandeln. Seine Schwiegertochter kochte das Essen, seine Frau servierte. Keiner von ihnen verstand Englisch, aber Louise ging meistens in die enge und dampfende Küche und zeigte auf das, was sie essen wollte.

Sie nahm Kohlrouladen und Salat, ein Glas Wein, Kaffee. Es waren nur wenige Gäste im Lokal. Sie kannte fast alle. Als sie zu ihrem Haus zurückkam, tauchte Mitsos aus der Dunkelheit auf. Sie schrak zusammen.

»Habe ich Sie erschreckt?«

»Ich wußte nicht, wer da war.«

»Wer sollte es sein außer mir? Panayiotis vielleicht. Aber der ist beim Fußball, Panathinaikos spielt heute.«

»Gewinnen sie?«

»Bestimmt. Panayiotis hat 3:1 getippt. Meistens liegt er richtig.«

Sie schloß auf und ließ ihn eintreten. »Ich bin länger fortgeblieben, als ich gedacht hatte.«

Mitsos hatte sich auf einen Küchenstuhl gesetzt. Er sah sie ernst an.

»Ich habe gehört, was passiert ist. Es tut mir leid, daß der Junge gestorben ist. Es tut uns allen leid. Panayiotis hat geweint. Die Hunde haben ausnahmsweise nicht gebellt.«

»Es kam so unerwartet.«

»Niemand rechnet damit, daß ein junger Mann stirbt. Wenn nicht Krieg ist.«

»Ich bin gekommen, um meine Sachen zu packen und die ausstehende Miete zu bezahlen.«

Mitsos hob die Arme.

»Sie schulden mir nichts.«

Er sagte es mit solchem Nachdruck, daß sie nicht weiter insistierte. Die Situation war Mitsos offensichtlich peinlich, er suchte nach etwas, was er sagen konnte. Ihr fiel ein, daß er sie schon früher zuweilen an Artur erinnert hatte. In ihrer beider Unfähigkeit, mit Gefühlen umzugehen, lag etwas, was sie anrührte.

»Leandros ist krank. Der alte Wachmann. Wie haben Sie ihn genannt? Er war Ihr *Phylakas Anghelos*.«

»Unser Schutzengel. Was fehlt ihm?«

»Er begann zu torkeln, wenn er ging. Dann ist er umgefallen. Zuerst glaubten sie, es sei der Blutdruck. In der vorigen Woche fanden sie einen großen *ongos* in seinem Kopf. Ich glaube, es heißt Tumor.«

»Liegt er im Krankenhaus?«

»Er weigert sich. Er will nicht, daß sie ihm den Schädel öffnen. Lieber stirbt er.«

»Armer Leandros.«

»Er hat ein langes Leben gehabt. Er selbst findet, daß er jetzt sterben darf. *Oti prepi na teleiossi, tha teleiossi*, wie wir sagen: ›Was ein Ende finden muß, findet auch ein Ende.‹«

Mitsos stand auf, um zu gehen.

»Ich denke, daß ich morgen abreise. Ich fahre nach Schweden.«

»Kommen Sie im nächsten Jahr zurück?«

»Ich komme zurück.«

Sie konnte sich nicht bremsen. Der Vogel flog auf, ohne daß es ihr gelungen wäre, ihn zurückzuhalten.

Mitsos war schon in der Tür, als er sich umwandte. »Es war jemand hier und hat Sie gesucht.«

Augenblicklich war sie auf der Hut. Mitsos hatte an die Stolperdrähte gerührt, die sie umgaben.

»Wer war es?«

»Ich weiß es nicht.«

»Ein Grieche?«

»Nein. Er sprach Englisch. Er war groß, dünnes Haar, mager. Er hatte eine helle Stimme. Er fragte nach Ihnen. Dann besuchte er Ihre Ausgrabung. Es schien, als wüßte er, was geschehen war.«

Louise dachte mit Entsetzen, daß es Aron sein konnte, den Mitsos beschrieb. »Hat er seinen Namen nicht genannt?«

»Murray. Ich weiß nicht einmal, ob es ein Vorname oder ein Nachname ist.«

»Beides. Erzählen Sie genau, was war. Wann kam er? Was wollte er? Wie kam er? Im Auto? Kam er zu Fuß die Straße entlang? Hatte er das Auto so geparkt, daß es von hier aus nicht sichtbar war?«

»Warum um Himmels willen hätte er das tun sollen?«

Louise fühlte, daß sie nicht mehr in der Lage war, Umwege zu gehen. »Weil er vielleicht gefährlich war. Weil er vielleicht der Mann war, der Henrik getötet hat – und vielleicht auch meinen Mann. Weil er vielleicht auch mich töten wollte.«

Mitsos sah sie ungläubig an und schien widersprechen zu wollen. Sie hob die Hand und hinderte ihn daran zu sprechen. »Ich möchte, daß Sie mir glauben. Nichts anderes. Wann kam er?«

»Vorige Woche. Letzten Donnerstag. Am Abend. Er klopfte an die Tür. Ich hatte kein Auto gehört. Die Hunde hatten nicht gebellt. Er hat nach Ihnen gefragt.«

»Wissen Sie noch, was genau er gesagt hat?«

»Er fragte, ob ich wüßte, ob Frau Cantor zu Hause sei.«

»Er hat nicht Louise gesagt?«

»Nein. Frau Cantor.«

»Hatten Sie ihn schon einmal gesehen?«

»Nein.«

»Haben Sie das Gefühl, daß es jemand war, der mich kannte?«

Mitsos zögerte, bevor er antwortete. »Ich glaube nicht, daß er Sie kannte.«

»Was haben Sie ihm geantwortet?«

»Daß Sie nach Schweden gefahren wären und daß ich nicht wüßte, wann Sie zurückkämen.«

»Sie haben gesagt, er habe die Ausgrabung besucht?«

»Das hat er am nächsten Tag getan.«

»Was geschah dann?«

»Er fragte, ob ich nicht doch wüßte, wann Sie zurückkämen. Da fand ich, daß er die Neugier ein bißchen übertrieb. Ich sagte ihm, daß ich nichts weiter zu sagen hätte und gerade beim Abendessen sei.«

»Was hat er da gesagt?«

»Er entschuldigte sich, daß er mich gestört hat. Aber das meinte er nicht ernst.«

»Warum glauben Sie das?«

»Das merkt man. Er war freundlich, aber ich mochte ihn nicht.«

»Und danach?«

»Er verschwand in der Dunkelheit. Ich machte die Tür zu.«

»Haben Sie einen Wagen starten hören?«

»Nein. Und die Hunde schwiegen immer noch.«

»Danach ist er nicht mehr wiedergekommen?«

»Ich habe ihn nicht mehr gesehen.«
»Und kein anderer hat nach mir gefragt?«
»Keiner.«

Louise sah ein, daß sie nicht mehr erfahren würde. Sie dankte Mitsos, der zu seinem Haus zurückging. Sobald sie seine Haustür zuschlagen hörte, schloß sie ab und fuhr davon. An der Straße nach Athen lag das Hotel Nemea, in dem sie einmal übernachtet hatte, als es in ihrem Haus einen Wasserrohrbruch gegeben hatte. Sie war fast allein im Hotel und bekam ein Doppelzimmer, das auf ausgedehnte Olivenplantagen hinausging. Sie setzte sich auf den Balkon, spürte die schwachen Bewegungen des Herbstwindes und holte eine Wolldecke. Von weit her hörte sie Musik und lachende Menschen.

Sie dachte an das, was Mitsos erzählt hatte. Wer der Mann war, der sie gesucht hatte, wußte sie nicht. Aber diejenigen, die ihrer Spur folgten, waren näher, als sie geglaubt hatte. Es war ihr nicht gelungen, sie abzuschütteln.

Sie nehmen an, daß ich etwas weiß oder daß ich nicht aufgebe, bevor ich gefunden habe, was ich suche. Ich könnte mich nur von ihnen befreien, wenn ich aufhöre zu suchen. Ich glaubte, ich hätte sie hinter mir gelassen, als ich aus Afrika abreiste. Aber das war ein Irrtum.

In der Dunkelheit auf dem Balkon faßte sie einen Entschluß. In Griechenland würde sie nicht bleiben. Sie konnte wählen zwischen der Rückkehr nach Barcelona oder der Heimreise nach Schweden. Die Entscheidung fiel ihr nicht schwer. Sie brauchte Artur jetzt.

Am folgenden Tag packte sie ihre Sachen und verließ das Haus. Sie legte die Schlüssel in Mitsos' Briefkasten und schrieb, sie hoffe, eines Tages zurückzukommen und den Schaukelstuhl abholen zu können, den sie von Leandros bekommen habe. In einen Umschlag steckte sie Geld und bat

Mitsos, Blumen oder Zigaretten für Leandros zu kaufen und ihm gute Besserung zu wünschen.

Sie fuhr zurück nach Athen. Es war diesig, der Verkehr dicht und hektisch. Sie fuhr viel zu schnell, obwohl sie keine Eile hatte. Die Zeit war außerhalb von ihr, unbeeinflußbar. In dem Wirbel, in dem sie sich befand, herrschte Zeitlosigkeit.

Am Abend bekam sie einen Platz in einer SAS-Maschine nach Kopenhagen mit Anschlußflug nach Stockholm. Gegen Mitternacht war sie in Arlanda und nahm ein Zimmer im Flughafenhotel. Arons Geld reichte immer noch für ihre Flüge und Hotelrechnungen. Vom Zimmer aus rief sie Artur an, nachdem sie die Abflüge des folgenden Tags studiert hatte. Sie bat ihn, sie in Östersund abzuholen. Sie würde am Abend ankommen, weil sie zunächst noch einmal Henriks Wohnung aufsuchen wollte. Sie spürte seine Erleichterung darüber, daß sie wieder zu Hause war.

»Wie geht es dir?«

»Ich bin zu müde, um jetzt darüber zu sprechen.«

»Es schneit«, sagte er. »Ein leichter und leiser Schneefall. Es ist vier Grad unter null, und du fragst mich nicht einmal, wie die Elchjagd war.«

»Entschuldige. Wie war sie?«

»Sie war gut. Aber viel zu kurz.«

»Hast du selbst einen geschossen?«

»Die Elche zeigten sich nie in meinen Abschnitten. Aber wir brauchten nur zwei Tage, um unsere Quote zu schießen. Ich hole dich ab, wenn du weißt, mit welcher Maschine du kommst.«

In dieser Nacht schlief sie zum ersten Mal seit langem, ohne immer wieder von Träumen hochgerissen zu werden. Sie stellte ihr Gepäck bei einer Gepäckaufbewahrung ab und nahm den Zug nach Stockholm. Ein kalter Regen fiel über der Stadt, böige Winde zogen von der Ostsee herüber. Sie duckte sich gegen den Wind, als sie sich in Richtung Slussen auf den Weg machte. Aber es war zu kalt, sie entschied sich anders und winkte ein freies Taxi heran. Als sie auf der Rückbank saß, sah sie plötzlich wieder Umbis Gesicht vor sich.

Nichts ist vorbei. Louise Cantor ist noch immer von Schatten umgeben.

Auf der Straße nahm sie all ihre Kraft zusammen, bevor sie das Treppenhaus in der Tavastgata betrat und die Tür zu Henriks Wohnung aufschloß.

Ein paar Reklamezettel und Stadtteilzeitungen lagen hinter der Tür auf dem Boden. Sie nahm sie mit in die Küche, setzte sich an den Tisch und lauschte. Von irgendwo erklang Musik. Vage erinnerte sie sich daran, daß sie die gleiche Musik schon früher gehört hatte, als sie in Henriks Wohnung gewesen war.

In Gedanken kehrte sie zu dem Augenblick zurück, in dem sie Henrik tot gefunden hatte.

Er schlief immer nackt. Aber jetzt hatte er einen Schlafanzug an.

Plötzlich wurde ihr klar, daß es eine Erklärung für den Schlafanzug gab, die sie bisher übersehen hatte, weil sie sich geweigert hatte zu glauben, er habe Selbstmord begangen. Aber wenn es doch so war? Er wußte, daß er tot wäre, wenn ihn jemand fand. Dann wollte er nicht nackt sein, und deshalb hatte er einen gebügelten Schlafanzug angezogen.

Sie ging ins Schlafzimmer und sah auf das Bett. Vielleicht hatten Göran Vrede und der Gerichtsmediziner recht? Henrik hatte sich das Leben genommen. Er hatte den Gedanken an seine Krankheit nicht ertragen, vielleicht war auch das Erlebnis einer unbarmherzigen und zutiefst ungerechten Welt eine übermächtige Belastung geworden. Aron war verschwunden, weil er der war, der er immer gewesen war, ein Mann, der unfähig war, Verantwortung zu tragen. Der Mord an Umbi war an und für sich unerklärlich, mußte aber nichts mit Henrik oder Aron zu tun haben.

Ich habe mich in einem Alptraum versteckt, dachte sie. Statt mir selbst einzugestehen, was geschehen ist.

Doch es gelang ihr nicht, sich selbst zu überzeugen. Zu vieles zeigte in die andere Richtung. Die Kompaßnadel drehte sich. Sie wußte nicht einmal, was mit den Laken aus Henriks Bett geschehen war. Vielleicht waren sie mitgenommen worden, als der Körper hinausgetragen wurde? Es gab immer Kerben in den Vasen, die sie aus ihren Scherben aus der griechischen Erde zusammengesetzt hatte. Die Wirklichkeit ließ sich nicht alle Geheimnisse entlocken. Als sie die Wohnung verließ, war sie immer noch voller Zweifel.

Sie ging zum Slussen zurück und stieg in ein Taxi, das sie nach Arlanda hinausbrachte. Die Landschaft war grau und trüb. Es war Spätherbst, bald Winter. Im Inlandterminal kaufte sie einen Flugschein für eine Maschine nach Östersund um 16 Uhr 10. Artur antwortete ihr aus dem Wald, daß er dasein würde, um sie abzuholen.

Es waren noch drei Stunden bis zum Abflug. An einem Cafétisch mit Aussicht auf die Flugzeuge, die zum Terminalgebäude rollten, wählte sie Nazrins Nummer. Sie nahm nicht ab. Louise sprach eine Mitteilung aufs Band und bat sie, sich bei ihr in Härjedalen zu melden.

Das war jetzt ihre größte Unruhe. Sie mußte mit Nazrin über Henriks Krankheit sprechen. Hatte er sie infiziert? Nazrin, die seine Schwester Felicia gewesen war.

Louise blickte zum Wald auf der anderen Seite des Flugplatzes hinüber. Wie würde sie es ertragen, wenn sich zeigte, daß es so war?

Auch sie, seine Schwester, die es nicht gab, hätte er dann mit der Krankheit angesteckt.

In den Stunden bis zum Abflug versuchte sie, darüber nachzudenken, was sie in Zukunft machen würde.

Ich bin immer noch erst vierundfünfzig Jahre alt. Werde ich wieder Freude und Spannung empfinden angesichts dessen, was sich in der Erde verbirgt und auf meine Aufmerksamkeit wartet? Oder ist es vorbei? Gibt es überhaupt eine Zukunft?

Sie war noch nicht auf den Grund dessen gelangt, was Henriks Tod bedeutete.

Nicht zu wissen ist das, was mich tötet. Ich muß die Stücke dazu zwingen, sich zusammenzufügen und mir ihre Geschichte zu erzählen. Vielleicht ist die einzige archäologische Untersuchung, die ich noch vor mir habe, die, welche ich in mir trage.

Sie wählte die Nummer von Arons Handy. »Der gewünschte Gesprächspartner ist zur Zeit nicht erreichbar.«

Flugzeuge hoben ab zum grauen Himmel oder tauchten als schimmernde Vögel unter den Wolken heraus. Langsam ging sie zur Gepäckaufbewahrung, holte ihr Gepäck, checkte ein und setzte sich auf ein blaues Sofa und wartete. Die halbleere Maschine startete pünktlich.

Es war dunkel und windstill und schneite leicht, als sie in Östersund zum Flugplatzterminal ging.

Artur wartete am Gepäckband auf sie. Er hatte sich rasiert und feingemacht, für sie.

Als sie sich ins Auto setzten, fing sie an zu weinen. Er streichelte ihr die Wange und lenkte den Wagen zur Brücke über den Storsjö und zur Straße, die nach Süden in Richtung Sveg führte.

Sie waren in der Nähe von Svenstavik, als sie begann, von ihrer Reise nach Afrika zu erzählen.

»Ich erzähle es versuchsweise«, sagte sie. »Ich glaube, ich muß mich vorwärts tasten, um die Erzählung zu finden, wie sie war. Ich muß suchen, damit ich die richtigen Worte finde.«

»Nimm dir die Zeit, die du brauchst.«

»Es kommt mir vor, als wäre es eilig.«

»Dein Leben war immer so in Eile. Ich habe nie verstanden, warum. Man schafft sowieso nie mehr als einen Bruchteil alles dessen, was man zu schaffen wünscht. Auch ein langes Leben ist kurz. Neunzigjährige können ebenso ungeduldig träumen wie Teenager.«

»Ich weiß immer noch nichts von Aron. Ich weiß nicht einmal, ob er noch lebt.«

»Du mußt ihn suchen lassen. Ich wollte es nicht tun, ohne zuerst mit dir zu sprechen. Aber ich habe nachgefragt, ob er nach Apollo Bay zurückgekehrt ist. Das ist er nicht.«

Sie fuhren durch die Dunkelheit. Das Scheinwerferlicht fiel auf den Wald, der auf beiden Seiten dicht an die Straße heranreichte. Immer noch leichter Schneefall. Irgendwo zwischen Ytterhogdal und Sveg schlief sie ein, den Kopf an die einzige Schulter gelehnt, die ihr noch geblieben war.

Am Tag darauf ging sie zur Polizeistation im Kommunalgebäude und veranlaßte eine formelle Suche nach Aron. Den Polizeibeamten, der ihre Suchmeldung aufnahm, kannte sie aus ihrer Jugend. Er war ein paar Klassen über ihr in die Volksschule gegangen. Er hatte ein Moped gehabt, und sie war grenzenlos in ihn verliebt gewesen oder vielleicht in das Moped. Er sprach ihr sein Beileid aus, ohne irgendwelche Fragen zu stellen.

Anschließend ging sie zum Friedhof. Eine dünne Schneedecke lag auf dem Grab. Es war noch kein Stein da, aber Artur hatte gesagt, er habe ihn bei einem Steinmetz in Östersund bestellt.

Als sie zum Friedhof gekommen war, hatte sie gedacht, sie würde das, was sie erwartete, nicht ertragen. Aber als sie am Grab stand, war sie gefaßt, beinah kalt.

Henrik ist nicht hier. Er ist in meinem Innern, nicht im Boden unter dem dünnen Schnee. Er hatte eine lange Reise zurückgelegt, so jung er auch war, als er starb. In dieser Hinsicht glichen wir einander. Wir nehmen beide das Leben ungeheuer ernst.

Eine Frau ging auf einem der Wege zwischen den Gräbern vorbei. Sie grüßte Louise, blieb aber nicht stehen. Louise meinte, sie zu kennen, konnte sich aber nicht an ihren Namen erinnern.

Es begann zu schneien. Als Louise den Friedhof verlassen wollte, klingelte das Handy in ihrer Tasche. Es war Nazrin. Louise verstand zunächst nur schwer, was sie sagte, weil Nazrin von starkem Lärm umgeben war.

»Kannst du mich hören?« Nazrin rief ins Telefon.

»Schwach. Wo bist du?«

»Die Zeiten ändern sich. Früher fragte man zuerst: ›Wie geht es dir?‹ Heute will man immer eine geographische Bestimmung: ›Wo bist du?‹, bevor man nach der Gesundheit fragt.«

»Ich kann dich kaum verstehen.«

»Ich bin auf dem Hauptbahnhof. Züge kommen und gehen. Die Menschen hetzen.«

»Willst du verreisen?«

»Ich komme gerade aus Katrineholm. Und wo bist du?«

»Ich stehe an Henriks Grab.«

Nazrins Stimme verschwand für einen Augenblick, kam aber wieder.

»Hab ich richtig gehört? Bist du da oben?«

»Ich bin am Grab, es schneit. Es ist ganz weiß.«

»Ich wünschte, ich wäre auch da. Ich gehe hinein zu den Kartenverkaufsschaltern. Da ist es leiser.«

Louise hörte, wie der Lärm gedämpft und von einzelnen Stimmen abgelöst wurde, die aufklangen und verschwanden.

»Hörst du mich jetzt besser?«

Nazrins Stimme war ganz nah. Louise konnte fast ihren Atem am Ohr spüren. »Ich höre dich ganz klar.«

»Du warst einfach verschwunden. Ich habe mich gefragt, wo du bist.«

»Ich habe eine lange Reise gemacht. Es war aufwühlend, erschreckend. Ich muß dich treffen. Kannst du herkommen?«

»Können wir uns auf halbem Weg treffen? Ich habe das Auto meines Bruders, während er im Ausland ist. Ich fahre gern.«

Louise erinnerte sich, daß Artur und sie einmal auf einer Reise nach Stockholm in Järvsö übernachtet hatten. Vielleicht war das der halbe Weg? Sie schlug vor, sich dort zu treffen.

»Ich weiß nicht, wo Järvsö liegt. Aber ich finde es. Ich kann morgen dasein. Treffen wir uns an der Kirche? Um zwei Uhr?«

»Warum an der Kirche?«

»Gibt es keine Kirche in Järvsö? Weißt du etwas Besseres? Eine Kirche findet man immer.«

Als sie sich von Nazrin verabschiedet hatte, ging Louise in die Kirche von Sveg. Sie erinnerte sich daran, als Kind oft hiergewesen zu sein, allein, um das große Altarbild zu betrachten und sich vorzustellen, daß die römischen Soldaten aus dem Bild stiegen, um sie zu fangen. Sie hatte es das Gruselspiel genannt, sie spielte mit ihrer eigenen Angst in der Kirche.

Früh am nächsten Morgen brach Louise auf. Es hatte aufgehört zu schneien, aber die Straßen konnten glatt sein. Sie wollte genug Zeit haben. Obwohl die Temperatur unter null war, stand Artur mit bloßem Oberkörper auf dem Hof und sah ihr nach.

Sie trafen sich zur vereinbarten Zeit an der Kirche, die auf einer Insel mitten im Ljusnan lag. Nazrin kam in einem teuren Mercedes. Die Wolkendecke war fortgezogen, die Sonne schien, der frühe Winter hatte einen Schritt rückwärts getan, und es war noch einmal Herbst.

Louise fragte als erstes, ob Nazrin es eilig habe zurückzufahren.

»Ich kann bis morgen bleiben.«

»Es gibt hier das altehrwürdige Hotel Järvsöbaden. Ich glaube kaum, daß jetzt Hochsaison ist.«

Sie bekamen zwei Zimmer in einem Nebengebäude. Louise fragte, ob Nazrin einen Spaziergang machen wolle. Aber sie schüttelte den Kopf. Noch nicht, jetzt wollte sie reden.

Sie setzten sich in einen der Aufenthaltsräume. In einer Ecke tickte eine alte Standuhr. Nazrin befingerte abwesend einen kleinen Ausschlag an ihrer Wange.

Louise beschloß, den Stier bei den Hörnern zu packen. »Es fällt mir nicht leicht, dies zu sagen. Aber es geht nicht anders. Henrik war HIV-positiv. Seit ich es erfahren habe, mußte ich an dich denken und habe mir Sorgen gemacht.«

Louise hatte darüber nachgegrübelt, wie Nazrin die Nachricht aufnehmen würde. Wie würde sie selbst reagieren? Aber die Reaktion, die kam, hatte sie nicht erwartet.

»Ich weiß.«

»Hat er es dir selbst gesagt?«

»Er hat nichts gesagt. Erst nachdem er tot war.«

Nazrin öffnete ihre Handtasche und zog einen Brief heraus.

»Lies das.«

»Was ist es?«

»Lies!«

Der Brief war von Henrik. Er war kurz. Er schrieb, wie er entdeckt habe, daß er HIV-positiv war, aber daß er hoffe, immer vorsichtig genug gewesen zu sein, um sie nicht anzustecken.

»Ich bekam diesen Brief vor einigen Wochen. Er kam aus Barcelona. Jemand muß ihn dort eingeworfen haben, als er erfahren hat, daß Henrik tot ist. Henrik hatte es bestimmt so geplant. Er sprach häufig davon, was geschehen sollte, *wenn etwas passierte.* Ich fand immer, daß er so dramatisch war. Jetzt verstehe ich es besser, jetzt, wo es zu spät ist.«

Blanca mußte den Brief in ihrer Wohnung gehabt haben, als Louise und Aron dort waren. Er hatte ihr eine Anweisung gegeben: »*Schick den Brief nur ab, wenn ich sterbe.*«

»Ich habe nie Angst gehabt. Wir waren immer vorsichtig. Ich habe natürlich einen Test machen lassen. Es war nichts.«

»Verstehst du, wie mir vor diesem Gespräch gegraut hat?«

»Vielleicht. Aber Henrik würde mich nie in Gefahr gebracht haben.«

»Aber wenn er nicht gewußt hätte, daß er angesteckt war?«

»Er wußte es.«

»Dennoch hat er dir nichts gesagt.«

»Vielleicht hatte er Angst, ich würde ihn verlassen. Vielleicht hätte ich es getan. Darauf kann ich nicht antworten.«

Eine Frau kam herein und fragte, ob sie im Hotel zu Abend essen wollten. Sie nickten beide. Nazrin wollte plötzlich spazierengehen. Sie gingen am Fluß entlang. Louise erzählte von ihrer langen Reise nach Afrika und allem, was geschehen war. Nazrin fragte nicht viel. Sie kletterten auf eine kleine felsige Anhöhe und betrachteten die Aussicht.

»Ich kann es immer noch nicht glauben«, sagte Nazrin, »Henrik soll getötet worden sein, weil er etwas wußte? Und Aron soll aus dem gleichen Grund verschwunden sein?«

»Ich erwarte nicht, daß du mir glaubst. Ich möchte nur wissen, ob es Erinnerungen bei dir weckt. An etwas, was Henrik gesagt oder getan hat. Ein Name, den du vielleicht vorher schon gehört hast.«

»Nichts.«

Sie sprachen bis spät in den Abend. Als Louise am Tag danach abreiste, schlief Nazrin noch. Louise hinterließ eine Nachricht, bezahlte ihre Zimmer und fuhr durch die Wälder nach Norden zurück.

In den folgenden Wochen umgab sie sich mit der Stille und dem Warten des späten Herbstes und frühen Winters. Manchmal schlief sie morgens lange, und sie schloß ihren Bericht für die Universität über die Ausgrabungen des Jahres ab. Sie sprach mit Freunden und Kollegen, überall begegnete ihr Verständnis, und alle wünschten, daß sie zurückkäme, wenn sie ihre Trauer überwunden hätte. Aber sie wußte, daß sie ihre Trauer nicht überwinden könnte, sie würde bleiben und sie würde wachsen.

Hin und wieder besuchte sie den einsamen Polizeibeamten in seinem kleinen Büro. Er hatte nie irgendwelche Neuigkeiten mitzuteilen. Aron war noch nicht gefunden worden, obwohl er jetzt weltweit gesucht wurde. Er war fort, wie so viele Male zuvor, ohne eine Spur hinterlassen zu haben.

Während dieser Zeit dachte Louise nicht viel über ihre Zukunft nach. Sie existierte noch nicht. Sie stand zwar weiterhin aufrecht, hatte aber das Gefühl, als könnte sie jederzeit zusammenbrechen. Die Zukunft war ein weißes Blatt, eine leere Fläche. Sie machte lange Spaziergänge, über die alte Eisenbahnbrücke und dann zurück über die neue Brücke. Manchmal stand sie frühmorgens auf, warf sich einen von Arturs alten Rucksäcken über und verschwand in den Wald, um erst in der Dämmerung zurückzukommen.

Es war eine Zeit, in der sie versuchte, sich mit dem Gedanken zu versöhnen, daß sie vielleicht nie verstehen würde, was

Henrik in den Tod getrieben hatte. Sie mühte sich immer noch, die Stücke zu drehen und zu wenden und nach einem Zusammenhang zu suchen, aber sie tat es mit immer weniger Hoffnung. Die ganze Zeit war Artur um sie, bereit, ihr zuzuhören, bereit, ihr zu helfen.

An manchen Abenden führten sie lange Gespräche. Meistens drehte es sich um alltägliche Dinge, um das Wetter, Erinnerungen aus ihrer Kindheit. Manchmal versuchte sie, verschiedene Hypothesen mit ihm durchzuspielen. Konnte es auf diese Art und Weise zugegangen sein? Er hörte zu, aber sie merkte an ihren eigenen Worten, daß sie wieder in einer Sackgasse gelandet war.

Eines Nachmittags klingelte das Telefon. Der Mann, der mit ihr sprechen wollte, hieß Jan Lagergren. Sie hatte seine Stimme seit vielen Jahren nicht gehört. Sie hatten zur gleichen Zeit in Uppsala studiert, aber ganz unterschiedliche Zukunftspläne verfolgt. Vorübergehend hatten sie sich füreinander interessiert, doch daraus hatte sich nie etwas entwickelt. Das einzige, was sie über ihn wußte, war, daß sein Ehrgeiz auf eine Stellung im Staatsdienst gerichtet war, die ihn ins Ausland bringen würde.

Nach all diesen Jahren war seine Stimme eigentümlich unverändert. »Es ist etwas Merkwürdiges passiert. Ich erhielt einen Brief von einer meiner zahllosen Tanten, die zufällig dort oben in Härjedalen lebt. Sie behauptet, sie habe dich eines Tages in Sveg auf dem Friedhof gesehen. Gott weiß, woher sie wußte, daß ich dich kenne. Sie hat mir erzählt, daß du kürzlich deinen Sohn verloren hast. Ich wollte nur anrufen und dir mein Beileid aussprechen.«

»Es ist seltsam, deine Stimme wieder zu hören. Du klingst wie immer.«

»Dennoch ist alles verändert. Ich habe noch meine Stimme. Und ein paar Büschel Haare auf dem Kopf. Sonst ist nichts mehr, wie es war.«

»Vielen Dank, daß du anrufst. Henrik war mein einziger Sohn.«

»War es ein Unfall?«

»Die Ärzte sagen, es sei Selbstmord gewesen. Ich weigere mich, das zu glauben. Aber vielleicht mache ich mir etwas vor.«

»Was kann ich dazu sagen?«

»Du hast schon getan, was du tun kannst, du hast mich angerufen. Laß uns noch eine Weile reden, wir haben ja seit fünfundzwanzig Jahren nicht miteinander gesprochen. Was ist aus deinem Leben geworden? Hast du im Außenministerium angefangen?«

»Ich bin fast hineingekommen. Zeitweilig hatte ich einen Diplomatenpaß. Ich war auf einem Auslandsposten, aber im Entwicklungsdienst.«

»Ich bin gerade aus Afrika zurückgekommen. Mozambique.«

»Dahin habe ich nie einen Fuß gesetzt. Ich habe eine Amtszeit in Addis Abeba verbracht und eine zweite in Nairobi. Die erste als Sachbearbeiter für die Landwirtschaftshilfe, die zweite in Nairobi als Chef des gesamten Hilfsprogramms für Kenia. Im Moment bin ich Abteilungsleiter auf Sveavägen hier in Stockholm. Und du bist Archäologin geworden?«

»In Griechenland. Hast du im Entwicklungsdienst jemals Kontakt mit einem Mann namens Lars Håkansson gehabt?«

»Ich bin ihm hier und da begegnet. Wir haben ein paar Worte gewechselt. Aber wir hatten nie ernstlich miteinander zu tun. Warum fragst du?«

»Er arbeitet in Maputo. Für das Gesundheitsministerium.«

»Ich hoffe, er ist ein guter Mann.«

»Wenn ich ehrlich sein soll, so gefiel er mir überhaupt nicht.«

»Dann ist es ja ein Glück, daß ich ihn nicht als meinen besten Freund präsentiert habe.«

»Kann ich dich etwas fragen? Gibt es Gerüchte über ihn? Was für ein Bild haben die Leute von ihm? Ich möchte das wissen, weil er meinen Sohn kannte. Eigentlich schäme ich mich, dich so etwas zu fragen.«

»Ich will sehen, was ich ausgraben kann. Natürlich ohne zu verraten, wer es wissen möchte.«

»Ist dein Leben sonst so verlaufen, wie du es dir vorgestellt hast?«

»Kaum. Aber bei wem tut es das schon. Ich rufe wieder an, wenn ich etwas zu berichten habe.«

Zwei Tage später, als Louise in einem ihrer alten Lehrbücher der Archäologie blätterte, klingelte das Telefon.

Jedesmal hoffte sie, es sei Aron. Aber diesmal war es wieder Jan Lagergren. »Deine Intuition scheint in Ordnung zu sein. Ich habe mich ein wenig unter Leuten umgehört, die unterscheiden können, was bösartige Verleumdung und Neid sind und was der Wahrheit entspricht. Lars Håkansson hat wohl nicht besonders viele Freunde. Er gilt als hochnäsig und arrogant. Niemand bezweifelt, daß er fähig ist und seinen Aufgaben ordentlich nachkommt. Aber eine ganz reine Weste scheint er nicht zu haben.«

»Was hat er getan?«

»Dem Gerücht zufolge hat er im Schutz seiner diplomatischen Immunität eine Anzahl Häute von Großwild und Echsen nach Hause geschmuggelt, die zu den bedrohten Arten zählen und unter Naturschutz stehen. Für Menschen, die keine Skrupel kennen, bringt das ansehnliche Einkünfte mit sich. Es ist auch nicht besonders schwer. Die Haut einer Pythonschlange wiegt nicht viel. Andere Gerüchte in der inoffiziellen Vita des Herrn Håkansson berichten von illegalen Autogeschäften. Am wichtigsten ist aber, daß er ein Gut in Sörmland hat, das er sich eigentlich nicht leisten könnte. ›Herrhögs herrgård‹, was vielleicht ein fast allzu treffender Name ist. Zusammenfassend würde ich Lars Håkansson als fähigen, aber eiskalten Mann charakterisieren, der in jeder

Situation zuerst an sich selbst denkt. Aber damit steht er ja nicht allein da.«

»Hast du noch mehr gefunden?«

»Findest du nicht, daß das reicht? Lars Håkansson scheint eindeutig eine zwielichtige Figur zu sein, die in reichlich trüben Wassern fischt. Aber er ist ein geschickter Jongleur. Keiner hat ihn bisher von dem Seil, auf dem er balanciert, herunterfallen sehen.«

»Hast du je von einem Mann namens Christian Holloway gehört?«

»Arbeitet der auch für den Entwicklungsdienst?«

»Er betreibt private Dörfer für die Pflege von Aidskranken.«

»Das klingt sehr lobenswert. Ich kann mich nicht erinnern, seinen Namen gehört zu haben.«

»Ist er nie in Zusammenhang mit Lars Håkansson aufgetaucht? Ich glaube, daß Håkansson diesem Mann irgendwie zugearbeitet hat.«

»Ich werde mir den Namen merken. Wenn ich etwas erfahre, melde ich mich. Ich gebe dir meine Telefonnummer. Und ich bin gespannt darauf, von dir zu erfahren, warum du dich so für Lars Håkansson interessierst.«

Sie schrieb die Nummer auf den Umschlag des alten Lehrbuchs.

Sie hatte einen weiteren Keramiksplitter aus der trockenen afrikanischen Erde gegraben. *Lars Håkansson, eine eiskalte Person, die zu fast allem bereit ist.* Sie legte die Scherbe zu den anderen und fühlte, wie unendlich tief ihre Müdigkeit war.

Die Dunkelheit setzte immer früher ein, in ihr und draußen.

Doch es gab Tage, an denen ihre Kräfte zurückkehrten und ihr halfen, den Trübsinn zu vertreiben. Dann legte sie symbolisch alle ihre Puzzleteile auf den alten Eßzimmertisch und versuchte aufs neue, die Zeichen zu deuten, die sie zu der schönen Urne von einst verwandeln würden. Artur bewegte sich schweigend und auf leisen Sohlen, die Pfeife im Mund, um sie herum und stellte in regelmäßigen Abständen eine Tasse Kaffee vor sie hin. Sie begann damit, die Scherben in ein Zentrum und eine Peripherie zu ordnen. Afrika befand sich in der Mitte der Urne.

Es gab auch einen geographischen Mittelpunkt, und das war die Stadt mit dem Namen Xai-Xai. Im Internet fand sie Informationen über die große Überschwemmung, die die Stadt einige Jahre zuvor heimgesucht hatte. Bilder eines kleinen Mädchens waren um die ganze Welt gegangen. Das Mädchen war in einer Baumkrone geboren worden, in die die Mutter geklettert war, um den steigenden Wassermassen zu entkommen.

Doch ihre Scherben atmeten nicht Geburt und Leben. Sie waren dunkel und redeten vom Tod, von Aids, von Doktor Levansky und seinen Experimenten in Belgisch-Kongo. Jedesmal wenn sie an die festgeschnallten schreienden Affen dachte, die bei lebendigem Leib aufgeschnitten wurden, schauderte es sie.

Es war wie eine beißende Kälte, und es war immer neben ihr. Hatte Henrik es auch so erlebt? Hatte er die Kälte ebenfalls gefühlt? War ihm die Erkenntnis, daß Menschen wie Affen behandelt wurden, zu schwer geworden, um sie weiterhin zu ertragen? Hatte er sich deshalb das Leben genommen?

Sie fing noch einmal von vorn an, streute die Teile erneut aus und versuchte zu erkennen, was sie vor sich hatte.

Draußen verging der Herbst, und es wurde tiefer Winter.

Donnerstag, der 16. Dezember, war ein klarer und heller Tag. Louise erwachte früh am Morgen davon, daß Artur den Schnee von der Garagenauffahrt wegschaufelte. Da klingelte das Telefon. Als sie sich meldete, konnte sie zuerst nicht verstehen, wer es war. Es rauschte im Hörer, das Gespräch kam offenbar von weit her. Konnte es Aron sein, der bei seinen roten Papageien in Australien saß?

Dann erkannte sie Lucindas Stimme, schwach, gepreßt. »Ich bin krank. Ich werde bald sterben.«

»Kann ich etwas für dich tun?«

»Komm her.«

Lucindas Stimme war jetzt kaum noch hörbar. Louise hatte das Gefühl, als wäre Lucinda im Begriff, ihr zu entgleiten.

»Ich glaube, ich kann es jetzt sehen. Alles, was Henrik entdeckt hat. Komm, bevor es zu spät ist.«

Die Verbindung wurde unterbrochen. Louise saß aufrecht im Bett. Draußen schaufelte Artur Schnee. Sie war vollkommen starr.

Am Samstag, dem 18. Dezember, fuhr Artur sie nach Arlanda. Am Morgen des 19. Dezember verließ sie in Maputo das Flugzeug.

Die Hitze schlug ihr entgegen wie eine glühende Faust.

21

Mit Hilfe eines Taxifahrers, der kein Englisch sprach, suchte sie Lucindas Haus. Als sie schließlich dort ankam, war Lucinda nicht da. Ihre Mutter begann zu weinen, als sie Louise erblickte. Louise dachte, daß sie trotz allem zu spät gekommen wäre.

Eine Schwester Lucindas trat vor und redete in einem eigentümlichen, aber doch verständlichen Englisch. »Lucinda ist nicht tot, sie ist nur fort. Sie wurde plötzlich krank, konnte nicht mehr aufstehen. In nur wenigen Wochen hat sie stark abgenommen.«

Louise war unsicher, ob sie richtig verstand. Das Englisch der Schwester wurde von Minute zu Minute schlechter, es war, als ginge eine Batterie zu Ende.

»Lucinda hat gesagt, Donna Louisa würde bestimmt herkommen und nach ihr fragen. Wir sollten Donna Louisa ausrichten, daß sie nach Xai-Xai gefahren ist, um Hilfe zu bekommen.«

»Hat sie das gesagt? Daß ich kommen würde?«

Das Gespräch wurde vor dem Haus geführt. Die Sonne stand senkrecht über ihren Köpfen. Louise wurde übel von der Hitze, der schwedische Winter steckte noch in ihr. *In Xai-Xai würde Lucinda Hilfe bekommen.* Louise zweifelte nicht an dem, was Lucinda am Telefon gesagt hatte: es konnte bald zu spät sein.

Der Taxifahrer, der sie vom Flugplatz hergebracht hatte, wartete. Jetzt saß er im Schatten seines Wagens auf dem Boden und hörte dem laut aufgedrehten Autoradio zu. Louise nahm die Schwester mit und bat sie, dem Fahrer zu erklären, daß sie nach Xai-Xai gefahren werden wollte. Als der Fahrer verstand, seufzte er bekümmert. Doch Louise blieb hartnäckig. Sie wollte nach Xai-Xai, und zwar jetzt. Er nannte seinen Preis, und Louise ließ es sich übersetzen, eine unfaßbare Anzahl Millionen Meticais. Sie schlug vor, die Fahrt in Dollar zu bezahlen, was den Fahrer sogleich gnädiger stimmte. Schließlich einigten sie sich über den Preis, plus Benzinkosten plus alles, was sonst noch für die Fahrt nach Xai-Xai erforderlich zu sein schien. Louise hatte sich gemerkt, daß es 190 Kilometer waren. In der Vorstellungswelt des Taxifahrers schien es, als bereitete er eine Expedition in ein fernes und unbekanntes Land vor.

»Frage ihn, ob er schon einmal in Xai-Xai war?«

Der Taxifahrer schüttelte den Kopf.

»Sage ihm, daß ich schon da war. Ich finde den Weg. Frage ihn, wie er heißt.«

Außer daß er Gilberto hieß, erfuhr sie noch, daß er Frau und sechs Kinder hatte und an den katholischen Gott glaubte. Im Taxi hatte sie ein verblichenes Farbfoto des immer schwächer werdenden Papstes gesehen, das mit Stecknadeln an der Sonnenblende befestigt war.

»Sage ihm, daß ich ausruhen muß. Er soll nicht während der ganzen Fahrt reden.«

Gilberto nahm die Nachricht entgegen wie ein zusätzliches Trinkgeld und schloß schweigend hinter ihr die Tür, nachdem sie sich auf die Rückbank gesetzt hatte. Das letzte, was Louise von Lucindas Familie sah, war das verzweifelte Gesicht der Mutter.

Am späten Nachmittag erreichten sie Xai-Xai, nachdem ein platter Reifen gewechselt und der Auspuff festgebunden worden war. Gilberto hatte während der gesamten Fahrt kein Wort gesprochen, dafür aber nach und nach die Musik aus dem Autoradio lauter gestellt. Louise versuchte, sich auszuruhen. Sie wußte nicht, was sie erwartete, aber in jedem Fall würde sie ihre Kräfte brauchen.

Die Erinnerung an das, was Umbi geschehen war, verließ sie nicht. Mehrmals während der Fahrt war sie kurz davor, Gilberto zu bitten, anzuhalten und umzukehren. Mit Mühe hielt sie ihre latente Panik in Schach. Sie hatte das Gefühl, auf geradem Weg in eine Falle zu laufen, die zuschnappen und sich nie wieder öffnen würde. Gleichzeitig hörte sie ständig Lucindas Worte am Telefon: »*Ich werde bald sterben.*«

Kurz bevor sie die Brücke über den Fluß erreichten, löste sich das Foto des Papstes und fiel auf den Boden zwischen die Sitze. Gilberto hielt an und steckte es wieder fest. Louises Irritation wuchs. Hatte er nicht verstanden, daß die Zeit knapp war?

Sie fuhren durch die staubige Stadt. Louise hatte noch nicht entschieden, was sie tun wollte. Sollte sie zu Christian Holloways Dorf hinausfahren und dort aussteigen? Oder sollte sie am Strandhotel einen anderen Fahrer suchen? Sie faßte ihren Entschluß. Sie bogen nach rechts zum Strand ab und hielten vor dem Hotel. Als sie aus dem Taxi stieg, hörte sie als erstes die wehmütigen und eintönigen Klänge des Albinos und seiner *timbila*. Sie bezahlte Gilberto, reichte ihm die Hand und trug ihren Koffer ins Hotel. Wie gewöhnlich schien es zahlreiche freie Zimmer zu geben. Hinter dem Rezeptionspult hingen die Schlüssel in Reih und Glied, keiner fehlte. Der Mann an der Rezeption erkannte sie nicht wieder, oder er ließ sich nichts anmerken. Er fragte nach ihrem Paß oder einer Kreditkarte. Sie fühlte sich unsichtbar und vertraut zugleich.

Der Mann an der Rezeption sprach ausgezeichnet Englisch. Natürlich könne er ein Taxi besorgen. Aber am besten wäre es, wenn er mit einem seiner Brüder spreche, der ein tadelloses Auto habe. Louise bat darum, daß er so schnell wie möglich käme. Sie ging in ihr Zimmer hinauf, trat ans Fenster und sah hinüber zu dem eingestürzten Strandpavillon. Dort war Umbi die Kehle durchschnitten worden, nachdem er mit ihr gesprochen hatte. Bei dem Gedanken mußte sie sich beinah übergeben. Die Angst bekam Klauen. Sie wusch sich im Badezimmer unter dem tröpfelnden Wasserhahn und ging dann nach unten, zwang sich, etwas zu essen, gegrillten Fisch und Salat, stocherte aber nur lustlos darin herum. Die *timbila* klang immer verlorener, der Fisch war voller Gräten. Lange saß sie mit dem Handy in der Hand und überlegte, ob sie Artur anrufen sollte. Doch sie tat es nicht. Jetzt galt es nur, auf den Notruf zu antworten, den Lucinda ausgesandt hatte. Wenn es denn ein Notruf war. Vielleicht war es statt dessen ein Schlachtruf, dachte Louise.

Der Albino an der *timbila* machte eine Pause. Sie konnte jetzt das Meer hören, rauschend, wild. Die Wellen kamen von Indien her angerollt, von der fernen Küste bei Goa. Die Hitze war hier am Meer nicht ganz so drückend wie in Maputo. Sie bezahlte und verließ das Restaurant. Ein Mann in kurzen Hosen und verwaschenem Hemd mit dem Motiv der amerikanischen Flagge wartete neben einem rostigen Lastwagen. Er grüßte freundlich, sagte, er heiße Roberto, werde aber – aus einem für Louise total unverständlichen Grund – Warren genannt. Sie kletterte auf den Beifahrersitz und erklärte, wohin sie gefahren werden wolle. Warren sprach Englisch, er hatte den gleichen südafrikanischen Akzent wie sein Bruder an der Rezeption.

»Zu Christian Holloways Dorf«, sagte er. »Das ist ein guter Mann. Er tut viel für die Kranken. Bald sind alle krank und sterben«, fügte er heiter hinzu. »Uns Afrikaner wird es in einigen Jahren nicht mehr geben. Nur Knochen im Sand und leere Felder. Wer soll die *kassava* essen, wenn wir fort sind?«

Louise wunderte sich über die eigentümliche Heiterkeit, mit der er von dem qualvollen Sterben sprach, das rundumher wütete. War er selbst krank? Oder war es nur der versteckte Ausdruck seiner eigenen Angst?

Sie gelangten zum Dorf. Der schwarze Hund, der im Schatten des Baums gelegen hatte, war fort. Warren fragte, ob er warten oder zurückkommen solle, um sie abzuholen. Er zeigte ihr sein Handy und gab ihr die Nummer. Sie rief ihn zur Probe an, beim zweiten Versuch kam die Verbindung zustande. Er wollte noch kein Geld von ihr haben, das könne warten, nichts eile, wenn es so heiß sei wie heute. Sie stieg aus. Warren wendete seinen Lastwagen und fuhr davon. Sie trat in den Schatten des Baums, unter dem der Hund immer gelegen hatte. Die Hitze stand vollkommen still um sie und die weißen Häuser, kein Laut war zu hören. Es war fünf Uhr. Ein Vogel mit wild schlagenden Flügeln flog dicht über dem Boden vorbei und verschwand in Richtung des Meeres. *War es ein Notsignal oder ein Schlachtruf?* Vielleicht hatte Lucinda beide Signale zugleich ausgesendet? Louise blickte auf die Reihe der Häuser, die einen Halbkreis bildeten.

Lucinda weiß, daß sie mich lenken muß. In welchem Haus ist sie? Natürlich da, wo wir bei unserem Besuch zusammen waren.

Sie ging über den Sandplatz und hatte das Gefühl, eine verlassene Bühne zu überqueren, wo Menschen sie betrachteten, die sie selbst nicht sehen konnte. Sie öffnete die Tür und trat ins Dunkel. Der Geruch ungewaschener, schwitzender Körper schlug ihr entgegen. Nichts war verändert seit ihrem letzten Besuch. Überall lagen Kranke. Kaum einer bewegte sich.

Der Strand des Todes. Hier sind diese Menschen an Land getrieben, in der Hoffnung, Hilfe zu bekommen. Aber hier gibt es nur den Tod. Wie an den Stränden von Lampedusa im Mittelmeer, wo die toten Flüchtlinge an Land treiben und nie das Leben finden, von dem sie geträumt haben.

Sie wartete reglos, während ihre Augen sich an das schwache Licht gewöhnten. Sie lauschte dem Chor der Atemzüge. Einige waren kurz, heftig, angestrengt, andere so leicht, daß sie kaum vernehmbar waren. Es gab Röcheln und Stöhnen und zischendes Schreien, das sich zum Flüstern formte. Sie blickte sich in dem übervollen Raum um, suchte nach Lucinda, ohne sie zu entdecken. Sie zog ein Taschentuch hervor und hielt es vor den Mund. Lange würde sie ihre Übelkeit nicht unterdrücken können. Sie bewegte sich durch den Raum, setzte die Füße behutsam auf, um nicht auf ein Bein oder einen ausgestreckten Arm zu treten. Menschliche Wurzeln, dachte sie, die drohen, mich zu umschlingen. Sie schob den Gedanken von sich, er war sinnlos, sie brauchte die Wirklichkeit nicht in Gleichnisse umzuwandeln. Sie war unbegreiflich genug. Sie suchte weiter.

In einer Ecke des Raums fand sie Lucinda. Sie lag auf einer Matte hinter einer in den Raum vorspringenden Wand, an einem der Pfeiler, auf denen die Decke auflag. Louise suchte ihren Blick. Lucinda war wirklich sehr krank. Sie lag fast nackt, und ihr Brustkorb bewegte sich in heftigen, kurzen Atemzügen. Louise erkannte, daß Lucinda den Platz mit Bedacht gewählt hatte. Der Pfeiler schuf einen toten Winkel. Niemand würde ihr Gesicht sehen, wenn Louise vor ihr stand. Lucinda zeigte mit einem Finger auf den Fußboden. Dort lag eine Streichholzschachtel. Louise ließ ihr Taschentuch fallen, bückte sich danach und hob gleichzeitig die Schachtel auf. Lucinda schüttelte fast unmerklich den Kopf. Louise wandte sich um und verließ das Haus, als hätte sie die Person, die sie suchte, nicht gefunden.

Sie zuckte zusammen, als sie ins grelle Licht hinaustrat, und machte sich auf der staubigen Straße auf den Rückweg. Als sie außer Sichtweite der Häuser gekommen war, rief sie Warren an. Zehn Minuten später war er da. Sie sagte, es tue ihr leid, daß sie nicht vorhergesehen habe, wie kurz ihr Besuch sein würde, aber sie müsse vielleicht wieder ins Dorf zurück, möglicherweise noch heute.

Am Hotel weigerte er sich weiterhin, Geld anzunehmen. Wenn sie ihn brauche, solle sie nur anrufen. Jetzt würde er im Schatten seines Lastwagens schlafen und dann zum Meer gehen und baden. »Ich schwimme mit Walen und Delphinen. Dann vergesse ich, daß ich Mensch bin.«

»Wollen Sie das vergessen?«

»Ich glaube, daß alle irgendwann wünschen, nicht nur mit Armen und Beinen, sondern auch mit Flossen ausgerüstet zu sein.«

Sie ging in ihr Zimmer und wusch sich Gesicht und Hände unter dem Wasserhahn, der plötzlich zu alter Energie zurückgefunden hatte und einen kräftigen Strahl ausstieß. Dann setzte sie sich auf die Bettkante und öffnete die Streichholzschachtel. In sehr kleiner Schrift hatte Lucinda auf einem Stück Papier, das vom Rand einer Zeitung abgerissen war, eine Nachricht gegeben. *Hör in der Dunkelheit auf die* timbila. Mehr nicht.

Hör in der Dunkelheit auf die timbila.

Sie wartete in der Dämmerung, nachdem es ihr gelungen war, der Klimaanlage mit einem Schuh Leben einzuhämmern.

Warren rief an und weckte sie aus ihrem Schlummer. Brauchte sie ihn jetzt? Oder konnte er nach Xai-Xai hineinfahren zu seiner schwangeren Frau, die jetzt täglich ihr Kind erwartete? Sie sagte ihm, er solle fahren.

Bei ihrer Abreise hatte sie in Arlanda einen Badeanzug gekauft. Sie schämte sich dessen ein bißchen, weil ihr eigentliches Anliegen war, einen jungen Menschen zu treffen, der im Sterben lag. Mehrmals versuchte sie, sich selbst zu überreden, zum Strand hinunterzugehen. Aber sie vermochte es nicht. Sie mußte ihre Kräfte sparen, obwohl sie nicht wußte, was sie erwartete. Lucinda mit ihrem keuchenden Atem hatte sie in Empörung und in Angst zugleich versetzt.

In der starken Hitze gärten überall Tod und Untergang. Aber sie wußte, daß der Gedanke unscharf war, es gab auch nichts, was so voller Lebenskraft war wie die starke Sonne. Henrik hätte wütend dagegen protestiert, daß man Afrika als den Kontinent des Todes bezeichnete. Er hätte gesagt, unsere eigene Unfähigkeit, die Wahrheit zu suchen, ist schuld daran, daß wir »*fast alles darüber wissen, wie die Afrikaner sterben, aber kaum etwas darüber, wie sie leben*«. Wer hatte das gesagt? Es fiel ihr nicht ein. Doch die Worte hatten in einem der Dokumente gestanden, die sie in Henriks Stockholmer Wohnung durchgegangen war. Jetzt erst fiel ihr ein Satz wieder ein, den er auf den Umschlag einer der zahlreichen Mappen mit Material über das verschwundene Gehirn des toten Präsidenten Kennedy geschrieben hatte. Henrik war voller Wut gewesen, als er die Frage gestellt hatte: »*Wie würden wir Europäer reagieren, wenn die Welt nur wüßte, wie wir sterben, aber nichts darüber, wie wir leben?*«

Als die kurze Dämmerung anbrach, stand sie am Fenster und sah hinunter zum Meer. Der Strandpavillon lag im Schatten. Der Lastwagen war fort. Ein paar Kinder spielten mit etwas, was aussah wie ein toter Vogel. Frauen mit Körben auf dem Kopf entfernten sich am Strand. Ein Mann versuchte in dem tiefen Sand auf einem Fahrrad zu balancieren. Es mißlang, er fiel um und stand mit einem Lachen wieder auf. Louise beneidete ihn um seine unverstellte Freude darüber, daß ihm etwas mißlungen war.

Die Dunkelheit brach herein, ein schwarzer Mantel über der Erde. Sie ging zum Restaurant. Der Albino mit der *timbila* saß an seinem gewohnten Platz. Aber er spielte nicht, er aß Reis und Gemüse aus einer roten Plastikschale. Neben ihm stand eine Bierflasche. Er aß langsam, als wäre er nicht hungrig. Sie ging hinüber zur Bar. Ein paar Männer saßen an einem Tisch und dösten über ihren Bierflaschen. Die Frau hinter dem Tresen war Lucinda so ähnlich, daß Louise erschrak. Aber wenn sie lächelte, sah man, daß ihr einige Zähne fehlten. Louise fühlte, daß sie etwas Starkes brauchte. Artur hätte eine Flasche Branntwein vor sie auf den Tisch gestellt. *Hier, trink, stärk dich!* Sie bestellte einen Whisky, den sie eigentlich gar nicht mochte, und eine Flasche des einheimischen Biers Laurentina. Der Albino begann auf seiner *timbila* zu spielen. *Hör in der Dunkelheit auf die* timbila. Ein paar Gäste kamen ins Restaurant, ein älterer Portugiese mit einem sehr jungen afrikanischen Mädchen. Louise schätzte den Altersunterschied auf vierzig Jahre. Sie verspürte Lust, hinzugehen und ihn zu schlagen. Er war eine Verkörperung dessen, wie sich Liebe und Verachtung zu einem noch immer lebendigen Ausdruck der jahrhundertelangen kolonialen Unterdrückung vermischt hatten.

Ich weiß zuwenig. Mit meinem Wissen über bronzezeitliche Gräber oder über die Bedeutung des Eisenoxyds für die Farbe der griechischen Keramik kann ich fast jedem auf die Finger klopfen. Aber über die Welt außerhalb der Gräberfelder und Museen weiß ich so unendlich viel weniger als Henrik. Ich bin ein zutiefst unwissender Mensch, und erst jetzt, mit über fünfzig Jahren, wird es mir bewußt.

Sie leerte ihr Glas und begann zu schwitzen. Ein milder Nebel legte sich über ihr Bewußtsein. Der Albino spielte. Die Frau hinter dem Tresen kaute auf den Fingernägeln. Louise horchte ins Dunkel. Nach einigem Zögern bestellte sie ein weiteres Glas Whisky.

Es war zwanzig vor sieben. Wieviel Uhr war es eigentlich in Schweden? War es ein Unterschied von einer oder von zwei Stunden? Früher oder später?

Sie dachte nicht weiter darüber nach, weil die *timbila* plötzlich verstummte. Sie leerte ihr Glas und zahlte. Der Albino bewegte sich langsam durch den leeren Speisesaal und verschwand in Richtung der Toiletten. Louise ging auf die Vorderseite des Hotels. Warrens Lastwagen war noch nicht wieder da. Das Meer rauschte, jemand pfiff in der Dunkelheit. Eine flackernde Fahrradlampe leuchtete auf und verschwand. Sie wartete.

Der Albino spielte wieder auf seiner *timbila*. Der Klang war jetzt anders, entfernter. Plötzlich war ihr klar, daß sie eine andere *timbila* hörte. Das Instrument im Restaurant stand verlassen da, der Albino war nicht zurückgekommen.

Sie tat ein paar Schritte in die Dunkelheit hinaus. Die vibrierenden Töne der *timbila* kamen von der Meerseite, aber nicht vom Strandpavillon her, sondern von der anderen Seite, wo die Fischer ihre Netze aufzuhängen pflegten. Wieder packte Louise die Angst, sie fürchtete sich vor dem, was geschehen würde, zwang sich aber, an Henrik zu denken. Sie war ihm jetzt näher als je zuvor seit seinem Tod.

Sie lauschte nach anderen Geräuschen als der *timbila*, doch da war nur das Meer mit den Wellen, die den weiten Weg von Indien herangerollt waren, und ihre eigene Einsamkeit, vollkommen lautlos wie eine eisig kalte Winternacht.

Sie ging in die Richtung des Klangs, er kam näher, aber sie sah kein Feuer, nichts. Sie trat ganz nahe heran, die unsichtbare *timbila* war dicht neben ihr. Sie verstummte abrupt, mitten zwischen zwei Schlägen der Trommelstöcke.

Da spürte sie eine Hand an ihrem Knöchel. Sie zuckte zusammen, doch niemand hielt sie fest. Sie unterdrückte ihren Fluchtimpuls, als sie aus dem Dunkel Lucindas Stimme hörte. »Ich bin es.«

Louise hockte sich hin und tastete mit der Hand. Lucinda saß an einen verdorrten Baum gelehnt, der bei einem Sturm umgestürzt sein mußte. Louise fühlte das fiebrige und schweißfeuchte Gesicht der Kranken an ihrer Hand.

Lucinda zog sie neben sich zu Boden. »Niemand hat mich

gesehen. Alle glauben, ich sei so schwach, daß ich nicht aufstehen kann. Aber noch kann ich. Bald geht es nicht mehr.
Aber ich wußte, daß du kommen würdest.«

»Ich konnte nicht glauben, daß du so schnell krank werden
würdest.«

»Niemand glaubt, daß der Tod unmittelbar neben uns ist.
Bei manchen geht es sehr schnell. Ich gehöre zu ihnen.«

»Ich nehme dich mit, weg von hier, und sorge dafür, daß du
Medizin bekommst.«

»Es ist zu spät. Ich habe Henriks Geld. Es hilft nicht. Die
Krankheit breitet sich in meinem Körper aus wie ein Brand
in trockenem Gras. Ich bin bereit. Nur manchmal habe ich
Angst, in der Dämmerung, an gewissen Tagen, wenn der Son-
nenaufgang besonders schön ist und ich weiß, daß ich ihn bald
nicht mehr erleben werde. Etwas in mir hat sich schon zur
Ruhe gelegt. Ein Mensch stirbt schrittweise, wie wenn man an
einem flachen Strand ins Wasser watet und das Wasser einem
erst nach einigen Kilometern bis ans Kinn reicht. Ich dachte
zuerst, ich würde zu Hause bleiben und bei meiner Mutter
sterben. Aber ich wollte nicht unnütz sterben, wollte nicht,
daß mein Leben spurlos vorübergeht. Da dachte ich an dich
und wie du in allem, was er getan oder zu tun versucht hat,
nach seinem Geist gesucht hast. Ich bin hergekommen, um zu
sehen, ob es so ist, wie Henrik glaubte: daß es hinter dem
guten Willen eine andere Wirklichkeit gibt, daß sich hinter
den jungen Idealisten Menschen mit schwarzen Flügeln verbergen, die die Sterbenden für ihre eigenen Zwecke benutzen.«

»Was hast du gesehen?«

Lucindas schwache Stimme zitterte. »Ungeheuerliches.
Aber laß mich meine ganze Geschichte erzählen. Wie ich nach
Xai-Xai gekommen bin, bedeutet nichts, ob jemand mich auf
einer Schubkarre hergebracht hat oder auf der Ladefläche eines Lastwagens, ist unwesentlich. Ich habe viele Freunde, ich
bin nie allein. Sie ließen mich im Sand und Schmutz vor den

Häusern in Christian Holloways Dorf zurück. Ich lag dort und wartete auf die Morgendämmerung. Der erste, der mich sah, war ein alter Mann mit weißem Haar. Dann kamen die anderen, alle mit Stiefeln an den Füßen, großen Schürzen und Gummihandschuhen. Es waren weiße Südafrikaner, der eine oder andere war vielleicht Mulatte. Sie fragten mich, ob ich Aids hätte, woher ich käme, es war wie ein Verhör. Schließlich beschlossen sie, mich aufzunehmen. Ich wurde zuerst in ein anderes Haus gelegt, aber als es Nacht war, ging ich dahin, wo du mich gefunden hast.«

»Wie konntest du bei mir anrufen?«

»Ich habe noch immer mein Telefon. Der Mann, der mich hergefahren hat, lädt jeden zweiten Tag die Batterie auf und gibt sie mir heimlich nachts. Ich rufe meine Mutter an und lausche ihren entsetzten Rufen, mit denen sie den Tod auf Abstand halten will. Ich versuche sie zu trösten, obwohl ich weiß, daß das nicht möglich ist.«

Lucinda begann zu husten, hart und lange. Louise veränderte ihre Sitzposition und stieß an einen kleinen Kassettenrecorder neben dem Baum. *Hör auf die* timbila *in der Dunkelheit.* Es war kein Schatten, der gespielt hatte. Die Töne waren von einer Kassette gekommen. Lucinda hörte auf zu husten. Sie keuchte vor Anstrengung. Ich kann sie hier nicht lassen, dachte Louise. Henrik hätte sie nie verlassen. Es muß etwas geben, was ihre Qualen lindert, vielleicht gibt es eine Rettung.

Lucinda griff nach ihrer Hand, wie um Halt zu suchen. Aber sie stand nicht auf, sie fuhr fort zu sprechen. »Ich lausche, wenn ich dort auf dem Fußboden liege. Nicht den Kranken, sondern den Stimmen der Gesunden, die in den Räumen sind. Nachts, wenn die meisten der jungen weißen Engel schlafen und nur die Nachtwachen wach sind, wird die Unterwelt lebendig. Es gibt Räume unter dem Fußboden, ausgehoben aus der Erde. Dort ist das Ungeheuerliche.«

Ihre Stimme war so schwach, daß Louise sich vorbeugen

mußte, um zu verstehen. Lucinda bekam einen neuen Husten-anfall, der sie zu ersticken drohte. Es klang wie ein Gurgeln, als sie Luft in die Lungen zu ziehen versuchte. Es dauerte lange, bis sie wieder zu sprechen vermochte. Louise hörte, wie der Albino nach seiner Pause wieder zu spielen begann.

»Wenn du nicht kannst, mußt du nicht weitersprechen.«

»Ich muß. Morgen kann ich tot sein. Du sollst die lange Reise nicht vergebens gemacht haben. Henrik auch nicht.«

»Was hast du gesehen?«

»Die Männer in Stiefeln, Schürzen und Gummihandschu-hen geben den Menschen Injektionen. Aber nicht nur die Kranken bekommen Spritzen. Viele, die herkommen, sind gesund, genau wie Umbi es erzählt hat. Sie werden als Versuchstiere für unerprobte Impfstoffe benutzt. Ihnen wird infiziertes Blut injiziert. Sie werden mit dem Aidsvirus infiziert, um testen zu können, ob der Impfstoff wirkt. Die meisten in dem Raum, in dem du mich gefunden hast, sind hier infiziert worden. Sie waren gesund, als sie kamen. Aber es gibt auch andere, solche wie ich, die die Krankheit auf andere Weise bekommen haben. Wir bekommen Medizin, die nicht einmal an Tieren erprobt wurde, um zu sehen, ob man Heilmittel finden kann, wenn die Krankheit ausgebrochen ist. Für diejenigen, die die Tests an uns ausführen, sind Menschen und Ratten und Schimpansen austauschbar. Eigentlich sind die Tiere nur ein Umweg. Es sind ja trotz allem nicht sie, die geheilt werden sollen. Und wer, glaubst du, macht sich eigentlich etwas daraus, daß Afrikaner geopfert werden, wenn das Ergebnis Medikamente und Impfstoffe sind, die den Menschen im Westen nutzen?«

»Wie kannst du das wissen?«

»Ich weiß es.« Lucindas Stimme war plötzlich stark.

»Ich verstehe nicht.«

»Das solltest du aber.«

»Wie hast du das alles erfahren? Nur durch Lauschen?«

»Ich habe es von Henrik gelernt.«

»Hat er gesehen, was du gesehen hast?«

»Er hat es nie eindeutig gesagt. Ich glaube, er wollte mich schonen. Aber er hat mir alles über das Virus beigebracht, darüber, wie man verschiedene Substanzen ausprobiert, um zu sehen, ob sie wirken und ob sie Nebenwirkungen haben. Er hat es sich selbst beigebracht, er hatte nie Medizin studiert. Aber er wollte es wissen. Er hat als Freiwilliger hier angefangen, um die Wahrheit zu erfahren. Ich glaube, was er hier erlebt hat, war schlimmer als alles, was er sich je vorgestellt hat.«

Louise tastete nach Lucindas Hand. »Glaubst du, daß er deshalb gestorben ist? Weil er entdeckt hatte, was unter der Erde vor sich ging?«

»Den Freiwilligen dort ist es streng verboten, in den Keller hinunterzugehen, wo Virusproben und Medikamente aufbewahrt werden. Er verstieß gegen das Verbot. Aus Lust auf Entdeckungen und auf das Wagnis, verbotenes Gelände zu betreten, ging er die Treppe hinunter.«

Louise versuchte zu verstehen, was Lucinda berichtete. Henrik war eine Treppe hinuntergegangen und hatte ein Geheimnis entdeckt, das ihn das Leben kostete.

Sie hatte recht gehabt. Henrik war ermordet worden. Jemand hatte ihm unter Zwang die Schlaftabletten verabreicht. Doch gleichzeitig nagte ein Zweifel an ihr. Konnte die Wahrheit wirklich so einfach sein?

»Morgen kann ich weitersprechen«, sagte Lucinda, und ihre Stimme war wieder flüsternd und kraftlos. »Ich kann jetzt nicht mehr.«

»Du darfst nicht dort bleiben. Ich nehme dich mit. Fort von hier.«

»Wenn ich versuche, von hier fortzugehen, werden sie meine Familie nicht in Frieden lassen. Ich bleibe hier. Irgendwo muß ich ja sterben.«

Louise sah ein, daß jeder Versuch, Lucinda dazu zu überreden, sich von Warren zu seinem Lastwagen tragen und wegfahren zu lassen, sinnlos war.

»Wie kommst du zurück?«

»Es ist besser, wenn du es nicht weißt. Aber du brauchst dir keine Sorgen zu machen. Kannst du bis morgen bleiben?«

»Ich wohne im Hotel.«

»Komm zurück, wenn du in der Dunkelheit die *timbila* hörst. Ich wechsle vielleicht den Platz. Aber wenn ich nicht aufgehört habe zu atmen, komme ich zurück. Es ist nicht gut zu sterben, bevor man seine Geschichte zu Ende erzählt hat.«

»Dann wirst du nicht sterben.«

»Ich werde sterben. Daran braucht keiner von uns beiden zu zweifeln. Weißt du, wovor ich mich am meisten fürchte? Nicht davor, daß es weh tut, nicht davor, daß das Herz im letzten Augenblick Widerstand leistet. Ich fürchte mich davor, so grauenhaft lange tot zu sein. Ich sehe kein Ende meines Todes. Geh jetzt.«

Louise antwortete nicht. Es gab nichts, was sie sagen konnte.

Der Klang der *timbila* stieg und sank im Dunkeln und in den Winden vom Meer.

Louise stand auf und ging auf den erleuchteten Hoteleingang zu. Aus dem Dunkel, in dem Lucinda sich befand, war nichts zu hören.

Im Restaurant des Hotels saß eine Gesellschaft von Südafrikanern beim Essen. Louise entdeckte Warren in der Bar. Er winkte sie zu sich. Sie sah an seinen Augen, daß er angetrunken war.

»Ich habe versucht, Sie anzurufen. Aber Sie haben nicht abgenommen. Ich glaubte, Sie sind ins Meer hinausgegangen und verschwunden.«

»Mein Telefon war abgeschaltet.«

»Ich habe mir große Sorgen gemacht. Brauchen Sie mich heute abend noch?«

»Nein.«

»Aber morgen? Ich wette immer mit der Sonne, wer zuerst aufsteht, sie oder ich.«

»Kann ich Sie bezahlen für das, was Sie heute gefahren sind?«

»Nicht jetzt. Morgen oder an einem anderen Tag. Setzen Sie sich und erzählen Sie mir etwas von Ihrem Land, von Schnee und Kälte.«

»Ich bin zu müde. Morgen vielleicht.«

Sie ging auf ihr Zimmer. Sie war total erschöpft. Die Gedanken kreisten unaufhörlich in ihrem Kopf. Sie sollte ins Restaurant gehen und etwas essen, obwohl sie überhaupt nicht hungrig war. Außerdem mußte sie alles aufschreiben, was Lucinda berichtet hatte. Es war der Anfang einer Zeugenaussage. Aber sie tat nichts, blieb einfach am Fenster stehen.

Auf dem Sandplatz vor dem Hotel standen drei Wagen, zwei Landcruiser und Warrens Lastwagen. Sie runzelte die Stirn. Wer war Warren eigentlich? Warum hatte sein Bruder, der Mann in der Rezeption, sie nicht erkannt? Hatte er sich nur verstellt? Warum war Warren nicht zu Hause bei seiner Familie? Warum wollte er sich nicht bezahlen lassen? Die Fragen rauschten durch ihren Kopf. Hatte Warren den Auftrag, sie zu beschatten?

Sie schüttelte über sich selbst den Kopf, zog die Gardine vor, kontrollierte, daß die Tür verschlossen war, klemmte einen Stuhl zwischen den Türgriff und einen Schreibschrank und machte sich fertig, um ins Bett zu gehen. Sie hörte, wie die beiden südafrikanischen Wagen starteten und davonfuhren. Als sie sich gewaschen hatte, ging sie zum Fenster zurück und schaute vorsichtig durch die Gardine hinaus. Warrens Lastwagen stand noch da. Die *timbila* war verstummt.

Sie kroch ins Bett. Die Klimaanlage ratterte und gab vereinzelt kühlende Luftstöße von sich. In Gedanken filterte Louise Lucindas Worte und durchsuchte sie, um zu prüfen, ob ihr nichts Wichtiges entfallen war.

Als sie erwachte, war es bereits Morgen. Zuerst wußte sie nicht, wo sie sich befand. Sie stürzte aus dem Bett und zog die Gardine zurück. Warrens Lastwagen war verschwunden. Eine schwarze Frau mit bloßem Oberkörper wusch sich am Wasserhahn vor dem Hoteleingang. Louise sah auf die Uhr – sie hatte acht Stunden ununterbrochen geschlafen. Sie ließ den Blick zu der Stelle wandern, an der sie Lucinda getroffen hatte. Der Baum lag da. Ein paar Hühner kratzten und pickten im Gras. Als ihr wieder einfiel, was sie über Warren gedacht hatte, schämte sie sich.

Ich sehe Gespenster, dachte sie. Ich muß da suchen, wo es dunkel ist, nicht da, wo es hell ist.

Das Meer glitzerte. Der Gedanke wurde unwiderstehlich. Sie zog den Badeanzug an, wickelte sich in ein Badehandtuch und ging hinunter zum Strand. Er war fast menschenleer. Ein paar kleine Jungen spielten im Sand, eine Gruppe von Frauen watete mit gebeugtem Rücken am Strand entlang und sammelte etwas auf, Muscheln vielleicht. Louise watete so weit ins Wasser hinaus, daß sie schwimmen konnte. Die Strömung war nicht so stark, daß sie nicht dagegen anschwimmen konnte.

Neben ihr war Artur. Sie schwammen in dem dunklen See, und zwischen den Schwimmzügen erzählte er ihr, daß der See bodenlos war.

Sie streckte sich, die Bewegung im Wasser verschaffte ihr stets Erleichterung in bedrückenden Lagen. In den Zeiten, als Aron und sie es besonders schwer miteinander hatten, war sie oft schwimmen gegangen, im Meer oder in einem See oder einem Schwimmbad, wie es gerade kam. Sie legte sich auf den Rücken und sah zum blauen Himmel auf. Die Begegnung mit Lucinda war ein schwer zu greifender Traum.

Als sie schließlich aus dem Wasser kam und sich abtrocknete, fühlte sie sich ausgeruht wie schon sehr lange nicht mehr.

Sie kehrte ins Hotel zurück. Warrens Lastwagen stand nicht unter einem der schattenspendenden Bäume. Vom Zeltplatz nebenan zog der Duft frisch gegrillten Fischs herüber. Der Albino mit der *timbila* war noch nicht gekommen. Sie war allein im Speisesaal. Eine Bedienung, die sie bisher nicht gesehen hatte, nahm ihre Bestellung auf. Sie bestellte nicht nur Kaffee und Brot, sondern auch ein Omelett. Ein unwirklicher Friede lag über dem Restaurant. Abgesehen von ihr selbst, der Bedienung und einer Person, die in der Küche arbeitete, war die Welt leer.

Irgendwann muß Henrik hier gesessen und gefrühstückt haben. Vielleicht wie ich jetzt, ein Frühstück ganz allein, darauf wartend, daß der Albino auf seiner timbila *zu spielen anfing.*

Sie trank noch eine Tasse Kaffee. Die Kellnerin war verschwunden, als sie zahlen wollte. Sie legte das Geld unter die Untertasse und verließ das Restaurant. Warren war noch nicht gekommen. Sie kehrte zu ihrem Zimmer zurück und schloß die Tür auf.

Erst als sie die Tür hinter sich geschlossen hatte, entdeckte sie, daß ein Mann auf einem der beiden Stühle vor dem Fenster saß. Christian Holloway stand auf.

Er lächelte und machte eine beschwichtigende Handbewegung. »Ich weiß, daß man nicht ungebeten in fremder Menschen Zimmer eintreten darf. Wenn Sie wollen, gehe ich wieder und klopfe an, als der ehrbare Mensch, der ich bin.«

»Wie sind Sie hereingekommen? War die Tür nicht verschlossen?«

»Ich habe immer eine Neigung zu dem gehabt, was man als ausgefallene Kenntnisse bezeichnen könnte. Es war mir immer eine Herausforderung, Schlösser mit dem Dietrich zu öffnen. Diese Tür war wahrlich nicht die schwierigste, durch die ich auf diese Weise eingetreten bin. In Shanghai ist es mir einmal gelungen, eine dreifach verschlossene Pforte zu einem Tempel zu überwinden. Aber ich beschäftige mich auch mit anderen Dingen. Zum Beispiel habe ich mir die uralte Kunst des Scherenschnitts angeeignet. Silhouetten zu schneiden ist schwierig, es erfordert viel Übung, bietet aber eine einzigartige Form von Entspannung.«

»Warum hatte Henrik ihre Silhouette?«

»Ich habe sie ihm gegeben. Er hatte chinesische Scherenschnittkünstler gesehen und wollte die Kunst selbst erlernen. Es liegt etwas äußerst Faszinierendes darin, Menschen auf Schatten und Profile zu reduzieren.«

»Warum sind Sie hergekommen?«

»Sie haben Interesse für meine Arbeit gezeigt. Dann sollte ich meinerseits Zeit für ein Gespräch erübrigen, um Ihnen etwas zurückzugeben.«

»Ich möchte mich in Ruhe anziehen.«

»Wann soll ich wiederkommen?«

»Ich möchte lieber, daß wir uns unten treffen.«

Er runzelte die Stirn. »Im Restaurant oder in der Bar ist zuviel Lärm. Ungestimmte Instrumente, klappernde Töpfe, Menschen, die über nichts reden.«

»Die Einstellung teile ich nicht. Aber in einer halben Stunde bin ich fertig.«

»Dann komme ich zurück.«

Er verschwand still aus dem Zimmer. Auf einem Gebiet hatte er offensichtlich von den Afrikanern gelernt, die er so tief verachtete. Er hatte gelernt, sich lautlos über den Fußboden zu bewegen.

Sie zog sich an und versuchte, sich auf seine Rückkehr vorzubereiten. Wie sollte sie ihn mit all ihren Fragen konfrontieren? Würde sie ihm glatt ins Gesicht sagen können, daß sie glaubte, er sei verantwortlich für den Tod ihres Sohnes? Ich sollte Angst haben, dachte sie. Ich sollte schreckliche Angst haben. Wenn ich recht habe, kann er mich ohne weiteres auf die gleiche Art und Weise töten, wie er Henrik und Umbi getötet hat. Auch wenn er allein dieses Zimmer betritt, sind seine Leibwächter um ihn. Sie sind unsichtbar, aber sie sind da.

Sein Klopfen an der Tür war so leise, daß sie es kaum hörte. Als sie die Tür öffnete, war der Flur leer. Nur Christian Holloway war da. Er lächelte und trat ein.

»Dieses Hotel soll einmal der Lieblingsaufenthaltsort von Touristen aus Südafrika gewesen sein. Unter dem portugiesischen Kolonialismus war Mozambique ein Paradies auf Erden. Hier gab es die Strände, die Fischgründe, die Wärme und nicht zuletzt die jungen Mädchen, die zu beschlafen so unsagbar wenig Geld kostete. Jetzt ist es nur noch eine sehr ferne, verblaßte Erinnerung.«

»Die Welt wird trotz allem manchmal etwas besser.«

»Das hängt davon ab, wen Sie fragen.«

»Ich frage. Ich möchte wissen, wer Sie sind, was Sie treibt.«

»Kommen Sie deshalb ständig wieder zurück?«

»Einmal ist mein Sohn Henrik hergekommen. Das wissen Sie. Er reiste zurück nach Schweden und starb. Das wissen Sie auch.«

»Ich habe Ihnen schon mein Beileid ausgesprochen. Ich glaube leider nicht, daß man Trauer mit jemandem teilen kann. Man ist mit der Trauer allein, auf die gleiche Weise, wie man allein ist, wenn man stirbt.«

»Warum mußte mein Sohn sterben?«

Er verlor nicht die Fassung. Sein Blick war klar, seine Augen sahen direkt in ihre. »Warum glauben Sie, daß ich Ihnen diese Frage beantworten könnte?«

»Ich glaube, daß Sie der einzige sind, der sie beantworten kann.«

»Was weiß ich denn, Ihrer Meinung nach?«

»Warum er starb. Und wer ihn getötet hat.«

»Sie haben selbst gesagt, daß die Polizei der Ansicht war, es sei Selbstmord gewesen.«

»Das war es aber nicht. Jemand hat ihm diese Tabletten zwangsweise eingegeben.«

»Ich weiß aus eigener Erfahrung, wie schwer es ist, die Wahrheit zu akzeptieren, wenn das eigene Kind sich das Leben nimmt.«

»Ich weiß, daß Ihr Sohn Selbstmord begangen hat, weil er HIV-positiv war.«

Sie ahnte eine Spur von Verwunderung in Christian Holloways Augen, aber er faßte sich sofort.

»Es wundert mich nicht, daß Sie davon wissen. Ihr Sohn wußte es ja anscheinend auch. In unserer Zeit läßt sich nichts geheimhalten.«

»Henrik war der Ansicht, alles ließe sich verheimlichen. Dafür war Präsident Kennedys verschwundenes Gehirn ein Beispiel.«

»Ich erinnere mich an die Geschichte. Die Warren-Kommission beschäftigte sich vergebens mit der Frage. Vermutlich gab es eine äußerst einfache Erklärung, nach der zu suchen sich aber niemand die Mühe machte.«

»Henrik sagte, das Typische für die heutige Welt sei, daß die Wahrheit unaufhörlich verborgen wird von Menschen, die ein Interesse daran haben, die Lüge zu verherrlichen. Oder sie als Instrument für grobe, aber schwer nachweisbare Spekulationen zu verwenden.«

»Das ist nicht nur für unsere Zeit kennzeichnend. Ich weiß von keiner Epoche, in der es anders gewesen wäre.«

»Aber ist es nicht unsere Aufgabe, die Lüge zu entlarven und die Ungerechtigkeit zu bekämpfen?«

Christian Holloway hob die Hände. »Ich biete der Ungerechtigkeit auf meine Weise Widerstand, indem ich gegen das Unwissen und die Angst kämpfe. Ich zeige, daß man helfen kann. Sie wollen wissen, was mich treibt. Das will ich Ihnen sagen. Es ist der Wille zu verstehen, warum ein ungebildeter Mann wie Dschingis-Khan an der Spitze seiner Kriegerhorden straff geführte Militärorganisationen und hochstehende Nationen weit entfernt von den Steppen der Mongolei besiegen und ein Imperium schaffen konnte, wie die Welt es kaum je gesehen hat. Was war ihre unbezwingbare Waffe? Ich glaube, ich habe die Antwort.«

»Was war es?«

»Ihre langen Bogen. Die Art und Weise, wie sie mit ihren Pferden verwachsen waren. Ihre Fähigkeit, den wunderbaren Augenblick zu finden, in dem der Pfeil mit hoher Treffsicherheit abgeschossen werden konnte, obwohl das Pferd mit großer Geschwindigkeit galoppierte. Wie alle wichtigen Antworten war auch diese einfach. Ich kann heute rot werden bei dem Gedanken, wie lange ich gebraucht habe, um die Lösung zu finden. Es war natürlich so, daß die Reiter lernten, ihre Pfeile abzuschießen, wenn alle Hufe der Pferde sich in der Luft befanden. Da herrschte für die Dauer eines schwindelerregend kurzen Augenblicks eine perfekte Balance. Der Reiter, der in diesem Augenblick seinen Pfeil abschoß, konnte sicher sein zu treffen. Dschingis-Khan kam nicht in erster Linie mit wüsten und vor Blutdurst rasenden Horden. Er kam mit dem exakten Wissen um den Augenblick, in dem aus Chaos Ruhe entsteht. So lasse ich mich inspirieren, und so versuche ich, mein Leben zu leben.«

»Indem Sie diese Anlagen errichten?«

»Indem ich versuche, eine fehlende Balance herzustellen. Wer in diesem Land, auf diesem Kontinent mit HIV infiziert ist, wird sterben. Wenn er nicht zufällig in einer der wenigen reichen Familien geboren ist. Aber wer in der westlichen Welt von der Krankheit betroffen ist, kann damit rechnen, Unterstützung und die Medikamente zu erhalten, die er braucht, unabhängig davon, welche Eltern er hat.«

»Es existiert eine Unterwelt dort draußen in Ihrem Dorf. Es ist wie ein Sklavenschiff. An Deck promenieren die wohlhabenden Passagiere. Unter Deck, angekettet, liegen dicht gedrängt die anderen, die Sklaven.«

»Ich verstehe nicht, was Sie meinen.«

»Es gibt eine Unterwelt. Dort werden Experimente mit gesunden und mit kranken Menschen durchgeführt. Ich weiß es, auch wenn ich es nicht beweisen kann.«

»Wer behauptet das?«

»Es gab einen Mann dort, der versuchte, mit mir zu reden. Am Tag danach war er fort. Ein anderer Mann versuchte ebenfalls, mir zu erzählen, was dort vor sich geht. Ihm wurde die Kehle durchgeschnitten.«

»Davon ist mir nichts bekannt.«

»Aber Sie tragen die Verantwortung für das, was dort draußen geschieht?«

»Natürlich.«

»Dann tragen Sie auch die Verantwortung für das Gegenteil dessen, was Ihren Worten zufolge in Ihren *missions* geschieht.«

»Lassen Sie mich eins klarstellen. Es gibt keine Welt ohne Zweikampf, keine Zivilisation, die nicht zuallererst bestimmt, welche Regeln für den Umgang der Menschen miteinander gelten sollen. Aber Regeln sind für die Schwachen. Der Starke sieht, wie weit sie gedehnt werden können, er schafft seine Regeln selbst. Sie wünschen, daß die Dinge nur aus Barmherzigkeit und aus dem guten Willen der Menschen heraus geschehen. Aber wo kein privates Gewinninteresse ist, gibt es auch keine Entwicklung. Patente für Arzneimittel garantieren denjenigen Gewinne, die Forschung betreiben und damit die Entwicklung neuer Medikamente ermöglichen. Nehmen wir an, es träfe zu, was Sie über meine Dörfer sagen und was angeblich dort vor sich geht. Ich sage nicht, daß es so ist, aber nehmen wir es an. Könnte nicht auch aus einer dem Anschein nach brutalen Vorgehensweise Gutes entstehen? Bedenken Sie, daß es allerhöchste Zeit ist, ein Heilmittel gegen Aids zu entwickeln. Vor allem Südafrika steht vor einer gigantischen Katastrophe, die nur mit der Pest zu vergleichen ist. Was glauben Sie, welche Staaten bereit sind, Milliarden für die Entwicklung eines Impfstoffs zur Verfügung zu stellen? Die Gelder braucht man für wichtigere Aufgaben, wie den Krieg im Irak zu bestreiten.«

Christian Holloway stand auf. »Meine Zeit ist knapp. Ich muß gehen. Kommen Sie gern wieder, wenn Sie wollen.«

»Ich werde mich nicht zufriedengeben, bevor ich weiß, was mit Henrik geschehen ist.«

Er öffnete lautlos die Tür. »Es tut mir leid, daß ich die Tür mit dem Dietrich geöffnet habe. Die Versuchung war zu groß.«

Er verschwand den Flur hinunter. Durchs Fenster sah Louise ihn das Hotel verlassen und in ein Auto steigen.

Sie bebte am ganzen Körper. Er war ihr entglitten. Es war ihr nicht gelungen, ihn zur Rede zu stellen und seine Abwehrmauern zu durchbrechen. Sie hatte ihre Fragen gestellt, aber er hatte seine Antworten bekommen. Sie begriff jetzt, daß er gekommen war, um herauszufinden, was sie wußte. Er war wieder gegangen, weil er sie nicht länger fürchtete.

Jetzt richtete sich ihre Hoffnung auf Lucinda. Sie war die einzige, die Klarheit schaffen konnte in dem, was eigentlich geschehen war.

Am Abend hörte sie die *timbila* draußen in der Dunkelheit. Diesmal kam die Musik von einer Stelle näher am Meer. Sie folgte den Klängen, setzte vorsichtig die Füße auf und versuchte, durchs Dunkel zu sehen. Es war Neumond, der Nachthimmel hatte einen dünnen Dunstschleier.

Als die Musik verstummte, horchte sie nach Lucindas Atem, hörte aber nichts. Für einen Moment fürchtete sie, in eine Falle gegangen zu sein. Es gab keine Lucinda hier draußen im Dunkeln, andere Schatten warteten auf sie, so wie sie auf Umbi gewartet hatten, auf Henrik und vielleicht auch auf Aron.

Dann hörte sie Lucinda rufen, direkt neben sich. Ein Streichholz flammte auf, eine Laterne wurde angezündet.

Louise setzte sich neben Lucinda auf den Boden. Sie fühlte an Lucindas Stirn, daß sie hohes Fieber hatte.

»Du hättest nicht kommen sollen. Du bist zu krank.«

»Ich weiß. Irgendwo muß man sterben. Die Erde hier ist so gut wie anderswo. Außerdem sterbe ich nicht allein. Ich werde nicht ohne Gesellschaft unter der Erde liegen. Im Land der Toten gibt es mehr Menschen als in dem der Lebenden. Wenn man nur wählt, dort zu sterben, wo andere Tote warten.«

»Christian Holloway hat mich heute besucht.«

»Ich dachte mir, daß er das tun würde. Hast du dich umgesehen, als du gekommen bist? Ist dir jemand gefolgt?«

»Ich habe niemanden gesehen.«

»Ich frage nicht danach, was du gesehen hast. Ich frage, ob dir jemand gefolgt ist.«

»Ich habe weder etwas gehört noch gesehen.«

Louise bemerkte, daß Lucinda von ihr fortrückte.

»Ich brauche Platz um mich. Das Fieber verbrennt den ganzen Sauerstoff.«

»Was wolltest du erzählen?«

»Die Fortsetzung. Den Schluß. Wenn es einen Schluß gibt.«

Aber Lucinda kam nicht mehr dazu, noch etwas zu sagen. Ein Schuß zerriß die Stille. Lucinda zuckte und fiel auf die Seite, vollkommen still.

Louise sah plötzlich die Bilder vor sich, die sich in Henriks Mappen befunden hatten. Lucinda war am Kopf getroffen, genau dort, wo die tödliche Kugel in John Kennedys Hirn eingedrungen war. Aber niemand würde sich die Mühe machen, das Hirn zu verstecken, das jetzt aus Lucindas Kopf herausgepreßt wurde.

Louise schrie. Sie hatte das Ende der Reise erreicht. Aber nichts war so geworden, wie sie gehofft hatte. Jetzt hatte sie die Wahrheit vor Augen. Sie wußte, wer geschossen hatte. Es war ein Mann, der Silhouetten ausschnitt, ein davongleitender Schatten, der vor der Welt behauptete, nur Gutes zu tun. Aber wer würde ihr glauben? Lucindas Tod war das unerbittliche Ende der Geschichte.

Louise wollte bei Lucinda bleiben, wagte es aber nicht. Sie hoffte in all ihrer Verwirrung und Angst, daß einer von Lucindas unsichtbaren Freunden sich in der Dunkelheit außerhalb des Lichtkreises der Laterne befand und sich um sie kümmern würde.

Noch eine Nacht lag sie wach vor Entsetzen. Sie war unfähig zu denken, alles war eine große und eisige Leere.

Am Morgen hörte sie Warrens Lastwagen, als er sich dem Hotel näherte. Sie ging hinunter zur Rezeption und bezahlte ihr Zimmer. Als sie auf den Sandplatz hinaustrat, stand Warren da und rauchte. Nichts war zu sehen an der Stelle, wo Lucinda getötet worden war. Keine Menschen, kein Körper, nichts.

Warren warf die Zigarette fort, als er sie erblickte, und legte bedrückt die Stirn in Falten.

»Hier ist heute nacht geschossen worden«, sagte er. »Wir Afrikaner haben viel zu viele herrenlose Waffen in den Händen. Wir erschießen uns zu oft gegenseitig.«

Er öffnete ihr die Wagentür. »Wohin fahren wir heute? Es ist ein schöner Tag. Ich kann Ihnen Lagunen zeigen, wo das Wasser Ihnen wie Perlen durch die Finger rinnt. In Südafrika habe ich in tiefen Grubenschächten nach Kostbarkeiten gegraben. Hier rinnen die Diamanten in Form von Wassertropfen durch meine Hände.«

»Ein andermal. Nicht jetzt. Ich muß zurück nach Maputo.«

»So weit?«

»So weit. Ich zahle, was Sie verlangen.«

Er nannte keinen Preis, setzte sich nur auf den Fahrersitz und legte den niedrigsten Gang ein. Louise drehte sich um und dachte, daß sie den Strand, an dem sie all das Grauenhafte erlebt hatte, nie wiedersehen würde.

Sie fuhren durch den Morgen. Der rote Staub wirbelte auf. Schon bald stand die Sonne hoch, und die Hitze senkte sich über die Landschaft.

Den ganzen langen Weg bis Maputo saß sie schweigend neben Warren und bezahlte ihn wortlos, als sie am Ziel waren. Er stellte keine Fragen, sagte nur auf Wiedersehen. Sie nahm ein Zimmer im Hotel Terminus, schloß die Tür hinter sich und stürzte ins Bodenlose. Zwei Tage verbrachte sie im Hotel, redete mit niemandem außer den Zimmermädchen, die ihr hin und wieder etwas zu essen brachten, was sie kaum anrührte. Sie rief nicht einmal Artur an, um ihn um Hilfe zu bitten.

Am dritten Tag zwang sie sich aufzustehen und verließ das Hotel und Mozambique. Über Johannesburg erreichte sie am Nachmittag des 23. Dezember Madrid. Alle Flüge nach Barcelona waren wegen der Feiertage ausgebucht. Sie überlegte, ob sie den Zug nehmen sollte, entschloß sich aber zu bleiben, als sie einen Platz in einer Maschine am folgenden Vormittag bekam.

Es regnete in Madrid. Glitzernde Weihnachtsdekorationen hingen über Straßen und in Schaufenstern, eigentümliche Weihnachtsmänner tauchten vor dem Fenster des Taxis auf. Sie hatte ein Zimmer im teuersten Hotel genommen, das sie kannte, dem traditionsreichen Ritz.

Einmal waren Aron und sie an dem Hotel vorbeigegangen, auf dem Weg zu einem Besuch im Prado. Sie erinnerte sich daran, wie sie mit dem Gedanken gespielt hatten, Geld zu verschwenden und für eine Nacht eine Suite zu nehmen. Jetzt bezahlte sie ihr Zimmer mit Arons Geld, während er selbst fort war. Sein Verlust bereitete ihr einen anhaltenden Schmerz. Erst jetzt begann sie einzusehen, daß etwas von der ursprünglichen Liebe zurückgekehrt war, als sie ihn zwischen den roten Papageien gefunden hatte.

Sie besuchte das Museum auf der anderen Straßenseite. Sie kannte noch den Weg zu den Sammlungen von Goyas Gemälden und Stichen.

Aron und sie hatten lange vor dem Bild einer alten Frau gestanden, er hatte ihre Hand genommen, und sie hatten beide, das wurde ihnen später klar, an das unausweichliche Alter gedacht.

Den ganzen Nachmittag verbrachte sie im Museum und versuchte, für kurze Augenblicke alles zu vergessen, was geschehen war.

Es regnete auch am folgenden Tag, als sie nach Barcelona flog. Als sie aus dem Flugzeug stieg, wurde ihr schwindelig, und sie mußte sich an die Wand der Rampe lehnen, die ins Terminal führte. Eine Stewardeß fragte sie, ob sie Hilfe benötige. Sie schüttelte den Kopf und ging weiter. Es war, als hätte sie sich seit dem Tag, an dem sie die Peloponnes verlassen hatte und in die frühe Lufthansa-Maschine nach Frankfurt und Stockholm gestiegen war, auf einer ununterbrochenen Reise befunden. In Gedanken, hauptsächlich um den Schwindel fernzuhalten, zählte sie die lange Reihe von Abflügen und Ankünften. Athen – Frankfurt – Visby – Stockholm – Östersund – Stockholm – Frankfurt – Singapur – Sydney – Melbourne – Bangkok – Frankfurt – Barcelona – Madrid – Johannesburg – Maputo – Johannesburg – Frankfurt – Athen – Frankfurt – Stockholm – Östersund – Stockholm – Frankfurt – Johannesburg – Maputo – Johannesburg – Madrid – Barcelona.

Es waren die Stationen einer alptraumhaften Reise. Um sie her waren Menschen verschwunden oder gestorben. Sie würde sich nie von den Bildern von Umbi und Lucinda befreien können, auch wenn sie sich nach und nach zu blassen Fotografien verwandelten, auf denen keine Gesichtszüge mehr zu erkennen waren. Christian Holloway würde auch in ihrer Erinnerung sein. Die ausgeschnittene Silhouette eines ganz und gar schonungslosen Menschen, der sich nicht besiegen ließ.

Hinter diesen Gesichtern blieben all die anderen, die nur Schatten waren, ungreifbar.

Sie ging zu Henriks Wohnung. Blanca putzte das Treppenhaus, als sie kam.

Sie saßen lange in ihrer Wohnung und unterhielten sich. Nachher erinnerte sich Louise nicht an viel von dem, was sie gesagt hatte. Aber sie fragte danach, wer Henriks Wohnung kurz nach seinem Tod besucht hatte. Blanca sah sie verständnislos an.

»Ich hatte das bestimmte Gefühl, daß Sie nicht die Wahrheit sagten, sondern daß jemand dagewesen war.«

»Warum hätte ich lügen sollen?«

»Ich weiß es nicht. Deshalb frage ich.«

»Sie müssen sich irren. Niemand war hier. Ich habe Ihnen und Ihrem Mann nichts verheimlicht.«

»Dann habe ich mich geirrt.«

»Ist Ihr Mann zurückgekommen?«

»Nein.«

»Ich verstehe das nicht.«

»Es wurde ihm vielleicht zuviel. Männer sind manchmal schwach. Er ist vielleicht einfach nach Apollo Bay zurückgefahren.«

»Haben Sie ihn dort nicht gesucht?«

»Ich meine ein anderes Apollo Bay. Eins, von dem ich nicht weiß, wo es liegt. Eigentlich bin ich nur gekommen, um Henriks Wohnung ein letztes Mal zu besuchen. Ich möchte dort gern allein sein.«

Sie ging zur Wohnung hinauf und dachte, daß der Raum, in dem sie sich befand, in diesem Augenblick der Mittelpunkt ihres Lebens war. Es war Heiligabend, ein grauer Regentag, und sie hatte immer noch keine Ahnung, wie ihr Leben sich in Zukunft gestalten würde.

Als sie ging, kam Blanca mit einem Brief in der Hand aus der Tür.

»Ich habe vergessen, Ihnen diesen Brief zu geben. Er kam vor ein paar Tagen.«

Der Brief hatte keinen Absender. Dem Stempel war zu entnehmen, daß er in Spanien aufgegeben worden war. Ihr Name und die Adresse des Hotels standen auf dem Brief.

»Wie ist der Brief bei Ihnen gelandet?«

»Es ist jemand vom Hotel gekommen. Wahrscheinlich haben Sie Henriks Adresse dort angegeben.«

»Vielleicht habe ich das. Ich weiß es nicht mehr.«

Louise steckte ihn in die Tasche.

»Sind Sie sicher, daß Sie nicht noch mehr Briefe haben?«

»Hier ist keiner mehr.«

»Keine Briefe, die Henrik Sie nachzusenden bat? In einem Jahr? In zehn Jahren?«

Blanca verstand. Sie schüttelte den Kopf. Es gab keine anderen Briefe als den, den sie an Nazrin geschickt hatte.

Der Regen hatte aufgehört. Louise beschloß, einen langen Spaziergang zu machen, sich richtig müde zu laufen und dann im Hotel zu Abend zu essen. Bevor sie einschlief, würde sie Artur anrufen und ihm frohe Weihnachten wünschen. Vielleicht würde sie am zweiten Feiertag nach Hause fliegen. Aber mindestens wollte sie ihm versprechen, zu Neujahr zu Hause zu sein.

Erst spät am Abend fiel ihr der Brief wieder ein. Sie las ihn in ihrem Zimmer. Mit wachsendem Entsetzen erkannte sie, daß noch nichts vorbei war, der Schmerz, an dem sie trug, hatte seinen Höhepunkt noch nicht erreicht.

Der Text war auf englisch abgefaßt. Alle Angaben über Personennamen, Länder und Städte waren geschwärzt.

»*Die Angaben zur Person stimmen mit den Angaben auf dem Identitätsband überein, das am Körper befestigt ist. Hautfarbe durchgehend blaß, Leichenflecken blaurot und auf dem Rücken des Körpers verteilt. Anhaltende Leichenstarre. Petechien in den Bindehäuten der Augen und um die Augen. Keine Fremdkörper in den Gehörgängen, den Nasenöffnungen, der Mundhöhle und der Enddarmöffnung. Die sichtbaren Schleimhäute sind blaß und weisen keine Blutungen auf. Keine sichtbaren Verletzungen und Narben. Die äußeren Geschlechtsorgane sind unverletzt und frei von Fremdmaterial.*«

Immer noch verstand sie nicht, wovon der Brief eigentlich handelte. Noch spürte sie nur eine vage Furcht. Sie las weiter:

»*Bei der inneren Untersuchung kein Nachweis von Blutungen unter der Haut. Der Schädel ist unverletzt, die Innenseite der Schädelknochen bleich. Außerhalb oder unter der harten Hirnhaut keine Blutungen zu erkennen. Die harte Hirnhaut ebenfalls unverletzt. Die Oberfläche des Hirns unauffällig. Keine Zeichen von Hirndruck. Mittellinie nicht verschoben. Die weichen Häute glänzend und glatt. Zwischen den Häuten keine Blutungen oder sonstige Pathologika. Normale Weite der Hirnkammern. Scharfe Grenze zwischen grauer und weißer Substanz. Die graue Substanz von normaler Farbe. Hirngewebe von normaler Konsistenz. Keine Ablagerungen in den Hirnbasisarterien.*«

Sie las weiter über Kreislauforgane, Atmungsorgane, Verdauungsorgane, Harntrakt. Die Liste war lang und endete mit einer Beschreibung des Skeletts. Schließlich kamen die Schlußsätze.

»*Der Verstorbene ist tot auf dem Bauch liegend auf dem As-*
phalt gefunden worden. Spezifische Untersuchungsfunde vor
Ort sind nicht erhoben worden. Das Vorkommen von Pete-
chien deutet auf Tod durch Erdrosseln hin. Das Gesamtbild
läßt darauf schließen, daß der Tod wahrscheinlich von einer
anderen Person herbeigeführt wurde.«

Was sie in der Hand hielt, war ein gerichtsmedizinisches Obduktionsprotokoll, von unbekannten Gerichtsmedizinern in
einem unbekannten Krankenhaus abgefaßt. Erst als sie die
Angaben zu Größe und Gewicht las, erkannte sie zu ihrem
Entsetzen, daß die Person auf dem Obduktionstisch Aron gewesen war.

Von einer anderen Person herbeigeführt. Nachdem Aron
die Kirche verlassen hatte, hatte jemand ihn angegriffen, er-
drosselt und auf einer Straße zurückgelassen. Aber wer hatte
ihn gefunden? Warum hatte die spanische Polizei nichts von
sich hören lassen? Welche Ärzte hatten die Obduktion vorgenommen?

Sie fühlte ein verzweifeltes Bedürfnis, mit Artur zu sprechen.
Sie rief ihn an, erwähnte aber nichts von Lucinda oder dem
Protokoll, sondern sagte nur, daß Aron tot sei und daß sie im
Augenblick nicht mehr sagen könne. Er war zu klug, um Fra-
gen zu stellen. Er wollte nur wissen, wann sie nach Hause
käme.

»Bald«, erwiderte sie.

Sie leerte die Minibar und fragte sich, wie sie alle Trauer,
die ihr aufgebürdet wurde, ertragen sollte. Sie hatte das Gefühl, daß die letzten noch aufrecht stehenden Gewölbebogen
in ihrem Innern jederzeit einstürzen konnten. In dieser Nacht
im Hotel in Barcelona, als das Obduktionsprotokoll auf dem
Fußboden lag, dachte sie, daß sie nicht länger würde standhalten können.

Am nächsten Tag kehrte sie in Henriks Wohnung zurück.

Während sie versuchte, zu einer Entscheidung zu kommen, was sie mit seinen Sachen machen sollte, erkannte sie plötzlich, was sie tun mußte, um die Kraft zum Weiterleben zu finden.

Es gab nur einen Weg, und der begann hier, in Henriks Wohnung. Was er nicht mehr hatte berichten können, würde ihre Aufgabe werden. Sie würde graben, und sie würde die Scherben, die sie fand, zusammenfügen.

Was hatte Lucinda gesagt? *Es ist nicht gut zu sterben, bevor man seine Geschichte zu Ende erzählt hat.* Ihre eigene Geschichte. Und Henriks. Und Arons. Drei Geschichten, die jetzt zu einer geworden waren.

Sie mußte es übernehmen, wenn kein anderer es tun konnte.

Sie spürte, daß es eilte. Die Zeit schrumpfte um sie herum. Doch zuerst würde sie nach Hause fahren, zu Artur. Gemeinsam würden sie Henriks Grab besuchen und auch eine Kerze für Aron anzünden.

Am 27. Dezember verließ Louise das Hotel und fuhr zum Flugplatz. Es war diesig. Sie zahlte ihr Taxi und suchte den Weg zum Eincheckschalter von Iberia und zu dem Flugzeug, das sie nach Stockholm bringen würde.

Zum ersten Mal seit langem fühlte sie sich stark. Die Kompaßnadel hatte aufgehört, sich zu drehen.

Als sie ihren Koffer aufgegeben hatte, kaufte sie noch eine Zeitung und ging dann zur Sicherheitskontrolle.

Sie bemerkte den Mann nicht, der sie aus der Entfernung mit dem Blick verfolgte.

Erst als sie durch die Sicherheitssperre gegangen war, verließ er die Abflughalle und verschwand hinaus in die Stadt.

NACHWORT

Vor zwanzig Jahren sah ich im Westen von Sambia an der Grenze zu Angola einen jungen Afrikaner an Aids sterben.

Es war das erste, aber nicht das letzte Mal.

Die Erinnerung an sein Gesicht war ständig in mir lebendig, während ich dieses Buch plante und schrieb.

Es ist ein Roman, es ist Fiktion. Doch eine Grenze zwischen dem, was wirklich geschah, und dem, was hätte geschehen können, ist oft nahezu nicht-existent. Ich grabe natürlich auf andere Weise als ein Journalist. Aber wir leuchten beide in die dunkelsten Winkel hinein, in Menschen, in der Gesellschaft, der Umwelt. Die Ergebnisse sind selten identisch.

Ich habe mir Freiheiten genommen, wie die Fiktion sie zuläßt. Nur ein Beispiel: Meines Wissens hat es nie einen Botschaftsbeamten oder Angestellten beim Entwicklungsdienst namens Lars Håkansson an der schwedischen Botschaft in Maputo oder anderswo gegeben. Wenn dies sich gegen jede Vermutung als falsch erweisen sollte, stelle ich hiermit ein für allemal fest, daß nicht er gemeint ist!

Selten trifft man auf die Einstellungen, mit denen ich ihn ausgestattet habe. Ich wünschte, ich könnte »nie« schreiben, doch das kann ich nicht.

Viele haben mir geholfen bei diesem Abstieg in etwas, was man in vielfacher Hinsicht als einen Abgrund bezeichnen kann. Zwei Personen will ich namentlich erwähnen: Robert Johnsson aus Göteborg, der alles ausgrub, worum ich bat, und darüber hinaus noch ganz eigene Entdeckungen beisteuerte. Außerdem Anastazia Lazaridou vom Byzantinischen Museum in Athen, die mir in der komplexen Welt der Archäologie als Führerin zur Verfügung stand.

Allen anderen danke ich gemeinsam.

Zum Schluß: Ein Roman kann auf Seite 212 oder 397 enden, doch die Wirklichkeit geht unvermindert weiter. Was hier geschrieben steht, ist natürlich ganz und gar das Ergebnis meiner eigenen Wahl und meiner Entscheidungen. Genauso, wie der Zorn mein eigener ist, der Zorn, der mich antrieb.

Fårö, im Mai 2005
Henning Mankell

INHALT